本书出版得到平湖市人民政府资助

钱南扬文集

漢上宧文存

续编

中华书局

图书在版编目(CIP)数据

汉上宧文存续编/钱南扬著. – 北京:中华书局,
2009.11
（钱南扬文集）
ISBN 978 – 7 – 101 – 07086 – 6

Ⅰ.汉… Ⅱ.钱… Ⅲ.古代戏曲 – 文学研究 – 中
国 – 文集 Ⅳ.I207.37 – 53

中国版本图书馆 CIP 数据核字(2009)第 193610 号

书　　　名	汉上宧文存续编	
著　　　者	钱南扬	
丛 书 名	钱南扬文集	
责任编辑	俞国林	
出版发行	中华书局	
	（北京市丰台区太平桥西里 38 号　100073）	
	http://www.zhbc.com.cn	
	E – mail:zhbc@ zhbc.com.cn	
印　　　刷	北京瑞古冠中印刷厂	
版　　　次	2009 年 11 月北京第 1 版	
	2009 年 11 月北京第 1 次印刷	
规　　　格	开本/880 × 1230 毫米　1/32	
	印张 11⅜　插页 2　字数 250 千字	
印　　　数	1 – 2500 册	
国际书号	ISBN 978 – 7 – 101 – 07086 – 6	
定　　　价	35.00 元	

钱 南 扬 文 集
出 版 说 明

钱南扬(1899—1987)，名绍箕，字南扬，以字行，浙江平湖人。1919年考入北京大学国学门中文科，师从许之衡、钱玄同、刘毓盘、吴梅等著名学者。1925年大学毕业后，一生致力于教育事业与学术研究，曾先后任教于宁波省立四中、临海省立六中、杭州省立一中、浙江大学、武汉大学、湖州师范学校、浙江师范学院、杭州大学等；1959年起，任南京大学中文系教授。钱先生专研我国民间文学、民俗学、戏曲史，尤其在南戏研究领域，独树一帜，成就卓著，深受海内外学人的瞩目与推重。

我们此次出版钱南扬先生的著作，除收有《谜史》、《宋元戏文辑佚》、《梁祝戏剧辑存》、《戏文概论》、《永乐大典戏文三种校注》、《元本琵琶记校注》、《南柯梦记校注》、《汉上宧文存》等著作外，另将钱先生的散篇论文汇辑为《汉上宧文存续编》，单独出版。

"钱南扬文集"的出版，得到钱南扬先生家属的鼎力支持，我们表示由衷的感谢；南京大学俞为民先生为文集的出版付出了巨大的努力与艰辛的劳动，敬致谢忱！

谨以此书的出版，纪念钱南扬先生诞辰110周年。

中华书局编辑部

2009年8月

目　录

宋元南戏总说 …………………………………………　1

宋元南戏 ………………………………………………　46

戏剧概论 ………………………………………………　54

关汉卿和他的杂剧 ……………………………………　86

《西厢记》作者问题的商榷 …………………………　89

《西厢五剧注》序 ……………………………………　99

《十孝记》非元戏 ……………………………………　101

《千字文》院本之前后 ………………………………　102

目连戏考 ………………………………………………　106

读日本仓石武四郎的"目连救母行孝戏文研究" …　125

中国戏曲的舞台艺术 …………………………………　130

明清传奇概要讲义 ……………………………………　143

论明清南曲谱的流派 …………………………………　164

南曲谱研究 ……………………………………………　191

曲谱考评 ………………………………………………　202

曲牌上的"二郎神" …………………………………　227

《南曲谱》一词两见之理由 …………………………　228

跋《汇纂元谱南曲九宫正始》 ………………………　229

关于《南词引正》 ……………………………………　242

读《古剧说汇》 ………………………………………　246

读《孤本元明杂剧》眉端记 …………………………　247

浙江的戏剧 ……………………………………………… 251

浙江戏曲考 ……………………………………………… 257

谈本省戏剧文献 ………………………………………… 266

昆剧是发展的时候了 …………………………………… 271

南戏、杂剧、传奇的区别 ……………………………… 275

黄世康秦孟姜碑文考 …………………………………… 279

《南曲谱》及民众艺术中之孟姜女 …………………… 284

孟姜女鼓词与《听稗》鼓词 …………………………… 292

万喜良的石像 …………………………………………… 295

目连戏与四明文戏中的孟姜女 ………………………… 296

越娘背灯 ………………………………………………… 299

明刻本童痴二弄《山歌》跋 …………………………… 302

韩凭故事 ………………………………………………… 305

漫谈国学 ………………………………………………… 310

读《浮生六记》 ………………………………………… 319

中山狼传 ………………………………………………… 323

九九消寒图 ……………………………………………… 327

天一阁之现状 …………………………………………… 329

镇海姚梅伯著述考 ……………………………………… 334

北京大学教授剪影 ……………………………………… 339

鲁迅先生讲中国小说史 ………………………………… 342

北行日记 ………………………………………………… 344

杭州日记 ………………………………………………… 350

自传 ……………………………………………………… 352

钱南扬先生行年略考 …………………………………… 355

宋元南戏总说

一 名称

南戏名称颇多,有:

戏文

      乃撰为戏文以广其事——《癸辛杂志别集》上

      悉如今之搬演南宋戏文唱念声腔

      故其戏文如《乐昌分镜》等类——均《中原音韵》

      《王焕》戏文盛行于都下——《钱塘遗事》

      遂录诸戏文名

      实为戏文之首——均《南词叙录》

      俳优戏文始于《王魁》——《草木子》

南曲戏文

      又有南曲戏文等——《录鬼簿》卷下

南戏

      专工南戏——《青楼集》

      惟南戏无人选集

      南戏始于宋光宗朝——均《南词叙录》

      南戏出于宣和之后——《猥谈》

永嘉杂剧

> 号曰永嘉杂剧
> 永嘉杂剧兴——均《南词叙录》

温州杂剧

> 谓之温州杂剧——《猥谈》

鹘伶声嗽

> 又曰鹘伶声嗽——《南词叙录》

传奇

> 后行子弟不知敷演甚传奇——《小孙屠》
> 你把这时行的传奇——《宦门子弟错立身》

大概"戏文"二字是正名,至今浙江一带仍称戏剧为戏文;"南曲戏文",则别于当时北曲杂剧而言;"南戏",可说是南曲戏文的简称;"永嘉杂剧"、"温州杂剧",则均就地方而言,犹后世的称"四明戏"、"绍兴戏";"鹘伶声嗽",则均是宋元市语,元王实甫《西厢记》[小梁州]云:"鹘伶渌老不寻常。"《事林广记·圆社市语》[紫苏丸]云:"呵喝啰声嗽道欣厮。"盖鹘伶乃伶俐之意,声嗽即腔调之谓。至于传奇、杂剧,本宋元时戏剧的总称,所以不但南戏可称为杂剧,如《录鬼簿》卷上云:"前辈已死名公才人有所编传奇行于世者。"则金元的北剧也有称传奇的了。明清以来,始以一本四套北曲的为杂剧,一本三四十出兼南北曲的为传奇,而传奇、杂剧的意义便不同了。

二 起源和沿革

南戏起源的时代,《猥谈》云:

南戏出于宣和之后，南渡之际，谓之"温州杂剧"。予见旧牒，其时有赵闳夫榜禁，颇述名目，如《赵贞女蔡二郎》等，亦不甚多。

《南词叙录》云：

南戏始于宋光宗朝，永嘉人所作《赵贞女》、《王魁》二种实首之，故刘后村有"死后是非谁管得，满村听唱蔡中郎"之句；或云宣和间已滥觞，其盛行则自南渡，号曰"永嘉杂剧"，又曰"鹘伶声嗽"。其曲则宋人词而益以里巷歌谣，不叶宫调，故士夫罕有留意者。

从宣和间到光宗朝，前后相去有七八十年，究竟应从哪个的话呢？《南词叙录》说"永嘉人所作《赵贞女》、《王魁》二种实首之"，《草木子》也说"俳优戏文始于《王魁》"，都似乎确凿有证。然而我们知道一种文学的方式，总是渐渐衍化而成，决不是一个人毫无依傍，可以凭空创造得出的。南戏，最初当然是温州一地民间的戏剧，《赵贞女》的内容虽不可知，而《王魁》却还有几支曲文流传，看来已是出于文人之手①，决非最初的民间的作品。在《王魁》以前，怎样会以"宋人词而益以里巷歌谣"，渐渐变成这种繁复的文学方式，其间一定经过相当的酝酿期间，则是毫无疑义的。《王魁》既是光宗时的作品，我们上溯至宣和间，这七八十年当他是酝酿时期，也不算长久。所以"宣和间已滥觞"的话，是可信的。

---

① 文学的新方式都是出于民间。久而久之，文人学士受了民间文学的影响，采用这种新体裁来做他们的文艺作品。这是文学史上一个逃不了的公式。详胡适之先生《词选序》。所以，最初的民间的作品应该远在文人作品之前。

词到北宋末年，已成强弩之末①；更加以靖康之难，仓卒南渡，内廷供奉的乐曲散佚殆尽，所以《词源》云：

> 迄于崇宁，立大晟府，命周美成诸人讨论古音，审定古调。沦落之后，少得存者。

这处处给南戏以发展的机会。大概在南渡前后，南戏已流传到行在——杭州，经了文人的参加，贵族的提倡，于是南戏大行。所以"其盛行则自南渡"的话，也是可信的。

从此之后，杭州遂成了南戏的中心区域。如《中原音韵》云：

> 沈约之韵，乃闽浙之音，……南宋都杭，吴兴与切邻，故其戏文如《乐昌分镜》等类，唱念呼吸，皆如约韵。

《钱塘遗事》云：

> 至戊辰己巳间，《王焕》戏文盛行于都下。

这都是南戏盛行杭州的证据。我们再看现存的三种戏文：《张协状元》，当是宋人的作品②，其开场《满庭芳》云："教坊格范，绯绿可全声。""《状元张协传》前回曾演，汝辈搬成。这番书会，要夺魁名。"又，[烛影摇红]云："九山书会，近目翻腾，别是风味。"考绯绿是南宋杭州杂剧社之名，见《武林旧事》，今以绯绿相比拟，可见是杭州的事情，因此我们知道《张协状元》是杭州九山书会所编

---

① 《词选序》又说，文人的参加，能使这种新体裁进步。但文人把他学到手之后，劣等文人便来模仿，结果弄得貌合神离，于是这种文学方式便渐渐走上了末路，文学的新生命又须另向民间去找了。词至北宋，有鼓子词，有传踏，有大曲，有曲破，有法曲，有鼓吹曲，有诸宫调，可说发达到极点；然而词的疆域开拓已尽，弊病渐生，又须另换新方式了。在南宋则作词的人仍旧很多，然那时的作品渐渐离音乐而独立，十九已变成抒情的诗，不是合乐的曲了。就是后来姜夔等干了一下复古运动，想恢复词在音乐上的势力，试想哪里会成功呢？
② 《张协状元》的年代问题，将来拟另为专论。武汉大学《文哲季刊》二卷一号，拙作《张协戏文中的两桩重要材料》一文里也曾略约提及，可参观。

的;《小孙屠》下原注云"古杭书会编撰",《宦门子弟错立身》下原注云"古杭才人新编",二种均是元人的作品①,宋元两代均有专编南戏的书会,也可见当时南戏在杭州的势力了。

南戏得势,就确立了南曲的根基。其时宋金两朝南北对峙,不相统一,北国民间的歌谣也与词化合而别成北曲②,从此曲有南北之分,相沿至今不变。《武林旧事》所载的官本杂剧段数,和《辍耕录》所载的院本名目,其中除大曲、法曲也许仍旧沿袭原来词的方式外,二者自然也有南北之分了。

《武林旧事》记演杂剧事共六见,都在理宗朝,上距南渡已百年,南戏盛行已久,故此处所谓杂剧,当然即指南戏。杂剧之后均有"断送"。"断送"二字的意义,当然和"断送一生惟有酒","断送春归去"的"断送"不同;在宋金方言中,"断送"二字涵义很广③,《西厢挢弹词》,于引辞之后更有断送引辞,则正与此处的断送意义相合;求诸现代江浙方言,当即"饶头"之意。案:断送,古已有之,非宋金人的特创,《乐府诗集》卷四十五《子夜变歌序》引《古今乐录》云:

　　《子夜变歌》,前作《持子》送,后作《欢娱我》送。

又,《欢闻歌序》引《古今乐录》云:

　　歌毕,辄呼"欢闻",不以为送声。

"断","送",古双声字,断即送也,连文则云"断送",单言之,则或云"断",或云"送",与"诞生"、"端正"同例。演剧之见于理宗寿

---

① 　《小孙屠》与《宦门子弟错立身》中,均已有南北合套,所以断定他们是元代的作品。
② 　《宋元戏曲史》计算南曲五百四十三章,出于大曲与唐宋词者二百十四;北曲三百三十五章,出于大曲与唐宋词者八十六。北曲与词虽没有南曲与词这样的接近,然出于词者也有四分之一,所以说北曲是北地歌谣与词的化合品。
③ 　如《张协状元》的"我去讨米和酒并豆腐断送你去",则有打发之意;《京本通俗小说·西山一窟鬼》的称嫁妆为"断送妆奁",则有陪赠之意。

筵乐次者：

天基圣节排当乐次　　（节录）

（初坐，第四盏，吴师贤以下上，进小杂剧。）杂剧，吴师贤已下做《君圣臣贤爨》，断送《万岁声》。

（第五盏。）杂剧，周朝清以下做《三京下书》，断送《绕池游》。

（再坐，第四盏。）杂剧，何晏喜已下做《杨饭》，断送《四时欢》。

（第六盏。）杂剧，时和已下做《四偌少年游》，断送《贺时丰》。

见于皇后归谒家庙赐筵乐次者：

皇后归谒家庙赐筵乐次　　（节录）

（初坐，第四盏，念致语口号毕。）勾杂剧色时和等做尧舜禹汤，断送《万岁声》。

（再坐，第六盏。）勾杂剧色吴国宝等做《年年好》，断送《四时欢》。

此处我们须注意的，这种礼节很繁重，寿筵前后献酒有四十三盏，谒庙赐筵也有十七盏，所需时间当然很久，哪里来得及做大本头的戏，所以所做的只是"小杂剧"。这种小杂剧和断送，现在我们在《张协状元》中找到了很好的例子：

（末白）【满庭芳】①暂息喧哗，略停笑语，试看别样门庭。教坊格范，绯绿可全声。酬酢词源诨砌，听谈论四座皆惊。浑不比，乍生后学，谩自逞虚名。　　《状元张叶传》前回曾演，汝辈般成。这番书会要夺魁名。占断东瓯盛事，诸宫调唱出来因。厮罗响，贤门雅静，仔细说教听。（唱）

---

① 此阕原无调名，当是［满庭芳］。

【凤时春】张协诗书遍历,困故乡功名未遂。欲占春围登科举,暂别爹娘,独自离乡里。

(白)看的世上万般俱下品,思量惟有读书高。若论张叶,家住西川成都府,兀谁不识此人,兀谁不敬重此人。真个此人朝经暮史,昼览夜习,口不绝吟,手不停披。正是:炼药炉中无宿火,读书窗下有残灯。忽一日,堂前启复爹妈,今年大比之年,你儿欲待上朝应举,觅些盘费之资,前路支用。爹娘不听这句话,万事俱休;才听此一句话,托地两行泪下。孩儿道:十载学成文武艺,今年货与帝王家。欲改换门闾,报答双亲,何须下泪。(唱)

【小重山】前时一梦断人肠,教我暗思量。平日不曾为宦旅,忧患怎生当?

(白)孩儿复爹妈:自古道一更思,二更想,三更是梦。大凡情性不拘,梦幻非实。大抵死生由命,富贵在天,何苦忧虑!爹娘见儿苦苦要去,不免与它数两金银以作盘缠;再三叮嘱孩儿道:未晚先投宿,鸡鸣始过关。逢桥须下马,有渡莫争先。孩儿领爹娘慈旨,即日离去。(唱)

【浪淘沙】迤逦离乡关,回首望家。白云直下,把泪偷弹。极目荒郊无旅店,只听得流水潺潺。

(白)话休絮烦。那一日正行之次,自觉心儿里闷。在家春不知耕,秋不知收,真个姣姣妳妳也。每日诗书为伴侣,笔砚作生涯。在路平地尚可,那堪顿着一座高山,名做五矶山。怎见得山高?巍巍侵碧汉,望望入青天。鸿鹄飞不过,猿狖怕扳缘。棱棱层层,奈人行鸟道;魆魆黯黯,为藤住须尖。人皆平地上,我独出云登。虽然未赴瑶池宴,也教人道散神仙。野猿啼子,远闻咽咽呜呜;落叶辞柯,近睹得扑扑簌簌。前无旅店,后无人家。(唱)

【犯思园】刮地朔风柳絮飘。山高无旅店,景萧条。跨蹃何处过今宵？思量只恁地，路迢遥。

（白）道犹未了，只见怪风淅淅，芦叶飘飘；野鸟惊呼，山猿争叫。只见一个猛兽，金睛闪烁，尤如两颗铜铃；锦体斑斓，好若半团霞绮。一副牙如排利刃，十双爪密布钢钩。跳出林浪之中，直奔草径之上。唬得张叶三魂不附体，七魄渐离身，仆然倒地。霎时间只听得鞋履响，脚步鸣，张叶抬头一看，不是猛兽，是个人。如何打扮？虎皮磕脑虎皮袍。两眼光辉志气豪。"使留下金珠饶你命，你还不肯不相饶！"（末介）（唱）

【绕池游】张叶拜启：念是读书辈，往长安拟欲应举。些少裹足，路途里欲得支费，望周全不须劫去。

（白）强人不管它说，怒从心上起，恶向胆边生。左手捽住张叶头稍，右手扯住一把光霍霍冷搜搜鼠尾样刀，番过刀背去张叶左肋上劈，右肋上打，打得它大痛无声，夺去查果金珠。那时张叶性命如何？慈鸦共喜鹊同枝，吉凶事全然未保。似恁唱说诸宫调，何如把此话文敷演。后行脚色，力齐鼓儿，饶个撺掇，末泥色饶个踏场。

（生上白）讹未。（众喏）（生）劳得谢送道呵！（众）相烦那子弟！（生）后行子弟，饶个[烛影摇红]断送。（众动乐器）（生踏场数调）（生白）【望江南】多忔戏，本事实风骚。使拍超烘非乐事，筑球打弹谩徒劳。设意品笙箫。谐诨砌，酬酢仗歌谣。出入须还诗断送，中间惟有笑偏饶。教看众乐陶陶。适来听得一派乐声，不知谁家调弄？（众）[烛影摇红]。（生）暂借轧色。（众）有。（生）罢！学个张状元似像。（众）谢了。（生）画堂悄最堪宴乐，绣帘垂隔断春风。波艳艳杯行泛绿，夜深深烛影摇红。（众应）（生唱）

【烛影摇红】烛影摇红，最宜浮浪多忔戏。精奇古怪事堪观，编撰于中美。真个梨园院体。论诙谐除师怎比？九山书会，近目翻腾，别是风味。一个若抹土搽灰，迭枪出没人皆喜。况兼满坐尽明公,曾见从来底。此段新奇差异,更词源移宫换羽。大家雅静,人眼难瞒,与我分个令利。

这段短曲,我们倘然照《武林旧事》的样子,起个名目,就应该叫做:"《诸宫调张叶》,断送[烛影摇红]。"在北宋神宗时,已经有诸宫调了①,当时未有南北曲之分,所用只是词而已。而这段短曲所用的:[凤时春],当即[奉时春],为[中吕]慢词;[小重山]为不知宫调慢词;[浪淘沙]为[羽调]近词;[犯思园]虽宫调无考,然《拜月亭》有[思园春]为[中吕]慢词,则[犯思园]也必为[中吕]之慢曲或近曲无疑;[绕池游]为[商调]慢词,则都是南曲了。在北国的诸宫调,《西厢挡弹词》,所用却都是北曲。盖自曲分南北,不但新创的曲体,如南方的赚词②,北方的套数,有南北之不同,就是固有的诸宫调,也分起南北来了。换句话说,自从南戏盛行,其他固有的曲体也往往用南曲为之,成为南曲的一种。因此南戏的内容愈丰,范围愈广,却像三庆徽一变而成京调了③。而上面官本杂剧为南曲的推想,于此也有了实证。

宋亡之后,北剧大盛,南戏的遭遇如何,考诸载籍,有两个相反的说法。《南词叙录》云:

　　元初,北方杂剧流入南徼,一时靡然向风,□辞遂绝,而南戏亦衰。顺帝朝,忽又亲南而疏北,作者猬兴,语多鄙下,

① 《碧鸡漫志》卷二云:"熙宁元丰间,泽州孔三传始创诸宫调古传,士大夫皆能诵之。"
② 赚词,起于宋高宗绍兴间,详《梦粱录》卷二十,实在就是南曲的散套。如《事林广记》戊集卷二《圆社市语》"相逢闲暇时"一套,所用曲牌,除[好女儿]外,考诸《十三调南曲音节谱》,俱在[中吕调]。惟后来的曲谱,则以引子[紫苏丸]入[仙吕],又不收[大夫娘]。通篇用一宫调之曲,前有引子,后有尾声,已成一套很合律的南曲。《宋元戏曲史》竟不能断其为南曲,抑北曲,未免千虑一失了。
③ 三庆徽,最初不过是一个安徽人唱《二黄调》的班子,在清高宗乾隆五十五年入京,与京秦两腔合组,始名其班曰"三庆部",详《扬州画舫录》、《梦华琐簿》等书。到嘉道之间,徽调称霸剧场,京秦等腔尽被吞并,后人遂以"京调"称之。

不若北之有名人题咏也。

《草木子》云：

> 其后元朝，南戏盛行。及当乱，北院本特盛，南戏遂绝。

今就事实考之，元统一之后，"北方杂剧流入南徼"，自是必然之势：元初作剧者均北人，中叶以后，则悉为杭州人，其中虽有北籍的，然亦皆久居浙江了①；《元刊古今杂剧三十种》，其中标明编刊地点者共十二种，大都的四种，杭州的八种；元无名氏《汉钟离度脱蓝采和》[油葫芦]云：

> 甚杂剧请恩官望着心爱的选，俺路岐每怎敢自专？这的是才人书会划新编。我做一段《于祐之金水题红怨》，《张忠泽玉女琵琶怨》。做一段《老令公刀对刀》，《小尉迟鞭对鞭》。或是《三王定政临虎殿》，都不如《诗酒丽春园》。

则杭州书会亦编制杂剧了。由此观之，可见北剧南来之后，并其根本地也渐由大都移到杭州来了。可是南戏仍与北剧并行，未尝衰落：看《小孙屠》与《宦门子弟错立身》下的注语，则杭州书会虽一面在编制杂剧，而一面仍在编制南戏；又，《宦门子弟错立身》中，王金榜数说时行的南戏，多至二十九本。《青楼集》云：

> 龙楼景，丹墀秀，皆金门高之女也，俱有姿色，专工南戏。

《录鬼簿》卷下云：

> 沈和，字和甫，杭州人，能词翰，善谈谑，天性风流，兼明音律，以南北调合腔，自和甫始。

> 萧德祥，杭州人，以医为业，号复斋，凡古文俱隐括为南曲，街市盛行，又有南曲戏文等。

---

① 　见《宋元戏曲史》第九章《元剧之时地》。

此皆南戏与北剧并盛的证据。所以"南戏盛行"之说似较可信，"南戏亦衰"是靠不住的。也许这个"衰"字的意义，仅仅是说不为贵族所赏识，不得势罢了。

到了元朝末年，由"顺帝朝忽又亲南而疏北"一语看来，可见当时南戏与北剧仍是并行不悖的，不过贵族阶级有所偏嗜，遂有亲疏之分罢了。南戏中有几个重要作者，如作明太祖誉为珍羞百味的《琵琶记》①的高明，作与《荆》、《刘》、《拜》并称四大传奇的《杀狗记》②的徐畛，都是由元入明的人。所以"及当乱南戏遂绝"的话也是靠不住的。《宋元戏曲史》谓明初曲家所作，杂剧多而传奇少，以为是元明间南曲一时衰熄之证。然南戏"语多鄙下，不若北之有名人题咏"，自是实情，则注意者少，失传必多，倘仅就其量的多寡而断其盛衰，也非确论。

南戏与北剧互有短长，南戏限制较宽，自易曲折详尽，不致如北剧的局促；然就音节言，南曲清峭柔远，宜于诉情，倘遇英雄武侠之剧，则劲切雄丽须让北曲出色当行了。所以南戏入明，遂兼采北曲，一本传奇总有四五套北曲插入其间，我们倘估计其分量，直是一本南戏与一本北剧的混合品。这是明传奇的大进步，不得不大书特书以表彰之的。

可是，明代以来，宋元南戏因少人注意而渐就湮没，讲到戏剧的沿革上遂发生了许多误会。如：

> 绝句少宛转而后有词；自金元入中国，所用胡乐，嘈杂缓急之间，词不能按，乃更为新声以媚之。作者如贯酸斋、马东篱辈

---

① 《青溪暇笔》记明太祖看完了《琵琶记》，说道："五经四书，在民间，如五谷不可缺；此记如珍羞百味，富贵家其可无耶？"

② 《曲律》卷三云："世称曲手，必曰'关、郑、白、马'，顾不及王，要非定论；称戏曲曰'《荆》、《刘》、《拜》、《杀》'，益不可晓。"《静志居诗话》亦云："识曲者目《荆》、《刘》、《拜》、《杀》为元四大家。"

咸富于学,兼喜声律,擅一代之长。昔称宋词元曲,非虚语也。
大江以北,渐染胡语,而东南之士稍稍变体,别为南曲。

——《衡曲麈谈》

金章宗时,渐更为北词。……入元而益漫衍,其制㭋调
比声,北曲遂擅盛一代。顾未免滞于弦索,且多染胡语,其声
近噍以杀,南人不习也。迨季世入我明,又变而为南曲。

——《曲律》卷一

自北有《西厢》,南有《拜月》,杂剧变为戏文;以至《琵
琶》,遂演为四十余折,几十倍杂剧。

自北剧兴,名男为正末,女曰旦儿,相传入于南剧,虽稍
有更易,而旦之名不改。

——均《顾曲杂言》

明兴,乐惟式古,不祖夷风。……虽词人间踵其辙,然世
换声移,作者渐寡,歌者寥寥。风声所变,北化为南。

——《度曲须知》卷上

自昔伶人传习,乐府递兴;爨段初翻,院本继出;金元创
名杂剧,国初演作传奇。杂剧北音,传奇南调。

——《曲品》卷上

把上面的话归纳起来,就是说在元只有北曲,元明间乃渐有南曲;
而南曲的来源,乃从北曲里变化出来的。他们的话,真是"不知有
汉无论魏晋"了。现在把宋金元明四朝戏曲的沿革,列表于下:

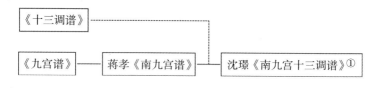

---

① 明人虽亦有作杂剧的,然不复守元人规律,且大半皆以南曲为之,故未列入此表。

三 结构

关于南戏的结构,最先要讲的,是分出(齣)的问题。现在我们所见到的,凡是明刻本的南戏,如《琵琶》、《拜月》、《杀狗》、《寻亲》等记,都是分出的,而且每出都有出目。近来从《永乐大典》中发现了三本南戏,则又都是整本,并不分出。究竟南戏本来分不分出呢?

明人刻书,以私意增改古人的文字,已成了习惯;尤其是删改戏曲,更当作极平常的事。南戏的分出,正是明人任意删改的一端,本来原是不分出的。可惜保持着本来面目的南戏流传太少,仅仅只有《永乐大典》中的三种,而这三种,在明人刻本中又都没有的,所以我们无从比勘,去找寻明人任意删改的痕迹。现在只好用北剧来做个旁证。

金元北剧,本来也是不分折的,有《元刊古今杂剧三十种》可证。到了明人手中,便替它一一分折,可是所分段落,各家往往互相差异。今举例如下:

剧　名	《元明杂剧》本	《元曲选》本
《都孔目风雨还牢末》	第一折［赏花时］一支	楔子［赏花时］一支
	第二折［点绛唇］套	第一折［点绛唇］套
	第三折［集贤宾］套［新水令］套	第二折［集贤宾］套 第三折［新水令］套
	第四折［粉蝶儿］套	第四折［粉蝶儿］套
《唐明皇秋夜梧桐雨》	第一折［端正好］一支①［八声甘州］套	楔子［端正好］一支 第一折［八声甘州］套
	第二折［粉蝶儿］套	第二折［粉蝶儿］套
	第三折［新水令］套	第三折［新水令］套
	第四折［端正好］套	第四折［端正好］套

---

① 原注云:"楔子。"

（续表）

剧　名	《元明杂剧》本	《元曲选》本
《罗李郎大闹相国寺》	第一折[端正好]二支[点绛唇]套	楔子[端正好]二支
		第一折[点绛唇]套
	第二折[赏花时]一支[一枝花]套	楔子[赏花时]一支
		第二折[一枝花]套
	[集贤宾]套①	第三折[集贤宾]套
	第四折[新水令]套	第四折[新水令]套

倘然北剧是本来分折的,则明人翻刻就不会发生这种毫无规律的差异了。

这个"折"字是金元的方言,所谓"一折",就是一场之意,不一定有一套曲子才算一折。如《杂剧三十种》的《诈妮子调风月》云:

老孤正末一折。正末卜儿一折。（正旦唱[点绛唇]套。）外孤一折。正末外旦郊外一折。（正旦唱[粉蝶儿]套。）孤一折。夫人一折。末六儿一折。（正旦唱[斗鹌鹑]套;[新水令]套。）

《薛仁贵衣锦还乡》云:

驾上,开,一折了。净上,一折。外末一折。正末同老旦上,开,（唱[端正好]曲。）驾上,开,一折。外末上,一折。（正末唱[点绛唇]套;[集贤宾]套;[粉蝶儿]套;[新水令]套。）

所以一本杂剧,倘照金元人的原意分折,又何止仅仅四折呢。

由此观之,明人删改北剧的痕迹甚是显明。其对于北剧既如

---

① [集贤宾]上应有"第三折"三字,原本脱去。

此,则对于南戏也可想而知了。所以我们倘然没有元刻本的杂剧,就见不到杂剧的真面目;没有《永乐大典》的南戏,就见不到南戏的真面目,岂不要大上明朝人的当了么?

"齣"字不见字书,大概是明人的俗字。"折"、"齣"声音相近,或者这个"齣"字即从北剧的"折"字转变而来,所以明人刻本,如富春堂的《岳飞破虏东窗记》、《薛仁贵跨海征东白袍记》、《目连救母》等戏,也有径用"折"字的。而青藤山人《路史》云:

> 高则诚《琵琶记》有"第一齣"、"第二齣",考诸韵书,并无此字,必"齝"之误也。牛吞食而复吐曰"齝",似优人入而复出也。

不过揣测之辞罢了①。古代演戏,都是搬演整本的,原用不到分出。明人分出的动机,大概是由题目而来,题目的性质本来与出目有些相似,所以明传奇一经分出,就不复有题目。至于分出的年代,恐不很早。宣德宪藩本《诚斋乐府》犹未分折,而徐渭所见《琵琶记》则已分出了,分出之事,大概在成宏间罢。及至后世演戏,往往东唱一段,西唱一段,于是不但需要分出,而且需要出目了②。平心而论,明传奇的分出实在也是进步,所以我们并不反对,我们只反对他们妄改南戏而已。

---

① 《张协状元》脚色登场,很少用"上"字的,都曰"某出白",或"某出唱",所以与其照《路史》的揣测,说是"齝"之误,不如说是"齣"之变。"齝"字不大通行,怎样会舍易就难,凭空想到"牛吞食而复吐"的这个不大通行的字呢? 况且演戏自出而人,一场完毕,谓之一齣,今齝之义乃人而复出,却与演戏相反,真是拟于不伦了。写"出"作"齣",也许是民俗好奇,犹写"小"作"筱",写"天"作"靝"罢? 我曾经见过抄本传奇,堂唱本与戏班底本,常有用"出"字代"齣"字的;却从没有用这个"齝"字的戏本。

② 北剧,明人不大搬演的,所以虽替他分折,还不曾有折目。然其中常演的几折,则亦有折目的,如《单刀会》中的《训子》、《刀会》,《风云会》中的《访普》,《马陵道》中的《孙诈》皆是。这种专因分演而需要出目,恐怕与明传奇的分出和起出目的动机不一样。

其次说"题目"。南戏一开头便有四句韵语,用来点明戏情的大纲,这就叫做题目。《张协状元》的题目云:

> 张秀才应举往长安　　　　　王贫女古庙受饥寒
> 呆小二村调风月①　　　　　莽强人大闹五鸡山

《小孙屠》的题目云:

> 李琼梅设计丽春园　　　　　孙必贵相会成夫妇
> 朱邦杰识法明犯法　　　　　遭盆吊没兴小孙屠

《宦门子弟错立身》的题目云:

> 冲州撞府妆旦色　　　　　走南投北俏郎君
> 戾家行院学踏爨　　　　　宦门子弟错立身

后两种都把戏名藏在末句中,惟《张协状元》则否,也许是偶然的例外,也许因时代不同,方法稍异,均不可知。题目,在北剧里称为"题目正名",也间有仅称"题目",或仅称"正名"的;不放在开头,而放在末了②;除普通四句外,也有多至八句,少至两句的,这都是和南戏不同的地方。而北剧的剧名,也就是题目正名的末句,则又和《小孙屠》、《宦门子弟错立身》同,究竟不知谁先发明了这个方式。

明人传奇,既分出,又有出目,所以就用不到题目了。题目虽不用,在副末念完开场白之后,却多了四句下场诗③。这四句下场诗实在就是题目的变相,只要看明刻的南戏,如《教子寻亲》的下

---

① 此句原本脱去一字。

② 元明所刻金元人杂剧,题目皆放在末了,而《盛明杂剧》所刻明人自己的作品,却把题目都放在前面,这是例外,不足为训。

③ 亦有不用下场诗的,如《锦笺》、《玉簪》等记是;又如《琴心记》不用下场诗,却多了一首上场诗,这实在与题目性质根本不同。《南词叙录》"题目"条下云:"开场下白诗四句,以总一故事之大纲,今人内房念诵以应副末,非也。"是误把题目与上场诗混为一谈。考诸《戏文三种》,皆是题目之后,末才上场,所以末念的不是题目;况明人传奇,题目早已取消,哪里更有内房念诵之事,这是很显明的误以上场诗当作题目了。

场诗云：

> 张员外为富不仁　　　　　周维翰因妻陷身
> 背生儿弃官寻父　　　　　守节妇教子寻亲

《岳飞破虏东窗记》的下场诗云：

> 金兀术独走三关　　　　　叶守一量出分案
> 田思忠为诏岳飞　　　　　秦丞相东窗事乱

末一句都藏着戏名，明明是由题目改变的。虽则这种方式在明传奇中并非绝对没有①，这也许是出于偶然，也许是作者有意摹古，然究属少数；而明刻的南戏却什九都是如此的。可见由题目变为下场诗，是确实情形了。

其次要说到明人的所谓"家门"②了。在未演正戏之前，先由末脚登场，报告戏情，明人称为"家门"。普通用词两阕，如《小孙屠》的家门云：

> （末白）【满庭芳】白发相催，青春不再，劝君莫羡精神。赏心乐事，乘兴莫因循。浮世落花流水，镇长是会少离频。须知道，转头吉梦，谁是百年人。　　雍容弦诵罢，试追搜古传，往事间凭。想象梨园格范，编撰出乐府新声。喧哗静，伫看欢笑，和气蔼阳春。
>
> 后行子弟，不知敷演甚传奇？（众应）《遭盆吊没兴小孙屠》。（再白）【满庭芳】昔日孙家，双名必达，花朝行乐春风。

---

① 如《运甓记》下场诗末句云"陶太尉忠成运甓"，《西楼记》末句云"载痴缘一部《西楼记》"，然此种究属少数，只好以例外目之。

② 家门的名称很多，要以"家门""开宗"较为普通，此外如《狮吼》的称"提宗"，《金雀》的称"开场"，《四贤》的称"开演"，《龙膏》的称"叙传"，《金莲》的称"首引"，《玉合》的称"标目"；四字的以"家门始末"、"家门始终"较为普通，此外如《灌园》的称"开场家门"，《玉环》的称"副末开场"，《彩毫》的称"敷演家门"，《紫钗》的称"本传开宗"，《绣襦》的称"传奇纲领"等类，不胜枚举。

琼梅李氏,卖酒亭上幸相逢。从此聘为夫妇,兄弟谋苦不相从。因往外,琼梅水性,再续旧情浓。　暗去梅香首级,潜奔他处,夫主劳笼。陷兄弟必贵,盆吊死郊中。幸得天教再活,逢嫂妇说破狂踪。三见鬼,一齐擒住,迢断在开封。(末下)

上面第一阕是浑写大意,第二阕是叙说戏情。明人传奇,仍沿袭这种方式,今举汤显祖《牡丹亭》为例,以资比较:

【蝶恋花】(末上)忙处抛人闲处住。百计思量,没个为欢处。白日消磨肠断句,世间只有情难诉。　玉茗堂前朝复暮。红烛迎人,俊得江山助。但是相思莫相负,牡丹亭上三生路①。

【汉宫春】杜宝黄堂,生丽娘小姐,爱踏春阳。感梦书生折柳,竟为情伤。写真留记,葬梅花道院凄凉。三年上有梦梅柳子,于此赋《高唐》。　果尔回生定配,赴临安取试,寇起淮扬。正把杜公围困,小姐惊惶。教柳郎行探,反遭疑激恼平章。风流况,施刑正苦,报中状元郎。

　　杜小姐梦写丹青记　　　　陈教授说下梨花枪
　　柳秀才偷载回生女　　　　杜平章习打状元郎

也有仅用词一阕的,就是把浑写大意这一阕省去。如《宦门子弟错立身》的家门云:

(末白)【鹧鸪天】完颜寿马住西京,风流慷慨煞惺惺。因迷散乐王金榜,致使爹爹捍离门。　为路歧,恋家人。金珠使尽没分文。贤每雅静看敷演,《宦门子弟错立身》。

在明传奇中也是有的,今举无名氏《东郭记》为例:

【西江月】(末笑上)莫怪吾家孟老,也知遍国皆公。些儿不脱利名中,尽是乞墦登垄。　长袖妻孥易与,高巾仲

----

① 此处本来应有几句问答,与南戏相同,后来省为"问答照常"四字,再后并此四字省去。

子难逢。而今不贵首阳风，索把齐人尊捧。

　　走东郭的齐人英雄本色　　讪中庭的妻妾儿女深情

　　隐於陵的仲子清廉腐汉　　争垄断的王骧势利先生

家门之后，于是正戏出场了。惟《张协状元》在家门之后又有一段
诸宫调，也是末唱的，或者宋人的方式是如此的。

　　一本北剧，大致总是四套曲子，楔子或有或无。可是讲到一
本南戏的分量，多寡就很不一律了。如《宦门子弟错立身》，倘照
明人的方法分起出来，不过十出；《小孙屠》却就有二十出，已多了
一倍；而《张协状元》则竟多至四十余出。后来明人的传奇，普通
总是三四十出，分成上下本，在搬演时，适能于二日唱毕为度。

　　南戏的曲子，顾名思义，不必说当然是纯粹的南曲。然也间
有用北曲的，一种是隻曲，一种是合套。隻曲，如《琵琶记》[北双
调·清江引]云：

　　　　长安富贵真罕有，食味皆山兽。熊掌紫驼峰，四座馨香
　　透，把与试官来下酒。

《白兔记》[北南吕·一枝花]云：

　　　　昔日做朝内官，今做个山中寇。俺只为朝中奸诈多，有
　　功的恨杀为仇。杀功的即便封侯。因此上撇了名锁利口。

在南戏中，因排场的变换，偶然插入一两支北曲，在曲律上是毫无
问题的①。现在就拿北剧来讲，谁都知道北剧是纯粹的北曲，然而

———————

①　如《琵琶》的[清江引]，并非用来表示戏中情意，乃是戏中人所唱的一支曲子，故
　用北曲以清眉目，不但于曲律无碍，而且用得很适当。就是下面所举北曲中的南
　曲，[月儿高][马鞍儿]，亦是这个道理。至于《白兔》的用[一枝花]，是一种武装
　戏的冲场曲子，性质与引子相似，所以这一曲下面还少三句，并未填完。本来武装
　戏时有借北曲当引子的，惟[点绛唇]最多用，用[一枝花]的较少罢了。这种用
　法，甚合戏情，故相沿成了习惯，于曲律亦无不合。

也间有南曲夹杂其中。如《花间四友东坡梦》有[南仙吕]过曲[月儿高]①云：

> 慢折长亭柳，情浓怕分手。欲跨雕鞍去，扯住罗衫袖。问道归期，端的是甚时候？泪珠儿点点鲛绡透。唱彻《阳关》，重斟美酒，美酒解消愁。只怕酒醉还醒，这愁怀又依旧。

《望江亭中秋切鲙》有[羽调]过曲[马鞍儿]②云：

> 想着想着跌脚儿叫，想着想着我难熬。酪子里愁肠酪子里焦。又不敢着旁人知道。则把他这好香烧。好香烧，咒的他热肉儿跳。

这就是个很好的例。合套，如《小孙屠》有[双调·新水令]、[风入松]南北合套：

> [北新水令]、[南风入松]、[北折桂令]、[南风入松]、[北水仙子]、[南风入松]、[北雁儿落]、[南风入松]、[北得胜令]、[南风入松]

此外尚有[正宫]的[北端正好]、[南锦缠道]、[北脱布衫]、[南刷子序]，及[双调]的[北新水令]、[南锁南枝]、[北甜水令]、[南香柳娘]等类，虽不成套，然已具合套的雏形，大概是合套的原始方式罢？合套固然与南北曲都有关系，然在北曲里无论散套杂剧，从未有用合套的，只有南戏中用之。在习惯方面，合套应该在南戏范围之内，所以南戏用之，于体式并不违背。

南戏宾白，和北剧一样，大别为两类，一韵文，一非韵文。韵文，总不外诗词两种，普通上场诗下场诗都用七绝，也有仅用五七

---

① 蒋沈二谱引此曲，均云"散曲"，辞句也稍有出入。惟沈谱改名[二犯月儿高]。

② 《南词定律》引此曲名[马鞍子]，下亦注"散曲"。盖此曲与上[月儿高]原来都是散曲，剧中排场需要唱曲，遂借此现成散曲充数。

言两句的;定场所用,则五七言古诗律绝和词各体都有。非韵文,总不外骈散两种,大概对白都用散文;独白时有用骈语的。南戏动作称"介①",与北剧称"科"不同。此等体式,相传入于明传奇而不变。

南戏脚色,《南词叙录》云:

生　即男子之称。史有董生、鲁两生,乐府有刘生之属。

旦　宋伎上场,皆以乐器之类置篮中担之以出,号曰"花担"。今陕西犹然。后省文为旦。

外　生之外又一生也;或谓之"小生"。外旦,小外,后人益之。

贴　旦之外贴一旦也。

丑　以墨粉涂面,其形甚丑。今省文作丑。

净　此字不可解。或曰:"其面不净,故反言之。"予意即古"参军"二字合而讹之耳。

末　优中少者为之,故居其末。

所举脚色名目,正与现存三种戏文合。考《武林旧事》卷四,"乾淳教坊乐部"所记杂剧色刘景长以下六十六人,其中有注明所扮脚色者,计有次净,次末,副末,装旦等②;卷六,"诸色伎艺人"所记杂扮铁刷汤以下二十六人,则又有旦。与南戏对比,独不见生、外、贴、丑之名,或此四者起原稍后罢?

---

① 《南词叙录》云:"今戏文于'科'处皆作'介',盖书坊省文以'科'字作'介'字,非'科''介'有异也。"案:此说非是。省字法大致有二,如"贴"作"占",这是形体的关系;"醜"作"丑",这是声音的关系;今"科""介"二字,形声均不相类,试问怎样会平白地省"科"作"介"呢?《小孙屠》中"科""介"杂用,或者还可说是有省,有不省;还有几处"科""介"连用,如"作听科介","扣门科介",这又怎样解说呢? 其实南北方言不同,不妨一科一介,何必混为一谈。

② 《武林旧事》所记脚色,次末即副末,装旦即旦,实在仅只三种。另有戏头、引戏二者,不在搬演之列,故从略。

在南戏中，生、旦、净、丑皆唱，一套曲或一支曲，皆可数人接唱，与北曲仅正末、正旦唱，一套曲一人唱到底者不同。《曲律》卷三谓南戏从来每人各唱一只，《拜月》始以两三人合唱，而词隐诸戏遂多此格。是不对的。唱曲咬字行腔的情形也间有可考者，《中原音韵》云：

> 入声以平声次第调之，互有可调之音。且以开口"陌"以"唐"①内"盲"，至"德"以"登"五韵；闭口"缉"以"侵"，至"乏"以"凡"九韵；逐一字调平上去入，必须极力念之，悉如今之搬演南宋戏文唱念声腔。

魏良辅《曲律》云：

> 曲须要唱出各样曲名理趣，宋元人自有体式：如[玉芙蓉]、[玉交枝]、[玉山供]、[不是路]要驰骤；[针线箱]、[黄莺儿]、[江头金桂]要规矩；[二郎神]、[集贤宾]、[月云高]、[念奴娇序]要抑扬；[扑灯蛾]、[红绣鞋]、[麻婆子]虽疾而无腔，然而板眼自在，妙在下得匀净。

此等话虽非专为南戏而发，然我们于此亦得到了些唱南戏的情形。

当时唱戏子弟以海盐为最著名，《紫桃轩杂著》卷三云：

> 张镃，字功甫，循王之孙，豪侈而有清尚；尝来吾郡海盐，作园亭自恣，令歌儿衍曲，务为新声，所谓海盐腔也。

《盐邑志林》卷十七元姚桐寿《乐郊私语》云：

> 州少年多善歌乐府，其传皆出于澉川杨氏。当康惠公梓存时，节侠风流，善音律，与武林阿里海涯之子云石交，云石翩翩公子，无论所制乐府、散套，骏逸为当行之冠，即歌声高

---

① 案："唐"，应作"庚"。"唐"之入声为"铎"，不是"陌"；且"盲"字在"庚"韵，不在"唐"韵。盖"唐"与"庚"形近而误。从"陌"至"德"共六韵，此云"五韵"，亦误。

引,可彻云汉,而康惠独得其传;其后长公国材,次公少中,复与鲜于去矜交好,去矜亦乐府擅场;以故杨氏家僮千指,无有不善南北歌调者。由是州人往往得其家法,以能歌名于浙右云。

直至明代昆山腔出,而海盐腔始衰。

今将南戏与传奇北剧的异同,列一简表①于下,以备观览:

项目	出或折	题目	所谓家门	体裁长短	曲子	宾白	动作名称	脚色名目	唱法	楔子
南戏	不分	有	有	无定	南曲	三者大致相同	介	二者大致相同	二者大致相同	无
传奇	分	无	有	较有定	兼南北		介			无
北剧	不分	有	无	有定	北曲		科	异	异	有

四　曲律②

南戏与传奇,一脉相沿,所以在结构方面很相接近,可是讲到

---

① 从这个简陋的表里,可以看出这三种东西异同点的大小,就是:

	同　　点	异　　点
南戏与传奇	6	4
南戏与北剧	3	7
传奇与北剧	1	9

我们知道地方性的差异来得显著,时代性的变化来得和缓,因为南戏与传奇是在同一空间,惟不在同一时间,故最接近;南戏与北剧虽不在同一空间,而还在同一时间,故次之;传奇与北剧既不在同一空间,又不在同一时间,故差异最远。

② 本节所讲,凡关于明传奇的曲律,均根据《九宫谱定》卷首《总论》,及许守白先生《曲律易知》,为便利计,不再标明出处。

曲律,二者差异之处就很多了。至于北剧,更不必说了,因为南戏与北剧是根本不同的两种曲调。

　　现在先讲宫调。《十三调南曲音节谱》所载南戏宫调凡十五①:[仙吕],[羽调],[黄钟],[商调],[商黄调],[正宫],[大石],[中吕],[般若],[道宫],[南吕],[高平],[越调],[小石],[双调]。我们倘然把他与明蒋孝的《南九宫谱》对照一下,就知道南戏与传奇宫调的不同了。

南戏宫调	仙吕	羽调	黄钟	商调	商黄调	正宫	大石	中吕	般若	道宫	南吕	高平	越调	小石	双调	
传奇宫调	仙吕		黄钟	商调		正宫	大石	中吕			南吕		越调		双调	仙吕入双调

两相比较,明人少[羽调]等六种,多[仙吕入双调]②一种。宫调的限制也宽严不同,明人同一曲牌入两宫调者,为数甚少;而南戏则有"互用""出入"之例。今将《十三调谱》所载,列举于后:

---

① 《十三调南曲音节谱》,本来有目无辞,其目附《南词叙录》后。王骥德《曲律》中亦收此目,恐即从乃师徐渭处抄录而来。此谱名为《十三调》,而所收宫调却有十五,这总不外乎下列几个缘故:一,"三"与"五"形体相近,或者"三"字是"五"字之讹;二,十五调中,[商黄]与[高平]均无独有之曲,或者除此二调计,故仅云"十三";三,《南词叙录》与《曲律》,通行本俱有阙页,(今据明天启本《曲律》。)少[小石]慢词近词,[双调]慢词仅存最后一支,所以[小石][双调]的标题均阙,或者本作十五,后人不察,以为标题仅十三,遂将"五"字改作"三"字。

② [仙吕入双调]虽见《宋史·乐志》,并非臆造,然在事实上既无存在的必要,所以清人曲谱,如《南词定律》、《九宫大成》等均把他裁去,而将曲牌分隶于[仙吕]、[双调]之下。

［仙吕］	与［羽调］互用;出入［道宫］、［高平］、［南吕］。
［黄钟］	与［商调］、羽调］出入。
［商调］	与［仙吕］、［羽调］、［黄钟］皆出入。
［商黄调］	此系合犯,乃［商调］、［黄钟］各半只,或各一只合成者皆是也。但不许［黄钟］居［商调］之前,由无前高后低之理,古人无此式也。
［正宫］	与［大石］、［中吕］出入。
［大石］	与［正宫］出入。
［中吕］	与［正宫］、［道宫］出入。
［般涉］	与［中吕］出入。
［道宫］	与［南吕］、［仙吕］、［高平］出入。
［南吕］	与［道宫］、［仙吕］出入。
［高平］	与诸调皆可出入。其调曲名皆就引各调曲名合入,不再录出。
［越调］	与［小石调］、［高平调］出入。
［小石］	与［越调］、［双调］出入。
［双调］	中有［夹钟宫］俗调。与［小石］出入。

可见明人宫调的减少,不是完全因为散佚,一部分是给他们裁并掉的。如［羽调］可与［仙吕］互用,所以除明人不用的曲牌外,大部分都并入［仙吕］①;［商黄调］只是一种犯调,所以并入［商调］②;

---

① 清人曲谱如《南曲定律》《九宫大成》等,虽仍列《羽调》;然系带些考古性质,在事实上,《羽调》曲牌常与《仙吕》联套,很少独用《羽调》一调曲牌以成套的。

② 《商黄调》的并入《商调》,诸谱虽无明文,然考集曲归宫之例,以首曲为准,首曲为某宫调之曲,则此集曲即属某宫调。今《商黄调》乃《商调》在前、《黄钟》在后的集曲,照例应归入《商调》。又,《曲律》录沈谱目录,并增入自己的新制,其所拟《商黄调》词五章,亦皆附在《商调》之末。

［高平］既无独有之曲，大概和别宫调只是音律上的差异，音律是最易失传的东西，明人恐怕已经不知道这种［高平］特具的音律，所以也径把他裁去。

此外，未被裁并，亦未散佚的诸宫调，似乎不会再有什么差异了。其实不然。盖宫调虽同，而其中所收曲牌又参差互异，可见南戏与传奇所习用的曲牌又自不同。我们要明白这个问题，聚集许多南戏与许多传奇来做个统计，当然是最好的办法。可是这样的做，不但不胜其烦，而且现存的南戏也嫌太少，还不够应用。现在我们只把曲谱来比较一下，也就可以知道了。事前须先把曲谱的沿革说一说。《曲律》卷一云：

> 南词旧有蒋氏《九宫》、《十三调》二谱，《九宫谱》有词，《十三调》无词。词隐于《九宫谱》参补新调，又并署平仄，考定讹谬，重刻以传。却削去《十三调》一谱，间取有曲可查者，附入《九宫谱》后。

> 蒋氏《旧谱序》云："《九宫》、《十三调》二谱，得之陈氏、白氏，仅有其目而无其辞，蒋为辑古戏及散曲，合数十家，每调各谱一曲。迨词隐，又增补新调之未收者，并署平仄音律，以广其传，益称大备。蒋，毗陵人，名孝，登嘉靖甲辰进士，盖好古博雅士也。其书世多不传，恐久而遂泯其人，略志所自。"

实在《十三调谱》，应远在《九宫谱》之前，其沿革当如下图：

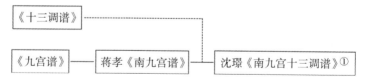

今将诸谱［仙吕］一宫所收的曲牌，列对照表于下以示例：明清曲谱，尚有《南词定律》、《九宫大成》两种，一并列入；沈自晋

《南九宫谱》，《九宫谱定》，《钦定曲谱》，皆祖述沈谱，出入甚微，则从略。

《十三调谱》	蒋　谱	沈　谱	《南词定律》	《九宫大成》	慢词（引子）
［河传］		同	［河传引］	［河传］	
［小蓬莱］	同	同	同	同	
［声声慢］		同	同	同	
［鹊桥仙］	同	同	同	同	
［点绛唇］					
［薄幸］					
［聚八仙］					
［天下乐］	同	同	同	同	
［八声甘州］		同	同	同	
［转山子］					
［大胜乐慢］					
［临江仙］					
［疏帘淡月］		［桂枝香］	［疏帘淡月］	同	
	［探春令］	同	同	同	
	［鹧鸪天］	同	同	同	
	［奉时春］	同	同	同	
	［金鸡叫］	同	同	同	
	［醉落魄］	同	同		
	［剑器令］	同	同	同	
	［似娘儿］	同	同	同	
	［卜算子］	同	同	同	
	［糖多令］	同	同	同	
	［紫苏丸］	同	同	同	
	［望远行］	同	同	同	

① 蒋氏为《九宫谱》每调各谱一曲，把《十三调谱》附在后面，不过做个附录罢了，所以并不发生关系；沈璟将这个附录削去，而取有曲可查者附入《九宫谱》，于是二谱始生关系。所以沈氏之谱，名为《南九宫十三调曲谱》。

（续表）

《十三调谱》	蒋　谱	沈　谱	《南词定律》	《九宫大成》
	[梅子黄时雨]	同	同	
		[番卜算]	同	同
		[杜韦娘]	同	同
			[夜游宫]	同
			[洞房春]	同
			[踏莎行]	同
			[卜算仙]	
			[雨中归]	
				[夜行船]
				[花心动]
				[珍珠帘]
				[风入松慢]
				[谒金门]
				[五供养]
				[月上海棠]
				[金珑璁]
				[惜奴娇]
				[胡捣练]
				[西河柳]
				[海棠春]
[赚]		[薄媚赚]	同	同
[八声甘州]	同	同	同	同
[天下乐]		同	同	同
[胜葫芦]	[大河蟹]	[胜葫芦]	同	同
[青歌]	[青歌儿]	同	同	同
[三祝付]		[三嘱付]	同	同
[六么序]				
[醉扶归]	同	同	同	同
[大迓鼓]				
[光光乍]	同	同	同	同
[聚八仙近]	[聚八仙]	[河传序]	同	同

近词（过曲）

（续表）

《十三调谱》	蒋　　谱	沈　　谱	《南词定律》	《九宫大成》
[三学士]				
[美中美]	同	同	同	同
[针线箱]			同	同
[大胜乐]				
[油核桃]	同	同	同	同
[木丫叉]	同	同	同	同
[解三酲]	[解三酲犯]	[解三酲]	同	同
[告雁儿]				
[人月圆]				
[拗芝麻]	同	同		同
[喜还京]	同	同	同	
	[甘州歌]*①	同	同	同
	[羽调排歌]	同		
	[三叠排歌]	同		
	[十五郎]	同	同	同
	[一盆花]	同	同	同
	[桂枝香]	同	同	同
	[望梅花]	同	同	同
	[侍香金童]			
	[春从天上来]	同	同	同
	[胡女怨]	同	同	同
	[五方鬼]	同	同	同
	[撼亭秋]	[感亭秋]	[撼亭秋]	[感亭秋]
	[皂罗袍犯]	[皂罗袍]?	同	同
	[一封书犯]	一封书?	同	同
	[胜葫芦犯]			
	[安乐神犯]	同	[安乐神]?	同

①　表中凡有＊者,均为集曲(犯调);又有如[安乐神犯]之类,明是集曲,乃明清以来
　　均以正曲视之,故不计。

《十三调谱》	蒋　　谱	沈　　谱	《南词定律》	《九宫大成》
	［铁骑儿］	同	同	同
	［大斋郎］	同	同	同
	［上马踢］	同	同	同
	［摊破月儿高］			
	［蛮江令］	同	同	同
	［凉草虫］	同	同	同
	［腊梅花］	同	同	同
	［月儿高］	同	同	同
	［月云高］*	同	同	同
	［西河柳］	同	同	同
	［古皂罗袍］	同	同	同
	［碧牡丹］	同	同	同
	［惜黄花］	同	同	同
	［八声甘州过］			
	［甘州歌过］			
	［调角儿犯］	［掉角儿序］	同	同
	［解连环］		同	同
	［醉罗袍］*	同	同	同
	［香归罗袖］*	同	同	［香归双罗袖］
	［番鼓儿］	同	同	同
	［傍妆台犯］	［傍妆台］？	同	同
	［望吾乡］	同	同	同
		［二犯月儿高］*		［二集月儿高］
		［月照山］*	同	同
		［月上五更］*	同	同
		［长拍］	同	同
		［短拍］	同	同
		［皂袍罩黄莺］*	［皂罗罩金衣］	［皂袍罩金衣］
		［醉罗歌］*	同	同
		［醉花云］*	同	［醉女梦巫云］
		［醉归花月渡］*	［醉归花月云］	［醉归花月渡］

（续表）

《十三调谱》	蒋　谱	沈　　谱	《南词定律》	《九宫大成》
		[罗袍歌]*	同	同
		[二犯傍妆台]*	同	[二集傍妆台]
		[甘州解酲]*	同	同
		[二犯桂枝香]*	同	
		[天香满罗袖]*	同	[皂罗香]
		[一封歌]*	同	同
		[一封罗]*	同	同
		[解酲带甘州]*	同	同
		[解酲歌]*	同	同
		[解袍歌]*	同	同
		[解酲望乡]*	同	同
		[掉角望乡]*	同	
		[甘州八犯]*	同	
			[玉连环]	同
			[小措大]	同
			[古针线箱]	同
			[雁儿]	同
			[金盏儿]	同
			[误佳期]	同
			[四换头]	同
			[灞陵桥]	
			[叠字锦]	同
			[风入松]	同
			[风入松慢]	同
			[急三枪]	同
			[一机锦]	同
			[锦上花]	同
			[福青歌]	同
			[五韵美]	同
			[两头南]	
			[双劝酒]	

（续表）

《十三调谱》	蒋　　谱	沈　　谱	《南词定律》	《九宫大成》
			［窣地锦裆］	
			［哭岐婆］	
			［青天歌］	同
			［打球场］	
			［雁儿舞］	同
			［本宫赚］	同
			［不是路］	同
			［妆台望乡］*	同
			［妆台带甘歌］*	［妆台甘州歌］
			［临镜解罗袍］*	同
			［桂坡羊］*	同
			［罗香令］*	
			［桂月佳期］*	［桂子佳期］
				［五抱玉郎］*
				［供养入江水］*
				［五玉枝］*
				［五枝供］*
				［五月红楼送娇音］*
				［玉娇莺］*
				［玉枝林］*
				［玉枝供］*
				［玉雁子］*
				［玉娇娘］*
				［娇海棠］*
				［交枝拨掉］*
				［玉枝带六么］*
				［玉肚枝］*
				［玉山供］*
				［玉山颓］*
				［玉肚莺］*

（续表）

《十三调谱》	蒋　　谱	沈　　谱	《南词定律》	《九宫大成》
				［玉桂枝］*
				［玉供莺］*
				［双玉供］*
				［玉么令］*
				［玉肚金娥］*
				［九曲河］*
				［六么姐儿］*
				［六么江水］*
				［海棠令］*
				［海棠锦］*
				［海棠沉醉］*
				［月上园林］*
				［月上古江］*
				［海棠醉公子］*
				［三枝花］*
				［三月姐姐］*
				［三月上海棠］*
				［拨棹入江水］*
				［川姐姐］*
				［拨神仗］*
				［拨棹供养］*
				［光迓鼓］*
				［豆叶如梧桐］*
				［十二娇］
				［元卜算］
				［双蝴蝶］
				［金娥神曲］
				［赛红娘］
				［川豆叶］
				［书锦堂］

《十三调谱》	蒋　　谱	沈　　谱	《南词定律》	《九宫大成》
				［红林擒］
				［对玉环］
				［清江引］
				［惜花赚］
				［八仙过海］*
				［月转盼花期］*
				［桂花袭袍香］*
				［解罗袍］*
				［解三寒］*
				［长短豆叶栖蝴蝶］*
				［锦堂月］*
				［锦堂集贤宾］*
				［昼锦画眉］*
				［醉侥侥］*
				［公子醉东风］*
				［步入园林］*
				［步步入江水］*
				［步扶归］*
				［步月儿］*
				［令布东风］*
				［沉醉海棠］*
				［沉醉姐姐］*
				［东风吹江水］*
				［九华灯］*
				［园林带侥侥］*
				［园林柳］*
				［园林入江水］*
				［园林见姐姐］*
				［园林醉海棠］*
				［园林沉醉］*

（续表）

《十三调谱》	蒋　谱	沈　谱	《南词定律》	《九宫大成》
				[江水绕园林]*
				[江水拨棹]*
				[供养海棠]*
			[春絮似江云]*	[春絮一江云]
			[安乐歌]*	[安乐高歌]
			[一片锦]*	[十样锦]
			[风入三松]*	同
			[风入园林]*	同
			[风送娇音]*	同
			[双节高]*	
				[步步娇]
				[江儿水]
				[古江儿水]
				[好姐姐]
				[鹅鸭满渡船]
				[赤马儿]
				[园林好]
				[月上海棠]
				[三月海棠]
				[川拨棹]
				[黑麻序]
				[惜奴娇序]
				[晓行序]
				[锦衣香]
				[浆水令]
				[花心动序]
				[雌雄画眉]
				[山东刘衮]
				[醉翁子]
				[侥侥令]

（续表）

《十三调谱》	蒋　谱	沈　谱	《南词定律》	《九宫大成》
				［彩衣舞］
				［豆叶黄］
				［玉娇枝］
				［玉胞肚］
				［六么令］
				［么令］
				［五供养］
				［忒忒令］
				［沉醉东风］
				［嘉庆子］
				［尹令］
				［品令］
				［桃红菊］
			［桂花遍南枝］*	同
			［桂子著罗袍］*	同
			［桂香转红马］*	［桂发转佳期］
			［桂花罗袍歌］*	［桂花罗醉歌］
			［桂皂傍妆台］*	同
			［一秤金］*	同
			［长短嵌丫牙］*	同
			［短拍带长音］*	同
			［醉归月下］*	
			［全醉半罗歌］*	
			［醉花月转红］*	［醉花月云转］
			［醉归花月红上马］*	
			［十二红］*	同
			［皂花莺］*	同
			［皂莺花］*	同
			［皂罗鞍］*	
			［罗袍带封书］*	同

（续表）

《十三调谱》	蒋　　谱	沈　　谱	《南词定律》	《九宫大成》
			［八仙会蓬海］*	同
			［解封书］*	同
			［解醒乐］*	同
			［解醒瓯］*	同
			［解醒芙蓉］*	
			［解醒姐姐］*	同
			［解醒画眉子］*	同
			［九回肠］*	［六时理针线］
			［二犯掉角儿\］*	［二集掉角儿］
			［望乡歌］*	同
			［三犯月儿高］*	［三集月儿高］
			［云锁月］*	同
			［月下佳期］*	
			［月转红上马］*	
			［月夜渡江归］*	［月儿映江云］
			［梅花郎］*	同
			［光葫芦］*	同
			［光夜月］*	
			［葫芦歌］*	同
			［一封莺］*	同
			［书寄甘州］*	同
			［一封河蟹］*	同
			［封书寄姐姐］*	同
				［锦水棹］*
				［侥侥拨棹］*
				［侥侥鲍老］*
				［二集侥侥令］*
				［姐姐插娇枝］*
				［姐姐插海棠］*
				［好玉供海棠］*
				［姐姐带侥侥］*

（续表）

《十三调谱》	蒋　　谱	沈　　谱	《南词定律》	《九宫大成》	
				［姐姐拨棹］*	
				［姐姐带五马］*	
				［姐姐带六幺］*	
				［姐姐寄封书］*	
慢词十三	引子十五	引子二十一	引子二十六	引子三十四	总计
近词二十二	过曲四十六	过曲四十五	过曲六十九	正曲一百零七	
	犯调四	犯调二十四	犯调七十六	集曲一百四十五	

我们看诸谱所收曲牌的总数，时代愈后，数目愈大。这是因为：一，草创者当然搜剔未尽，总不及后继者的完备；一，宫调的裁并①；然而最大的原因不仅为此，乃是因为集曲的盛行。试看表上集曲的数目逐渐增加，竟超过了正曲。我们知道凡是集曲，都属细曲，或可粗可细，均宜于生旦诉情之用。盖自元代以来，南戏的造作既完全操于文人之手，不是民众所有的事情了，其结果使长套的细曲增多。在南戏中，本是短戏多而长套细曲少，现存的三种南戏，简直找不出一套长套细曲。长套细曲已增多，原有细曲不够应用，于是竞起制造集曲；亦有文人不甘默守这几支成曲，群趋于集曲一途以相夸耀新奇的；这都是集曲盛行的原因。惟他们为什么不别创新腔，大都皆致力于集曲呢？这是因为创作新腔难，制造集曲较易之故。这种趋向，我们不能不说他是进步，然极其弊，一本传奇中长套诉情的细曲过多，不但不便搬演，就使搬演，也引不起观众的兴味，令人昏昏欲睡，只能供案头的欣赏而已。传奇衰微，种因于此了。

---

①　譬如这个［仙吕宫］的曲牌，最初兼并了［羽调］的一部分，继因［仙吕入双调］的删削，又增加了不少。虽则原有之曲亦有被画入他宫调的，如［点绛唇］、［侍香金童］的改入［黄钟］，［转山子］、［临江仙］、［大迓鼓］、［三学士］的改入［南吕］，然而两相比较，还是"入超"的。

　　从曲谱方面看来,在传奇中,固然增加了一大批集曲。我们倘再看现存的南戏,则确有许多被淘汰的曲牌。仅就《张协状元》一戏而言,其中如[犯思园]、[犯樱桃花]、[复襄阳]、[福州歌]、[夏云峰]、[贺筵开]、[添字赛红娘]、[添字君令]、[台州歌]、[五方神]、[上堂水陆]、[金牌郎]、[林里鸡]、[太子游四门]、[引番子]等,皆明曲所无。而且,有时虽同一曲牌,南戏与传奇也往往体式互异①。

　　就质料方面讲,南戏与传奇差异固然很大。可是,现在话又说回来了。南戏究竟是传奇之所从出,其质料之不同,乃由于渐变,非一朝一夕之事,二者之间,固无明显的界限的。我们倘再进而看他们运用质料的规律,二者差异的程度就较小了。第一先说引子。凡在一场中,每一脚色出场,只许用一引子,决不可用两引子。然而,在《小孙屠》中,有旦连唱[正宫]引子[破阵子]二支的;《张协状元》中,也有外贴合唱[越调]引子[祝英台近]四支的;此外这种情形还很多。其实这个症结所在,就是我们不应用明人曲谱所规定的引子过曲去衡量南戏。因为[破阵子]与[祝英台近]大概在南戏中本是正曲,[破阵子]且不论,只要看[祝英台近],既名曰“近”,则为正曲甚明。后来经过一度变更,始降而为引子。沈璟也曾疑心到这一层,所以在他的《南九宫十三调谱》[祝英台近]下注云:

　　　　凡引子皆曰“慢词”,凡过曲皆曰“近词”,此当作[祝英台慢]。但此调出自诗余,元作[祝英台近],不敢改也。

其实正曲降为引子的很多,不过此曲有个“近”字,比较容易看得出罢了。

---

①　此种例多不胜举,如《张协状元》[五供养]云:“五鸡山下,更无人知我行藏。衣裳剥去露痕伤。雪儿又下,朱户闭景物惭惶。来古庙试开取,投宿又何妨。”此不但与明传奇诸格不同,即与《杀狗记》格也异。《杀狗》首句用韵;第三句作五字句,三字韵;第六句叶;末句七字。

一人同时固不可用两引子,而数人却可同时合用一引子。如《张协状元》[双调]引子[豆叶黄]云:

> (末作李大公出唱)瑞雪纷纷,便觉丰登。感得吾皇,一人有庆。(净作李大婆接唱)亚公,早辰烧香谢神明。惟愿两口夫妻,头白牙黄,免得短宁。

这是两人合用一引子;又如[中吕]引子[粉蝶儿]云:

> (外出唱)庭院深深,春色恼人天气。(后①接)向幽闺更无情味。步芳堤游上苑,便贪游戏。(丑)我孩儿听取亚爹说你。

这是三人合用一引子。

引子曲牌可不必全用,只用开头几句就行②,如《小孙屠》[双调]引子[惜奴娇]云:

> 职判开封,冤枉人心顽如铁。枉然官法如炉自灭。

下面省去四句;又如[越调]引子[桃李争放]云:

> 听得叫梅香,只得堂前听取使③。

下面省去一句。惟《张协状元》通本四十余支引子,无一省减词句的,《小孙屠》已经是南戏晚期的作品,才有这种规律,这大概发生较迟罢。

引子有时可当作尾声用,如《小孙屠》中一套:

> 旦梅香唱[破阵子]二、[剔银灯][丛锦花][麻婆子];生、

---

① 案:张协弃贫女另娶王胜花,戏中既以旦饰贫女,应以贴饰胜花。今通本戏文,凡饰胜花的脚色,均作"后",或作"後",仅一处作"占",疑均是"贴"字之讹。盖"贴"字俗省作"占",今俗钞之曲本犹然,由"占"一误而为"后",再误而遂为"後"了。

② 惟传奇第一出正生上场的引子必须全用,不可省减。

③ [桃李争放],三句两韵,首尾两句用韵,《陈巡检梅岭失妻》中有之。今此曲"香"字是韵,"使"字实不是韵,由此可知省改辞句的自由了。

末、净唱［水底鱼儿］；旦梅香唱［乔合生］二；生、末唱［忒忒令］二，旦、生唱［红绣鞋］二；同唱［刮鼓令］；同唱［中吕］引子［粉蝶儿］："一饮千钟，醺醺殢人扶路。醉酶酶怎生移步？"旦："爱花心，须仗托阑杆遮护。"生："恼柔肠，教人九回千顾。"并下。

又如《张协状元》中一套：

　　旦唱［一枝花］、［金钱花］二、［南吕］引子［满江红］："望大贤周济我两文钱，归乡去。"下。

案：［满江红］原有八句，此乃最末两句，可见引子作尾声亦可省减词句的。

凡此诸端，在明传奇中仍沿袭不变，惟习用曲牌则与南戏不同。南戏首场正生登场引子都用［粉蝶儿］，其余则［紫苏丸］、［卜算子］、［西地锦］、［大胜乐］、［临江仙］等较多用；而明人所习用的，则为［恋芳春］、［满庭芳］、［喜迁莺］、［破齐阵］等。明人作尾声用的引子，仅限于［哭相思］、［鹧鸪天］、［临江仙］三曲，除［临江仙］首尾都可用外，［哭相思］与［鹧鸪天］虽名为引子，然通常总用在正曲之后，从无用在开头的；今南戏却在此三曲外更有用［粉蝶儿］、［满江红］的；而且《张协状元》中竟有把［哭相思］用在开头的了。

其次，讲到正曲，我们倘欲研究其节奏的缓急，性质的粗细，配搭的方法，与传奇的异同若何？一则材料太少，把他归纳起来，所得结论未必准确；二则南戏与传奇习用曲牌不同，南戏所常用者，往往为传奇所不用，无从比较其异同；三则戏文排场是跟着戏情而转移的，戏情的变化无定，则排场的变化亦无定，我们所能讲的，仅就其大者常者言，而现存的南戏中，简直无一长套诉情之戏，什九都是排场变化无定的短套，所以于研究上极感困难。因此三个缘故，实在无法详细去研究他。

明人的规律：一，凡有赠板的缓曲应在前，无赠板的急曲应在后。二，凡细曲宜于生旦诉情，粗曲宜于净丑用。三，曲牌配搭，有必须与别曲相联成套的;有可与别曲联套,也可专用此曲数支的;有宜专用此曲,不能与别曲相联的;有宜叠用的;有不宜叠用的。用以衡量南戏,则有合有不合,今略举几套曲子于下以示例:

脚 色	曲　子	缓　急	粗　细	配　搭
生　旦	［南吕］引子［酷相思］			
生	［黄钟］过曲［狮子序］	有赠板	细	联套不宜叠用
旦	又			
生	又			
旦	又			
丑	［仙吕入双调］过曲［字字双］	无赠板	粗	
又	又　　　［双劝酒］	无赠板	粗	
旦	［正宫］过曲［朱奴儿］	无赠板	可粗可细	联　套
末	又			
丑	又			
生	不知宫调［夏云峰］	未　详	未　详	未　详
生旦末	又　　　［贺筵开］	未　详	未　详	未　详
又	又			

此套见《张协状元》。凡粗曲只供短戏过场等用,又称非套数曲,此处［字字双］、［双劝酒］二曲似不宜阑入,然因丑脚登场,排场变换,故仍合律。此套曲子与传奇规律不合者,仅［狮子序］不宜叠用,而此处竟叠用四曲①。

脚　色	曲　子	缓　急	粗　细	配　搭
旦	［商调］过曲［黄莺儿］	赠板可有可无	可粗可细	兼　用
丑	又　　　［吴小四］	无　赠　板	粗	
旦	又			

---

① ［狮子序］,《张协状元》中另有一套,亦叠用二曲。

（续表）

脚　色	曲　　子	缓　　急	粗　　细	配　搭
丑	又			
旦	又			

此套亦见《张协状元》。[黄莺儿]只宜用以过场，不宜用以冲场①；[吴小四]乃净、丑冲场之曲，生旦万不宜用。今以[黄莺儿]冲场，又以旦唱[吴小四]，与传奇规律完全不合。

脚　色	曲　　子	缓　　急	粗　　细	配　搭
生　旦	[南吕]引子[薄媚令]			
又	[南吕]过曲[红衫儿]	赠板可有可无	细	联　套
又	又			
生	又			
旦	又			
末净生	又　　　　　[赚]			
又	又			
旦末净	又　　　　[金莲子]	无　赠　板	细	联套不宜叠用
生末净	又			
旦生末净	[正宫]过曲[醉太平]	有　赠　板	细	联套宜叠用
末净生	尾　　　声			

此套也见《张协状元》。凡戏文到移宫换调，缓急悲欢，必须靠[赚]曲为过接，此套中原无用[赚]的必要。[金莲子]无赠板，不宜叠用，反用在有赠板的[醉太平]前，又叠用二曲；[醉太平]宜叠用，却只用一曲，此皆与传奇规律不合。至于二者规律完全相合的套数，则不再举例。

————————

① 过场者，乃传奇中线索的过脉，戏情的过渡，均以短套曲子为之。冲场者，乃上场时即唱曲子，不用宾白或诗句引起，而所唱之曲又非引子之谓；换句话说，就是以正曲当引子用。

最后,讲到尾声,其体式似较传奇为多,《十三调谱》所载尾声格调,有:

　　[情未断煞]　　　[仙吕]、[羽调]同此尾。

　　[三句儿煞]　　　[黄钟]尾。

　　[尚轻圆煞]　　　[正宫]、[大石]同此尾。

　　[尚绕梁煞]　　　[商调]尾。

　　[尚如缕煞]　　　[中吕]有二样,此系低一格尾;[般
　　　　　　　　　　 涉]同。

　　[喜无穷煞]　　　[中吕]高一格尾。

　　[尚按节拍煞]　　[道宫]尾。

　　[不绝令煞]　　　[南吕]尾。

　　[有余情煞]　　　[越调]尾。

　　[收好因煞]　　　[小石]尾。

　　[有结果煞]　　　[双调]尾。

　　又有[本音就煞],谓之"[随煞]"。

　　又有[双煞]。

　　又有[借音煞]。

　　又有[和煞]。

然在现存三种南戏中,有尾声的套数很少,而用下场诗的较多①;即用尾声,亦不一定如上面的规定。及至明人传奇,通常所用尾声格调,则不过四种而已。

　　南戏用韵,甚是乱杂,"支思"、"机微"、"居鱼"、"姑模"不分,"干寒"、"欢桓"、"天田"、"纤廉"不分,"真文"、"庚亭"、"侵寻"不分,"家麻"、"车蛇"不分,不但现存的三种南戏,其余曲谱所征

———————

① 照例长套细曲须用尾声,短套可用几句下场诗就行。现存的南戏长套很少,所以用尾声的亦就不多。

引的亦是如此。所以在沈璟谱中，凡是南戏，在半数以上注着"此曲用韵甚杂"，"此曲用韵亦杂"，"用韵甚杂不足法也"一类的话，虽《拜月》《琵琶》亦所不免。盖南戏本来自民间，最初当然用温州土音叶韵；自从根本地移杭之后，恐怕即用杭音，当时固无所谓韵书足供运用；就是南戏的造作权从民众手里移到文人手里，用韵仍不甚严密。虽则《中原音韵》说"唱念呼吸皆如约韵"，然而这并非说南戏用韵的严密，正是讥其不若北剧的用官音，而用闽浙土音叶韵的不足为训。

南戏的曲牌，"合头"独多，如《张协状元》中凡叠用三四曲的，差不多什九皆有合头；《小孙屠》中则称"和"而不称"合"。句法似较传奇为自由，譬如上三下四的七字句，时常改用上四下三的句子。而有许多地方却可改正明人曲谱的错误，如沈谱〔南吕〕〔红衫儿〕第三句，"奈眼前斗合这般事际"，作五字句，四字韵；今考《张协状元》作"奈眼前尽成怨忆"，为上三下四七字句；可见前曲"这般"二字是衬字，不应分成两句。又如〔仙吕〕〔五方鬼〕末句，谱作"见个人儿美貌动情"，为四字句，四字韵；《张协状元》作"有何事殢人惊"，为六字三三句；则前曲也不应分成两句。这种例多不胜举。四声阴阳虽不若传奇的严紧，亦往往自然合调，所以沈谱中多"某某上去妙"，"某某去上妙"一类的褒词。

总之，无论什么事情，总是愈到后来愈进步。南戏最初是民间的作品，不叶宫调，原无规律可言，故其目的只求能搬演，无所谓合律不合律；及至逐渐进步，而规律之说始起。不过无论如何，总不及传奇的严密，这是无可讳言的；而且曲牌的性质随时在变易着，明人不知这种道理，往往用他们自己的规律去衡量南戏，宜其要说南戏的不合律了。

（原载《燕京学报》专号之九《宋元南戏百一录》卷首，哈佛燕京学社1934年12月出版）

宋元南戏

12世纪30年代至14世纪60年代,即北宋末叶到元末明初,在中国南方流行的戏曲艺术。宋元南戏又称戏文、南曲和南曲戏文或南戏文(见戏文)。在它早期,因其最初产生在浙江温州(一名永嘉)地区,故又称为温州杂剧或永嘉杂剧。13世纪70年代,元灭南宋,南戏传播到北方地区,14世纪60年代末期,明王朝建立后,仍在继续发展,被称为传奇。它对后世戏曲的影响极为深远。

南戏的形成与发展 南戏萌芽于南方民间的"村坊小曲",初为歌舞小戏。明徐渭《南词叙录》说:"'永嘉杂剧'兴,则又即村坊小曲而为之,本无宫调,亦罕节奏,徒取其畸农、市女顺口可歌而已。"又说:"其曲,则宋人词而益以里巷歌谣,不叶宫调,故士夫罕有留意者。"

南戏产生的时间,历来有两种不同的说法:一为"南戏出于宣和(1119~1125)之后,南渡(1127)之际"的北宋末年(明祝允明《猥谈》);一为"南戏始于宋光宗朝(1190~1194),永嘉人所作《赵贞女》、《王魁》二种实首之"(徐渭《南词叙录》,据叶子奇《草木子·杂俎篇》)。两说相去70余年,正是南戏由原始状态的村坊小戏逐渐成长演变为较为完整的戏剧形式的过程。

北宋王朝后期政治腐败,外则金人虎视眈眈,内则农民纷纷起义。温州偏处浙江东南,未遭兵燹,又是对外贸易的通商口岸,设有市舶务(《宋会要辑稿》卷四十四《职官·提举市舶司》),商业发达,经济繁荣。由于市民阶层的壮大和他们对文化的需要,当地村坊小戏很快被吸收到城市中来。南戏这种新鲜而又有生气的剧种,便在这个古文化之邦迅速成长起来。

宋室南渡,北方人口大规模南迁,据《宋史·地理志》及《宋会要辑稿》记载,仅两浙地区,人口增加了三分之一。社会的相对安定促进了文化艺术的繁荣,市镇乡村的民间歌舞和戏曲活动十分兴盛,"社火"尤为普遍,虽乡民集资举办,也有专业艺人参加。南戏所以能脱胎于本地民间歌舞小戏而成长起来,主要原因是南方农村经济的发达和传统表演技艺的基础深厚。

温州杂剧在浙、闽地区流行之后,再进一步发展成为成熟的戏曲艺术,则又与南宋及元代最繁华的城市临安(今杭州)有不可分割的关系。南宋都城临安的游艺场所,远较北宋时汴梁(今开封)为盛。据《武林旧事·瓦子勾栏》记载,城内外便有南瓦、中瓦、北瓦、蒲桥瓦等23处瓦子。每一处瓦子又有若干勾栏,例如北瓦就有13座勾栏作为固定的演出场所;此外,还有各处流动演出的"路歧"艺人。这就为各种表演艺术提供了争胜与交流的机会。南宋的临安还有从汴京来的北方各种伎艺,为南戏广泛吸收北方伎艺的成就创造了有利的条件。如汴京瓦舍孔三传的诸宫调,在"杭城有女流熊保保及后辈女童皆效此,说唱亦精"(《梦粱录》)。到了元代,由于南方繁荣的社会经济生活的吸引,大量北人继续南下,许多北方杂剧作家和演员到了临安。如萧德祥等在杭州参与了南戏剧本的编写;有"专工南戏"的演员龙楼景、丹墀秀等(《青楼集》)。这对于南戏吸收北杂剧的艺术成就,丰富、提高自身舞台艺术,产生了重要的影响。随着临安瓦舍伎艺的繁盛,还出现了很多叫做"社会"的团体组织。据《武林旧事·社会》记载,有专演杂剧的绯绿社,有专演唱赚的遏云社,有专演影戏的绘革社等等,这种艺术团体对于推动各种伎艺的发展,起了不小的作用。值得注意的是武林书会、古杭书会等书会组织的出现。书会成员是一批下层文人和粗通文墨的艺人,他们专为班社编写剧本。南戏在临安上演很多新剧目,大部分来自书会,因而进一步促进了南戏的成熟和发展。

南戏在各大城市如杭州、温州、福州、泉州、潮州乃至远及于北方大都的流布,为南戏各种声腔的形成创造了有利条件。元末高明采用南戏形式创作了《琵琶记》,正如徐渭所说:"用清丽之词,一洗作者之陋,于是村坊小伎,进与古法部相参"(《南词叙录》)。

南戏一方面在江南与东南沿海农村乡镇中继续流行,仍保持浓厚的民间色彩和地方情调;另一方面在城市中有了较大的发展,受到专业作家的影响。到元末明初,海盐、馀姚、弋阳、昆山以及闽南多种声腔的蓬勃兴起又呈现出不同的艺术风采。

南戏的剧本及其存佚　宋元南戏有二百多年的发展历史,前后经历了两个朝代的递变。南戏剧本流传至今的虽然很少,但它们的本事大半可考。就题材而言,可归纳为:出于正史的,如《苏武》、《朱买臣》、《司马相如》、《鲍宣少君》一类;出于时事的,如《祖杰》(见《祖杰戏文》)、《黄孝子》、《兰蕙联芳楼》、《邹知县》一类;出于唐宋传奇的,如《王仙客》、《李亚仙》、《章台柳》、《磨勒盗红绡》一类;出于民间故事的,如《孟姜女》、《祝英台》、《刘锡沉香太子》、《董秀才遇仙记》一类;出于宋金杂剧的,如《裴少俊》、《刘盼盼》、《红梨花》、《船子和尚》一类;出于佛道故事的,如《吕洞宾三醉岳阳楼》、《王母蟠桃会》、《西池王母瑶台会》、《鬼子揭钵》一类。还有许多与宋元话本同题材的,如《柳耆卿诗酒玩江楼》、《陈巡检梅岭失妻》、《洪和尚错下书》、《何推官错认尸》之类;与金元杂剧同题材的,如《关大王单刀会》、《拜月亭》、《诈妮子调风月》、《杀狗劝夫》之类。南戏取材既如此广泛,它的内容也丰富多彩。

南戏剧本从许多方面反映了宋元两代长期动乱所造成的尖锐复杂的社会矛盾。其中反映婚姻问题的剧目约占三分之一以上。婚姻题材的剧目又可分为两类：一是争取婚姻自由，一是婚变。这两种题材，都有现实意义。两宋是理学盛行的时代，在婚姻问题上，提倡守节、殉夫等儒家道德观念。但很多南戏剧目，如《王焕》、《王月英》、《孟月梅》、《崔莺莺》、《杨曼卿》、《董秀英》、《裴少俊》、《罗惜惜》、《赛金莲》等，都赞美了冲破"父母之命"、"媒妁之言"藩篱的青年男女，他们的结合虽然经历各有不同，但终于获得最后的胜利，则是一致的。这些南戏剧本对于当时向往婚姻自主的青年男女，是有力的鼓励。南宋时期在杭州演出南戏《王焕》后，某仓官的诸妾竟相率出逃。理学家鼓吹饿死事小，失节事大，而南戏《司马相如》却描写了卓文君新寡之后，迫切地希望改嫁。理学家宣扬"天下无不是底父母"，"君要臣死，不得不死"，在《赛金莲》中，赛金莲和她的情人被母亲强迫拆散，自己被选入宫，仍然坚毅不屈，希望情人救她出去。她不但不信从"天下无不是底父母"的教条，还咒骂了母亲的狠毒无情，咒骂王宫是陷人的深坑。

在重男轻女的封建社会里，女子随时有被男子遗弃的可能。东汉初年，已经有"贵易交、富易妻"这类的话（《后汉书·宋弘传》）。唐宋以来，科举取士制度取代了六朝的门阀制度，中小地主出身的知识分子，也有参加政治的机会，跻身于当权的统治阶级。因此有些知识分子一朝发迹，便丢弃了贫贱时的妻子，赘入豪门。但见新人笑，不见旧人哭，婚变在现实生活中是相当普遍的现象。南戏剧本如《王魁负桂英》、《张琼莲》、《赵贞女蔡二郎》、《崔君瑞》等作品中，对发迹变泰后的负心男子，给予了无情的揭露和辛辣的讽刺。

宋元南戏剧本大多出自下层文人和艺人之手，比较能够反映被压迫阶层的广大人民群众的愿望要求，具有一定的进步意义。如对于英雄、爱国者的歌颂；对于反抗者、弱者的同情；对于奸邪凶恶的反面人物，则加以无情的批判，甚至严厉的惩罚。剧作家嫉恶如仇,爱憎分明。许多剧本还描写兵荒马乱年代混乱萧条的社会面貌和人民颠沛流离的情景。有一些剧本,把战乱作为家庭离散和爱情波折的直接原因,如《乐昌分镜》、《孟月梅》、《王仙客》、《章台柳》、《柳颖》等。他们的“破镜重圆”的结局,表达了人民要求安定团聚的生活愿望。南戏剧目中还有不少歌颂英雄人物和爱国诗人的作品。如《磨勒盗红绡》中的磨勒,水浒戏《黑旋风乔坐衙》中的李逵,《吴加亮智赚朱排军》中的吴用,《屈大夫江畔行吟》中的屈原,《洪皓使虏记》中的洪皓,《采石矶李太白捉月》中的李白,《杜秀才曲江池》中的杜甫,以及清官戏《陈州粜米》中的包拯,等等。可以看出,宋元南戏创作的主流具有一定的现实意义。但是,在南戏漫长的发展过程中,作品的思想倾向也比较复杂,有些作品掺杂着维护封建秩序、宣扬封建道德的内容;一些神仙道化戏,宣传了消极的宿命论思想。

宋元南戏主要是民间创作,刊刻付印的机会不多,更由于封建统治者的禁毁和文人的歧视,认为文辞俚鄙,格律粗疏,任其散佚;加以宋元之际,战乱频仍,遗存的剧本很少。根据《永乐大典目录》卷三十七,三未韵戏字下,《南词叙录·宋元旧篇》的《宦门子弟错立身》中〔仙吕·排歌〕、〔哪吒令〕、〔排歌〕、〔鹊踏枝〕4支曲文,沈璟《南九宫词谱》卷四正宫的〔刷子序〕2支(注云:“集古传奇名”)、〔黄钟赚〕2支(注云:“集六十家戏文名”),清钮少雅《汇纂元谱南曲九宫正始》所收录的注明“元传奇”的戏文名目,《寒山堂新定九宫十三摄南曲谱》卷首的“谱选古今传奇散曲集总目”,宝敦楼旧藏增补本《传奇汇考标目》所著录标明“元传奇”目录,《李氏海澄楼藏书目》的“元传奇”书目,以及宋周密的《癸辛杂志》等书,辑录到238个宋元南戏剧目。这些剧目的存佚情况,大致如下:

流传者　在238本南戏中,流传者不到十分之一。流传者又可分为两类:一是基本保持戏文原来面目的,有《张协状元》、《宦门子弟错立身》、《小孙屠》、明成化本《白兔记》、清陆贻典钞本《琵琶记》，共5本，二是经后人修改过的，有《荆钗记》、《拜月亭记》、《杀狗记》、《赵氏孤儿》、《东窗记》、《破窑记》、《苏秦》、《黄孝子》、《三元记》、《牧羊记》、《寻亲记》、《胭脂记》等12种。近年在广东潮州明墓出土的宣德写本《刘希必金钗记》全本，是《刘文龙菱花镜》南戏剧本在明初潮州的遗存，甚为珍贵。

　　失传者　也可分为两类：一是有佚曲可辑录者，凡134本；二是完全失传和存佚情况尚待查考者，凡86本。

　　从以上情况看来，传世南戏剧本不到已知南戏剧目总数的十分之一；不过那些存有残曲或仅存名目的剧目，大部能从各种笔记、话本、元杂剧、明清传奇和清代地方戏中考查出它们的故事情节。值得注意的是，在福建的梨园戏、莆仙戏等古老剧种中，还遗存了不少南戏剧目，有些至今还能演出。

　　宋元南戏的艺术成就　南戏艺术从萌芽兴起到发展成熟的进程是漫长的。温州等地的民间歌舞小戏用村坊小曲演唱，戏剧结构比较简单粗糙，出场角色只有三、四个人物。随着活动地区的扩展，南戏进入城市以后，受到诸宫调、唱赚、宋杂剧，特别是宋词演唱艺术的影响，迅速得到提高，这在《张协状元》中表现得较为明显。北方杂剧南下，南北艺术有了交流，使南戏舞台艺术逐渐成熟，剧本结构也日趋严谨和完整。

　　宋元南戏剧本在结构布局和各种艺术手段运用上，都有特定的规格。南戏在宫调和套曲运用上，根据剧情的发展需要，比较自由灵活，并采取了分场的形式。分场即是以人物上场、下场作为界线，把剧本分为若干段落，每一段落各成一场。一般交代情节的场子则一笔带过，而需要集中刻画人物和表现戏剧冲突的场面，就刻意求工，多施笔墨。在场次的安排上，南戏剧本开头有一段介绍作者创作意图和叙述剧情梗概的开场戏，叫做"副末开场"或"家门大意"。这一形式，一直保存在明清传奇里。它的正戏，从第二场开始。在前几场，男女主角和主要配角，一般都要尽先上场和观众见面；在故事情节展开以后，便需要照顾到脚色行当的劳逸、大小场子的安排和冷热场子的调剂。围绕着生、旦戏主线的进行，分别穿插了许多净、丑、末插科打诨的戏剧情节，使热闹轻松的喜剧场面和冷静严肃的正剧或悲剧场面交替出现。在每一场戏里，运用歌唱、念白和科介等手段塑造人物形象，则是南戏和北杂剧的共同创造。反映在剧本文学上，就出现了曲、白、科介相间的文学形式。不过这些表现手段的具体运用，南戏与北杂剧又有所不同，其中最明显的差别是：杂剧由一人（末或旦）主唱，而南戏的各行脚色都可以唱。这就使南戏的演唱灵活自如，并且给曲、白、科介的综合运用，提供了有利于舞台演出的条件，从而显示了南戏剧本形式的优越性。南戏剧本的形式，随着南戏的不断发展，在创作实践中逐渐完善起来。南戏与北杂剧艺术交流之后，尤其是《荆钗记》、《白兔记》、《拜月亭记》、《杀狗记》和《琵琶记》等剧的出现，剧本的文学形式，已有较大的发展，奠定了后世传奇体制的基础。

南戏在行腔、音韵上也随着流布地区的扩展，结合当地的方言而不断丰富。南戏的音乐，最初取材于当地流行的民歌，但也有很大一部分是宋代流行的词体歌曲。据王国维《宋元戏曲考》的统计，南戏曲调来源于唐、宋词的有190首，占总数543首的三分之一。这些词体歌曲在曲调形式、唱词格式上变化很多，曲调的风格和情趣上也多种多样，适合南戏表现各种各样人物的感情。此外，南曲中还有大曲、诸宫调、唱赚等传统音乐成分。南戏音调与南方语言是一致的，它以宫、商、角、徵、羽五声音阶为特色的南曲为主，其旋律多用级进，节奏多舒缓婉转。待到南北合套这种新的表现形式的出现，就把南曲与北曲两种风格的音乐结合在一起，不同声腔相互融合。

南戏表演艺术具有民间歌舞小戏的表演特色，同时吸收了宋杂剧插科打诨的滑稽表演等传统表演形式。这种情况，在《张协状元》中表现得较为明显。在南戏的演出中，运用唱、念、科介等表现手段发挥其不同的作用，有的善于抒情，有的富有戏剧性，有的长于揭示人物内在的思想感情，有的则善于表现人物的外部造型，它们之间彼此互相配合，互相补充，表明一种综合性的戏曲表演艺术已经形成。南戏在继承了民间小戏与宋杂剧传统的基础上，脚色行当有了新的发展。南戏脚色行当共有 7 种，即生、旦、净、丑、外、末、贴。净、丑是南戏中的一对喜剧脚色，它和生、旦等正剧脚色形成鲜明的对比，并形成了以生、旦为主的脚色表演体制。

　　宋元南戏的舞台艺术，在各种艺术手段的综合运用上已初具规模；在时间、空间变化的舞台处理方法上，也有新的发展。宋元南戏的演出形式和艺术成就，在当时以及其后的几个世纪中，影响很大。明清戏曲的舞台艺术直接继承了南戏和北杂剧的传统，从而奠定了中国戏曲舞台艺术的基础。

参考书目

赵景深著：《宋元戏文本事》，北新书局，1935。

陆侃如、冯沅君著：《南戏拾遗》，燕京大学，1936。

赵景深著：《元明南戏考略》，作家出版社，1958。

钱南扬著：《戏文概论》，上海古籍出版社，1981。

（原载《中国大百科全书·戏曲曲艺卷》）

戏 剧 概 论

引 言

　　剧曲之学,肇始朱明,注释考订,往往浅陋不足观。清人学问,远迈前贤,惟目曲学为小技,经史百家而外,国学大师所不屑道。迄乎季世,姚梅伯先生燮倡于前,王静安先生国维暨先师吴瞿安先生梅踵其后,曲学始盛。姚氏有《今乐考证》,《今乐府辞》,未成书而卒。吴先生才华丰茂,订谱填词,直入元人堂奥,不屑屑于考据,《顾曲麈谈》,《词馀讲义》,仅津梁初学,不足以概先生也;而奢摩他室藏曲之富,举世罕与比伦。王氏读元人杂剧而善之,辄思究其渊源,明其变化之迹,乃成《曲录》六卷,《戏曲考原》一卷,《宋大曲考》一卷,《优语录》二卷,《古剧脚色考》一卷,《曲调源流表》一卷,始以治经史之法治曲;从事既久,续有所得,复写为《宋元戏曲史》,其自叙云:

　　　　凡诸材料,皆余所蒐集;其所说明亦大抵余之所创获也。
　　　世之为此学者自余始;其所贡于此学者,亦以此书为多。

非虚语也。曲学至此,始有条理可言。二十年来,戏剧之秘籍日出,论曲之作亦日夥。踵姚王之后,又能读其未见之书,所得当远胜二氏。然揆诸实际,往往陈陈相因,毫无新意。所足称述者:若吾师许守白先生之衡之《曲律易知》,若任讷之《散曲概论》,《作词十法疏证》,若马廉之正续《录鬼簿校注》,若王起之《西厢记杂剧校注》等,寥寥可数也。甚或拾东瀛之唾馀,沿明人之积习,穿凿傅会,自矜新奇,所言之訧,不免于非。是非无正,使天下学者疑。窃不自量,撰为兹篇,虽鲜创获,将以明是非,辨违误焉。

戏剧名称,漫无封界,或二名一实,或实异名同。名不正则言不顺。叙名实第一。

物不骤生,事无突见。大江千里,起于滥觞;履霜坚冰,其来以渐。叙溯源第二。

渊源既启,流派斯繁。或尚格律,或重词华,临川吴江,势若冰炭。叙穷变第三。

粉墨当场,竹肉并发,曲本所贵,端在演唱。徒供案头,厥品斯下。叙演唱第四。

戏文杂剧,南北殊方;下逮传奇,元明易代。时地既异,体制不同。叙结构第五。

粗细缓急,曲性不同;离合悲欢,剧情互异。运用之妙,在乎一心。叙格律第六。

嗣成《录鬼》,涵虚《品题》,北剧名目,大致粗备。《南词叙录》,遗漏尚多。叙存佚第七。

曲学书籍,《四库》不收;王氏《曲录》,所得亦尠。撮举大凡,俾便初学。叙书籍第八。

三十年十月五日,平湖钱南扬记于碧湖水竹居。

名实第一

戏剧名称,随时地而异,分四端述之:一曰宋金留存之古剧;一曰宋元戏文;一曰金元杂剧;一曰明清传奇。

宋金留存之古剧,今无一存者,仅见其目于宋周密《武林旧事》及元陶宗仪《辍耕录》。《武林旧事》所载官本杂剧段数,凡二百八十本,所谓官本者,殆供奉内廷,承应官府之用也,其中有大曲,有法曲,有传踏①,有诸宫调,有爨,而总名之为杂剧。《辍耕录》所载院本名目,凡六百九十二本②,其中有大曲,有法曲,有传踏,有诸宫调,有爨,有合生,有艳段,有么,而总名之为院本。大曲、法曲、传踏、诸宫调、合生③,皆是词非曲,可置弗论;仅就杂剧、院本、爨、艳段、么言之。

杂剧,为百戏之总称,明朱权《太和正音谱》所谓"杂剧者杂戏也"是也。

院本,《太和正音谱》云:"行院之本也。"《宋元戏曲史》云:

> 初不知行院为何语,后读元刊《张千替杀妻》杂剧云:"你是良人良人宅眷。不是小末小末行院。"则行院者,大抵金元人谓倡伎所居;其所演唱之本,即谓之院本云尔④。

亦称杂剧,《辍耕录》云:

> 金有杂剧、院本、诸宫调。院本,杂剧,其实一也。国朝院本,杂剧,始厘而二之。

宋金留存之古剧,本同出一源,院本名目与官本杂剧同者,凡十馀

---

① 《宋元戏曲史》云:"其用大曲、法曲、诸宫调者,则曲之片数颇多,以敷衍一故事,自觉不难。其单用词调及曲调者,只有一曲,当以此曲循环敷演,如上章传踏之例,此在元明南曲中,尚得发见其例也。"其说是也。

② 《宋元戏曲史》据通行本《辍耕录》,作六百九十本,其中误入二本,少数一本,应六百八十九本。元刊在"拴搐艳段"多《抛绣球》一本,《眼药里》一本;"大夫家门"多《撒五谷》一本;合计之,实共六百九十二本。

③ 关于大曲、法曲、传踏、诸宫调,王氏《唐宋大曲考》《戏曲考原》《宋元戏曲史》,及先师刘子庚先生(毓盘)《词史》诸书,言之颇详。而于合生,《宋元戏曲史》仅引《事物纪原》:"今人亦谓之唱题目"云云。案:宋洪迈《夷坚支志》云:"江浙间路歧伶女,有慧黠知文墨,能于席上指物题咏,应命辄成者,谓之合生;其滑稽含玩讽者,谓之乔合生。盖京都遗风也。"可补其阙。

④ 行院本倡伎所居,同时亦可称倡伎为行院。如《青楼集》:"始嫁行院王元俏";《宦门子弟错立身》:"你与我去叫大行院来做些院本解闷";盖以所居之地称其人。

种;且大曲、法曲、诸宫调等,本为诗馀,其相同可知;二者原本一物,陶说是也。金末,新体之杂剧起,仍袭杂剧之名,遂不得不名古剧曰院本以别之,故"始厘而二之"。明徐光《暖姝由笔》云:

> 有白有唱者名杂剧,用弦索者名套数,扮演戏跳而不唱者名院本。

无根之谈,不足据也①。

爨,即艳段二字之促音。盖杂剧之搬演,分前后两段,前段谓之艳段,后段谓之杂扮,当于下演唱章详之。《辍耕录》云:

> 院本则五人……,又谓之五花爨弄。或曰:"宋徽宗见爨国人来朝,衣装,鞋履,巾裹,傅粉墨,举动如此,使优人效之以为戏。"

爨,原即院本之一部分也。惟"或曰"云云,恐不足信。亦称爨段,明吕天成《曲品》云:

> 爨段初翻,院本继出。

艳段,或单称艳,《辍耕录》又作焰段,云:

> 焰段,亦院本之意,但差简耳。取其如火焰,易明而易灭也。

恐不足信。案:宋郭茂倩《乐府诗集》云:

> 而大曲又有艳,有趋,有乱。艳在曲之前,趋与乱在曲之后。

---

① 院本演而不唱,绝非事实;金人院本以曲名者甚多,有唱可知,一也;《水浒传》白秀英之演院本,有白有唱,二也;杜仁杰《庄家不识勾阑》散套,记《调风月》院本之搬演情况云:"念了会诗共词,说了会赋与歌。"亦有白有唱,三也;明朱有燉《吕洞宾花月神仙会》杂剧中有院本一段,捷机、末尼、付末、净皆唱,四也。可知徐说之无根矣。

盖假用古诗之艳,示在前之义耳。

杂扮,始见宋孟元老《东京梦华录》。宋吴自牧《梦粱录》云:

> 杂扮,或曰杂班,又名经元子①,又谓之拔和,即杂剧之后散段也。顷在汴京时,村落野夫罕得入城,遂撰此端,多是借装为山东河北村叟,以资笑端。

此即《辍耕录》之所谓"么"也。《辍耕录》院本名目,《海棠轩》已下二十一本,题曰院么。院么者,院本之么也,则么之为院本一部分甚明。然何以知其即杂扮耶? 金杜仁杰《庄家不识勾阑》散套②云:

> 临绝末。道了低头撮脚,爨罢将么拨。

爨罢继之以么,么之为后散段杂扮可知矣,一也;杜曲所记么为调风月故事,《辍耕录》之二十一本,亦皆有故事存乎其中,二者相合,二也;院本名目既有前段的艳,岂可无后散段之杂扮,非以么当之不可③,三也。

总之,杂剧当是正名,南北之通语也。金亦谓之院本,实与称官本相类。盖就剧本本身而言,则曰杂剧;就搬演者而言,则曰院本;就观赏者而言,则曰官本。杂剧前后两段,分言之:前段曰爨,曰爨段,曰艳,曰艳段,曰焰段;后段曰杂扮,曰杂班,曰经元子,曰拔和,曰么。大抵方言市语,无可究诘,必欲求解,反失穿凿已。

宋元戏文,名称綦繁:曰戏文:

> 乃撰为戏文,以广其事。——宋周密《癸辛杂志》
> 悉如今之搬演南宋戏文唱念声腔。

---

① 《武林旧事》作"纽元子"。
② 杜曲见元杨朝英《朝野新声太平乐府》。
③ 官本杂剧段数中亦当有杂扮,惜未标明耳。

故其戏文如《乐昌分镜》等类。——均元周德清《中原音韵》

俳优戏文始于《王魁》。——明叶子奇《草木子》

曰南曲戏文：

又有南曲戏文等。——元钟嗣成《录鬼簿》

曰南戏：

专工南戏。——元黄雪蓑《青楼集》

惟南戏无人选集。

南戏始于宋光宗朝。——均明徐渭《南词叙录》

南戏出于宣和之后。——明祝允明《猥谈》

曰永嘉杂剧：

号曰永嘉杂剧。

永嘉杂剧兴。——均《南词叙录》

曰温州杂剧：

谓之温州杂剧。——《猥谈》

曰鹘伶声嗽：

又曰鹘伶声嗽。——《南词叙录》

曰传奇：

后行子弟不知敷演甚传奇？——《小孙屠》

这一本传奇，周勃太尉。——《宦门子弟错立身》

戏文乃浙江方言，今犹有此语，当是正名。南曲戏文，则对当时北曲杂剧而言；南戏，则南曲戏文之简称；此二者，仅就戏文一辞稍变耳。温州杂剧，永嘉杂剧，仍沿用古剧之通称，冠以地名，所以别于古剧与北方杂剧也。鹘伶声嗽，宋元市语，元王德信《西厢记杂剧》云："鹘伶禄老不寻常。"《事林广记》"圆社市语"云："呵喝啰声嗷道赚厮。"盖鹘伶乃伶俐之意,声嗷乃腔调之谓,意即伶俐腔调也。传奇,本唐人小说之名,至宋用以称诸宫调①及戏剧矣。

金元杂剧,亦曰传奇:

> 前辈已死名公才人有所编传奇行于世者。
> 右前辈编撰传奇名公。——均《录鬼簿》

曰院本:

> 及当乱,北院本特盛。——《草木子》
> 大席则用教坊打院本,乃北曲四大套者。——明顾起元《客座赘语》

曰么末:

> 背后么末敷演《刘耍和》。——《庄家不识勾阑》散套
> 比诸公么末极多。——《录鬼簿》贾仲明补词②

杂剧,传奇,院本,均袭旧名;么末,盖金元方言也。

明清传奇,亦曰院本,明沈德符《野获编》云:

> 逮本朝,院本久不传,今尚称院本者,犹沿宋元之旧也。

《今乐考证》著录传奇,亦称院本。清高宗乾隆间,黄文旸编《曲海目》,分杂剧传奇二类,杂剧专指金元北剧,传奇专指明清南戏。《曲录》从之。迄今遂为定论。

南戏北剧,截然不同,判别甚易。戏文为传奇之所从出,其变以渐,无显明之分界。《南词叙录》"宋元旧篇"之后,继以"本

---

① 《武林旧事》诸宫调传奇,有高郎妇、黄淑卿等。

② 杜曲云:"说道前截的院本《调风月》,背后么末敷演《刘耍和》。"院本与么末对举,一也;《录鬼簿》高文秀下,贾仲明词曰:"除汉卿一个,将前贤疏驳。比诸公么末极多。"案:关汉卿有杂剧六十六本,高文秀有杂剧三十四本,言除关外,馀皆不若高作品之多也,二也。此么末之为杂剧明矣。

朝"，著录至嘉靖止，亦未加分别。南曲自昆山腔出，为一大转变，拟以此为戏文传奇之界。是否有当，待质高明。

明代以来，又有一二折之北剧，七八折之南戏，非驴非马，昔人概以杂剧目之。似宜别立一目，曰短剧，或短戏。至于清中叶以后京秦乱弹诸腔，则概名之曰花部，可矣。

溯源第二

宋金流存之古剧，其创始年代虽不可确知，而周陶二目所载，大抵皆北宋与辽二朝之遗也。《宋书·乐志》云：

> 宋初置教坊凡四部……每春秋圣节三大宴……，第十杂剧……第十五杂剧。

又云：

> 真宗不喜郑声，而或为杂剧，未尝宣布于外。

《梦粱录》云：

> 向者，汴京教坊大使孟角球，曾做杂剧本子。

《辽史·乐志》云：

> 皇帝生辰乐次：……酒三行，琵琶独奏；饼茶，致语；食入，杂剧进。

则宋辽既有杂剧明矣。《宋元戏曲史》更考得王子高《六么》作于神宗时，"爷老"之为辽语，杂剧为宋辽之物，信而可征。此种燕乐，非雅乐比也，供奉内廷，承应官府外，更流行于民间。宋张炎《词源》云：

> 迄于崇宁，立大晟府，命周美成诸人讨论古音，审定古调。沦落之后，少得存者。

此盖指雅乐而言，流行民间之杂剧固依然无恙也。且民众之创造

力视文士为强。南渡而后,供奉承应犹用旧曲①,而民间早已流行新戏矣。《猥谈》云:

> 南戏出于宣和之后,南渡之际,谓之温州杂剧。予见旧牒,其时有赵闳夫榜禁,颇述名目,如《赵贞女蔡二郎》等,亦不甚多。

《南词叙录》云:

> 南戏始于宋光宗朝,永嘉人所作《赵贞女》、《王魁》二种实首之,故刘后村有"死后是非谁管得,满村听唱蔡中郎"之句②。或云宣和间已滥觞,其盛行则自南渡。号曰永嘉杂剧,又曰鹘伶声嗽。其曲则宋人词而益以里巷歌谣,不叶宫调,故士大夫罕有留意者。

《草木子》云:

> 俳优戏文,始于《王魁》,永嘉人作之。

三书所记,戏文发生,可得二说:一、宣和间;一、光宗朝。由北宋杂剧变为戏文,其来当以渐,亦犹戏文之变传奇也,其间亦无封界可寻。《赵贞女》内容虽不可知,而《王魁》则犹有曲文流传,诸曲谱所征引,删其重复,凡十六支。王魁事,宋夏噩有《王魁传》,佚;李献民有《王魁歌》③;元柳贯有《王魁传》④;他若宋张邦基《侍儿

---

① 《武林旧事》载天基圣节排当乐次,及皇后归谒家庙赐筵乐次,所进杂剧,如《君圣臣贤爨》,《四偌少年游》等,仍为古剧甚明。
② 案:此陆游《小舟游近村舍舟步归》诗,非刘克庄作。
③ 宋周密《齐东野语》云:"有妄人托夏噩姓名,作《王魁传》,实欲市利于少年狎邪辈,其事皆不然。"案:《丽情新说》,李献民《云斋广录·王魁歌引》云:"贤良夏噩尝传其事情,余故作歌以伤悼之云尔。"王俊民,仁宗嘉祐间登第,《丽情新说》有徽宗政和元年刻本,藏吴县潘氏,其间相去仅五十年左右。况作传必在嘉祐后,作歌必在政和前,夏李世或相及,耳目甚近,《王魁传》果为妄人伪托,岂有不知之理,而加以称引也。故周说不足信。
④ 柳贯《王魁传》见《图书集成·闺媛典》。《柳待制集》无之,不知何本。

小名录拾遗》,明彭大翼《山堂肆考》,冯梦龙《情史》等书,均有记载。略云:

> 王魁下第失意,莱州友人招游北市,与妓殷桂英昵。桂英谓曰:"君但为学,四时所需我为办之。"逾年,有诏求贤,复为办西游之用。将行,盟于州北海神庙,誓不相负。后唱第为天下第一,私念科名如此,可以一倡玷辱,遂别婚崔氏。魁金判徐州,桂英闻之,喜曰:"徐去此不远,当使人迎我矣。"遣仆持书往,魁方坐厅决事,大怒,叱书不受。桂英曰:"魁负我如此,当以死报之。"挥刀自刎。一日,魁忽白日见桂英,骂其负义,得病,寻卒。

试与十六曲相对照:

> 〔商调引子〕〔三台令〕晚来云淡风轻。窗外月儿又明。整顿阁儿新。饮三杯自遣闷情。——明钮少雅《九宫正始》
> 〔前腔〕①久闻倩馆芳名。猛拚一醉千金。活脱似昭君。行来的便是桂英。——明沈璟《南九宫谱》

此初遇桂英。二引恐是一阕,宋人戏文,沿词之旧,常用双叠。

> 〔南吕过曲〕〔二犯狮子序〕夫妻事,宿世缘。尽今生相会在眼前。乍相见绮罗间。四目频偷频盼。两意多留多恋。便图偕老百年。愿得,如月似镜长圆。——《九宫正始》

此亦初遇时。与前引不知是否一套。

> 〔正宫过曲〕〔长生道引〕钟报黄昏,看看天色冥昧。画烛摇红映残枝。特地弄盏传杯。歌喉宛转,绕梁声坠。奏笙歌,拨琵琶,凤丝龙笛。那堪酒阑歌罢时,同携手笑入罗帏。

---

① 《南九宫谱》原作商调慢词〔熙州三台〕。《九宫正始》〔三台令〕下注云:"即十三调商调〔伊州三台令〕查归。"

〔合〕我和伊效学鸳鸯,共成一对。愿得谯楼上漏声迟。——《九宫正始》

〔前腔〕三鼓将传,谁家长笛频吹。此景教人怎存济。神思自觉昏迷。珊瑚枕上,并根同蒂。放娇痴,恣欢娱。如鱼水。钗横鬓乱不自持,娇无力倩郎扶起。〔合同前〕——《南九宫谱》

此定情之曲。

〔正官过曲〕〔双鸂鶒〕忆昔传杯弄盏。共宴乐月下花前。与论云说雨,放怀轻惜深怜。自共伊,半霎时,怎离身畔。花丛一叶不沾染。暮忽地,浪破穿。把鸳鸯打开两边。

〔前腔换头〕"一心为利名牵。暂别间不久团圆。""叹许多恩爱,怎么不教我埋怨。""做状元,挂绿袍,那时回转。何须苦苦长忆念。""皇都好,景暄妍。怕恋花不肯回鞭。"

〔前腔换头〕"伊娇面伊娇面。俏如洛浦神仙。肯漾却甜桃,再寻酸枣留连。""是果然,意恁坚,指日同往,灵神祠里同设愿。亏心的,上有天。莫辜负此时誓言。"——《九宫正始》

此临别诉情。

〔双调慢词〕〔泛兰舟〕镇日花前酒畔。狂荡煞迷恋。春闱赴选音传。恩爱惹离怨。天付因缘。一对少年。争忍轻散。心事待诉君言。——《南九宫谱》

〔仙吕入双调过曲〕〔十二娇〕伊家恁的娇面。俏如阆苑神仙。终不漾了甜桃去,寻酸枣,再吃添。同往圣祠前。双双告神天。——《九宫正始》

此同往设誓。〔十二娇〕辞意与上〔双鸂鶒〕第三支重复,然上云"指日同往",此云"同往圣祠前",则一在设誓前,一在设誓时,时间不同,必非一套。〔泛兰舟〕或为〔双鸂鶒〕套之引,亦未可知,因调宫与〔十二娇〕较接近,姑列于此,实则引子原不论宫调也。

〔商调引子〕〔十二时〕终朝生懊恼。漫自嗟排还到。堆上淹煎,砌成潦倒。喘吁吁气馁形消。未卜死生何兆。——清周祥钰等《九宫大成》

此别后桂英忆念。

〔中吕过曲〕〔两休休〕"从别后万恨千愁。横在我的心头。一心望那人回,在鸳帏再成匹偶。""娼妓门庭无中有。只使虚脾弄甜口。你何须苦苦痴心,真怎的添僝僽。"

〔前腔换头〕休休。两三年共乐同欢,指望美满长久。临行与剪发拈香,神前共同设咒。潘岳容仪狼虎口。球子心肠易滚走。怕他们口不如心,应是有头没后。

〔麻婆子〕"自古道痴心女,痴心太过头。自古道亏心汉,他亏心你枉自守。""浪语闲言莫僝僽。奴家不虑你何忧。""怕你吃他负。无人替你羞。"——均《九宫正始》

此鸨说桂英。

〔南吕过曲〕〔红衲袄〕离家乡经数旬。在程途多苦辛。到得徐州喜不胜。指望问取,娘子信音。见了书便嗔。句句称官宦门。孜孜的扯破家书却把我打离厅。——《九宫正始》

此叱书不受,归报桂英。

〔中吕过曲〕〔古轮台〕问花前,月下偏宜共斟酒。启皓齿声遏行云,唱歌清曲。卿相神仙,嗜酒抛金掷玉。试看人生,待足何时足。有酒从教醉醺醺,醉乡堪宿。算美禄不饮非贤,三杯和事,一醉忘愁,开怀纳量。一日恣拚取。斟一壶。百年三万六千度。——《九宫正始》

此不知何指。即此十六曲，已有八九套；其他情节尚多，如：下第
之莱，饯别赴考，状元及第，联姻崔氏，赴任徐州，桂英寄书，叱书
不受，桂英自刎，活捉王魁，约略计之，至少在二十套以上，以视仅
有艳段杂扮之古剧，相去天壤。非戏文初期之作品，可断言也。
今已知《王魁》作于光宗时，则戏文之起当远在光宗前，且祝氏之
说，有文献可征，自胜执一戏本以为戏文起源于是者，南渡之际，
上距宣和仅十馀年，既遭榜禁，其盛行可知。故起于宣和，自属
可信。

当南渡之际，金太宗初立，国势方张，灭辽侵宋，分割中原，得
承袭辽宋之文化。海陵、世宗、章宗皆深通汉文，酷好华习，上之
所好，下加甚焉，北剧之起，殆在斯时。元朱经《青楼集序》云：

> 我皇元初并海宇，而金之遗民，若杜散人、白兰谷、关已
> 斋辈，皆不屑仕进。

明杨维桢《元宫词》云：

> 开国遗音乐府传，白翎飞上十三弦。大金优谏关卿在，
> 伊尹扶汤进剧编。①

可见元初曲家，若杜仁杰、白朴、关汉卿辈，皆金之遗民，且金亡不
仕，似以作金人为宜。而金末固已有成熟之杂剧矣。杜氏《庄家
不识勾阑》散套，记搬演情状，先以院本《调风月》，继之以杂剧敷
演《刘耍和》。案：《黑旋风敷演刘耍和》杂剧，《录鬼簿》著录，为
其同时人高文秀所作。则金元之际，勾阑已搬演此种杂剧矣。由
北宋之古剧，转变而成金之杂剧，其来亦以渐，其间必经过一酝酿
时期。今已知金末已有成熟之杂剧，追溯其原，杂剧滥觞，非上溯
至海陵、世、章时不可也。

---

① 案：《录鬼簿》，《伊尹扶汤》为郑光祖作，杨诗偶误。而关汉卿在金末制剧，固事
实也。

戏文杂剧,同出于北宋古剧,流传南方者,变为戏文;留存北方者,衍为杂剧。盖其时宋金对峙,政教不一;加以南北民性,禀赋不同;故虽同出一源,而判若泾渭焉。

或有以为戏剧之起全出梵剧者,实不足信。《宋元戏曲史》云:

> 至元剧之结构,诚为创见,而创之者,实为汉人,而亦大都用古剧之材料,与古曲之形式,不能谓之自外国输入也。

不特金元杂剧,戏文亦然。夫中印之交通亦久矣,自汉以来,音律曲调等,受其影响,自不诬也。北宋杂剧,虽多谐谑,然曲调宾白科诨粗备,戏文杂剧承袭之,用以搬演故事,原委甚明,初无采用梵剧之迹。就体制而论,梵剧开端,有首座与女侍对话之序幕,或以为即戏文之"家门"①,其实不同:家门仅词一阕或两阕,总括戏情,由末登场念之;序幕并不宣告戏情,且有男女二脚色也。梵剧多简短,无戏文之长至数十套曲者。至于杂剧,并家门而无之,不类梵剧,更不待言②。

至于曲调科白之演进,《宋元戏曲史》《戏曲考原》等书,言之颇详,兹不复赘。

穷变第三

戏文既起,编撰戏文之书会③随之而起,而可考者,仅一九山书会。《永乐大典戏文三种·张协状元》云:

---

① 戏文有此而其名不传,明人称之曰家门,今假用之。
② 或又以为杂剧之楔子,与此序幕相当,大谬。楔子乃剧情之一部分,无此,则剧情之因果不明;不若梵剧之序幕,与剧本情节毫无关系也。
③ 日本青木正儿《中国近世戏曲史》以之与学校之书会混为一谈,大谬。更不知书会之为业馀团体,因萧德祥业医,遂断其非书会中人。

〔满庭芳〕暂息喧哗，略停笑语，试看别样门庭。教坊格范，绯绿可全声。酬酢词源诨砌，听谈论四座皆惊。浑不比，乍生后学，谩自逞虚名。　状元张叶传，前回曾演，汝辈般成。这番书会，要夺魁名。占断东瓯盛事，诸宫调唱出来因。厮罗响，贤门雅静，仔细说教听。

〔烛影摇红〕烛影摇红，最宜浮浪多忔戏。精奇古怪事堪观，编撰于中美。真个梨园体，论恢谐除师怎比。九山书会，近目翻腾，别是风味。一个若抹土擦灰，迭枪出没人皆喜，况兼满坐尽明公，会见从来底。此段新奇差异。更词源移宫换羽。大家雅静，人眼难瞒，与我分个令利。

九山书会之文献，仅此而已，故备录之。案：九山，永嘉城中地名，迄今犹存；又云"占断东瓯盛事"，当为永嘉人所创之书会。词中引绯绿以自重，绯绿社，为宋临安票房，见《武林旧事》，此会当不在永嘉，而在临安也。又，《小孙屠》下题"古杭书会编撰"；《宦门子弟错立身》云，"更压着御京书会"；《录鬼簿》萧德祥下，贾仲明词云，"武林书会展雄才"；古杭，武林，为地名，《错立身》为宋末作品①，御京，指行在，或以为大都者，非，皆非书会名也。《张协状元》，其体制格律文辞，不特与后来之戏文不同，即与同书之其他两种亦相殊异，出宋人之手无疑②，故九山乃宋代之书会也。

其在北方，金元之际，有无书会不可考。《录鬼簿》狄君厚下，贾仲明词云：

元贞大德秀华夷。至大皇庆锦社稷。延祐至治承平世。养人才③编传奇。

---

① 详拙作《宋金元戏剧搬演考》，《燕京学报》第二十期。
② 《张协状元》年代问题，拟另为专论。《文哲季刊》二卷一号，拙作《张协状元中的两桩重要材料》中曾约略及之，可参观。
③ "人才"，疑是"才人"之误。

又,李时中下云:

> 元贞书会李时中,马致远花李郎红字公。四高贤合捻
> 《黄粱梦》。

则书会之起,在成宗时,距宋亡已十馀年,建会之风,或自南而北也。

书会中人,谓之才人。如《错立身》下题云:"古杭才人新编。"贾仲明《书录鬼簿后》云:

> 钟君所编《录鬼簿》,载其前辈玉京书会,燕赵才人,四方名公士夫编撰当代时行传奇乐章。

考《录鬼簿》所列名公才人,流品甚杂,有官吏,有生员,有处士,有医人,有商贾,有优伶,都凡一百五十一人;倘更参以《太和正音谱》所载"古今群英"一百八十七人,金元杂剧作家,大致粗具①。惟戏文作家,什九无考,钩稽所得,寥寥数人而已:

宋　黄可道

元刘一清《钱唐遗事》云:"湖山歌舞,沉酣百年。贾似道少时,佻㒓尤甚;自入相后,犹微服闲行,或饮于伎家。至戊辰己巳间,《王焕戏文》盛行于都下,始自太学有黄可道者为之。一仓官诸妾见之,至于群奔,遂以言去。"

元　李景云

《南词叙录》,《崔莺莺西厢记》,《王十朋荆钗记》,均注"李景云编",列"本朝"之首,不入"宋元旧篇"。《九宫正始》黄钟引子〔瑞云浓〕下注云:"此调,按蒋沈二谱收元李景云《西厢记》之'春

---

① 《录鬼簿》与《正音谱》所列曲家,亦有仅作散曲,不作杂剧者。《正音谱》之一百八十七人,前八十二人各有评语,不都确合;且往往一人两列,如刘时中与刘逋斋,曾褐夫与曾瑞卿,吴克斋与吴仁卿之类。

容渐老'一调,与此同体。"过曲中更叠引〔瑞云浓〕套①之〔滴滴金〕,〔闹樊楼〕,〔出队子〕,〔画眉序〕,〔啄木儿〕,〔三段子〕,〔下小楼〕,〔绛都春序〕诸曲,俱注云"元传奇",则李氏当为元人。《曲录》云:"《荆钗记》,明宁王权撰。明郁蓝生《曲品》题柯丹邱撰,黄文旸《曲海目》②仍之。盖旧本当题丹邱先生,郁蓝生不知丹邱先生为宁献王道号,故遂以为柯敬仲耳。"案:此说非是。明人目《荆》《刘》《拜》《杀》为元四大传奇,是《荆钗》亦当为元人所作。今因柯丹邱而推想至丹邱先生,因丹邱先生而推想至朱权,一无佐证,未免武断。况明人以丹邱为号者,尚有作《云东集》之姚绶,即柯丹邱原作丹邱先生,亦不应必其为朱权也。当从《叙录》以李作为是。《叙录》附注,或云"编",或云"作";大抵有所因袭曰编,自创新词曰作,李氏二戏,盖有所本也。

白寿之

《九宫正始》黄钟过曲〔滴滴金〕引元传奇《无双传》,注云:"按:此《明珠记》,元时先有失名氏《王仙客》本,后又有平原白寿之《无双传》,今此'金厄泛蒲绿'套,即其词也,今被陆天池窃用于《明珠记》耳。"

施　惠

曹楝亭刊本《录鬼簿》③:"一云姓沈。字君美;杭州人;居吴山城隍庙前,以坐贾为业。公巨目美髯,好谈笑;诗酒之暇,惟以填词和曲为事。有《古今砌话》,亦成一集,其好事也如此。"案:明代以来,众口一辞,以《拜月亭》为施作,而《录鬼薄》不之及,不知其故。

---

① 〔瑞云浓〕全套,见明郭勋《雍熙乐府》。惟将引子删去不录。
② 《曲海目》,见清李斗《扬州画舫录》。又有管庭芬校本《重订曲海目》,见《国立北平图书馆馆刊》四卷二号。
③ 本文所引《录鬼簿》,均据天一阁旧藏明蓝格钞本,非是,则标明某本。此条,天一阁本作施君承,不言名惠。

高　明

明田艺衡《留青日札》云：“高明，字则诚；温州瑞安人；以春秋中元至正四年乙酉第；授处州录事，改调渐东阃幕都事，转江西行台掾，又转福建行省都事。方国珍留幕下，不从。旅寓明州祫社，以词曲自娱。因感刘后村诗，作《琵琶记》。”所著有《柔克斋集》。

徐　畈

《乾隆淳安县志·人物志》：“字仲由；徐村人。幼颖敏，能日记五千字，善属文。洪武初，邑令辟掌邑庠教三年，仲由性不乐久羁绁，因自免去。洪武辛酉，诏征秀才，复举应诏，乃强起之。至藩省，以诗投藩省王公，力辞而归。遂号巢松病叟，以诗酒自放。尤工词曲，每与客酬饮吟和，执盏立就，无不清新豪迈。”清朱彝尊《静志居诗话》云：“识曲者目《荆》《刘》《拜》《杀》为元四大家，《杀狗记》则仲由所撰也。其言曰：‘吾诗文未足品藻，唯传奇词曲不多让古人。’盖自知之审矣。”所著有《巢松集》。

萧德祥

《录鬼簿》云：“名天瑞；杭州人；以医为业；号复斋。凡古人俱概括于南曲，街市盛行。又有南戏文。”曹本著录其所作《小孙屠》等五种①。案：萧氏既善南曲，贾仲明更称为书会中人，与《小孙屠》戏文之题“古杭书会编撰”合；则钟氏所著录者，即此戏无疑。

《曲品》更有乔吉《金縢记》一本，不知何据，未取遽信。

《南词叙录》云：

> 元初，北方杂剧流入南徼，一时靡然向风，□辞遂绝，而南戏亦衰。顺帝朝，忽又亲南而疏北，作者蝟兴，语多□下，

---

① “凡古人俱概括于南曲”，曹本作“凡古文俱隐括为南曲”，是也，原句不可通，应从改。案：萧作除《小孙屠》、《杀狗劝夫》外，其他三种：《四春园》；《蝴蝶梦》，关汉卿有此剧；《丽春园》，王德信有此剧；萧氏既好概括古文为南曲，此三种，亦疑其翻关、王北剧为南戏耳。

不若北之有名人题咏也。

《草木子》云：

> 其后元朝，南戏盛行。及当乱，北院本特盛，南戏遂绝。

二说相反，而不合实际则一也。考杂剧之南来，不始于元统一后也。当金亡之后，元宪宗世祖之际，正北剧全盛之时①，而南国戏文《宦门子弟错立身》已云：

> 〔末白〕你会甚杂剧？〔生唱〕〔鬼三台〕我做米砂糖浮沤记，关大王单刀会，做管宁割席，破体儿相府院扮张飞，三脱搠扮尉迟敬德，做陈驴儿风雪包待制，吃推勘柳成错背，要扮宰相做伊尹扶汤，学子弟做罗师末尼。

案：《浮沤记》、《包待制》、《柳成错背妻》、《螺丝末尼》、《太和正音谱》俱人无名氏，年代无考。《单刀会》、《管宁割席》，关汉卿作；《三夺槊》，尚仲贤作；《相府院》，花李郎作②；见《录鬼簿》，皆金元间人也。惟《录鬼簿》以《伊尹扶汤》属郑光祖，时代稍后③，疑当另为一本，然闻杨维桢《元宫词》属诸关汉卿，未始无本也。观此，知宋元对峙之际，杂剧已流入南方矣。洎宋之亡，行在临安，虽失其政治之地位，然仍不失为文化之王镇，故杂剧中心，终由大都南迁焉。以刻书言，元刻《古今杂剧三十种》，注明刊刻地点者十二种，大都仅四种，而杭州有八种。以人材言，元初作剧者皆北人，

---

① 详《宋元戏曲史》"元剧之时地"。
② 花李郎《相府院》，见曹本《录鬼簿》。
③ 赵景深《读曲随笔·元曲时代先后考》，断定郑光祖与白朴同时，亦为金元间人，似颇足为余说张目。然其所用方法，殊欠完密，如关汉卿《鲁斋郎》，"倒做了孙庞刖足"，安能必其用《马陵道》而不用《史记》乎？戴善甫《风光好》，"却不肯和月待西厢"，安能必其用《西厢记》而不用《会真记》乎？关汉卿《玉镜台》，"百般嫌皓首汉相如……没牙没口题桥柱"，安能必其用《相如题柱》而不用《华阳国志》乎？方法既误，结论自难征信，故余宁阙疑也。

统一之后,马致远、尚仲贤、戴善甫、李文蔚、张寿卿辈,皆远宦浙江,影响所及,寻至作剧者皆为杭人,其间虽有北籍者,亦皆久居浙江矣①。

虽然,杂剧南来,固无系于戏文之兴衰也。《错立身》数说戏剧:院本,戏文,杂剧皆备,尤以戏文为多。则宋元之际,未尝因杂剧而衰也。《青楼集》云:

> 龙楼景,丹墀秀,皆金门高之女也,专工南戏。

又,明钮少雅编辑《曲谱》,据元文宗天历间《九宫》《十三调》二谱,今考《九宫正始》所征引,尚一百二三十种,其多可知。则统一以后,未尝因杂剧而衰也。南戏名家若施惠,若高明,若徐畈皆元末人;此外《录鬼簿》所载,沈和之制《南北合套》,萧天瑞之有《南曲戏文》;则元之季世亦未尝因杂剧而衰也。盖戏文语多尘下,不若北之有名人题咏,则注意者少,失传必多,否则其数量当不在杂剧下也。

且也,南戏北剧,互相短长,南戏限制较宽,自易曲折详尽,不致若北剧之踧促;然就音节言,南曲清峭柔远,宜于诉情,倘遇英雄武侠之剧,则劲切雄丽,须让北曲出色当行矣。杂剧南来,不特不致戏文因而衰歇,实足相须以成也。戏文之采用北曲,《错立身》已见端倪,《小孙屠》遂有整套矣。

回顾北剧,若关汉卿、白朴、王德信、马致远辈,名家杰作,大抵出于未统一前;统一之后,以迄于亡,仅宫天挺、郑光祖、乔吉、秦简夫等,寥寥数人,此外殆无足观;而其剧存者亦罕。可见徐、叶之说之不足据矣。

《宋元戏曲史》论戏剧之佳处,曰“自然而已矣”。作风既尚自然,文字自多本色,初无派别可言。明邵璨《香囊记》出,始尚辞

---

① 　详“元剧之时地”。

藻;厥后踵事增华,寻至有通本宾白均作骈语者。正德嘉靖间,魏良辅之昆山腔出,梁辰鱼作《浣纱记》以试新声,腔调即变,格律遂严。稍后,则有临川汤显祖专尚辞华,吴江沈璟务求合律,明王骥德《曲律》云:

> 临川之于吴江,故自冰炭:吴江守法,斤斤三尺,不欲令一字乖律,而毫锋殊拙;临川尚趣,直是横行,组织之工几与天孙争巧,而屈曲聱牙,多令歌者龃舌。吴江尝谓宁协律而不工,读之不成句,而讴之始协,是为中之之巧①。曾为临川改易《还魂》字句之不协者,吕吏部玉绳以致临川,临川不怿,复书吏部曰:"彼恶知曲意哉! 余意所至,不妨拗折天下人嗓子。"

尚律仅在功力,崇辞兼恃天才,故宗沈者众,学汤者寡。《曲律》又云:

> 自词隐作词谱,而海内斐然向风。衣钵相承,尺尺寸寸,守其筑矩者二人:曰吾越郁蓝生;曰樵李大荒逋客。郁蓝《神剑》、《二窑》等记,并其科段转折似之;而大荒《乞麾》,至终帙不用上去叠字。然其境益苦而不甘矣。

然沈氏于律,非真精纯无误焉,后起瞆瞆,靡然从之,明季钮少雅始能弹其失②,其病盖在不求善本,仅据坊刻以立论。汤氏之言,殆有激而发,观其所作《邯郸》、《南柯》二记,固未尝不知律者;且不合律之句,订谱之时,不妨用集曲之法以补救之,观钮少雅之《按对大元九宫谱格正全本〈还魂记〉词调》,可以知矣,实无须大加刊削也。

　　泊乎明季,吴炳始以汤氏之笔,协沈氏之律,庶几融二家之长,所作有《粲花五种》。同时范文若足与颉颃,惜《花筵赚》、《梦

---

① "是为中之之巧",《曲品》引作"是曲中之工巧"。
② 《九宫正始》中纠正沈谱之误者,多不胜举。

花酥》诸曲,流传未广耳。

　　清代曲家,要以孔尚任、洪昇为巨擘,时有南洪北孔之称。洪作以《长生殿》为最著,孔作以《桃花扇》为最著,论其文辞,似孔胜于洪;绳以格律,则洪远出孔上,故洪氏可称近世曲家第一。此后乾嘉之际则蒋士铨,道咸之际则黄燮清耳。

　　自来曲家,往往忽略排场,致使不便搬演。明清二代,注意于此者,得二人焉:曰冯梦龙,曰李渔。冯取他人传奇,加以删改,成《墨憨斋新曲十种》。李作虽不免平俗,然其科白排场之工,为当世词人所共认;所撰《闲情偶寄》,于戏曲排场,尤三致意焉。

　　明初,尚有作杂剧者,不过元人馀绪耳,往往偭越规范,面目日非。正德嘉靖间,王九思①、徐渭、汪道昆之徒,始作单套之短戏剧,亦杂剧之变也。入清愈盛,杨潮观之《吟风阁三十二种》,可谓短戏剧之大观矣。

唱演第四

　　宋金古剧,唱法何如,已不可考。宋元戏文,以海盐腔为最著,明李日华《紫桃轩杂缀》云:

　　　张镃,字功甫,循王之孙,豪侈而有清尚。尝来吾郡海盐,作园亭自恣,令歌儿衍曲,务为新声,所谓海盐腔也。

则海盐腔之起,在南宋中叶,永嘉之"鹘伶声嗽",至此盖一变也。元姚桐寿《乐郊私语》②云:

　　　州少年多善歌乐府,其传皆出于澉川杨氏。当康惠公梓存时,节侠风流,善音律,与武林阿里海涯之子云石交,云石翩翩

---

①　王九思有《中山狼》院本,亦单套之北剧,非真正院本也。
②　《乐郊私语》,见明樊惟城编《盐邑志林》,有明刻本。

公子,无论所制乐府散套,骏逸为当行之冠,即歌声高引,可彻云汉,而康惠独得其传;其后长公国材,次公少中,复与鲜于去矜交好,去矜亦乐府擅场;以故杨氏家僮千指,无有不善南北歌调者。由是州人往往得其家法,以能歌名于浙右云。

可见海盐腔在元季尤盛也。《中原音韵》云:

> 沈约之韵,乃闽浙之音,南宋都杭,吴兴与切邻,故其戏文如《乐昌分镜》等类,唱念呼吸,皆如约韵。

又云:

> 入声,以平声次第调之,互有可调之音。且以开口“陌”以“唐”①内“盲”,至“德”以“登”五韵。闭口“缉”以“侵”,至“乏”以“凡”九韵;逐一字调平上去入,必须极力念之,悉如今之搬演南宋戏文唱念声腔。

明魏良辅《曲律》云:

> 曲须要唱出各样曲名理趣,宋元人自有体式:如〔玉芙蓉〕,〔玉交枝〕,〔玉山供〕,〔不是路〕,要驰骤;〔针线箱〕,〔黄莺儿〕,〔江头金桂〕,要规矩;〔二郎神〕、〔集贤宾〕、〔月云高〕、〔念奴娇序〕,要抑扬;〔扑灯蛾〕,〔红绣鞋〕,〔麻婆子〕,虽疾而无腔,然而板眼自在,妙在下得匀净。

由此推之,可知戏文用闽浙土音,一也;有入声,二也;咬字用力,三也;而更注意曲情理趣,四也。明沈宠绥《度曲须知》云:

> 明兴,乐惟式古,不祖夷风……。而词既南,凡腔调与字面俱南,字则宗洪武而兼祖中州,腔则有海盐、义乌、弋阳、青阳、

---

① 案:“唐”,应作“庚”,“唐”之入声为“铎”,非“陌”;且“盲”字在“庚”韵,不在“唐”韵。盖“唐”与“庚”形近而误。又案:从“陌”至“德”共六韵,此云五韵,亦误。

四平、乐平、太平之殊派,虽口法不等,而北气总已消亡矣。

《南词叙录》云:

> 今唱家称弋阳腔,则出于江西,两京、湖南、闽、广用之;
> 称馀姚腔者,出于会稽,常、润、池、太、扬、徐用之;称海盐腔
> 者,嘉、湖、温、台用之。

汤显祖《玉茗堂全集·宜黄县戏神清源祖师庙记》云:

> 此道有南北,南则昆山之次为海盐,吴浙之音也,其体局静
> 好,以拍为节。自江以西为弋阳,其节以鼓,其调喧。至嘉靖而
> 弋阳之调绝,变以乐平,为徽青阳。我宜黄谭大司马纶闻而恶
> 之,自喜得治兵于浙,以浙人归,范其乡子弟,能为海盐声①。

海盐腔而外,派别繁多,书阙有间,不能一一详其源委矣。魏良辅
出,乃有昆山腔。《度曲须知》云:

> 嘉隆间,有豫章魏良辅者,流寓娄东鹿城之间,生而审
> 音,愤南曲之讹陋也,尽洗乖声,别开堂奥,调用水磨,拍捱冷
> 板,声则平上去入之婉协,字则头腹尾音之毕匀,功深镕琢、
> 气无烟火,启口轻圆,收音纯细,要皆别有唱法,绝非戏场声
> 口,腔曰昆腔,曲名时曲。声场禀为曲圣,后世依为鼻祖。盖
> 自有良辅,而南词音理,已极抽秘逞妍矣。

《南词叙录》云:

> 今昆山以笛管琵琶按节而唱南曲者,字虽不应,颇相谐
> 和,殊为可听,亦吴俗敏妙之事。或者非之,以为妄作。请问
> 〔点绛唇〕〔新水令〕是何圣人著作。

---

① 明郑仲夔《冷赏》亦云:"宜黄谭司马纶,殚心经济,兼好声歌,凡梨园度曲,皆亲为
教演,务穷其巧妙,旧腔一变为新腔。至今宜黄子弟咸尸祝谭公惟谨,若香火云。"

惟昆山腔止行于吴中,流丽悠远,出乎三腔之上。此如宋之嘌唱,即旧声而加以泛艳者也。

案:《猥谈》云:

数十年来,南戏盛行,更为无端。妄名馀姚腔、海盐腔、弋阳腔、昆山腔之类,变易喉舌,趁逐抑扬,杜撰百端,真胡说也。

祝允明卒于嘉靖五年,是昆山腔之起,应在嘉靖之前,宏正之际。而《南词叙录》作于嘉靖三十八年己未,昆山腔犹"止行于吴中",传布未远,隆庆间乃始盛行,故后人误以为起于嘉隆也。夫贵远贱近,向声背实,人之恒情,眷继弦索,遂诋昆山腔为杜撰,为胡说。汤氏《庙记》谓昆山、海盐,体局静好,二者相差无几,良辅新腔,盖出于海盐,固不能无所因袭;况海盐腔渊源甚古,安见其为杜撰耶。明张元长《笔谈》云:

魏良辅,别号尚泉,居太仓南关,能谐声律。若张小泉、季敬坡、戴梅川之类,争师事之。梁伯龙起而效之,考订元剧,自翻新调,作《江东白纻》《浣纱》诸曲;又与郑思笠精研音理,唐小虞、郑梅泉五七辈杂转之,金石铿然,谱传藩邸,谓之昆腔。张进士新勿善也,乃取良辅校本,出青于蓝,偕赵瞻云、雷敷民,与其叔小泉翁,踏月邮亭,往来倡和,号南马头曲。其实弃律于乐,而自以其意稍为韵节,昆腔之用不能易也。

明无名氏《词乐》①云:

如馀姚董鹭,丰县李敬,谷亭王真,徐州邹文学,济宁周隆,凤阳张周,钱唐毛士光,临清崔默泉,鹿头店董罗石,昆山陶九官,太仓魏上泉,而周梦谷,滕全拙,朱南川,俱苏人也,皆长于歌而劣于弹……。魏良辅,兼能医。

---

① 此书盖出明中叶以后人手。凡词谱、词套、词乐、词尾四节,佚其总名。

钮少雅《九宫正始自序》云：

> 弱冠时，闻娄东有魏良辅者，厌鄙海盐、四平等腔，而自制新声，余特往之，何期良辅已故矣。计余之生，与彼相去已久。访闻衣拂玉授，则有张氏五云先生，字铭盘①，万历丁丑进士，余即具刺奉谒，幸下榻数旬。……不意适有河梁恨促，幸而临别，以余同里芍溪吴公相荐，芍溪者，乃先生之得意上首也。……先后三年，芍溪蓦逝矣。越岁余，不意幸复识小泉任翁，怀仙张老，然此二公，亦皆良辅之派也。

《静志居诗话》云：

> 又有陆九畴，郑思笠，包郎郎，戴梅川辈，更唱迭和，清词艳曲，流播人间。

就诸书所记，将昆山腔之人物作图②如下：

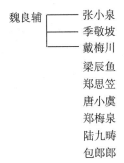

魏良辅┬─张小泉
　　　├─季敬坡
　　　└─戴梅川
　　　　　梁辰鱼
　　　　　郑思笠
　　　　　唐小虞
　　　　　郑梅泉
　　　　　陆九畴
　　　　　包郎郎

　　　　　张　新──吴芍溪──钮少雅
　　　　　赵瞻云　　任小泉
　　　　　雷敷民　　张怀仙

---

① 铭盘，即《笔谈》之张进士新也。《礼·大学》："汤之盘铭曰：'苟日新。日日新。又日新。'"名新，故字曰铭盘。

② 图例：有直线者示师生关系；同列者，年辈约略相当。钮少雅虽初从张新，然仅数旬，不若从吴芍溪之久也，故列吴下。

钮少雅生于嘉靖四十三年，访魏当在万历十六年二十五岁时。时不特魏良辅已死，梁辰鱼亦已前卒。张新为张小泉之侄，行辈稍后，故犹得相见。钮从吴三年而吴卒；任张二人钮呼之曰翁曰老。行辈俱长于钮也。余别有《跋汇纂元谱九宫正始》详之，兹不赘。

金元杂剧之唱法，可由董解元之《西厢记》弹词想象得之，二者虽性质不同，而为北曲则一也。至元宋之海盐腔，明代之昆山腔，俱包北曲而言，北曲之唱法，亦数变矣。

南宋供奉内廷者，有教坊，有钧容直，惟时置时罢；承应官府者，有衙前乐；俱见《宋史·乐志》。中叶以后，但呼市人使之，罢不复置①。戏班之组织，有一甲八人者，有五人者，见《武林旧事》。所谓甲者，即班之意也。所演仍为古剧，《武林旧事》记天基圣节排当乐次，杂剧凡四见：

> 吴师贤已下做《君圣臣贤爨》，断送②〔万岁声〕；
>
> 周朝清已下做《三京下书》，断送〔绕池游〕；
>
> 何晏喜已下做《杨饭》，断送〔四时欢〕；
>
> 时和已下做《四翁少年游》，断送〔贺时丰〕。

又，皇后归谒家庙赐筵乐次，凡二见：

> 勾杂剧色时和等做《尧舜禹汤》，断送〔万岁声〕；
>
> 勾杂剧吴国宝等做《年年好》，断送〔四时欢〕。

此理宗朝事也。戏文盛行已百年，何以仍用古剧？盖此种典礼，百戏杂陈，杂剧，其一端耳，安得时间以敷演全本戏文乎。

---

① 如《乐志》云："乾道以后，宴北使用乐，但呼市人使之。"又，天基圣节，归谒家庙，搬演杂剧之吴师贤、何晏喜、时和，亦皆市人也。见《武林旧事》"诸色伎艺人"。

② 《乐府诗集》引《古今乐录》云："《子夜》变歌，前作持子送，后作欢娱我送。"又云："歌毕，辄呼欢闻，不以为送声。"断送，古双声，断即送也，连文则云断送，单言则云送，与诞生、端正同例。可见断送古已有之。盖犹今江浙方言"饶头"之意。

《金史·乐志》有渤海、汉人教坊，盖供奉内廷者也；有大兴府乐人，盖承应官府者也。元则有教坊司兴和署，掌天下优人，见元杨允孚《滦京杂咏》注。而戏班组织，搬演情状，不甚可考。明初，亲王之国，必以词曲千七百本赐之。见明李开先《张小山乐府序》。盖兼散曲言之，否则，不致若是其夥也。神宗时，选近侍三百馀名，于玉熙宫学习宫戏，岁时升座则承应之，各有院本，如《盛世新声》、《雍熙乐府》、《词林摘艳》等。见清高士奇《金鳌退食笔记》。案：此三书半为散曲，且所选戏剧皆单出也。或者，明宫承应，以清唱为多，即搬演，亦不用整本欤？清则有昇平署，其档案犹在整理中，所演剧本，为张照等所撰之《月令承应》等七种。而私家亦有蓄优僮者。

　　宋洪（艹+冀）《旸谷漫录》云：“京都中下之户，不重生男，每生女，则爱护如捧璧擎珠，甫长成，则随其姿质，教以艺业，用备士大夫采拾娱侍。名目不一，有所谓……堂前人，杂剧人……等级，截乎不紊。”则私家所蓄，殆以女伶为多。

《齐东野语》云：

　　赵元父祖母，齐安郡夫人徐氏，幼随其母入吴郡王家，又入平原郡王家，尝谈两家侈盛之事，历历可听。其后翠堂七楹，专为诸姬教习声伎之所，一时伶官乐师，皆梨园国工也，吹弹舞拍，各有总之者，号曰部头。每遇节序生辰，则于旬日外，依月律按试，名曰小排当。虽中禁教坊所无也。

此风历元明清而不衰，《扬州画舫录》之所谓内家班者是也。

　　出演勾栏，以戏剧为营生者，一专演杂剧，一专演杂扮。《武林旧事》载诸色伎艺人，杂剧有赵太以下四十一人，杂扮有铁刷汤以下二十六人。尚有不在勾栏搬演者，《武林旧事》云：

　　或有路歧不入勾阑，只在要闹宽阔之处做场者，谓之打野呵①，此又艺之次者。

然自宋末以来，出演勾阑者，亦称路歧矣。此《扬州画舫录》之所谓江湖班者是也。

搬演之所曰勾阑。《武林旧事》云：

> 如北瓦羊棚楼等，谓之游棚。外有勾阑甚多。北瓦内勾阑十三座最盛。

勾阑内有戏台，为搬演之所；台上设乐床，为奏乐之所。

> 见几个妇女向台儿上坐，不是迎神赛社，不住的擂鼓筛锣。——《庄家不识勾阑》散套
>
> 有一个先生坐在乐床上……，我便道："……这里是妇女每做排场的坐处。"——元无名氏《蓝采和》杂剧
>
> 勾阑前有栅栏门，为收戏钱之处。
>
> 见一个人手撑着椽做的门，高声的叫请请……。要了二百钱放过咱。——《庄家不识勾阑》

入门，中为神楼，架木为台，价最贵；左右腰棚次之；皆坐。场中伫立以观者，价最廉。

> 入得门上个木坡。见层层叠叠团圆坐。抬头觑是个钟楼模样，往下觑却是人旋窝。——《庄家不识勾阑》
>
> 这个先生，你去那神楼上或腰棚上看去。——《蓝采和》

盖庄家以二百钱之代价，由木坡而登神楼，仰视"钟楼模样"，即己所坐处，俯视"人旋窝"，则场中伫立而观者。尝见清仁宗嘉庆十

---

① 《东京梦华录》云："自入此月（十二月），即有贫者三数人为一火，装妇人神鬼，敲锣击鼓，巡门乞钱，俗呼为打夜胡。"盖路歧不落勾栏，有若打夜胡之巡门乞钱，故即以打夜胡呼之。"野呼"即"夜胡"之转音。

年,日本翻刻之明代查楼图①,与宋元勾栏,犹相仿佛也。

勾栏平时则扃键之,遇演戏始启。

> 俺先去勾栏里收拾去,开了这勾栏门,看有甚么人来。
> 王把色锁了勾阑门者。——均《蓝采和》

上一日,先贴招子。

> 今早挂了招子,不免叫出孩儿来,商量明日杂剧。——
> 《宦门子弟错立身》
> 正打街头过,见吊个花绿绿纸榜。——《庄家不识勾栏》
> 昨日贴出花招儿去。——《蓝采和》

临演前,先行收拾。

> 两个兄弟先收拾去了。
> 王把色,你将旗牌帐额神帧靠背,都与我挂了者。——
> 均《蓝采和》

招子上大抵并无戏名,临时在门前宣说。

> 说道,前截的院本《调风月》,背后么末敷演《刘耍
> 和》。——《庄家不识勾阑》

至于搬演情况,《庄家不识勾阑》散套云:

> 〔四煞〕一个女孩转了几遭,不多时引出一火。中间里一
> 个史人货。裹着枚皂头巾顶门上插一管笔,满脸石灰更着些
> 黑道儿抹。知他待是如何过。浑身上下,则穿领花布直裰。
> 〔三煞〕念了会诗共词,说了会赋与歌。无差错。唇天口
> 地无高下,巧语花言记许多。临绝末道了低头撮脚,爨罢将
> 么拨。

---

① 查楼为明代勾栏,其故址即今北平之广和楼也。

〔二煞〕一个装做张太公,他改做小二哥。行行行说向城中过。见个年少的妇女向帘儿下立,那老子用意铺谋待取做老婆。教小二哥相说合。但要的豆谷米麦,问甚布绢纱罗。

〔一煞〕教太公往前那不敢往后那,抬左脚不敢抬右脚。翻来覆去由他一个。太公心下实焦躁,把一个皮棒槌则一下打做两半个。我则道兴词讼告状,划地大笑呵呵。

〔尾声〕被一胞尿爆的我没奈何。刚捱刚忍更待看些儿个。枉被这驴颓笑杀我。

在金院本与杂剧并演,宋戏体裁较长,似无须添插院本矣。庄家所见,四煞为艳段,三煞正院本。二煞一煞之张太公,正与《梦粱录》所云"山东河北村叟"合;有白无唱,故名后散段,即杂扮也。三煞"爨罢"云云,盖包正剧而言。庄家实未见《刘耍和》杂剧,即行离去,致为傍观所笑,乃转以"驴颓"詈之。

南宋既罢教坊衙前乐,路歧遂须承应官府,即已贴招子,只好临时停演。

〔桂枝香〕〔净〕相公安排筵席。勾阑罢却……,疾忙前去……。〔虔末白〕真个是相公唤不是?〔净〕终不成我胡说……。〔末〕孩儿与老都管先去……,我去勾阑里散了看的,却来望你。——《错立身》

失误官身,便受重责。

你知罪么?不遵官府,失误官身,拿下去扣厅打四十,准备了大棒子者。——《蓝采和》

失误了官身,本该扣厅责打四十,问你一个不应罪名。——关汉卿《杜蕊娘智赏金线池》

《太和正音谱》引赵孟頫之言,良人所扮谓之行家生活,倡优所扮谓之戾家把戏,是票友技术远较伶人为优。今伶人以内行自居,

目票友为外行,适与相反。惜宋金以来,票房之可考者,仅一绯绿社而已。《武林旧事》云:

> 二月八日,为桐川张王生辰,霍山行宫朝拜极盛,百戏竞集。如绯绿社,杂剧;齐云社,蹴球;遏云社,唱赚……。若三月三日,殿司真武会;三月二十八日,东岳生辰;社会之盛,大率类此。

《梦粱录》云:

> 豪富子弟绯绿清音①社。

《都城纪胜》云:

> 豪贵绯绿清音社,此社风流最胜。

盖绯绿社为豪富子弟所结集,风流最胜,无怪自负之九山书会,欲引以自况矣。至于明清名票,若丹徒顾容、徐姚董鹭之生;谷亭王真之净;凤阳张周之旦;俱见《词乐》。若兰阳王圻,见清王应奎《柳南续笔》。京都陈半山,见张泓《滇南忆旧录》。倘广为收罗,所得当甚可观也。

此外关于脚色、音乐、布景、砌末、装扮、武技等,限于篇幅,兹从略。

(原载《文史杂志》第十一、十二期合刊)

---

① 《武林旧事》明言:"绯绿社,杂剧。"且清唱另有遏云社。此所谓清音者当非清唱之谓,或者别于伶人鄙俗之腔故曰清音也。

关汉卿和他的杂剧

关汉卿是我国 13 世纪伟大的戏剧家,世界和平理事会决定列为 1958 年纪念的世界文化名人之一。在今年 6 月,各地将举行各种活动,来纪念这位剧作家的戏剧创作活动七百年。可惜的是,这位伟大的剧作家的生平事迹,我们今天已经知道得不多。我们仅仅知道他生于金元之间,号已斋叟,大都(现在的北京)人。他的生卒之年也已无法确知。他曾在金朝做过太医院尹,金亡之后,就不再做官。照现在考起来,金亡时,他至少已是三十岁以上的人了,所以应该生在 1120 年左右;他的年寿相当高,大概活到八十多岁,死在 1280 年左右。有人说他生于元初,在大德(元成宗年号,1298—1307)间还健在,这是不可靠的。

关汉卿生长的时代,是我国戏剧运动特别兴盛的时代。关汉卿是这个时代里新戏剧运动的重要领导人物。元代的戏剧家中,高文秀有"小汉卿"之称,沈和甫有"蛮子汉卿"之称,可见关汉卿在当时戏剧界是有着极大的影响的。他的戏剧活动,对元代戏剧的发达,起着很大的作用。

在元代,是蒙古统治者统治中国的时期,为了防止当时在经济上文化上都比他们进步的汉族人民的反抗,采取了极其残酷的种族压迫政策。但另一面,由于统治者把搜括所得的财富,集中在少数大都市里,都市里凭空增加了一批豪奢的消费者;又因元朝帝国,横跨欧亚,对外贸易相当发达,集中了大批工匠在大都市的官营作坊内从事生产,把产品和外国交易;造成少数大都市畸形的繁荣。这就为从金传来的新兴的市民文学——杂剧的发展，提供了物质条件。另一个原因，是元朝停止科举，不但把知识分子唯一的出路堵塞了，而且使知识分子的社会地位大大低落。一般知识分子不得不和民间艺人合作，参加了编撰戏剧的书会，编些戏剧来维持生活。大批知识分子散布在民间，吸收了民间艺术形式，这样也就大大推动了戏剧事业的繁荣。关汉卿正是当时书会中的一个领袖人物，他不但善于写剧本，而且是一个有经验的导演和演员。

关汉卿的戏剧作品，有六十六种之多，现在流传的凡十七种：《关大王单刀会》、《关张双赴西蜀梦》、《闺怨佳人拜月亭》、《诈妮子调风月》、《温太真玉镜台》、《钱大尹智宠谢天香》、《赵盼儿风月救风尘》、《包待制三勘蝴蝶梦》、《包待制智斩鲁斋郎》、《杜蕊娘智赏金线池》、《感天动地窦娥冤》、《望江亭中秋切鲙》、《刘夫人庆赏五侯宴》、《邓夫痛哭存孝》、《山神庙裴度还带》、《状元堂陈母教子》、《钱大尹智勘绯衣梦》。

从现在流传的剧本看来，关汉卿的创作有一个很大的特色，便是他选择题材和刻画人物的性格时所采取的积极态度。在元朝统治者残酷的政治压迫下，当时有许多杂剧作家，表现了求仙访道、退隐山林的消极思想。而独独关汉卿没有这种出世之想，他写了这么许多的剧本，从没有一本提到求仙或隐居。他热爱人生，所关心的是为实际幸福而斗争的苦难男女。他是一个现实主义作家。他笔下的人物，都是平凡的下层的人民，但都充满着对生活的热爱，和为追求幸福而斗争的勇敢精神。

关汉卿的剧本中有许多是以妇女为主角的。他塑造了许多不同个性的妇女典型，都是智慧、刚强、富有斗争性的人物。如《救风尘》的赵盼儿是个机智而又侠义的女子。他的姐妹宋引章误嫁周舍，遭到周舍虐待时，她终于设计把宋引章救了出来。这里不但歌颂了赵盼儿的勇敢、机智，同时也揭露了剥削阶级周舍的丑恶面目。又如《窦娥冤》是个大悲剧,是关汉卿的代表作。窦娥出身书香人家,原是个温柔敦厚的女子。可是在横暴势力的逼迫之下,使她变成了粗野、强硬,她有善良的一面,也有刚强的一面。为了挽救她害病的婆婆,不致死于昏官酷刑之下,便挺身而出,宁愿牺牲自己,含冤认罪;但她并不曾向黑暗暴力屈服,她仍是不屈不挠地和泼皮、昏官作顽强的斗争,直到临死。在她临死时,又发下了三个誓愿,要热血飞上白练,要六月飞雪,要亢旱三年,用来证实她确是含冤而死。死后鬼魂仍是锋芒毕露,向她父亲——两淮提刑肃政廉访使申诉,终于案情大白,报了冤仇。誓愿、鬼魂,虽是一种浪漫手法,但仍有它的积极意义。

今天我们来纪念关汉卿,要继承和学习他的那种热爱人民、为人民写作的精神。我国人民的戏剧创作是有优秀的传统的。我们要很好地继承、发扬这一优秀的传统精神,在党的领导下,使人民的戏剧创作更好地反映现实,推动生产,开出灿烂夺目的鲜花来。

（此文作于 1958 年,原载于 1958 年 6 月 25 日《浙江日报》）

《西厢记》作者问题的商榷

从六〇年到六一年，陈中凡先生先后发表了三篇文章①，主要是在讨论《西厢记》的作者问题。其中第二篇是对杨晦同志的关作王续说而发②，说他以十八世纪中期后出的志书为根据，用来否定四百二十五年前的记载；以不知材料来源的神话式的传说，否定元朝杂剧作家记述同时作者的实录；是不足信的。真是一语破的。同时并肯定《西厢记》为王实甫所作。这我们完全同意。

但是中凡先生又认为《西厢记》虽原属王实甫所作，但当时只能把西厢故事压缩成为一本，决不能有连续五本之多；现在的五本《西厢记》乃是后人加工增益而成，已和原作有极大距离。王季思同志曾提出不同的看法，和中凡先生有所商榷③。其中第三篇，即是中凡先生对季思同志的答辩。这三篇文章的论据是前后一贯的；惟一篇比一篇加详。现在针对中凡先生的第三篇文章，提出我个人的一些浅见来进行讨论。有错误的地方，请大家批评指教。

---

① 第一篇《关于〈西厢记〉的创作时代及其作者》，见《江海学刊》一九六〇年二月号，第二篇《关于〈西厢记杂剧〉的作者问题》，见一九六一年一月二十九日《光明日报·文学遗产》三四九期，第三篇《再谈〈西厢记〉的作者问题》，见一九六一年四月三十日《光明日报·文学遗产》三六一期。

② 杨晦《再论关汉卿、关汉卿与〈西厢记〉问题》，见《北大学报》一九五八年第三期。

③ 王季思：《关于〈西厢记〉作者的问题》（一九六一年三月二十九日《文汇报》）、《关于〈西厢记〉作者问题的进一步探辩》（一九六一年七月九日《光明日报》）

中凡先生第一个论据是：元代前期不会出现属于多本连演性质的杂剧。试看钟嗣成《录鬼簿》中所注的"二本"或"次本"，都属于两人同名之作。而于王实甫《西厢记》下，没有注明几本字样，足见他所见到的《西厢记》，不是多本连演的杂剧。所以王实甫原本《西厢记》只可能是一本，决不能突破杂剧的惯例，连续有五本之多。

现在即从钟嗣成《录鬼簿》谈起。钟嗣成写作态度是审慎严肃的，正如他自己所说：

> 右前辈编撰传奇名公，仅止于此。……余僻处一隅，闻见浅陋，……姑叙其姓字于右。其所编撰，余友陆君仲良得之于克斋先生吴公，然亦未知其详。余生也后，不得与几席之末，不知出处，故不敢作辞作传以吊云。

可见《录鬼簿》前辈才人杂剧名目，是根据吴克斋家的传钞本著录的。这个传钞本的时代，当然还在吴、钟之前；而钟嗣成不敢妄加改窜，把他如实的记录下来；它的可信程度是相当高的。可是话又得说回来了。第一，钟嗣成当时不能广征博采，掌握材料不全面，缺漏的地方自然很多；第二《录鬼簿》没有善本流传，辗转钞录翻刻，也不免有误夺的地方；这是它的缺点。不要说别的，即以王实甫的作品而论，现在流行的《录鬼簿》，无论明兰格钞本、孟称舜本、曹楝亭本，在他的作品下，都没有注语；而明朱权《太和正音谱》，却在他的《于公高门》、《贩茶船》、《破窑记》、《进梅谏》、《丽春园》五本之下，都注着"二本"。《太和正音谱》这部书，虽则错误很多，不甚可靠。但是试检《录鬼簿》，《于公高门》、《进梅谏》，梁退之也有此目；《贩茶船》，纪君祥也有此目；《破窑记》，关汉卿也有此目；《丽春园》，庚吉甫也有此目；可见这五本杂剧都有同题材的二本，却是事实，无可怀疑。而《录鬼簿》在王实甫名下，这五本杂剧都没有注，显然是夺落的，则《西厢记》下虽没有注"五本"

字样,可能也是夺落的。《于公高门》等五本杂剧下虽未注"二本",而事实上却有二本;我们又怎能因为《西厢记》下未注"五本",而断定它只有一本呢?

姑退一步说,当它《西厢记》下原来就没有注,不是因为《录鬼簿》的传钞或翻刻夺落的。我们试换一个角度来考察:《录鬼簿》中所注的"二本"或"次本",都属于两人同名之作,这是中凡先生所提出的;而《西厢记》却是王实甫一人所作;两者情况完全不同,自然不应以此例彼,作演绎的推断。盖二人同名之作,其可能性有二:一是两本题材完全相同,就是《录鬼簿》的所谓"二本";一是两者虽同一故事,而情节有前后的不同,就是《录鬼簿》的所谓"次本"。而一人所作同一故事的几本,当然只有故事相衔接的头本、次本、……不可能有故事重复的二本。故二人同名之作,必须注明"二本"或"次本",以示区别;而一人所作连续数本,则无须加注。试看《西游记》六本,无论吴昌龄作也好,杨景贤作也好,《录鬼簿》在两家作品之下都没有注。虽则杨景贤时代稍后,不在正编,而在续编,然续编即继承正编而作,前后体例当然是一样的。《西游记》不注,我们不能不承认它是六本;《西厢记》不注,为何独独要怀疑它不是五本呢?

这里的所谓惯例,乃是指杂剧的形式而言,看中凡先生在下文有"其表现形式上才能突破杂剧的惯例"云云可知,应当包括杂剧的结构、格律而言,而杂剧故事的连续与否,乃是取材问题;杂剧的形式有一定惯例,杂剧的取材是非常自由的,并无惯例可言;两者不能混为一谈。王实甫用杂剧的形式,写了五本杂剧,就是在取材方面,不是分演五个故事,而是连演一个故事。一本和五本仅不过数量上的变化,与真的突破杂剧规律,起着质量上的变化者不同。象这样的小变化,在元代前期是可以有的,也不能说他突破了杂剧的惯例。再就搬演方面讲:元代前期搬演杂剧,一次只演一本。如杜善夫《庄家不识勾阑套·六煞》云:"说道:'前截儿院本《调风月》,背后么末①敷演《刘耍和》。'"②《西厢记》虽用五本杂剧连续演一个故事,在演出时,决不会五本一次演完,当然仍旧分成五次演出,也不能说它突破了杂剧的惯例。季思同志举出周德清《中原音韵》曾三引《西厢记》,一见于第一本,两见于第二本,足证《西厢记》原有五本。——既有第二本,自然有第三本、第四本、第五本。这是铁证如山,实在无可反驳的。而中凡先生却说:"周德清所引用的三句,虽今传本《西厢记》中分见于第一本和第二本,而在原本中则当同见于一本的不同折中了。"只是一种推论,没有直接的例证的。

中凡先生的第二个论据是:王实甫既不在关、郑、白、马四大家之内;周德清虽三引《西厢记》,褒贬互见;可见王实甫的才学并不高明。而《西厢记》是元杂剧的压卷之作,决不象王实甫那样的作家所能达到的艺术成就。

元人以关、郑、白、马为元初四大家,这里的郑,自然应是郑廷玉,而不是郑光祖,因为郑光祖不是元初人,时代较晚。元代后期的作风渐渐崇尚辞藻,始以郑光祖代替了郑廷玉。大概王实甫的行辈稍晚于关、郑、白、马,故元初四大家中轮不到他。正如《琵琶记》后世推为南曲之祖,而《荆》、《刘》、《拜》、《杀》四大传奇中,反没有《琵琶记》的地位,也因为时代较晚的缘故。王实甫既稍晚于关、郑、白、马,正好赶上了元杂剧的黄金时代——元贞(1295—1297)、大德(1297—1307)之世,而写出了杂剧压卷之作,这是很自然的事。

中凡先生以为周德清《中原音韵》引《西厢记》,其《作词十法》"造语"条分"可作"与"不可作",而把《西厢记》的两条六字三

---

① 么末,即杂剧。如《录鬼簿》高文秀下吊词云:"除汉卿一个,将前贤疏驳,比诸公么末极多。"盖谓除了关汉卿(有杂剧六十余本),以高文秀(有杂剧三十余本)的作品为最多了。

② 杜曲见《朝野新声太平乐府》卷九。

韵语都放在"不可作"中,有贬无褒。这是一种误会。《中原音韵》原文是这样的:

> 《西厢记·麻郎么》云"忽听、一声猛惊"、"本宫、始终不同",韵脚俱用平声,若杂一上声,便属第二著;皆于务头上使。近有《折桂令》皆二字一韵,不分务头,亦不能喝采。若全淳则已,若不淳则句句急口令矣。

这里正在称赞《西厢记》的两条六字三韵语,"韵脚俱用平声","皆于务头上使"的恰当。所贬者,乃是《折桂令》的不淳者,故虽在"不可作"中,却是"可作"的例证。周德清又在自序中说:

> 其备则自关、郑、白、马,一新制作:韵共守自然之音,字能通天下之语;字畅语俊,韵促音调;观其所述,曰"忠"曰"孝",有补于世。其难则有六字三韵,"忽听、一声猛惊"是也。诸公已矣,后学莫及。

可见周德清推崇的王实甫,把他和四大家相提并论,无分轩轾,则王实甫的才学也可以想见了。至于周德清对王实甫的理解是否正确,评价是否恰当,这是另一个问题,可以不谈。我们引《中原音韵》的目的,就是要证实在泰定元年(1324)以前,王实甫在曲坛上的地位,已与元初四大家并列,有很高的声誉;而《西厢记》也已不止一本,而有五本了。

中凡先生的第三个论据是:《西厢记》的关目是受郑光祖《㑇梅香》的影响,以证《西厢记》五本完成在郑光祖之后,而非王实甫原作。

中凡先生认为《西厢记》与《㑇梅香》关目十分类似,而钟嗣成又特别称誉《㑇梅香》,倘然《㑇梅香》剽窃《西厢记》,钟氏不会不知而漫加赞扬。可见其时的《西厢记》尚未达到现有的艺术水平,后来受《㑇梅香》的影响,才变成现行的《西厢记》五剧。这样推断,理由是不充分的。元代后期,杂剧已盛极而衰,走上下坡路。郑光祖虽属庸中佼佼,终究使人有"廖化作先锋"之感。钟嗣成对后期作家都属相知,故称郑光祖"名闻天下"不免溢美;然对他所作的《㑇梅香》,并未过分推崇,仅云"端的是曾下功夫",是很有分寸的。因为《㑇梅香》的关目虽和《西厢记》相同,但同中又有异。如同是听琴,《西厢记》在描写声音,《㑇梅香》在描写景色,这在孟称舜评点本《㑇梅香》①上讲得很详细,这里不赘。故钟嗣成称赞他"曾下功夫",原在此不在彼。再说,既然《㑇梅香》剽窃了《西厢记》,钟氏决不会再漫加赞扬,而《西厢记》剽窃了《㑇梅香》,却能成为元杂剧的压卷之作,未免有些矛盾,倘然说,《西厢记》作者的艺术手腕高于郑光祖,故能青出于兰,不同剽窃。试想:果有这样的一个大手笔;且更有《董西厢》在前,故事已具轮廓,难道一些微细节目都不能自己创造,必欲剽窃《㑇梅香》? 况且果有这样一个大作家,钟嗣成也不会不知,为何不把它收入《录鬼簿》呢?

中凡先生的第四个论据是:《西厢》五剧不发生在杂剧全盛时期——蒙古时代的大都,而发生在杂剧衰落时期的杭州,这是偶然性;并举《拜月亭》、《西游记》为例,说明《西厢》五剧作于元代后期是可能的。

自从宋金元以来,北有杂剧,南有戏文,南北交流,相互影响,故戏文、杂剧题材相同的很多。有从杂剧改编成为戏文的,如《拜月亭》;有从戏文改编成为杂剧的,如《杀狗劝夫》。《拜月亭》戏文的成就虽相当高,然不能说明《西厢》五剧作于元代后期。《拜月亭》戏文为施君美作,始见于王世贞《艺苑卮言》,吕天成《曲品》已加否定,说他没有的据。《录鬼簿》于后期作家,不但著录杂剧,并著录戏文,如沈和甫的《欢喜冤家》便是。倘《拜月亭》戏文果为施君美所作,钟嗣成岂有不知,而不加著录? 在他的小传中,

①　见《新镌古今名剧柳枝集》。

也仅云："诗酒之暇,唯以填词和曲为事。"可见他不但不作戏文,而且也不作杂剧,不过是散曲家罢了。而且明兰格钞本《录鬼簿》没有施君美,只有施君承。张大复《九宫十三摄南曲谱·谱选古今传奇散曲集总目·拜月亭》下注云："吴门医隐施惠,字君美著。"又与前说不同。总之,《拜月亭》戏文的作者问题不能解决,作品的时代也就无法推知,安知其不是元代初期的作品呢? 姑退一步说,当它是元代后期的作品,也仍旧不能为《西厢》五剧作证。因为元代后期杂剧固然衰落,所以能有好作品,而戏文并没有衰落。后世推为"词曲之祖"的《琵琶记》,也即产生在这时,《拜月亭》在这时产生,乃很自然的事。推其能产生好戏文,故有《拜月亭》;不能产生好杂剧,故不可能有《西厢》五剧。至于《西游记》虽有六本之多,也很平庸,不能和《西厢》五剧相比,不过与《杀狗劝夫》相伯仲而已。中凡先生说它"确能自由运用曲调",实际并没有突破杂剧联套的惯例。

所谓偶然性,不以自身为根据,而以他物为根据;它不是来自事物的内部联系和关系,而是来自次要原因。这里没有把《西厢》五剧的偶然性具体指出,仅举出当时杭州的经济基础和社会条件。在元代前期,大都也同样具备这些条件,为什么不能产生《西厢》五剧呢? 况且这些条件是外因,它必须通过内因而起作用。在元代后期,杂剧衰落,已不是鸡子而是老母鸡,虽有孵化小鸡的气候,而决不能使老母鸡返老还童了。

中凡先生的第五个论据是:《西厢记》受了戏文的影响,在表现形式上才能突破杂剧的惯例,用来证明《西厢》五剧为非王实甫原作。

戏文的发生,约早于杂剧六十年;元人灭宋之后,戏文即流传到大都。《九宫十三摄南曲谱·金银猫李宝闲花记》下注云:

大都邓聚德著。业卜,字先觉。尚有《三十六琐骨》戏文三十九出,隆福寺刻本。

又,宝敦楼旧藏《传奇汇考标目》也著录大都刘珏的《张解元墙头调莺燕》、王德仲的《襄阳府调狗掉刀》。可见当时大都不但有戏文在演出,而且在编撰、刊刻,其盛行可知。杂剧的受戏文影响,不一定要等到元朝后期,戏文,杂剧才相互起影响。所以《西厢》五剧就是真的受了戏文的影响,也不能证明它不是王实甫所作;况且它在结构、格律方面,还是和一般杂剧一样,如:每本各有题目正名,各为四套曲子——间有五套的,或外加楔子等等,并不能说它突破了杂剧的惯例。

固然,《西厢》五剧中,在唱法方面,有些地方确不守杂剧的规律。如一套张生唱的曲子,忽然由他人插唱了几支。这是后人不懂曲律,妄加修改的结果。如第一本开头的楔子,即为后人所加,陆采《西厢记自序》云:"至都事王实甫易为套数,本朝周宪王又加《赏花时》于首。"又如第一本第二折,弘治本旦唱《耍孩子》,红唱《五煞》;而刘龙田本、张深之本二曲都属生唱。第四折,弘治本、刘龙田本都由旦、红各唱《锦上花》一支;而张深之本二支都属红唱。正因为后人在随时改动,故各改本之间又互有差异,王实甫原本决不会是这样的。总之,《西厢》五剧,并没有受戏文的影响,它的唱法不合规律,乃出后人妄改。

中凡先生的第六个论据是:从王实甫作品的思想水平和艺术成就方面看,认为王实甫其他作品都不大高明,因此怀疑《西厢记》不是他所作。

运用这个方法,必须首先要鉴定作品的真伪,尤其是在戏剧方面,张冠李戴的很多。如《西游记》。过去都认为是吴昌龄作,近始改定为杨景贤作。现在流传的王实甫的作品,是否都是真的,还是问题,因为我们在这方面用的工夫很有限,还没有结论。退一步说,姑当它都是真的,然而一个人的思想情感、艺术手腕是在变化发展的,譬如沈璟,大家都知道他是主张本色的,但他的《红蕖记》,辞采藻丽,和后来的《博笑记》之类,根本不同。不要说别的,即以《西厢记》而论,它的文辞一般都很秾丽,但是"惠明下书"《端正好》一套,却句句是本色语。照中凡先生的看法,这套《端正好》也许认为是另一人所作;而我们却认为既在《西厢记》里,当然是王实甫所作;大家都没有证据(假使没有其他证据,仅运用这个方法的话)能说谁是谁非呢? 倘然因为王实甫其他作品质量不高,便怀疑《西厢记》不是他的作品,未免欠审慎。还是王骥德的话说得对:"王于《西厢》、《竹丝芙蓉亭》之外,作他剧多草草不称。尺有所短,信然!"①

中凡先生的第七个论据是:《西厢》五剧倘果属王实甫所作,为什么当时人不起来仿制,而一般都停留在一本四折的形式上?元朝一百多年——从灭金算起,作家百余人,作品数百种,只有这一孤篇横绝当世的作品。

天下事物,在某一段时间内,仅一见的其实很多。即就戏剧说,大家知道明人传奇,至多不过五十余出,而郑之珍的《目连记》,却有一百出之多。明朝二百多年,作家数百人,作品千余种,也找不到第二个例子。我们固不能因为它仅一见,怀疑它非郑之珍所作。倘必欲找同时人的仿制,除非把它移到清朝中叶,因为那时才出现其他长戏,如:《鼎峙春秋》、《升平宝筏》之类。

中凡先生因为《西厢》五剧在元代初期,找不到同样的例子,所以要把它移到元代后期。但是元代后期作家也并没有起来仿制,仍旧孤零零的只有《西厢》五剧一种。倘然说,元代后期已渐趋衰落,所以没人仿制。仿制的人尚且没有,又怎能产生横绝当世的作品呢? 所以象《西厢》五剧那样的连本戏,终元之世,虽仅一见,无人仿制,也不能证明它非王实甫所作。

---

① 见《曲律·杂论第三十九上》。

　　以上就中凡先生原文所有的七个论据,分别提出一些不同的看法来和他商榷。其实重点只在一、二两个论据上,已说明《录鬼簿》的体例,一人所作若干本连本戏,《录鬼簿》是不加注语的;王实甫在当时曲坛上,与四大家齐名,声誉很高;则《西厢》五剧由他一人所作,可以毫无疑问。其他五个论据不过枝节问题,也就迎刃而解了。

　　最后中凡先生又说,《西厢记》在艺人们的演出,并传钞、翻印,即在不断的加工提高之中,它的修改,实非出于一手。这应该分别起来说:当时的艺人们文化程度虽不高,但是舞台经验是很丰富的,他们的修改,可能使剧本质量提高;而钞胥、书贾文化程度又差,又无舞台经验;他们的修改,只有把剧本改坏。而且这种修改,不过停留在小节目上,可以我改一些,你改一些,出于众手。倘然说要把原本一剧,扩展成为五剧,作大规模的修改,恐怕非要杂剧全盛时期的名手,象王实甫那样的人不可了。

(据 1961 年存稿整理)

(原载《南京大学学报》1985 年第 4 期)

《西厢五剧注》序

　　剧曲之学,肇始朱明,然浅陋不足观。以注释言,若徐渭、徐逢吉、陈继儒等之注《西厢》,若罗懋登之注《投笔》,或殊简略,或罕流传,姑勿论。王骥德《西厢注释》,颇沾沾自喜,以为不朽之大业,往往羌无根据,任情妄改,于金元之风俗方言,名物故实,非真能了了也。清人学问,远超前代,惟目曲学为小技,经史百家之外,国学大师所不屑道。迄乎季世,姚梅伯先生燮倡于前,王静安先生国维暨先师吴瞿安先生梅继于后,曲学始盛。吴先生才华丰茂,订谱填词,直入元人堂奥,不屑屑于考据,《顾曲麈谈》、《词余讲义》,不足以概先生也。姚、王二氏,始以清人治经史之法治曲。姚有《今乐考证》,未成书而卒。王有《戏曲考源》、《古剧脚色考》、《曲录》、《宋元戏曲史》等书,曲学至此,始有条理可言。永嘉王子季思,与余同游吴先生之门,既得填词之法于吴先生,复私淑王氏,究心曲学,用力颇劬,成《西厢五剧注》若干卷。以余与有同嗜,邮书相寄,属为叙文。余自惟涉猎戏曲垂二十年,资材鲁钝,碌碌无成。窃不自量,方拟作《永乐大典戏文三种校释》,寇难卒发,庐舍荡然,避地山陬,无书可读,遂致中辍。而此中甘苦,得领略一二焉。盖宋、金、元三朝戏剧,其所蕴藏,难于索解者,不亚先秦典籍,且六经百氏,有注释、有笺疏,去今虽远,犹有冯藉,而戏剧所蕴,往往为他处所未见,视先秦典籍,更难措手。《西厢》五剧,自明季以来,辗转翻刻,任意改窜,沟通董理,尤难于他剧。非季思之博雅精思,曷克有此成就哉!

中华民国三十二年六月五日同学弟平湖钱南扬谨序于碧湖沈氏之浣香水榭。

（原载《西厢五剧注》卷首,龙吟书屋,1944 年）

《十孝记》非元戏

手头无《南戏拾遗》，顷记冯沅君女士之《南戏拾遗补》乃有《十孝记》，误矣。案：《南戏拾遗》辑自《九宫正始》，《正始》引《十孝记》凡八见：

中吕过曲	尾犯芙蓉
南吕过曲	太师垂绣带
	奈子宜春
商调过曲	五羊裘
	猫儿出队
	御黄袍
越调歌曲	山虎蛮牌
	亭前送别

除〔五羊裘〕外，皆注云"明传奇"，而〔五羊裘〕下注"元传奇"者，盖偶误"明"为"元"耳。此殆《南戏拾遗》致误之由也。

此八曲亦见《南词新谱》，惟曲牌名稍有异同，卷首"古今入谱词曲传剧总目"，《十孝记》下注云："词隐先生作。"《曲品》著录，亦谓沈璟所作，此后《今乐考证》《曲录》俱无异辞，则以《十孝记》为元戏，其误甚明。

《千字文》院本之前后

陶宗仪《辍耕录》所载金院本六百余种，大都名目诡异，不可钩稽。其中以《千字文》名者，凡七本：

　　《背鼓千字文》一本　　《变龙千字文》一本　　《摔盒千字文》一本

　　《错打千字文》一本　　《木驴千字文》一本　　《埋头千字文》一本

　　已上六种《辍耕录》题曰"诸杂院爨"

　　《千字文》一本

　　已上一种《辍耕录》题曰"拴搐艳段"

"千字文"三字，王静庵先生《曲录》谓疑是曲调之名，其实非是。所谓"千字文"者盖即梁周兴嗣所撰之《千字文》也。不过伶人摘其词句聊串之，以演述一事耳。如演述背鼓之事，即谓之"《背鼓千字文》"，演述变龙之事，即谓之《变龙千字文》。剧本今虽不传，然追溯其前后，犹可得其仿佛也。

集千字文为文，其来甚古，隋唐间既行之矣。如：

　　《千字文语乞社》

　　　敬白社官三老等：切闻政本于农，当须务兹稼穑。若不云腾致雨，何以税熟贡新。圣上臣伏戎羌，爱育黎首，用能闰余成岁，律吕调阳。某人等，并景行维贤，德建名立。遂乃肆筵设席，祭祀蒸尝。鼓瑟吹笙，弦歌酒晏。上和下睦，悦豫且康。礼别尊卑,乐殊贵贱。酒则川流不息,肉则似兰斯馨。
非直菜重芥姜,兼亦果珍李奈。莫不矫手顿足,俱供接杯举
筋。岂徒戚谢欢招,信乃福缘善庆。但某乙某索居闲处,孤
陋寡闻。虽复属耳垣墙,未曾摄职从政。不能坚持雅操,专
欲逐物意移。忆内则执热愿凉,思酒如骸垢想浴。老人则饱
饫烹宰,某乙则饥厌糟糠。钦风则空谷传声,仰惠则虚堂习
听。脱蒙仁慈隐恻,庶有济弱扶倾。希垂顾答审详,望咸渠
荷滴沥。某乙即稽颡再拜,终冀勒碑刻铭。但知悚惧恐惶,
实若临深履薄。

——《太平广记》二百五十二引《启颜录》

此类谐文,虽非戏剧,然既开集《千字文》为文之端。下逮宋
金,戏曲大盛,于是《千字文》院本出焉。后来作者,元明间,则有
贺从善之《千文虎》①。夫谜语固亦院本之一种,《辍耕录》"打略
拴搐"类有《杜大伯》一本,《大黄》一本,皆谜语,可证也。顾非以
演述事迹,与此七种院本不类。以之演述事迹,见于明人传奇中
者,如:

> 贫道紫阳宫石仙姑是也,俗家原不姓石,则因生为石女,
> 为人所弃,故号"石姑"。思想起来,要还俗,《百家姓》上有
> 俺一家;论出身,《千字文》中有俺数句。天呵! 非是俺求古
> 寻论,恰正是史鱼秉直。因何住在这楼观飞惊,打并的劳谦
> 谨敕。看修行似福缘善庆,论因果是祸因恶积。有甚么荣业
> 所基,几辈儿林皋幸即。生下俺形端表正,那些性静情逸。
> 大便孔似圆莽抽条,小净处也渠荷滴沥。只那些儿正好叉着
> 口,臣野洞庭;偏和你减了缝,昆池碣石。虽则石路上可以路
> 侠槐卿,石田中怎生我艺黍稷。难道嫁人家空谷传声,则好

---

① 详《歌谣》第九十七号拙著《俗谜溯原补》。

守娘家孝当竭力。可奈不由人诸姑伯叔，聒噪俺入奉母仪。母亲说"你内才儿虽然守真志满，外像儿毛施淑姿。是人家有个上和下睦，偏你石二姐没个夫唱妇随。"便请了个有口齿的媒人，信使可覆；许了个大鼻子的女婿，器欲难量。则见不多时，那人家下定了，说道"选择了一年上日月盈昃，配定了八字儿辰宿列张。"他过的礼金生丽水，俺上了轿玉出昆冈。遮脸的纨扇圆洁，引路的银烛辉煌。那新郎好不打扮的头直上高冠陪辇，咱新人一般排比了腰儿下束带矜庄。请了些亲戚故旧，半路上接杯举觞。请新人升阶纳陛，叫女伴们侍巾帷房。合卺的弦歌酒晏，撒帐的诗赞羔羊。把俺做新人嘴脸儿，一寸寸鉴貌辨色。将俺那宝庄奁，一件件寓目囊箱。……

　　　　　　　　　——汤显祖《牡丹亭》卷三《道觋》

见于民间唱本中者，如：

小奴家本是个女慕贞洁，你把我错看个男效才良。在草桥我二人交友投分，因此上说不尽辰宿列张。草桥上结拜了孔怀兄弟，一路上到杭城露结为霜。念的是上大人始制文字，写的是加三千垂拱平章。日同车夜同宿爱育黎首，怕的是识破了秋收冬藏。在途中我与你阔谈彼短，梁哥哥并不曾顾答审详。我约你一个月寒来暑往，攻诗书不回家适口充肠。我本要写一封漆书壁经，寄与你回家转侍巾帷房。双父母将奴配图写禽兽，小奴家说不出器欲难量。我本要寻自尽背邙面洛，舍不得梁哥哥鸟官人皇。实指望我与你上和下睦，谁知道阻隔了天地玄黄。今世里再不能夫唱妇随，来世里我与你蓝苟象床。他二人只说到言辞安定，叫丫环取暖酒菜重芥姜。小奴家劝一杯弦歌酒晏，双手儿对梁兄接杯举觞。你一杯吾一杯川流不息，梁长兄并不曾祭祀蒸尝。梁哥哥并不曾吊民伐罪，怕的是高堂上老少异粮。愁只愁那旁边亲戚故旧,怕的是杏哥哥率宾归王。说不完家常语性静情逸,若提吾心中话靡恃己长。

《梁山伯祝英台夫妇攻书还魂团圆记》卷十二

已上两种,皆全篇中偶或插入《千字文》一段,与《千字文》院本通篇皆集千字文句者,亦微有不同。况《辍耕录》既名之曰爨,曰体段,则必长篇可知。今于民间唱本中,得《倭袍千字文》一本,以拟院本,庶几近之。所谓"礼失而求诸野",信夫。

（原载《北京大学研究所国学门月刊》一卷五期,1927 年 2 月）

目 连 戏 考

　　宁绍一带，戏剧非常发达。除宁、绍两处本班外，又有昆班、京班。其他则有馀姚的鹦哥班，①嵊县的滴虱班。各班戏子，都靠着演戏营生的。

　　此外有一种"目连"，和上面所说的戏班，情形稍有不同。串《目连戏》的人，平时都有别的行业，大半是工商界中人。扮演的辰光，某人饰某角，某人饰某角，终身不改。所以知音者往往喜看《目连戏》，因为串戏的人，腔调手面都很老到，专靠演戏营生的戏子反不如他们。至于他们所以情愿做《目连戏》的角色者，因为是在神道前许下的愿心，正如我们地方在赛会的导子里扮犯人、扮无常②一样。而花钱叫他们唱演的主顾，也无非为着许愿酬神，并不是单单为着娱乐。所以《目连戏》的价目也比别的戏班，来得大一些。

＊　　　＊　　　＊　　　＊　　　＊

　　考目连的戏剧，发生很早。唐王定保《摭言》卷十三道：

---

① 　鹦哥班，就是上海游戏场里的所谓四明文戏，专唱男女调情的戏。"鹦哥"疑心他是"秧歌"之误。因浙语"鹦"字也开口读，和"秧"字相似。而且秧歌本多男女相悦之词，和这种戏剧也很近情。

② 　我们平湖一带，人害了病，往往到庙里去许愿。轻则用锭箔便可了事，重则许以在病愈后，每逢那个神道赛会的时候，在会中扮犯人或无常。期间有一年的，也有三年的，案明王穉登《吴社编》里所谓"走会"、"舍会"的那种人，也许和扮犯人、无常，情形差不多罢。

　　张处士祐《忆柘枝诗》①曰："鸳鸯钿带抛何处？孔翠罗衫属阿谁？"白乐天呼为"问头"。祐矛楯之曰："鄙薄问头之诮，所不敢逃，然明公亦有'目连变'。《长恨词》云，'上穷碧落下黄黄，两处茫茫皆不见'。岂非目连访母耶？"

又宋俞文豹《吹剑录》也道：

　　《长恨歌》"上穷碧落下黄泉，两处茫茫都不见"，人谓是"目连救母"。

　　所谓"目连变"，疑也是当时剧曲的名字。和《代面》、《拨头》、《踏摇娘》一般。然则在唐朝已经有此种戏文了。

　　直到明朝人所做的传奇当中，也有此种戏剧。明郁蓝生《曲品》卷下，载朱从龙所作传奇九本，中有《妙相记》一本，下注道："全然造出，俗称为《赛目连》，哄动乡社。"而高弈《传奇品》也说《妙相记》演目连事，惟以为是金怀玉作的。案《曲品》，朱从龙，字春霖，句容人。金怀玉，字尔音，会稽人，同列在下下品。

　　考《曲品》体例，上卷以人为纲，下卷更分论其著作。故凡列名于上卷诸人，在下卷中必有其人的作品一种或数种。而金怀玉一人，在下卷中单单没有他的作品。第一层，和全书的体例不合。第二层，品评好坏，自当以作品为根据，没有作品，如何能够知道他的好坏呢？据此，我们可以知道《曲品》一书，定有缺误的地方。

　　再看《传奇品》，以《宝钗》、《摘星》、《桃花》、《妙相》、《八更》、《完福》、《绣被》、《香裘》八种为金怀玉所作，以《望云》一种为程叔子作。而王静安先生《曲录》，却以为九种都是金怀玉作的。《妙相记》究属谁人所作，难以遽断，现在姑且丢开，不去深论他。

　　此外明朝无名氏也有《目连救母》一本，见清黄文旸《曲海

---

① 案这一段，《太平广记》卷二百五十一引《摭言》，辞句较详。"问头"作"款头"。

目》。

明朝演《目连戏》的情形,明张岱《陶庵梦忆》卷六有"目连戏"一条,记得很详细。现在钞在下面,以见一斑。

余蕴叔演武场,搭一大台,选徽州旌阳戏子,剽轻精悍,能相扑跌打者三四十人,搬演"目连",凡三日三夜。四围女台百十座。戏子献技台上,如度索,舞絚,翻桌,翻梯,觔斗,蜻蜓,蹬坛,蹬臼,跳索,跳圈,窜火,窜剑之类,大非情理。凡天神,地祇,牛头,马面,鬼母,丧门,夜叉,罗刹,锯磨,鼎镬,刀山,寒冰,剑树,森罗,铁城,血澥,一似吴道子地狱变相,为之费纸札者万钱。人心惴惴,灯下面皆鬼色。戏中套数,如《招五方恶鬼》,《刘氏逃棚》等剧,万余人齐声呐喊。熊太守谓是海寇卒至,惊起差衙官侦问。余叔自往复之,乃安。台成,叔走笔书二对,一曰:"果证幽明,看善善恶恶,随形答响,到底来那个能逃。道通昼夜,任生生死死,换姓移名,下场去此人还在。"一曰:"装神扮鬼,愚蠢的心下惊慌,怕当真也是如此。成佛作祖,聪明人眼底忽略,临了时还待怎生。"真是以戏说法。

到了清乾隆辰光,命张照等编撰院本进呈,中有《劝善金科》十本,也演目连救母事。礼亲王昭梿《啸亭续录》卷一道:

乾隆初,纯皇帝以海内升平,命张文敏制诸院本进呈,以备乐部演习。……又演目犍连尊者救母事,析为十本,谓之《劝善金科》。于岁暮奏之,以其鬼魅杂出,以代古人傩袚之意。……

此种戏剧,可惜外边没有传本。而同时周祥钰等奉命编辑《九宫大成》,《南北词宫谱》,于《劝善金科》,多所征引,计凡曲子八十支,套数四套。我们从这里可以约略知道一些《善劝金科》的内容。

至于搬演情形,也是"鬼魅杂出",和明朝的戏剧想必是差不了多少。

＊　　　＊　　　＊　　　＊　　　＊

目连的名字,或作目犍连,乃是没特伽罗的缩音。唐释玄应《一切经音义》卷六,《妙法莲华经》第一卷,"目犍"条下道:

> 　　上莫鹿反,下巨焉反。或言"目伽略子"者,讹也。则正言"没特伽罗子",或云"毛駃伽罗子",此乃从母为名。"没特伽",此云"绿豆","罗",此云"执取",或云"挽取"。本名"俱利伽",或言"拘隶多",此从父名也。旧云"俱律陀",不正也。

又《翻译名义集选·十大弟子篇》第五,解释较为简要,且微有异同。

> 　　"目犍连",正云"没特伽罗",此云"采菽氏",姓也。字"拘律陀",树名也,其父母祷树神得之,因以为名。神通第一。

目连的事实,自然是从印度传来的,不是中国固有的。不过流传到现在,不但完全受了中国化,而且添加了不少的微细节目。如各种记载和宝卷上所说的,都互有异同了。今取《慈悲道场目连报本忏法》卷中所记的较为简括,而且还稍为保存着些事实的本来面目:

> 　　……是故经言,王舍城中,有一长者,名曰傅相。其家大富,象马驼驴,遍满山野;锦绮罗纨,珍宝满藏。常行六度,不逆人情。忽病身亡,惟养一子,名曰罗卜。父既亡没,尽礼建送,葬于山所。三年服满,遂启阿娘,"阿爷在日,钱财无数;而今库藏,将欲空虚;意欲出外,经商卖买。"娘即听许。遣奴益利,运出钱财有三千贯,分作三分。一分奉母,供给门户。

一分与娘奉养三宝,为父设斋供像饭僧。自将一分往于他国,兴贩经纪。

阿娘待子去后,说向奴婢:"若有师僧来我门前,将棒打逐。"以设斋钱广买牛,羊,鸡,豚,鹅,鸭。喂饲令肥,悬缚柱上,刺血淋盆。哀声未绝,毛羽脱落。劈腹取心,祭诸鬼神,恣意作乐。

罗卜去后,经商日久,将诸钱财回归本国。四十里外,城西安歇,先遣益利归家问母:"若作善事,我将此钱供奉阿娘。若作恶事,我将此钱为娘忏悔。"益利奉命,遂先归家。而婢金支,遥见益利,走报阿婆:"郎君归也。"婆问金支:"如何得知?"金支答言:"益利既归,郎君必归。"婆遣金支:"急且关门。我取幢幡,张施后堂,假设斋所,方可开门,引益利进。"语益利曰:"汝与郎君,去作经商,我常在家,每设僧斋。汝若不信,后园佛堂,看我斋所。众僧虽散,香烟杂乱,匙箸交横,尚未收了。益利欢喜,走报郎君。"……罗卜闻此,心生欢喜:"我当遥空礼拜阿娘。"时诸邻舍,乡亲眷属,俱出城外。接见郎君,遥空礼拜。遂问郎君:"前无三宝,后无四众,礼拜何为?"罗卜答言:"惭愧阿娘在家敬佛,日设僧斋,我当礼谢。"乡亲谓言:"汝母从子别家去后,凡是僧来,唤婢打逐。将汝斋钱,广买牛,羊,鹅,鸭等畜,喂饲令肥,恣行杀害。祭祀鬼神,作诸快乐。"罗卜闻此,身毛孔中,汗血迸流,闷绝在地,良久方苏。母见儿归,亦出外接,见儿倒地,牵儿手曰:"莫听傍言,成人者少,败人者多。听我誓曰,从汝去后,若不为汝每设僧斋,今我归家,随即病死,入阿鼻狱。"子见母誓,遂起归家。娘忽感病,七日果死。罗卜送母归山入圹。结草为庙,守母填陵。……

三年孝满,往者阁崛山,礼世尊足,而白佛言:"父母俱亡,心愿出家……"佛言:"善哉……"即令阿难为其剃发。

世尊即与摩顶授记，改名大目犍连。复问世尊："令入何山学道？"佛言："耆阇崛山，宾钵罗庵，可以修道。"目连至彼，入定修慧，明心见性，十弟子中，神通弟一。观游三十三天，生化乐天宫。惟见阿爷受天福报，不见阿娘生于何处。回问世尊："未审阿娘今生何处？"佛诘目连："汝母在生，不信三宝，悭贪不舍，造诸重罪如须弥山。死入地狱。"目连闻此，举身自扑，悲啼号泣。从地而起，游诸地狱，寻救阿娘。

首至剉碓地狱，见阎浮人在碓臼中，身首摧碎，血肉狼藉，每日万死万生。目连经哀问："此狱众生，前作何罪，今受此苦？"狱主答言："因前世时，剉切众生，锅中煎煮，男女亲属，聚头共食。口喝甘美，今日果报，只得忍受。"……

此下历叙目连经过剑树，刀山，石磕，镬汤，灰河，火盆，铜柱，锯解，铁磨，寒冰，黑暗，耕舌，斩剉诸地狱，并见诸饿鬼。

……又复前行，见一大地狱，墙壁高厚，铁网交加，罗覆其上。有四铜狗，口常火出，炎焰烧空。从你叫唤，无出应者。目连即回佛所，右绕三匝而白佛言："此大地狱，叫不能开，不知何故？愿佛开示。"尔时世尊语目连言："执我锡杖，被我袈裟，掌我钵盂，至狱门前，振锡三声，狱门自开，关锁自落。"目连奉敕，还至狱门。振锡三声，狱门自开。撞入狱中，狱卒推云："师是何人？擅开此狱，此门长劫不开。"……目连答言："特来寻母。"狱主问师："谁言师母在此？"目连答言："释迦世尊言母在此。"狱主又问："释迦世尊是师何亲？"目连答言："是我本师和尚。"狱主问："师娘何姓名？与师检簿寻讨。"目连语之。……狱主即唤："王舍城中，青提夫人，姓刘，第四，狱门之前，有出家儿，大目犍连，是佛弟子，……果是汝儿，汝当出狱。"青提夫人不敢应之。又唤："青提，汝何不应？"青提应曰："恐移别处，是故不应。我有一子，不名目连,亦弗出家。"狱主报师,……目连谓言:"信娘不识。父母在日,我名罗卜,亦未出家。父母亡后,我方出家,蒙佛改名大目犍连。"狱主再入向夫人言:"门前觅者,便是罗卜,是汝亲子。"夫人回说:"若是罗卜,是我亲子。愿卿放我,与子相见。"……尔时狱主遂持刀杖围绕,送出青提夫人,与儿相见。目连见娘,苦恼如是,大叫:"阿娘,言在生日,香花饮食,供佛饭僧,一皆如法。死合生天,如何今者,却在地狱?"娘告儿言:"我在生日,不敬三宝,不信因果。妄称设斋,惟造恶业。死堕地狱,受无量苦。……饥吞铁丸,歇饮洋铜,苦不可言。"母子相见,语尚未了。狱主告师:"不可与娘久停说话。若更留恋,我将铁叉望心插起,还归地狱。……要娘出狱,无非告佛。"目连闻已,复诣佛所,而白佛言。……佛语目连:"汝且宽心。我救汝娘不得出时,我甘入狱代受其苦。"……即放眉间五色毫光,照破地狱。刀山剑树化成宝林,铁床化为猊座,镬汤化作莲池。尔时阎罗天子,赞言:"善哉!……"敕诸狱卒,皆放罪人,记生善道。目连问佛:"娘生何道?"佛言:"汝母在生,罪根深重,业障未尽。出大地狱,移入黑暗地狱。"目连将饭一钵,去狱饲母。母见饭来,贪心不改。左手接饭,右手遮人,饭将入口,化成火炭。目连问佛:"如何得离黑暗地狱?"佛言:"要娘出狱,请诸菩萨转大乘经。"目连奉教,娘得出狱。又问:"今生何道?"佛言:"生饿鬼道。"……目连问佛:"如何得脱饿鬼之身?"佛言:"汝母罪重,……非汝一人力所奈何。……我今当说救济之法。……七月十五日,……用办香油挺烛,床敷卧具,汲灌盆器,百味珍馐,珍奇杂果,尽世甘美,安着盂兰盆中。剜肉然默四十九灯。造立神幡,供养三宝。普供十方大德众僧。……即得解脱。……"尔时佛敕十方众僧,……咒愿已讫,然后受食。目连比丘,及诸菩萨,皆大欢喜。目连哀声,释然灭除。时目连母得脱饿鬼之苦,托生忉利天宫,受诸快乐。……

　　现在再把《目连戏》的回目钞在下面,试和上面的事迹对照,可以看出许多篇目是增饰上去的,而且完全受了中国化了。

　　这《目连戏》原题曰"《目连救母全传》,新安郑之珍编,金陵富春堂刻本。"序文称此书出自安徽,"或云孙矕者所作"。下署:"光绪二十年,主江南试者冯,识于白下行舍。"对于此书来历,我们可以知道的,就是这一些罢了。全书凡分一百折。

1《敷演场目》　　　　　　21《社令插旗》
2《元旦上寿》　　　　　　22《刘氏开荤》
3《斋僧斋道》　　　　　　23《肉馒斋僧》
4《刘氏斋尼》　　　　　　24《议逐僧道》
5《博施济众》　　　　　　25《李公劝善》
6《三官奏事》　　　　　　26《招财买货》
7《阎罗接旨》　　　　　　27《观音劝善》
8《城隍挂号》　　　　　　28《淫僧中计》
9《观音生日》　　　　　　29《罗卜回家》
10《花园晓香》　　　　　30《观音救苦》
11《傅相谢世》　　　　　31《刘氏忆子》
12《修斋荐父》　　　　　32《母子团圆》
13《博相升天》　　　　　33《寿母劝善》
14《尼姑下山》　　　　　34《十友行路》
15《劝姐开荤》　　　　　35《观音渡厄》
16《遣子经商》　　　　　36《匠人争席》
17《拐子相邀》　　　　　37《刘氏自叹》
18《行路施金》　　　　　38《斋僧济贫》
19《遣买牺牲》　　　　　39《十友见佛》
20《雷公电母》　　　　　40《司命议事》

41《阎君接旨》

42《分作行路》

43《花园捉魂》

44《请医救母》

45《城隍起解》

46《刘氏回煞》

47《过破钱山》

48《过金银山》

49《罗卜描容》

50《才女试节》

51《过滑油山》

52《县官起马》

53《罗卜辞官》

54《过望乡台》

55《议婚辞婚》

56《主仆分别》

57《遣将擒猿》

58《白猿开路》

59《挑经挑母》

60《过耐河桥》

61《过黑松林》

62《过升天门》

63《善人升天》

64《过寒冰池》

65《过火焰山》

66《过烂沙河》

67《擒沙和尚》

68《见佛团圆》

69《师友讲道》

70《曹府元宵》

71《主婢相逢》

72《目连坐禅》

73《一殿寻母》

74《二殿寻母》

75《曹氏清明》

76《公子回家》

77《儿女托媒》

78《三殿寻母》

79《求婚逼嫁》

80《曹氏剪发》

81《四殿寻母》

82《曹氏逃难》

83《五殿寻母》

84《一度见佛》

85《曹氏到庵》

86《曹公见女》

87《六殿见母》

88《傅相救妻》

89《曹氏却馈》

90《目连挂灯》

91《八殿寻母》

92《十殿寻母》

93《益利见驴》

94《目连寻犬》

95《打猎见犬》

96《犬入庵门》

97《目连到家》

98《十友赴会》

99《曹氏赴会》

100《盂兰大会》

其中第一折至廿一折，系敷衍上文所引《目连忏》第一节而成。廿二折至廿五折，系敷衍第二节而成。廿六折至五十五折，系敷衍第三节而成。五十六折至七十二折，系敷衍第四节而成。七十三折至一百折，系敷衍末了一节而成。

戏剧排场，须有变换，则可以使看戏的不觉厌倦，串戏的劳逸平均。所以这本戏里增饰附会的节目很多，差不多占据了全书的一大半。

一本戏剧，必以一生一旦为主角。现在以生角饰目连，于是不得不加入一段目连妻子的事情，替旦角谋一相当地位。故插入的节目，以此段为最重要，所占的地位也最多。所以把他略为说一说。

这一段的情形，大概说：

> 目连立志救母，曾经和曹献忠的女儿赛英定亲，所以决计辞婚（第五十五折）。曹献忠奉命赴边塞施赈，儿子随侍（第七十折）。清明节赛英祭扫祖坟（第七十五折），为段公子所见，托媒人前往求亲（第七十六，七十七折）。赛英的后母允了，逼她出嫁。赛英立志不肯，逃到静觉庵出了家（第七十九，八十，八十二，八十五折）。曹公回来，路过那庵，和女儿相见（第八十六折）。益利知道了，送东西去，不受（第八十九折）。目连母亲变了狗，跑到那庵中去。目连寻往，始和目连相见（第九十六折）。目连设盂兰大会，赛英赴会。于是一家团聚，同登仙界（第九十九，一百折）

案《九宫大成》卷三十一，引《劝善金科·正宫正曲·双瀱瀱》道：

> 请台坐，容告启。别来时萧墙祸至。不知为甚的乘龙贵婿，向西天游戏？他逼小姐，欲令他别谐连理。因此上剪青

丝来托空门里。

这一支曲,当是曹公到了庵中,知道女儿出了家,庵主或别一人诉说前因时所唱。可见目连辞婚,曹女出家,《劝善金科》上也是有的。

而《慈悲目连宝卷》也有目连妻子事,把曹赛英的名字变做邵金支,又把丫头金支的字名变为金奴。目连经商回来,曾经和金支结婚,并无辞婚逼嫁的事情。情节和戏剧大不相同。

其余许多节目,也有见于《劝善金科》者,《九宫大成》卷二十六引《越调》集曲《山桃红》道:

> 香焚炉内。祷告神祇。傅相虔心意。望天周庇。正要修来世。妻与子愿相随。但能够善缘就,行无亏。永保家门盛也,代代儿孙歌燕翼。再拜天和地。鉴察无遗。立誓持斋永不移。

和第十折《花园烧香》情节相同。又卷三十一引《正宫》正曲《划锹儿》道:

> 淫词泛滥称仁义。今当放逐又何疑。须进诸四夷。岂容中国。常言道,"祭非其鬼,是为谄矣。"见义当为,圣人道理。

和第二十四折《议逐僧道》曲文相同。惟首句"称"作"充",三句"进诸"作"屏居",四句"容"作"同",末句作"见义不为,无勇也"。又卷二十四引《越调》正曲《豹子令》道:

> 我是蓬头赤脚仙。赤脚仙。潇潇洒洒半青天。半青天。世人供奉尽诚虔。管取今年胜旧年。嬉游人世播金钱。

和二十六折《招财买货》的《金蟾歌》大同小异。《金蟾歌》道:

我本是蓬头赤脚仙。赤脚仙。潇潇洒洒戏金蟾。戏金蟾。世人诚意来供奉,管取新年胜旧年。胜旧年。

又卷五十八引《商调》集曲《公子皂袍》道:

听我说因依。即忙行不可迟。一齐同去须着意。往花园僻地。将骨头埋起。管教踪迹难寻觅。挖开土泥。深埋土里。休留踪迹。被谈是非。免教母子伤和气。

和三十七折《刘氏自叹·四犯黄莺儿》相同。惟四句至六句作"一齐同到仓廒内。把仓口打开,将骨头囊起。急忙忙抬往花园里"。八句"里"作"底",九、十两句无,末句"母子"作"子母"。
又卷五十引《南吕宫》正曲《征胡兵》道:

瓣香虔爇深深拜,哀求上苍。只因母体违和,子情多怅惘。为此抒诚频稽颡。把微躯代母受灾迍,只愿慈亲无恙。

而四十四折《请医救母·征胡兵》道:

丹崖云敛冰轮上,青天鉴临。只因母病沉沉,忧心耿耿。心香满斗焚。天,愿以身代母灾危,望天天垂应。

二者不但情节相同,而曲文的语气也很相近。又卷三引《仙吕宫》正曲《晓行序》道:

父母劬劳。论生身养育,似地厚天高。安服制,怎敢受职赏旌褒。恩叨。诏自天来,料地下先灵,已增光耀。念微眇。似蓬蒿卑陋,岂堪冠带随朝。

和五十二折《县官起马》,五十三折《罗卜辞官》,情节正合。又卷九引《中吕宫》引子《菊花新》道:

辞官未已又辞婚。嗟我东君意念肫。主仆义攸存。替取这番劳顿。

和五十六折《主仆分别》曲文同。惟二句"意念肫"作"耿寸心"，末句"替"字上多"须"字。又卷四十九引《南吕宫》正曲《货郎儿》道：

> 又不是补天的炼馀巨石。鏖兵的烧成赤壁。说着时惊魂荡魄，燎着的焦头烂额。苦烂额。苦烂额。烂额的，只求山头焰息。要焰息。要焰息。则除是，公主大施威力。

卷五十八引《商调》集曲《十二红》道：

> 影孤单，自奔驰途道。念萱亲，愁萦怀抱。渡关河，万水千山。知何日，得盼灵山到。稳着担儿挑。步履坚，登山坳。这幽墟僻地人踪杳。见一派惨淡迷离，凄风悲吊。恰便似散霞光辉腾九霄。逞炎威迷漫遍郊。看冉冉烟云冲耀。映日辉明，这野火炎蒸麦燎。崎岖险道。势嶙峋攲斜径凹。看火光渐逼将人燎。闪得人恍惚魂飘。我撑持前蹈。勉步疾行，怎顾熏烧。这形骸拚火葬，一任额烂并头焦。想我残躯不保，至此地死生难料。迢遥。前途路渺。拚竭蹶穿山越峤。见层峦陡峻，凌空势倍高。又见炎威暴。焰冲霄。看火光轰烈遍山腰。我拚将命抛。愿甘性命等鸿毛。似灯蛾赴焰遭危暴。我心如搅，痛慈亲，冤业遭。受酆都苦楚煎熬。受酆都苦楚煎熬。救拔重泉终天怨消。将母仪经卷拴牢。将母仪经卷拴牢。望慈悲垂恩济超。看轰燃扑人燎。猛烈近身烧。我怎惜残躯形枯槁。数定火葬身危没处逃。

这二支曲都是说经过火焰山的情形，和六十五折《过火焰山》相合。从"将母仪经卷拴牢"一句看来，则五十九折《挑经挑母》，也有来历了。不过考六十五折，目连到火焰山，是观音洒了法水才过去的。而这里《货郎儿》曲末二句道，"要焰息。则除是，公主大施威力。"公主是谁？不必说是铁扇公主了，和六十五折不符。又考三十五折《观音渡厄》里，却有铁扇公主、云桥道人、猪百介等人。先是，金刚山盗张佑大等十人受观音点化，和目连结拜弟兄。后十人同往西天（第廿七，廿八，三十，三十四诸折），于是观音令铁扇公主扇开火焰山，云桥道人驾桥于寒冰池，猪百介开烂沙河，使他们十人过去。照此看来，《货郎儿》曲也许是十人的事情，而不是目连的事情。然则，《劝善金科》也有张佑大等的事情了。又卷五十引《南吕宫》正曲《刮鼓令》道：

> 为彝伦重意坚。访慈亲历尽艰。叹母子不能相见。枉受奔波奈缘分悭。这苦楚诉难言。似愁对西风泣断猿。不辞劳苦到山巅。为哀求指点意诚虔。

六十八折《见佛团圆·刮鼓令》道：

> 佛法大无边。拔幽冥苦万千。只因母堕阴司里，救母挑经赴讲筵。伏望赐周全。使他苦海门中客。不枉了为母到西天。

二者也是情节相合，曲文语气也很相近。又八十四折《一度见佛》也有《刮鼓令》一支道：

> 一从别讲台。为慈帏历苦艰。我到一殿时，娘已离一殿。我跟一关时，娘又过一关。叹母子兮缘浅。奔查历尽成何济，苦楚熬来总是闲。因此上再谒世尊射。

和《九宫大成》那支《刮鼓令》也很相近，也许是八十四折的事情。又卷九引《中吕宫》引子《柳梢青》道：

> 身居仙境。心迹俱清净。尚有牵情。怎奈我荆妻不幸。

案这曲当是傅相成仙后所唱。正和八十八折《傅相救妻》情形相合。并可证明十三折《傅相升天》，《劝善金科》也有的。又卷三十引《正宫》引子《朝中措》道：

> 东人一去岁频更。终日苦牵萦。代主孳孳为善，此心久愈虔诚。

九十七折《目连到家·天下乐》道：

> 东人一去无音信。终日牵牵萦。斋僧供佛与看经。长是尽此心忱敬。

二者也是情节相合，曲文则很明白看出是从一支转变的。《九宫大成》所引的曲子，又有这本戏剧上所没有的。如卷五十七引《商调》正曲《高阳台》道：

> 劳攘风尘，经营财货，因遵母命而来。客邸思亲，时时珠泪盈腮。这襟怀。偶然提起便增悲也，又何忍背慈亲聘纳裙钗。劝冰人把婚姻簿籍，一笔勾裁。

案十六折虽有"遣子经商"的情节。而目连在客店里头，却有人要替他做媒，这种事情，那剧本里便没有了。二十六折《招财买货》之后，止有谓目连逛窑子，也没有替他做媒。又卷五十八引《商调》集曲《山羊转五更》道：

> 叹衰年，高堂孤另。念幼龄，深闺娇倩。恁遭逢，四境荒荒。怎支持，母子茕茕命。听喊杀声。令人心战惊。料死生祸福皆难定。一度思量，一番悲哽。怕过雄军，逢劫掠，遭强横。奈断肠肠断无馀剩。若得生全，便是邀天之幸。

这是妇女们逃难的情形。卷十五引有《中吕宫·喜春来》北词一套，似是整军待战的情形。现在更和上曲同看，可以推想《劝善金科》里一定有征讨叛乱的事情。又卷一引《仙吕宫》引子《似娘儿》道：

> 云路共翱翔。奋鹏程万里飞扬。胪传金殿高声唱。早身上瀛洲，名登龙虎，衣染天香。

又《天下乐》道：

> 天书捧出紫泥封。姓字俄看达九重。曲江赴宴杏园红。

乌帽宫花两鬓笼。

又卷六十二《双调》引子《醉落魄》道：

> 芙蓉阙下恩纶降。曲江宴上。纷纷多士沾天贶。满座
> 簪裾，盛典岂寻常。

这金殿唱名，曲江赐宴的事情，不知是否目连中了状元。以
上这几段事情，那剧本里也都没有的。尚有几条，也不再举了。

那书的曲文，更有见于别处的。如十四折《尼姑下山》，完全是
节录《孽海记·下山》的曲文而成。又如三十八折《斋僧济贫》里的
《清江引》《半天飞》诸曲，颜自德《霓裳续谱》卷五也有相似之曲，而
反比他详细。所以我很疑心这一本戏剧也许经戏子删节过了。

戏子唱戏，或者贪图省力，或者因时间匆促，往往任意把脚本
删节。相沿既久，益发把原来脚本改了。这是常有的事。① 现在
这本戏剧共分一百回，看看很完全。然而其中许多短剧，如第二
十、四十二、四十八、五十二、六十三、七十六诸折，很可疑是从其它
一折中分析出来的。尤其是四十二折《分路行作》，明明是四十三折
《花园捉魂》中的一节。其所以要分者，大概因为把原来节目删去
了，才分一折为二折以凑数。至于曲文的删节，那更无从查考了。

这本戏剧的腔调，就是清叶堂《纳书楹曲谱》里的所谓"时
调"，钱沛恩《缀白裘》里的所谓"梆子腔"。乃是乾嘉时候一种很
盛行腔调。现在我们对于作者郑之珍的事实，虽然一点不知道；
然而我们可以推想这本戏剧，大概总做于乾嘉的时候。因为那时
候这种腔调正在盛行，到道光以后，皮簧渐盛，恐怕不会再发生这
种作品了罢。

---

① 戏子删节脚本，如《西楼记·楼会·懒画眉》"谁叩朱门"一支，现在通行曲谱把他
删去三句，当作引子。《疗妒羹·题曲》，原有《桂枝香》六支，现在曲谱把他省去
二支，只剩四支。又如《邯郸梦·度世》，原系一出，现在却分做《扫花》、《三醉》二
出了。诸如此类，不胜枚举。

　　这本戏剧,大概是原本于《劝善金科》。只要看上面所说的,不但情节大致相同,而曲文亦有相同的,就可以明白了。而且改腔换调的事情,明朝已经如此。朱彝尊《静志居诗话》道:

　　　　……传奇家别本,弋阳子弟可以改调歌之。惟《浣纱记》不能,固是词家老手。

　　到了清朝,试翻开《纳书楹曲谱》一看,所载时调,一大半改窜昆曲而成。则《劝善金科》改窜而成现在的《目连戏》,在那时也是很普通的事情。又张照等当时奉敕所编的《月令承应》等七种,一大半联合旧曲而成,现在所可知道的,如《升平宝筏》一种,便把《西游记》、《西天取经》、《唐三藏》、《莲花宝筏》诸本镕合而成。也许是《劝善金科》和《目连戏》同出于明人传奇,所以情节曲文有相同处,那也说不定。

　　　　　　＊　　　＊　　　＊　　　＊　　　＊

　　这本戏剧,唱演的时候,也分为三天。末了一出的落场诗道:

　　　　《目连》戏愿三宵毕,忠孝节义四字全。

　　从第一折《敷演场目》起至三十二折《母子团圆》止,为第一日。所以三十二折的落场诗末二句道:

　　　　母子仍前修善果,戏文到此尽团圆。

　　在落场诗后面,又有付末的一段曲子,这是第二日开场用的。从三十三折《寿母劝善》起至六十八折《见佛团圆》①止,为第二

---

①　大凡一本戏剧,末一出总是团圆戏。这本《目连戏》一百折中,团圆者凡三次。第一次母子团圆之后,另有付末开场,我们很明白知道戏文到此告一段落,以下又是一本了。而第二次《见佛团圆》后部却没有付末的开场词,究竟是不是到此结束呢?不过从戏剧的体例上和材料的多寡上看来,可以断定他到此结束是不会错的。后面那段付末的开场词,大概是遗失了。还有一次,就是末一次的大团圆了,那是不生问题的。

日。六十八折的后面,也应该有一段付末的曲子,现在却是没有了①。从六十九折《师友讲道》起至末折《盂兰大会》,为第三日。

现在宁绍所唱演,往往只有一日一夜,大概是因为经济的关系。"时调"的腔调,本来和宁绍本班的高调不同,现在宁绍所唱,说不定一些宁绍的高调化了。至于所用的砌末,虽则不能和现在的舞台布景相比,而《陶庵梦忆》所记,犹能得其什九。不过"度索"、"舞缅"种种杂技是没有了。

这本《目连戏》不但和《劝善金科》有关系,看其戏剧的作者为安徽人,演戏的时间为三昼夜,正和《陶庵梦忆》所记同,则和明朝的目连戏也发生了关系了。

＊　　　＊　　　＊　　　＊　　　＊

现在我们得着个结论:

这本《目连戏》的远源,是出于明朝时候安徽地方。这脚本,是从《劝善金科》改变而成。或者和《劝善金科》同出于明人传奇。

至于在什么时候,又怎么样流传到绍兴,而渐及于宁波,待考。

＊　　　＊　　　＊　　　＊　　　＊

跋

去年秋天,到宁波一趟,才晓得宁波的所谓"《目连》"。据宁波人说,《目连》是从绍兴传来的。所以那时给顾颉刚先生的信说,"明年夏更拟一至绍兴,盖绍兴乃《目连戏》之发祥地也。"现在方知是错了。

这一年来东奔西走,不但绍兴之行,未能如愿,而把"目连戏"

---

① 现在宁绍唱演《目连戏》,往往只有一昼夜,把剧本的情节改削了不少。这也是因时间关系删节脚本的一例。

三字搁置脑后久矣。在此鼙鼓声中，无所事事，把平时偶然见到的材料，凑合拢来，拉杂写成这篇东西。

写完之后，因想目连的故事，在民间流传也是很有势力的。譬如这本《目连戏》里更有白猿精、猪百介、沙和尚的插入，完全是受着《西游记》的影响。倘然研究起来，一定很有趣味。还望欢喜研究故事的朋友，不妨尝试尝试。

中华民国十六年元旦后三日，作于平湖。

（原载《国学月刊》第一卷第六号，1927年）

读日本仓石武四郎的
"目连救母行孝戏文研究"

我着实为我们中国人惭愧，放着材料不去工作，尤其是关于民俗的东西，可是别人家看不过，便替我们做了，仓石武四郎的这篇文章虽研究不出什么来，而且错误之处很多，然而比袖手不做的总强些罢。

现在为经济篇幅起见，把我要说的话拉杂写下，和原文有关系的地方也不再摘录了。好在这篇文章有汪馥泉君的译本，登在《小说月报》的中国文学研究号外上，读者可以参看。

目连的传说，自然不是中国固有的，乃是从印度传进来的，目连的名字，或作"目犍连"，实在是"没特伽罗"的缩音。唐释玄应《一切经音义》卷六"目犍"条下云：

> 上莫鹿反，下巨焉反。或言"目伽略子"者，讹也。则正言"没特伽罗子"，或云"毛驮伽罗子"，此乃从母为名。"没特加"，此云"绿豆"，"罗"，此云"执取"，或云"挽取"。本名"俱利伽"，或言"拘隶多"，此从父名也。旧云"俱律陀"，不正也。

又《翻译名义集选》云：

> "目犍连"，正云"没特伽罗"，此云"采菽氏"，姓也。字"拘律陀"，树名也，其父母祷树神得之，因以为名。神通第一。

两书解释微有异同。至于目连的事实，仓石氏以为《佛说盂兰盆

经》与《佛说报恩奉公瓦经》中所载是很简单的，到成为戏剧，就有
一百零二折那么长。其实他还没有看见《慈悲道场目连报本忏
法》中洋洋万言左右的记载！

现在这本戏剧的事迹，大致和这本忏法相合，虽则多少有些
中国化，然总不若他书——如民间流行的四五种目连宝卷——之
甚，我还记得《湖南通志》上说目连是澧州人呢！

此外增饰附会的节目也不在少数，这是因为戏剧排场须穿插
变换，才能使看戏的不生厌倦，串戏的劳逸平均。所增加的节目
的最大部分，自然要算目连妻曹赛英的事情了，因为一本戏的主
角是一生一旦，现在已经以生饰目连，不得不插入曹氏的情节替
旦角谋一相当地位。

仓石氏考定这本戏剧是吴承恩《西游记》以后的创作。因为中
间采用了许多《西游记》的情节。不过以我的推测，至迟是明中叶之
前的作品。仓石氏也知道"原本《西游记》自身，也是自宋代以来不绝
地在发展的"。为什么不拿剧本里所采用的《西游记》的情节来估量
估量，究竟采用的是宋代以来的《西游记》，还是吴氏的《西游记》？

考剧本中称孙悟空为"白猿精"，称流沙河为"烂沙河"，都与
吴书不合。白猿精或者是由宋《大唐三藏取经诗话》中的"白衣秀
才"来的。这只就名称的不同而言，现在再举个事实的例，如过火
焰山的那一折，剧本上是说观音洒了法水，灭了火焰而过去的，并
无向铁扇公主借扇的事情。而在《十友行路》①的那一折里，却有
铁扇公主扇开火焰山，云桥道人驾桥于寒冰池，猪百介开烂沙河
等的事情，也与吴书不合，可见非采用吴书甚明！

盖吴书未出以前，《西游记》的事迹异说纷纷，自吴氏以后，始
有一致的传说。正似未有施耐庵《水浒》以前，李逵可讲做会作诗

①　《十友行路》，是目连的十个结义弟兄同往西方的事情。

的文士。倘此剧果作于吴书之后，那时《西游记》已有一致的传说，则情节就应与吴书相同了。试看清初张照等所编的《劝善金科》①就明白了。现在我们知道吴氏是明中叶嘉隆间的人，所以我说这个剧本至迟是明中叶之前的作品，再退一步说，无论如何不能后于吴氏。

仓石氏只知道剧名用"戏文"二字的可注意，而没有什么解释。考"戏文"二字，是指宋元的南戏。元周德清《中原音韵》谓南宋有《乐昌分镜》戏文，刘一清《钱塘遗事》谓宋度宗时有《王焕》戏文盛行都下，而钟嗣成《录鬼簿》亦谓萧德祥有南曲戏文。"南曲戏文"四字连称，意义更明白了。现在此剧不称"记"而称"戏文"，我们可以断定他一定不是北曲而是南曲。而且说不定是元朝人的作品呢！

不过这种南曲，就是清钱德苍《缀白裘》里的所谓"梆子腔"，叶堂《纳书楹曲谱》里的所谓"时调"，和普通如《琵琶记》、《拜月亭》等的所谓南曲完全不同。他的套数曲牌，都不与普通南曲相同。明徐渭《南词叙录》，谓南戏出于村坊小曲，本无格律可言，后来渐渐改变而有普通的南曲，此剧或者是南戏的本来面目，也未可知。现在剧场上很流行的《思凡》也是梆子腔，体裁和他差不多。仓石氏既误以《思凡》为昆腔，而又误以此种梆子腔为秦腔，那是不熟悉中国戏剧的原故。

仓石氏又说富春堂是明末南京姓唐的书肆，又有世德堂书肆也是姓唐。不过据吴瞿安先生告诉我说，富春堂即世德堂，在明朝中叶已经开设了。现在吴先生藏有富春堂原刻的目连戏文，是此剧最早的刻本了。

目连戏发生很早，唐王定保《摭言》②卷十三云：

---

① 《劝善金科》里关于《西游记》的事情，与吴书相同。
② 《太平广记》卷二百五十一引《摭言》，较原文为详。"问头"作"款头"。

张处士祜《忆柘枝》诗曰:"鸳鸯钿带抛何处? 孔翠罗衫属阿谁?"白乐天呼为"问头"。祜矛楯之曰:"鄙薄问头之诮,所不敢逃,然明公亦有'目连变'。《长恨词》云:'上穷碧落下黄泉,两处茫茫皆不见。'岂非目连访母耶!"

又,宋俞文豹《吹剑录》亦云:

长恨歌"上穷碧落下黄泉,两处茫茫都不见",人谓是"目连救母"。

案,所谓"目连变"疑也是当时剧曲的名字,和《苏郎中》、《踏摇娘》一样。

明朝人所做的传奇当中也有此种戏剧,明吕天成《曲品》卷下,有朱从龙《妙相记》一本,下注云:"全然造出,俗称为'赛目连',哄动乡社。"高弈《传奇品》也云《妙相记》演目连事,不过以为是金怀玉作的。无论是谁作的,他们俩都是明末人,总在目连戏文之后了。此外清黄文旸《曲海总目提要》卷四,有王翔千《龙华会》一本,情节是脱胎于目连戏文的。

到了清朝,有张照的《劝善金科》,昭梿《啸亭续录》卷一云:

乾隆初,纯皇帝以海内升平,命张文敏制诸院本进呈,以备乐部演习。……又演目犍连尊者救母事,析为十本,谓之《劝善金科》。于岁暮奏之,以其鬼魅杂出,以代古人傩祓之意……。

仓石氏据叶焕彬《郋园北游》文存说《劝善金科》的曲,就是采用《目连救母》的,引了《九宫大成》卷四仙吕〔桂花遍南枝〕的两句曲文:"礼世尊为法更亡身,救母氏采幽远历恐。"来证明叶氏之说。《劝善金科》固然传本很少,然《九宫大成》所征引的却很多,计凡曲子八十支,套数四套,我们从这里可以约略知道一些《劝善金科》的内容。《劝善金科》不但采取《目连救母》的情节,有几处竟直录其曲文的。如《大成》卷三十一引正宫〔划锹儿〕与《议逐僧道》折的曲文同。又卷二十四引越调〔豹子令〕与《招财买货》折的〔金蟾歌〕,卷五十八引商调〔公子皂袍〕与《刘氏自叹》折的〔四犯黄莺儿〕也都大略相同。仓石氏仅仅引了两句,未免太忽略了。

至于演剧时的情形,仓石氏只引了清董含《莼乡赘笔》的一段,却没有说到明朝。案张岱《陶庵梦忆》卷六云:

> 余蕴叔演武场搭一大台,选徽州旌阳戏子剽轻精悍,能相扑跌打者三四十人,搬演目连,凡三日三夜。四围女台百十坐。戏子献技台上,如度索,舞绹,翻桌,翻梯,觔斗,蜻蜓,蹬坛,蹬白,跳索,跳圈,窜火,窜剑之类,大非情理。凡天神,地祇,牛头,马面,鬼母,丧门,夜叉,罗刹,锯磨,鼎镬,刀山,寒冰,剑树,森罗,铁城,血澥,一似吴道子地狱变相,为之费纸札者万钱。人心慑慑,灯下面皆鬼色。戏中套数,如《招五方恶鬼》,《刘氏逃棚》等剧,万余人齐声呐喊,熊太守谓是海寇卒至,惊起差衙官侦问,余叔自往复之,乃安……。

这一段真记得详尽极了。而且还有二点很重要,一是说安徽旌阳,我们知道做剧本的郑之珍也是安徽人——新安——二是说凡三日三夜,正与此剧本合,当时所演的大概就是郑氏的本子。据《莼乡赘笔》所说,则在清初已经流传到北平了。

我知道现在浙江的宁绍一带也有目连班,是专做目连戏的,不知是否就是用郑氏的剧本? 又不知怎样的流传到浙江来的? 希望大家来研究罢!

(原载《民俗》第七十二期)

中国戏曲的舞台艺术

第一章　叙说

在接触到本题以前,似乎应该先谈谈表演戏剧的人物——演员。演员的出身,一般说来,都是市民阶层。当然戏剧在村坊小戏阶段,演员不是市民,而是农民。无论是市民,还是农民,在他们的思想感情上,与统治阶级是有矛盾的。不要说在民间演出的演员,就是统治阶级所教养、隶属于教坊,专供奉内廷、承应官府的,也是如此。他们往往站在人民的立场,从人民利益出发,反映民间疾苦,讥讽统治者的贪暴,有时甚至牺牲生命,也毫不畏惧①。这种情况,在唐到北宋时期尤其多见。盖其时仅有短剧的形式,一般都由演员临时编撰,故能随机应变,畅所欲言。南宋以后,剧种渐多,剧本的编撰也愈来愈多。其间进步的剧本固然不少,然无可讳言的也不免有一些落后的剧本,这正是统治阶级所欢迎的。他们有了选择剧本的权利,教坊演员的斗争机会自然比较少了。而另一方面民间演员继承了这个传统,不肯轻易放过每一个机会。如吴伟业既出仕清朝,一日宴集,叫演员演《烂柯山》,演员在说白时,大声向吴云:"姓朱的有甚亏负你!"②吴面为之发赤。

---

① 参看《王国维戏剧论文集》中《优语录》。任半塘《唐戏弄》第三章《剧录》。

② 此语用意双关,在戏剧中原是责备朱买臣妻的话,而向吴伟业说,这个"姓朱的"便变成指明朝了。事见任二北《曲海扬波》卷一《尊庐杂缀》。

况且总的看来,戏剧日趋发达,盛行民间,它的教育效果,斗争意义,不但没有削弱,而且比过去要普遍得多,深入得多,所以常常和统治阶级发生冲突。如:在南宋时,就有赵闳夫的禁止戏文①;清朝在修《四库全书》的同时,并设局修改传奇②,想作一次大规模的文化"围剿"。可是这次"围剿"是失败的。剧本一定要通过演员的表演,才能在广大群众中间起作用。清朝末年,出现许多反清的剧本,只是纸上谈兵,作用不大,便是很好的例子。所以创作剧本,对整个戏剧工作说来,只有完成一半,还有一半须待演员去完成它。有了好剧本,还须有精纯的舞台艺术;否则,演出一定会失败,还是不能完成任务。而千百年来,我们中国的演员,不但创造了一套完整的表演程式,胜任愉快地完成了这个任务;并且根据他们的实践经验,对剧本的内容作了不少改进,使它更能适合观众的要求。所以演员在舞台上所表演的,往往和原来的剧本大不相同。如昆山腔剧本,大半都是文辞典雅,脱离群众的,在明清之际所以能盛极一时,和演员表演艺术的精纯,及对剧本作适当的改进,是分不开的。清朝统治者没有认识到这一点,修改《四库全书》固可以清除"违碍",修改传奇实在徒劳无"功"。

　　一个剧种的产生,首先是来自群众的业余戏剧活动,所以职业演员出现以前,在群众的各行各业中,早已有业余演员的存在。他们继承了过去的遗产,加以提高,才促进了戏剧的发展。如南宋初期戏文《张协状元》,就是由业余演员首先演出的③。到宋元之间,职业演员大盛,取业余演员的地位而代之。明朱权《太和正

---

① 见明祝允明《猥谈》。
② 见清李斗《扬州画舫录》。
③ 《张协状元》,《古本戏曲丛刊初集》本。在它的第一段〔水调歌头〕中,介绍演员的身分说:"但咱门(们),虽宦裔,总皆通。"所谓"宦裔",并非一定指做官人家的子孙,实在就是下文《太和正音谱》的所谓"良家子弟"。

音谱》卷首"杂剧十二科"条云：

> 子昂赵先生曰："良家子弟所扮杂剧，谓之'行家生活'；娼优所扮者，谓之'戾家把戏'①。良人贵其耻，故扮者寡，今少矣；反以娼优扮者谓之'行家'，失之远也。"

赵孟頫时代，当然体味不到从发展看问题，所以把业余演员的"今少矣"，说成是为了"贵其耻"；那末过去参加业余剧团的人，难道都是无耻的吗？显然是说不通的。他又是个贵族阶级，是看不起职业演员的，所以称他们的表演为"戾家把戏"，似乎说：良家子弟的表演艺术，一定比"戾家"高明，这也是不正确的。业余演员出现在前，职业演员初起时，也许资格不如业余演员的老。但是他们吸收了业余演员的经验；也可能为了需要，一部分业余演员转了业，参加了他们的团体，直接得到指点，同时，他们既以戏剧为专业，演出的机会较多，容易积累经验，久而久之，压倒了业余演员，取得"行家"的称号，这是很自然的事。业余演员虽有筚路褴褛之功，究竟人数不多，对舞台艺术的发展，是不起主导作用的；应该归功于职业演员。赵孟頫称职业演员为"戾家"，未免本末倒置。

剧团组织，逐渐在壮大，时代愈后，规模愈大。一方面固然有它的物质条件，即随着社会经济的发展而发展；另一方面，还有它的内在因素，就是表演艺术的进步。中国戏剧的表现形式，基本上是歌舞的形式，如果不在塑造人物、刻画性格方面创造一种特殊的方法，就不容易充分地表达复杂的剧情和人物的性格。主要的方法，就是脚色的分行。表演艺术愈进步，脚色的分行也愈细。就戏文来说，它继承了古剧，加以发展，分为八种不同的类型：生，

---

① 戾有"背"义，如宋耐得翁《都城纪胜》"瓦舍众伎"条，商谜类有"戾谜"。而《西湖老人繁胜录》"瓦市"条作"背商谜"。盖谓良家子弟能编能演，职业演员只能照本宣读，背诵他人的脚本而已。其实并不如此，职业演员也不乏能编剧本的。

外(外生)、末、旦(外旦)①、贴、净、丑。它是以人物的年龄、身分、性格等等不同而交错的。生、旦为男、女主角，一般都是年轻人，如《张协状元》的张协、王贫女，《琵琶记》的蔡伯喈、赵五娘之类；外为老年男子，如《张协状元》的张协之父，《琵琶记》②的蔡公、牛太师之类；末为戏中次要的或旧社会里认为身分较低的男子，如《张协状元》的张协之仆、李大公、客商、土地、王德用的堂后官，《琵琶记》的张广才、黄门官、牛府院子之类；外为老年妇女，如《张协状元》的王德用之妻，《错立身》的王金榜之母③之类；贴为戏中次要的或身分较低的女子，一般也都是年轻人，如《张协状元》的王德用之女胜花、养娘野芳④，《琵琶记》的牛小姐之类。至于净、丑，则男女老小都扮，一般都是滑稽风趣的人物，同时也扮反面人物，如《张协状元》的净扮张协之母、山神、李大婆、张协门子、脚夫，丑扮张协之妹、小鬼、小二、王德用、强人；《琵琶记》的净扮蔡婆、媒婆、李社长、长老、骗子，丑扮惜春、里正、李旺、兀剌赤之类。而杂剧同样继承了古剧，分工却没有戏文精密，不论人物的老小、身分、性格，以主唱与否为标准，凡主唱男子以正末扮，主唱女子以正旦扮，其余配角都仅有说白而不唱。所以后来戏剧脚色，都沿着戏文的道路发展；而且各行脚色发展得很平均，各有他们的

---

① 外生、外旦，习惯都称"外"，从无称"外生"、"外旦"的。盖一扮男，一扮女，虽同简称"外"，也不怕它混淆不清。外生，后世称为"老外"；外旦，相当于后世的老旦。

② 《琵琶记》，《古本戏曲丛刊初集》陆贻典钞校本。

③ 《错立身》，《古本戏曲丛刊初集》本。《错立身》王金榜之母，原或称"虔"，或称"卜"。虔，即虔婆；卜，为"鸨"字省文，即鸨儿。盖在古代娼与优往往混称，故王金榜之母也称"虔"或"卜"。元人杂剧中，"卜"字的涵义甚广，往往指年老妇人而言，不一定是鸨儿。然二者都非脚色名称，在戏文脚色中，应该是外旦。

④ 《张协状元》扮胜花与野芳的，原俱作"后"或"後"，都是"贴"字之误。盖贴省作"占"，后世剧本犹然，与后形近，遂一误作"后"；后、後本可通用，遂再误作"後"。通本仅两处不误：二十七段《福马郎》第二支上省作"占"，末段下场诗上正书作"贴"。这是后、後为贴误之证。

正工戏。试看昆曲,到清朝中叶,据李斗《扬州画舫录》所记,有江湖十二脚色之名:副末、老生、正生、老外、大面、二面、三面七人,为男脚色;老旦、正旦、小旦、贴旦四人,为女脚色;杂一人,专司打诨。然实际还不止此数,再看同书所记洪班脚色,有副末二人,老生二人,老外二人,小生三人,大面二人,二面二人,三面二人,老旦二人,正旦二人,小旦八人,共二十七人之多。盖如同是小生,又有冠生、巾生之区别;巾生之中,又有扇子、雉尾、穷生之不同。同是大面,又有红、黑、白之区别。不但如此,生、旦、净、丑,更应有文、武之分①。所谓江湖十二脚色,不过概括言之,倘然细致分别起来,岂止十二种?分工愈细,需要演员愈多,剧团的规模自然也愈大;分工愈细,演员各有专精,表演艺术自然也愈进步。所谓专精,并非局限于一门脚色的小天地里,其他一无所知,也有他们广大的基础的。不要说过去科班出身的职业演员,经过严格的基本训练,路子都很宽阔;在票友中间,也颇有生、旦、净、丑都通,昆、乱不挡的人材。

总之:第一,中国的演员具有传统的斗争精神,他们的爱憎是分明的,运用了精纯的舞台艺术来描绘正面人物的勇敢、坚贞、善良、机智等等美德,刻画反面人物的阴险、卑鄙、凶残、愚妄种种丑态,收到很大的教育效果。如顾彩《髯樵传》云:

> 明季吴县洞庭山乡有樵子者,貌髯而伟,姓名不著,绝有力。目不知书,然好听人谈古今事。常激于义,出言辩是非,儒者无以难。当荷薪至演剧所,观《精忠传》所谓秦桧者出,髯怒,飞跃上台,捽秦桧殴,流血几毙。众惊救,髯曰:"若为丞相奸似此,不殴杀,何待!"

可见戏剧感人之深,而与表演艺术之精纯是分不开的。第二,他

---

① 参看下文第三章《动作》。

们又富于创造才能,能够弥补剧本的缺陷。盖自明中叶以来,文人学士编撰剧本的渐多,他们既缺乏舞台知识,又喜欢卖弄才情,长套连篇,典故满眼,脱离群众。而演员或加以剪裁,化冗长为紧凑;或径改用方言,使观众易晓。如明朝青阳腔,创造了加滚,即用五、七言诗句,或成语之类,插入曲辞,使曲文格外委曲详尽,明白易晓。因此在当时流传几遍天下,昆山腔也不如它的盛行①。第三,千百年来,他们从舞台实践中,积累经验,创造了一套丰富多彩,具有民族风格的表演程式。我们将怎样继承发展这份宝贵的遗产,古为今用,推陈出新,用来反映新社会的美好生活,这是现代剧作家和演员的责任了。

这里更想附带的约略谈谈戏台的情况,因为戏台与表演艺术不无关系。隋唐早已有戏场的名称,惟制度不详,演出的也不限于戏剧②,姑且勿论。宋元都市中戏场称为勾栏,其中有看戏的地方,有扮戏的地方,可能还有卖酒食的地方③,而要以演出的地方——戏台为中心。古代戏台是靠里边正中放着乐床,是放乐器和女演员休息的地方;后世虽没有乐床,而乐队仍列坐于上下场门之间。乡村和小城市没有勾栏,戏台一般都建筑在庙宇内。自从北宋以来,古代戏台,不但有些尚有文献可考,而且还有保存到现在的④。庙宇中的戏台,似乎专为娱神所用,和娱人的勾栏有些不同。其实神当然是没有的,娱神也就是在娱人。在乡村中,更有临时搭的戏台,规模自然更为简单了。

----

① 明王骥德《曲律》《论腔调》第十:"今则石台(埭)、太平乐园几遍天下,苏州不能与角什之二三。"案:当时石台、太平剧团所唱的是青阳腔。

② 参看《唐戏弄》第六章《设备》第一节《剧场》。

③ 剧场中卖酒食,见《查楼图》。然勾栏又称"勾肆",见宋孟元老《东京梦华录》卷八"中元节"条,颇疑这个"肆"字因售卖酒食而得名。倘然这个推想不误,则北宋已经如此了。

④ 参看一九五七年《戏剧论丛》第二辑墨遗萍《记几个古代乡村舞台》。

戏台形式，一般都是方形、三面凸出，前两角有两根显柱；也间有平面不凸出的。从宋金到清，戏台形式的变化并不大。试看日本所刻清初《查楼图》[①]，不但戏台上还有乐床存在；看席的规模，也和金元间杜仁杰《庄家不识勾栏套》、元无名氏《蓝采和》杂剧等所描写相合，就可明白。此种戏台形式一直保持到清末，同治五年（1866），上海新盖的满庭芳戏馆，还是仿照北京的旧形式的[②]。光绪末年，上海始有新舞台、大舞台等新式戏台出现；而北京第一舞台的落成，则已在辛亥革命之后了。这种旧式戏台，当然不适宜用布景的，所以过去戏剧基本上都不用布景的。剧种都来自农村，尤其在田野中临时搭的戏台上演唱，表演方法不得不放大尺度，夸张一些，才能满足观众的要求。中国戏剧的表演艺术具有独特风格，戏台的形式对它多少也有些影响。

戏剧是一种综合性的艺术，包括唱念、动作、涂面、服装、道具、音乐等等方面，但是它们紧密地融合在一起，构成整个舞台艺术。现在为了叙述方便，不得不把它们分别开来讲。在这里必须郑重说明，它们原是不可分割的。

第二章　唱念

在舞台上需要动作。动作、活动，这就是戏剧艺术、演员艺术的基础[③]。没有动作，也就没有戏剧，可见动作在戏剧中的重要性。在舞台上，无论唱念，无论行动，必须有内心的根据。倘然为唱念而唱念，为行动而行动，使人看了觉得不真实，缺乏感染力，戏就演不好。唱念虽不过动作的一端，但在中国戏剧中，确乎丰

---

① 　《查楼图》，收入日本文化二年（清嘉庆十年，1805）所刻的《唐土名胜图会》中。
② 　见哀梨老人《同光梨园纪略》。
③ 　斯坦尼斯拉夫斯基语，见《演员自我修养》第三章。

富多彩,特别为广大群众所重视。至今还有人称戏剧为"戏曲",仿佛说:戏剧中的曲子就可以代表整个戏剧全体。也有人称看戏为"听戏",仿佛说:欣赏戏剧艺术,主要的是在于听他们的唱念;而唱曲与念白两者之间,曲子尤其重要,所以说白又叫宾白,意思是说以曲子为主。这种说法,是否正确,那是另一问题,从这里可见群众重视唱念的心理了。所以现在特地把唱念从动作中提出来讲。

由于中国语言与西洋语言基本上的差别,文学形式也有显著的不同。中国语言一字一音,在形式上不受语音长短不齐的限制,既可以产生音节整齐的律诗、字句骈偶的辞赋,又可以产生音节长短不齐的词曲;而西洋一字多音,只能产生一种音节长短不齐的诗歌,然又不能和中国的词曲一样,规定句格,按曲填词,所以中国的词曲体式繁多,是西洋所没有的,西洋歌剧所唱的,仅仅此种音节长短不齐的诗歌罢了。西洋虽也讲究轻重律,然亦不能不受一字多音的限制,不如中国一字一音的自由;而且中国语言又有四声阴阳的区别,它的本身就富于音乐性;所以轻重徐疾,变化繁多,也为西洋所不及。中国既有富于音乐性的语言,又有形式繁复的诗歌,都为戏剧准备了有利的条件。在戏剧的曲子方面,可说是无所不有,不但近代,在宋元戏文中就是如此。其间有民歌,如《台州歌》、《福州歌》①、《回回曲》②之类,虽有些出于编写戏剧者的仿制,而承继了民歌原来的腔调,是可以肯定的。有村坊小曲,我们推想:凡是曲牌不见于唐宋词的,绝大部分都是小曲,其中与农村景物,或农民生活有关的,如:《林里鸡》、《山坡羊》、《鹅鸭满渡船》、《山麻秸》、《豆叶黄》、《水车歌》、《不漏水车子》、《牧犊歌》、《采茶歌》、《拗芝麻》、《划锹儿》③之类,尤其明

---

① 《台州歌》、《福州歌》,仅见于《张协状元》。

② 《回回曲》,见《牧羊记》,实即后世的对山歌。

③ 《林里鸡》,仅见于《张协状元》;其余大致都是通行的曲调。

显。有歌舞杂戏的声腔,如:《竹马儿》、《杵歌》、《合生》、《鲍老催》、《大迓鼓》、《大影戏》、《三棒鼓》①之类。有街市叫卖的声腔,如《紫苏丸》②、《货郎儿》、《叫声》之类。细致的格律:如节奏的缓急,性质的粗细,声情的哀乐;以致某些适宜于长套诉情,某些适宜于过场短剧等等。就昆曲而论:一般说来,缓曲应在前,急曲应在后;净丑宜用粗曲,生旦宜用细曲。凡饮宴、祝贺、结婚、团圆之类,则用《梁州新郎》、《锦堂月》、《念奴娇序》、《山花子》、《画眉序》等声情欢乐之套;凡离愁、别恨、诉苦、埋怨之类,则用《小桃红》、《山坡羊》、《三仙桥》、《风云会四朝元》、《雁鱼锦》等声情哀怨之套;而遇英雄武侠之剧,则用劲切雄丽的北曲套数。尤其重要的声情与剧情必须密切配合,有些剧种的格律虽没有昆曲的细致,而曲调的运用,决没有与剧情相反的。如在京剧中:感叹凄凉则用《反调》,愤恨急切则用《二六》,闲情逸致则用《四平调》,怀想忧思则用《南梆子》之类。又如在川剧高腔中:忧愁悲苦则用《九转货郎》、《玉包肚》,舒畅愉快则用《普贤歌》、《剪绽花》,别离则用《菩萨蛮》、《忆多娇》,宴饮则用《打舟歌》,游玩则用《驻马听》,神仙则用《寄生草》,武打则用《一撮棹》之类。说白虽念而不唱,然也富于节奏性和音乐性,全仗演员念时,在轻重缓急之间,以表示它的喜怒哀乐的情感。

我国戏剧,一般都不用布景,戏台上的空间、时间,全仗演员的唱念、动作来规定。如《张协状元》③第二段:

---

① 《武林旧事》卷二"舞队"所记,有《男女竹马》、《男女杵歌》、《大小斫刀》鲍老、交衮鲍老。可见《竹马儿》、《杵歌》、《鲍老催》都是舞队所用之曲。《合生》、影戏,见《东京梦华录》卷五"京瓦伎艺"。《讶鼓》,见《续墨客挥犀》卷七。《三棒鼓),即唐朝的《三杖鼓》,见《留青日札》。

② 《紫苏丸》,见《事物纪原》卷九"吟叫"。

③ 《太子游四门》、《上堂水陆》,仅见《张协状元》。今福建梨园戏中,却还保存着《太子游四门》一调。

生唱《粉蝶儿》:"徐步花衢,只得回家,扣双亲看如何底?"外作公出接:"草堂中,听得鞋履响,是孩儿来至。"

使我们知道戏台的空间,起初是花衢,后来是草堂。这里生的主要动作,不过是个圆场,一个入门。倘然光靠舞蹈,还不能把意思完全表达出来。因为圆场只能表示行路,表示不出由花衢回家;入门也表现不出一定进入草堂;主要的还须依靠唱念。又如《牡丹亭》《游园》:

旦上唱《绕池游》:"梦回莺啭,乱煞年光遍,人立小庭深院。"贴上接:"炷尽沉烟,抛残绣线,恁今春关情似去年。"①

这不但使我们知道:戏台的空间是小庭深院,而且还知道时间是在春天早上。时间在舞蹈、科范中尤其不易表示,必须依靠唱念。说白也有同样作用,如京剧《卖马》第四场:

王伯党、谢映登同上。王伯党:"啊,贤弟,来此已是酒楼,你我在此沽饮一回。"

这一上场就确定了空间是酒楼。又如莆仙戏《杨家将》第七集第二场:

杨九娘上,念:"匹马单枪夜色浑,途穷无奈叩庄门。"

这不但说明了空间是在辛家庄门口,同时也说明了时间是在晚上。这是中国戏剧特有的一种表现手法,西洋歌剧中所没有的。

曲白既吸收了诗、赋、词、曲的形式,自然也承继了它的性能:它既能表现人物忧伤、快乐等情绪,善于抒情;也能表达人物复杂、细致的思想,善于叙事。当戏剧中人物情绪激动,或追思往事,或诉说情况的时候,便需要用大段唱念来表现。如《琵琶记》

————————

① 此系《牡丹亭》原本《惊梦》中的曲子,这里根据通行剧场的改本。

第八段一整套,用了一首古风长诗,四支《风云会四朝元》长曲,来表现赵五娘在蔡伯喈离家后的愁苦心情;青阳腔《昭君亲自和戎》①,一整套用了十一支曲子来表现王昭君失意远嫁的悲愤情绪;京剧《文昭关》,"一轮明月照窗前"一大段二黄唱辞,一方面表现了伍子胥遭难逃生的悲愤,同时也表现了对过关的忧虑。又如关汉卿《单刀会》杂剧第三折,开头《粉蝶儿》、《醉春风》、《十二月》、《尧民歌》②四曲,从楚汉纷争,一直叙述到关羽自己坐镇荆襄的经过;京剧《徐母骂曹》,"老身久闻玄德屈身下士"一段长白,下接"刘备本是英雄将"一段《二六》,叙述了刘备的仁义,曹操的专横,把两人作一对比。

不但叙事,同时还可以写景、说理。如《王状元荆钗记》第三十三出,末后《朝元歌》四支,专写从京城到潮阳的景色;《琵琶记》第三十三段,五戒一段长白,从"真个好寺院、好道场"起,专述寺院、道场的景色。又如关汉卿《救风尘》杂剧第一折,从《村里迓鼓》以下六曲,完全在说嫁人的道理,赵盼儿希望说服宋引章,不要胡乱嫁周舍;《西厢记·拷红》,从"老夫人你请坐了,待红娘一言告禀"起一段长白,理直气壮,说得老夫人哑口无言。从说理又可引申到辩论、嘲讽、甚至对骂。如京剧《舌辩侯》,演诸葛亮与东吴主和派谋士的大辩论;《精忠记·扫秦》,演疯僧的讥讽秦桧;《张协状元》二十四段《麻郎》四支,演秀才因赖房钱,与店主婆争吵相骂。总的看来,戏剧的情况无所不有,曲白的运用也无施不可。倘然没有这样的大段唱念,就无法表现戏剧中人物的激动的情绪和复杂的心理活动。

当然,抒情、叙事、写景、说理等几种性能,在实际应用时,总是结合起来运用的。如上述赵五娘的临妆感叹;王昭君的出塞和

---

① 　《昭君亲自和戎》,见《摘锦奇音》。王古鲁先生《明代徽调戏曲散出辑佚》选入。
② 　此四首词原无调名,似是《忆江南》,而少第四七字一句。

戏;伍子胥的过关逃生;虽以抒情为主,中间也有写景,也有叙事。又如《单刀会》开头虽在叙事,因此引起东吴下书,应否赴会的一段说理;《骂曹》一段叙事,目的在折辱曹操,也可以说是同时在说理。至如《荆钗记》的《朝元歌》,《琵琶记》的五戒白,都不过是整出中的一段;而且《朝元歌》虽以写景为主,中间也有叙事、抒情。盖人物情绪的激动,或为追思往事,或为当前景色所引起,故抒情不能不连带叙事、写景;说理更必须列举事实作为根据,故也不能不连带叙事。戏剧是要表演一庄首尾完整的故事,和寻常诗歌仅仅表达简单的情节,或片段的感情不同;寻常诗歌可以光抒情,或光叙事,而戏剧必须表现复杂的人物性格,和复杂的人物彼此之间的关系。这种抒情、叙事、写景、说理相结合的方法,对创造人物和交代情节,作用是很大的。而且许多复杂、细致的心理活动,光靠舞蹈、科范是表现不出的,必须与唱念相辅而行。可见唱念的重要了。

任何一种艺术,都有它自己的程式,戏剧当然不能例外。戏剧中人物的性格,彼此之间的关系,无论怎样复杂,都要通过艺术程式来表现。中国戏剧的全部民族色彩和独特风格,可说集中表现在它的艺术程式上。一个演员必须经过刻苦锻炼,才能掌握这一套程式,才能运用它来表达内心的情感。从唱念方面说,明朝魏良辅曾经说过:

> 生曲贵虚心玩味:如长腔要圆活流动,不可太长;短腔要简径找绝,不可太短。至如过腔接字,乃关锁之地,有迟速不同,要稳重严肃,如见大宾之状。

> 曲须要唱出各样曲名理趣,宋元人自有体式。如《玉芙蓉》、《玉交枝》、《玉山供》、《不是路》要驰骤,《针线箱》、《黄莺儿》、《江头金桂》要规矩,《二郎神》、《集贤宾》、《月云高》、《念奴娇序》、《刷子序》要抑扬,《扑灯蛾》、《红绣鞋》、《麻婆

子》虽疾而无腔,然而板眼自在,妙在下得匀净。

然此仅注意于节奏缓急,声调轻重之间。而清朝徐大椿云:

> 唱曲之法,不但宜讲声调,而得曲之情为尤重。盖声调众曲之所尽同,情乃一曲之所独异。不但生、旦、净、丑口气各殊,凡忠义奸邪,风流鄙俗,悲欢思慕,事各不同。使词虽工妙,而唱者不得其情,则邪正不分,悲喜无别,即声音绝妙,而与曲词相背,不但不能动人,反令听者索然无味矣。然此不仅于口诀中求之也。《乐记》曰:"凡音之感,由人心生也。"必唱者先要设身处地,摹仿其人之情性事实,宛若其人之自述其语,然后其形容逼真,使听者心会神怡,若亲对其人,而忘其为度曲矣。

唱曲能分别邪正、悲喜,使人听了"若亲对其人",才能有强烈的感染力,才能收到教育的效果。讲到说白,尤其困难,从前人早已有"一白二引三曲子"之语。即拿哭和笑来说,生、旦、净、丑各有程式。即同是一行,又因戏情不同而各有差别,如《金锁记》《送女》窦瑞云之哭,《玉簪记》《秋江》陈妙常之哭,《长生殿》《絮阁》杨玉环之哭,《连环记》《掷戟》貂蝉之哭,虽同是旦脚,同是一哭,应该又有所不同,所以演员学会这一套程式之后,还须体会戏情,灵活运用,才能深刻的表演脚色的情感。盖程式本身,也在不断的发展变化,不是一成不变的。没有程式固然不行;墨守程式,也不免流于呆板。必须在程式的限制中,能够灵活运用,游刃有余,才称得起名演员。

明清传奇概要讲义

第一章　叙论

宋元以来，戏文发展成为海盐、馀姚、弋阳三大声腔。明汤显祖《玉茗堂文集》卷七《宜黄县戏神清源师庙记》云：

> 此道有南北，南则昆山之次为海盐，吴浙音也，其体局静好，以拍为之节。江以西弋阳，其节以鼓，其调喧。

可见海盐与弋阳，一静一喧，风格完全相反。馀姚腔我们虽知道得不多，但又与海盐、弋阳不同，这是可以断言的。腔调本身随时随地在发展变化，这三大声腔虽同出一源，终于形成各不相同的面目。

其中海盐腔大概专向"静好"方面发展。在南宋时，它流传在吴中的一派，经过一百多年，到了元末，自然起了不少变化。有人加以改进，改称为昆山腔。明魏良辅《南词引正》云：

> 元朝有顾坚者，虽离昆山三十里，居千墩，精于南辞，善作古赋。扩廓帖木儿闻其善歌，屡招不屈。与杨铁笛、顾阿英、倪元镇为友。自号风月散人。其著有《陶真野集》十卷，《风月散人乐府》八卷行于世。善发南曲之奥，故国初有昆山腔之称。

又，周元晖《泾林续记》也记载着明太祖朱元璋问耆老周寿谊云：

"闻昆山腔甚佳,尔亦能讴否?"大概这个昆山腔始终停留在清唱阶段,从未搬上舞台,没有群众基础,所以只有像昙花的一现,后来一般仍称流行吴中的腔调为海盐腔,昆山腔这个名称也不再有人提起。不过话又得说回来了。实际上,明初吴中的海盐腔,当然和最初传进来的海盐腔完全不同了;而且顾坚的昆山腔,可能对它起过一些影响,也未可知。本来有些腔调,质量虽变,而名称仍旧不改的,如清初的弋阳腔就是如此。王正祥《新定十二律京腔谱·凡例》云:

> 即如江浙间所唱弋腔,何尝有弋腔旧习? 况盛行于京都者,更为润色其腔,又与弋阳迥异,……尚安得谓之弋腔哉? 应颜之"京腔谱"。

所以名称不变,并非意味着质量也不变。

"静好"的腔调,最适宜于表达文雅细腻的曲辞。元末高明撰《琵琶记》戏文,虽则文辞还是本色的多,其中也颇有几段文章典雅的曲子,自然最适宜于用海盐腔来表达。《南词叙录》说:"海盐腔者,嘉、湖、温、台用之。"大概元末已经如此,他撰的《琵琶记》,可能受到了海盐腔的影响。

后来传奇作家以《琵琶记》为"词曲之祖"(见焦循《剧说》卷二引《道听录》),正因为它直接接近海盐腔,也就是间接接近昆山腔的缘故。到了明朝中叶,文人参加写作剧本的渐多,骤然增加了一批文雅细腻的曲子,不但静好的曲调得到广泛的运用;而且有时觉得腔调静好得还不够,能够促使它更深入一步。

终于当正嘉之际,魏良辅在海盐腔的基础上,改进成为昆山腔。他特别注意于字音的四声阴阳,曲牌的声情理趣;一字之长,延至数息;称为水磨调。其细腻静好,可说已达到了顶点。

当嘉靖之世,朱明王朝统治危机渐见和缓,城市经济也逐渐好转;到隆万之际,尤其在江南一带,工商业发达,出现了资本主义的因素，这对新腔——昆山腔的发展，提供了物质条件。从此昆山腔盛行一时，直至清朝中叶，才渐就衰歇。

昆山腔虽出于海盐腔，汤显祖也把二者相提并论，然实际昆山腔要比海盐腔大大提高了一步，在格律方面要细致严格得多。因此又翻过来影响了剧本的创作，使剧本的字法、句法也日趋严格。无论在腔调方面，剧本方面，都面目一新，和过去不同。而且作家辈出，高峰叠起。本戏文的一支，乃蔚为大国。我们不得不把它从戏文中划分出来，称为明清传奇，另成一个部门去研究它。

第二章　昆山腔的发生和发展

第一节　魏良辅

昆山腔创于魏良辅。魏良辅，号尚泉，原籍豫章，居昆山，后又迁居太仓。起初专习北曲，和北人王友山比赛，输给了他，才改习南曲，在海盐腔的基础上，刻苦钻研，足迹不下楼十年，出以问世，吴中老曲师如袁髯、尤驼辈，都自认远不及良辅。时吴中更有陆九畴者，也善唱南曲，但和良辅比赛，才一登坛，即甘心居良辅之下。张小泉、季敬坡、戴梅川、包郎郎、周梦山、潘荆南等人，都师事良辅；又有吹箫名手张梅谷，吹笛名手谢林泉等，也都从良辅游。大约在嘉靖初年，良辅在五十余岁时，在太仓碰到一位善唱北曲的青年张野塘。野塘，河北人（《顾曲杂言》作寿州人），因罪发配太仓卫。良辅听了他三日曲子，大为赞赏。良辅有一女，也善唱曲，富贵人家来求亲，都遭拒绝，至此遂把爱女嫁给野塘。野塘已婚魏氏，兼习南曲，并更定三弦的式样，身细鼓圆，名为"弦子"，使它能更好的配合南曲的音调。北曲本非良辅所长，现在得与野塘共同研究，对昆山腔中北曲部分的改进，一定得力不少。其时太仓更有一位百户叫过云适，也是南曲名家，良辅自以为不及,每有所得,必定要去请教他。反复商榷,得到他的同意才罢(明张大复《梅花草堂笔谈》、清张潮《虞初新志》、余怀《寄畅园闻歌记》、叶梦珠《阅世编》)。

由此看来,可见昆山腔的发生,不是无中生有,而是有所承袭的;不是闭门造车,而是集思广益的。明沈宠绥《度曲须知》卷上"曲运隆衰"条云:

> 有豫章魏良辅者,……生而审音,愤南曲之讹陋也,尽洗乖声,别开堂奥:调用水磨,拍捱冷板;声则平、上、去、入之婉协;字则头、腹、尾音之毕匀。……要皆别有唱法,绝非戏场声口。腔曰昆腔,曲名时曲。声场禀为曲圣,后世依为鼻祖。盖自有良辅,而南词音理已极抽秘呈妍矣。

确是事实,并非虚誉。良辅并把他的唱曲经验,总结为《南词引正》一卷,共十八条,至今仍不失为重要的参考资料。后来明末沈宠绥的《度曲须知》、清徐大椿的《乐府传声》等论唱法的书,都是祖述《南词引正》而做的。

第二节 梁辰鱼

光大昆山腔的是梁辰鱼。梁辰鱼,字伯龙。昆山人,太学生。身长八尺,虬髯虎颔,风流自赏。闻魏良辅之风,起而效之。与郑思笠、唐小虞、陈梅泉等,精研音理,深得良辅之妙。又考订元剧,自翻新调,编撰《江东白苎》散曲集,及《浣纱记》传奇,为一时词家所宗。他教人度曲,设广林大案,自己西向坐,学者列坐左右。两两三三,递传叠和。有一字乖谬,必以酒为罚。而当时的职业演员从他学曲的更其多,故《梅花草堂笔谈》谓:"歌儿舞女,不见伯龙,自以为不祥。"固不但"吴闾白面冶游儿,争唱梁郎雪艳词"(王世贞诗)而已(《梅花草堂笔谈》、吴肃公《明语林》、清钱谦益《列朝诗集小传》丁集卷中、朱彝尊《静志居诗话》卷十四)。

　　盖魏良辅时,昆山腔只限于清唱,与群众接触面还不很广阔。到梁辰鱼时,他不但真正运用昆山腔的格律,编撰了第一部传奇——《浣纱记》;而且还亲自传授昆山腔的唱法给职业演员;从此昆山腔才正式搬上舞台。职业演员为什么欢迎昆山腔呢? 正因为他们后面拥有广大的看众,在支持他们。昆山腔至此,才建立了群众基础,在群众之间生了根,日趋发展。

　　其时同邑有张新者,字铭盘;万历五年(1577)进士。不满意于梁辰鱼的唱法,乃取魏良辅的校本,和赵瞻云、雷敷民以及他的叔父张小泉,共同研究,别创新腔,称为"南马头曲"。其实仍旧跳不出梁氏的范围,不过自以其意稍为韵节,并没有改变昆山腔的面目。所以后来钮少雅要学昆山腔,即拜张新为师,并没说所学不是昆山腔,而是南马头曲(《梅花草堂笔谈》、钮少雅《九宫正始自序》)。

　　徐渭撰《南词叙录》,卷首题嘉靖己未(三十八,1559),而云:"惟昆山腔止行于吴中。"可见其时昆山腔流行未广,海盐诸腔尚并行于世。我们姑以至隆庆末年(1572)止,作为昆山腔的成立时期。

第三章　成立时期的主要作家作品

李开先(1501—1598)《宝剑记》(见北大《中国文学史》第三册第十四章)

　　王世贞(唐仪凤)《鸣凤记》(见同上)

　　李日华(崔时佩)《南调西厢记》(见同上)

　　陆　采《明珠记》(见同上)

　　张凤翼(1527—1613)《红拂记》(见同上)

　　梁辰鱼《浣纱记》(见同上)

第四章　临川派与吴江派之争

第一节　两个不同的主张

隆庆以后,昆山腔传播渐广,文人从事创作者也日多,昆山腔至此,遂进入了鼎盛时期。正因为从事创作者愈多,对创作上几个根本性问题,产生了不同的主张,因此引起一场激烈的争论,即所谓临川派和吴江派之争。

临川派的代表人物是汤显祖(1550—1671)。显祖,字义仍,号若士、清远道人;抚州临川人。万历十一年(1583)进士,官至遂昌知县,罢归。所著有《玉茗堂全集》、《四梦传奇》等书(《列朝诗集小传》丁集中)。

汤显祖曾说:"凡文以意、趣、神、色为主,四者到时,或有丽词俊音可用,尔时能一一顾九宫四声否? 如必按字模声,即有窒滞迸拽之苦,恐不能成句矣"(《玉茗堂全集》尺牍卷四《答吕姜山》)。总之,他是主张内容重于形式的。

吴江派的代表人物是沈璟(1553—1610)。璟,字伯英,更字聊和,号宁庵、词隐生;苏州吴江人。万历二年(1574)进士,官至光禄寺丞。年未四十,即辞官回乡,家居二十余年,专心词曲,并提出他自己的主张。后有不少人,主要的有王骥德、吕天成、卜世臣、冯梦龙、沈自晋等。从而附和之,无形中遂形成一个流派,即所谓吴江派。他的著作有:《属玉堂传奇》十七种,《增定查补南九宫十三调曲谱》等书(《家传》、《乾隆吴江县志》、《方诸馆曲律〈方诸馆曲律·杂论〉杂论》第三十九下)。

沈璟主张严守格律,曾云:"宁协律而词不工,读之不成句,而讴之始叶,是曲中之工巧"(《曲品》卷上)。协律的具体内容:一,四声阴阳;二,句法;三,用韵(《博笑记》卷首附《论曲二郎神套》及他的《九宫十三调谱》)。可见他强调形式,甚至连文词"读之不成句"也不妨,恰恰与汤显祖相反。沈璟还有一个主张,是崇尚本色(具体理论没有流传下来,仅散见于他的曲谱中)。这一主张,比较次要,他自己也不甚坚持。

第二节　争论的经过

自从汤显祖《牡丹亭》问世以后,沈璟认为它不合律,不能演唱,于是大加删改,改名《同梦记》,又称《串本牡丹亭》(见沈自晋《南词新谱》卷十六[蛮山忆]下注)。意谓他的改本才合律,才能演唱,故称"串本"。《曲律·杂论》第三十九下云:

> 临川之与吴江,故自冰炭。吴江守法,斤斤三尺,不欲一字乖律,而毫锋殊拙;临川尚趣,直是横行,组织之工,几与天孙争巧,而屈曲聱牙,多令歌者乍舌。吴江……曾为临川改易《还魂》(即《牡丹亭》)字句之不协者,吕吏部玉绳以致临川。临川不怿,复书吏部曰:"彼恶知曲意哉?余意所至,不妨拗折天下人噪子!"其志趣不同如此。

而汤显祖在给其他朋友的信中,也批评了沈璟,如:

> 寄吴中论曲,良是,唱曲当知,作曲不尽当知也,此语大可轩渠。
> ——《尺牍》卷四《答吕姜山》

> 曲谱诸刻,其论良快。久玩之,要非大了者。庄子云:"彼乌知礼意。"此亦安知曲意哉!其辨各曲落韵处,粗亦易了。周伯琦(德清)作中原韵,而伯琦(德清)于伯(德)辉、致远中无词名;沈伯时指乐府迷,而伯时于花庵、玉林(田)间非词手。词之为词,九调四声而已哉!且所引腔证,不云"未知出何调"、"犯何调",则云"又一体"、"又一体"。彼所引曲未

满十，然已如是，复何能纵观而定其字句音韵耶？

——《尺牍》卷三《答孙俟居》

第一，汤氏指出沈璟让四声阴阳如此苛细，乃是为唱曲而言，作曲原不必如此，不应混为一谈。其次，意谓理论家不一定就是作家，精于曲律不一定就懂得曲意。沈璟果精于曲律，也不应随意改削他人作品；况他的曲律知识并不高明，连某调出何调，某调犯何调，哪是正格，哪是变格，都没有弄清楚。所说都切中沈氏之病，而沈氏却只是说："名为乐府，须教合律依腔。……说不得才长，越有才，越当意酌量。"（《二郎神套》《二郎神》）聊以解嘲而已。

第三节　争论的影响

经过这一场争论，在一般人的心目中，以为汤氏工于文辞而疏于格律，沈氏精于格律而拙于文辞。而且有些人还认识到文辞、格律二者的优劣难易，如临川派孟称舜《古今名剧合选序》云：

沈宁庵崇尚诸律，而汤义仍专尚工辞，二者俱为偏见。然工词者，不失才人之胜；而只尚诸律者，则与伶人教师，登场演唱者何异？

而王骥德《曲律》《杂论》也云：

词隐之持法也，可学而知也；临川之修词也，不可勉而能也。大匠能与人规矩，不能使人巧也。其所能者，人也；所不能者，天也。

则两派优劣可以明白了。不但如此，因为这场争论，他们找到了一个创作的新途径，正如吕天成《曲品》卷上所说：

不有光禄（沈），词硎不新；不有奉常（汤），词髓孰抉？倘能守词隐先生之矩矱，而运以清远道人之才情，岂非合之双美者乎？

吴江派中如吴炳、范文若等,遂向着这个方向努力。而另有种人却还在继沈璟之后,作改削汤氏作品的笨拙之事。

现在看来,沈氏提出的两个主张,针对着过去作家不守格律,堆砌典故而发,基本上都是正确的。可惜沈氏天才学养都平常,所以收获不大。他批判汤氏不合律,而自己也仅仅停留在四声、句法、用韵上。不知格律之要,首在辨析曲牌节奏的缓急,性质的粗细,声情的哀乐等等,倘有错误,便无可救药;四声等等,还在其次,稍有出入,不难补救。才情、矩矱合则双美,也是正确的。然才情是不可模拟的,吴、范之徒,没有汤氏的思想才情,虽向着这个方向努力,结果仍停留在文辞的表面。且如吴炳《绿牡丹》,意在讥讽复社(见陆世仪《复社纪略》),是非不分,其内容可知。至于阮大铖以尖刻为能事,自以为临川嫡派,叶堂批评他"全未窥见毫发"(见《纳书楹曲谱》),更不必说了。

最后再略谈改削汤曲问题。汤曲在四声、句法方面,确时有出入。补救的方法,可以改调不改辞,即以调就辞,不改辞就调。此法创于明钮少雅,他编撰了一部《格正牡丹亭》。如《牡丹亭》原本第十三出[杏花天]云:

> 虽然是饱学名儒,腹中饥峥嵘胀气。梦魂中紫阁丹墀,猛抬头破屋半间而已。

案:[杏花天]第一句应七字上四下三句法,第三句同;第四句应七字上三下四句法。今此曲一三两句都是上三下四,而平仄也不甚协;第四句句法虽同,而平仄不协。《格正牡丹亭》把它改为[杏花台]:

> [商调三台令首一句]虽然是饱学名儒,[越调杏花天第二句]腹中饥峥嵘胀气。[小石调养花天七至终]梦魂中紫阁丹墀,猛抬头,破屋半间而已。

这样,一字不改,而使原辞完全合调,岂不是一个很好的办法?沈璟之流一定要在文辞上改窜，也未免太笨拙了。后来清乾隆末，叶堂编制《玉茗堂四梦曲谱》，也用这个方法。而且这样改法，并不影响声情。王文治《四梦曲谱序》云：

> 玉茗四梦，不独词家之极则，抑亦文律之总持。及被之管弦，又别有一种幽深艳异之致，为古今诸曲所不能到。

叶、王都是深通音律、精于度曲的人，独对汤氏倾倒如此，《四梦》音律之妙，可想而知。汤氏之曲，岂真能拗折天下人嗓子的吗？

第五章　鼎盛时期主要作家作品

汤显祖《牡丹亭》、《紫钗记》、《南柯记》、《邯郸记》（见北大《中国文学史》第三册第十五章）

沈璟《义侠记》、《博笑记》（见同上第十四章）

孙钟龄《东郭记》（见同上）

薛近兖《绣襦记》

高濂《玉簪记》（见同上）

汪廷讷《狮吼记》（见同上）

徐复祚《红梨记》（见同上）

许自昌《水浒记》（见同上）

周朝俊《红梅记》（见同上）

范文若《梦花酣》

吴炳《情邮记》（见同上）

袁于令《西楼记》（见同上）

沈自晋《望湖亭》

阮大诚《燕子笺》（见同上）

第六章　明清之际的革新运动

第一节　李玉及其朋辈

革新运动的代表人物是李玉。李玉,字玄玉(一作元玉),号苏门啸侣;苏州吴县人。约生于明万历十九年(1591)左右,卒于清康熙十年(1671)以后,年八十余。少年时为相国申时行家人,为申公子(用懋、用嘉)所抑,不能参加科试。后脱离申氏,又屡试不第,直到崇祯末年,才仅中了一个副榜。不久明亡,遂隐居不出。所著有《清忠谱》、《万民安》、《千忠戮》、《占花魁》等传奇四十二本,及《北词广正谱》(据《北词广正谱》吴伟业序、《梅村家藏稿》、《南音三籁》李玉序、《眉山秀》钱谦益题辞、《曲海总目提要》卷十九、《剧说》卷四、《乾隆吴县志》、《新传奇品》、《曲海目》、《传奇汇考》、宝敦楼旧藏《传奇汇考标目》)。

自从昆山腔兴起之后,苏州便成了戏剧的中心,在明清之际,作家辈出。如冯梦龙、薛旦、叶稚斐、朱佐朝、朱素臣、毕万侯、张大复、盛际时、朱云从、陈二白、陈子玉等,都是苏州人。其中叶稚斐、朱佐朝、朱素臣、毕万侯、张大复五人,确知是李玉的朋友外,还有冯梦龙大概也认识的。

叶稚斐,本名时章,稚斐为其字,以字行,后又更字美章;吴县人。所著有传奇九种,可见者仅《英雄概》、《琥珀匙》二种。曾写过《后西厢》八折,因病中止,由朱云从补成云。李玉撰《清忠谱》成,他和毕万侯、朱素臣三人共同为之参阅。据说《琥珀匙》有"庙堂中有衣冠禽兽、绿林内有救世菩提"之语,为有司所忌,下狱几死(据《传奇汇考标目》、宝敦楼本《标目》、《南词新谱》"参阅姓氏"、《剧说》卷三引《酒边瓒语》,又引《茧瓮闲话》、《清忠谱》)。

朱佐朝,字良乡,以字行;吴县人。他曾和李玉合撰《一品爵》、《埋轮亭》，又与朱素臣等四人合撰《四奇观》。他所著传奇，除上三种与他人合撰的不计外，尚有《渔家乐》、《礼云亭》等三十四本（据《传奇汇考标目》、宝敦楼本《标目》、《曲海总目提要》卷二十五、焦循《曲考》）。

朱素臣，名雝，以字行，号笙庵；吴县人。他和朱佐朝是弟兄。曾参阅李玉的《清忠谱》、《北词广正谱》外，又与江都李宗孔合编《音韵须知》二卷，可见他是精于音律的。他和同时曲家李渔、吴绮、尤侗，以及词人陈维崧都有往来。所撰传奇有《十五贯》、《翡翠园》等十九种（据《传奇汇考标目》、《曲海总目提要》卷十八、《音韵须知》、《秦楼月》、《曲海目》）。

毕万侯，字晋乡，初名魏，字万后，号姑苏第二狂；吴县人。所撰传奇有《三报恩》、《竹叶舟》等六种。《三报恩》有冯梦龙崇祯十五年（1642）序云："万后氏年甫弱冠，有此奇才异识。"可见他的行辈比李玉小（据《传奇汇考标目》、宝敦楼本《标目》、《三报恩》）。

张大复，一云名彝宣，字星期，也作星其、心期，号寒山子；吴县人。居阊门外寒山寺。好填词，不治生产，也颇知释典。他编撰《寒山堂新定九宫十三摄南曲谱》时，李玉、冯梦龙、钮少雅等都供给他材料，可见他和他们都有往来。所著除《曲谱》外，有：《万寿大庆承应杂剧》六种，《如是观》、《天下乐》、《醉菩提》等传奇二十八种，及《词格储考》、《南词便览》等书（据《传奇汇考标目》、宝敦楼本《标目》、《新传奇品》、《寒山堂曲谱》残本、《曲梅总目提要》卷二十一）。

上面许多作家，他们的事迹都不大可考；作品虽多，而刻行的甚少；就可以说明他们都是不得志于时，贫苦的知识分子。因为不得志于时，所以声名不显；因为贫苦，所以只好靠写剧本来维持生活，而产量遂多；也因为贫苦，所以无力刊刻剧本，现在流传的，大半都是戏班中的钞本。

　　他们是接近市民阶层的文人,和宋元时候的书会才人有些相似,而和达官贵人是对立的。他们所写的剧本,自然是站在人民的立场说话的,和当时出身士大夫,或接近士大夫的文人,如阮大铖、李渔、吴炳、范文若、袁于令之流,有根本上的差别。

　　他们意趣相同,无形中成为一个写剧本的团体。李玉朋辈,除叶、朱等五人外,对他影响较大的,还有曲师钮少雅,和民间文学家冯梦龙,当于下文第三节详之。

第二节　　重视内容

　　自从吕天成等提出才情、矩矱合之双美之说,即有吴炳、范文若以及阮大铖辈,便向着这个方向努力。但是他们脱离现实,内容贫乏,既不能继承汤氏,只追求文辞的华美;而又守着沈氏错误百出的规律。而后世也竟有誉之为玉茗堂嫡派者,实在是极大的错误。及至李玉他们才真正能继承汤氏重视内容的主张,一洗才子佳人公式化的弊病,和单纯追求文辞华美的风气。吴瞿安先生云:

> 独李玉《一》、《人》、《永》、《占》,直可追步奉常;且《眉山秀》剧,雅丽工炼,尤非明季诸子可及。与朱素臣茞庵诸作,可称瑜亮(《中国戏曲概论》卷下)。

　　盖他们既经历了明末社会的黑暗,又遭受了异族残酷的统治,胸中抑郁之气,亡国之恨,都寄托在剧本之中。所以他们不但继承,而且又有所发展。我们只要就他们作品的题材上看,它的接触面要比过去广泛得多。有描写明末政事斗争、黑暗统治的,如《清忠谱》、《一捧雪》之类;有写亡国史实、或以亡国为背景的,如《千忠戮》、《万里圆》之类;有写世俗人情、社会生活的,如《人兽关》、《永团圆》之类;有写农民起义的,如《麒麟阁》之类。同时他们又富于舞台经验,剧本结构精简,文辞明白畅晓,深为广大群众所喜爱，和过去一般文人所作，冗长晦涩，往往不能上演的，完全不同。

第三节　订正曲律

李玉和他的朋辈，不但重视内容，同时也注意到格律。沈璟的曲谱既是错误很多，不足依据，只有自己编订了。第一个编订曲谱以纠正沈谱错误的，是李玉他们的前辈钮少雅。钮氏虽非作家，却是个精通曲律的人。

少雅是他的字，名无考，别号芍溪老人。苏州长洲人。生于嘉靖四十三年（1564），至顺治间犹健在，卒年已九十余了。天启五年（1625），才和徐于室二人开始修订曲谱。徐氏中途去世，由钮独力担承，前后几二十七年，九易稿而始成书（钮氏《九宫正始自序》）。

他和李玉是忘年之交。只要看钮氏曲谱完成，李玉替他定名为《汇纂元谱南曲九宫正始》（见吴亮中序）；钮徐所编，除南曲谱外，尚有北曲谱，后来钮将此稿交托李玉，李玉把它编写完成，就是现在的《北词广正谱》，它的卷首，题着："华亭徐于室原稿；茂苑钮少雅乐句；吴门李玄玉更定；长洲朱素臣同阅。"可见他们之间友谊的密切了。

前面已经提到过张大复也编有《寒山堂新定九宫十三摄南曲谱》，可惜这部书没有印本，钞本残缺不全，也不大容易看到。

他们对于曲谱的编写，态度是一致的。如《九宫正始》卷首《臆论》"精选"条云：

> 兹集俱选天历至正间诸名人所著传奇散套，原文古调，……间有不足，则取明初者一二以补之。

《九宫十三摄谱》《凡例》云：

> 此谱不以旧谱为据，一一力求元词，万不获已，始用一二明人传奇之较早者实之。

《北词广正谱》虽无凡例，其书旨在纠正《太和正音谱》的简陋和错误，故引用材料，上溯至董解元《西厢诸宫调》，也犹上述二谱的用元词古调，并无二致。盖宋元戏剧，大多出书会才人之手，他们都是懂曲律的，当时没有不能上演的剧本；明初去古未远，犹有宋元遗风；及至明中叶，文人写作剧本的渐多，他们往往不懂曲律，不合律的曲渐多。沈璟曲谱多用后人的作品，不知追溯曲调之源，以讹传讹，遂至错误百出。故钮少雅等欲纠正沈谱和朱谱之失，不得不远溯宋元，倒不是厚古而薄今。

冯梦龙（1574—1646）本是吴江派的人，看他在《方诸馆曲律叙》中说："余早岁曾以《双雄》戏笔，售知于词隐先生，先生丹头秘诀，倾怀指授。"便可明白。然而他编的《墨憨斋词谱》，态度却和钮少雅等是一致的。因为冯氏学识比较高明，如他对范文若所作传奇就很不满意，说：

> 人言香令词佳，我不耐看。传奇只明白条畅，说却事情出便觳，何必雕镂如是？（《南词新谱》《凡例续纪》）

同时他又从徐于室那里得到了一部分论宋元戏文散曲的材料（也见《凡例续纪》），眼界大了，自然观察到沈谱的种种错误，而加以纠正。这部曲谱虽则最后一小部分还未完成，原稿也久已失传，而沈自晋《南词新谱》中征引，多至一百六十余条。从这里我们可以知道，他虽是吴江派，而对沈谱错误不稍假借；有些论断，往往与《九宫正始》相合，可见和钮少雅等是一致的。就曲律方面讲，冯氏实和李玉他们站在同一立场，所以在这里特别把他提一下。

第七章　革新时期的主要作家作品

李玉《清忠谱》、《千钟禄》、《一捧雪》、《人兽关》、《永团圆》、《占花魁》（见北大《中国文学史》第三册第十六章）

朱佐朝《渔家乐》(见同上第十四章)

朱素臣《十五贯》、《翡翠园》、《秦楼月》(见同上)

叶稚斐《琥珀匙》

毕万侯《三报恩》

张大复《如是观》

吴伟业《秣陵春》(见同上第四册第五章)

尤侗《钧天乐》(见同上)

李渔《风筝误》(见同上)

第八章　清朝统治者的摧残

第一节　演唱长生殿之祸

自从满清入关,统治中国,民族矛盾十分尖锐。有些进步作家,在他们的作品中,反映了民族矛盾,抒发了爱国主义感情,触犯了统治者的忌讳,因此遭受迫害的,遂接踵而起。

第一棒是演唱《长生殿》之祸。康熙二十八年八月(1689),时有皇后佟氏之丧,国服未除,《长生殿》的作者洪昇,与友人赵执信、查慎行等观演《长生殿》,为给事中黄仪所告发。起初,黄仪曾以诗稿土宜送赵执信,赵戏云:"土宜拜登,大稿璧谢!"黄恨之刺骨。至此,遂乘告发,意固在报赵之前仇。结果,洪昇被革去国学生籍,罗归乡里;赵、查寻也都被革职(查为仁《连坡诗话》卷下、蒋良骐《东华录》卷十五、戴璐《藤阴杂记》卷二)。

从表面上看,这桩事情大概发生在阴历八月中旬,而佟氏死在七月初十日,正所谓"国服虽除未满丧"(见阮葵生《茶余客话》卷九引"都人口号"。案:《清通志》卷四十七《礼略》记帝后大事,群臣二十七日除服。)。既已除服,作乐虽亦属禁例,然等于具文,倘无人检举,也就马虎过去了。即使有人检举,而清政府这样严厉处罚,岂不有些小题大做? 实际并不如此。《长生殿》最突出的,在许多地方特别强调安禄山是外国人,这正是满汉民族矛盾尖锐的反映,洪昇在安禄山身上,发泄了他对外族侵略者的愤恨,因此触犯了清人,恼羞成怒,要借题发挥了。其时清统治力量还未十分稳固,正在笼络知识分子,犹未显出他的狰狞面目来。演《长生殿》之祸,倘然和后来的文字狱比较起来,不但不是小题大做,清人已经特别让步,可说是大题小做了呢。

第二节　孔尚任的免职

孔尚任为什么免职,孔本人及他的朋辈,都讳莫如深,在诗文中都没有明白提到过。但是我们可以肯定的说,是为了《桃花扇》传奇。《桃花扇》中,民族意识和爱国主义情感,比《长生殿》更甚明显,《长生殿》还是以古喻今,借题发挥;而《桃花扇》几乎是在当面指斥了。例如第四十出《入道》,侯方域和李香君在白云庵重遇,两人絮絮谈别后之情:

> 外(张薇):"你们絮絮叨叨,说的俱是那里话! 当此地覆天翻,还恋情根欲种,岂不可笑?"生(侯方域):"此言差矣! 从来男女家室,人之大伦,离合悲欢,情有所钟,先生如何管得?"外怒介:"啊呸! 两个痴虫,你看国在那里? 家在那里? 君在那里? 父在那里? 偏是这点花月情根,割他不断吗?"

简直不承认清朝,不承认清朝皇帝。又如续四十出《余韵》[哀江南]、[离亭宴]、[带歇指煞云]:

> 残山梦最真,旧境丢难掉,不信这舆图换稿。诌一套《哀江南》,放悲声唱到老。

极言对故国怀念之深刻,至死不忘;眷恋故国,就是痛恨新朝。不但如此,"不信这舆图换稿",简直是对清统治发生怀疑,在期望明朝的恢复。清朝统治者自然不肯轻易放过他了。

现在从一些零星材料中推测起来,事情大概是这样的:当康熙三十八年(1699)六月,《桃花扇》脱稿,一时风行(见《桃花扇本末》),想必有人举发(《长留集》《放歌赠刘两峰寅丈》:"命薄忽遭文章憎,缄口金人受谤诽。"),康熙帝自然一时大怒,迫不及待地派内侍向孔尚任索取《桃花扇》稿本。孔的原本因为展转借钞,不知流传何处,匆忙中从友人张平州家觅得一本,半夜里送进宫去(见《桃花扇本末》)。从此没有下文,直到三十九年(1700)二三月间,孔尚任不但没有受处分,反而由户部主事升为员外郎(《长留集》有《量移广东司员外留赠旧司同舍郎诗》)。案:孔氏诗集都是编年的,此诗在《庚辰人日雪霁岸堂试笔分韵》、《草桥修禊》等诗之后,故知升官在三十九年庚辰以后)。可是升官不久,又突遭免职(《答陈健夫问余归期诗》,有"梦里辞官又送春"之句,可见免职是在春末夏初)。大概清帝继而一想,深恐妨碍他的笼络政策,才迟迟不发,须另找借口,中间还故意升孔氏的官。一朝有了什么借口,便立刻把他免职。这样,使人知道孔氏咎由自取,不是为了《桃花扇》文字狱。其实这桩事情,虽说大家都讳而不谈,在无意之中不免要流露出一些痕迹来的。如孔氏的《答僧伟载》云:"送我诗发温厚情,方外也惧文字祸。"则孔氏免官,是因文字闯的祸甚明。再说孔氏仅仅免官,在清帝心中当然是不满意的。所以孔氏免官之后,起初还不准他回去。(《僧根洁过白云寺诗》,有"许我归田归不得"之句。)经过清帝再三考虑,直到康熙四十一年壬午(1702)冬,才放他回乡。(壬午有《归去诗》云:"积雪微寒不透裘,自斟别酒饮三瓯。……故山今日真归去,上马吟鞭急一抽。"可见他的回乡已在那年冬天了。)

第三节　文化大围剿

康熙以后,清统治地位日趋稳固,于是凶恶面目毕露,毫无忌惮。在文字方面,大狱屡兴。乾隆三十七年(1772),诏开四库馆,纂修《四库全书》,博稽古右文之名,而文化围剿其实。现在考起来,被销毁的书,将近三千余种,几与四库现收书相等。还有人民惧祸,把家藏的书,稍涉疑似的,悉自行烧毁,其数量之大,更无法可以估计。故后人认为纂修《四库全书》,是秦始皇焚书之后,第二次大劫。

在剧本方面,据清姚观元《清代禁毁书目》所载,有:

> 杨忠裕《奇服斋杂剧》
> 海来道人《鸳鸯绦》
> 三吴居士《广爱书》
> 清笑生《十种传奇》

另有江宁清笑生《喜逢春》一种,当即在《十种传奇》之内。

> 清徐述夔《五色石》
> 金堡《偏行堂杂剧》
> 方城培《双泉记》

仅寥寥几种,实际上当远不止此。然而清帝还不满足,在乾隆四十二年(1777),命巡盐御史伊龄阿在扬州设局,修改曲剧,前后凡四年之久。总校:黄文旸,李经。分校:凌廷堪,程枚,陈治,荆汝为。

黄文旸,字时若,号秋平。扬州甘泉人,诸生。所著有《古金通考》、《隐怪丛书》、《丙官集》。又有《曲海》二十卷,其自序云:

> 乾隆辛丑(1781)间,奉旨修改古今词曲,予受监使者聘,得与修改之列,兼总校苏州织造进呈词曲,因得尽阅古今杂剧传奇。阅一年,事竣,追忆其盛,拟将古今作者,各撮其关目大概,勒成一书。既成,为总目一卷,以记其人之姓名。

在这里,似乎戏剧确得到一番整理,然其间因违碍而被销毁或改削的,也一定不少。

这一班纂修的人,除黄文旸已见前外,李经,字理斋,江宁诸生。凌廷堪,字仲子,又字次仲,歙县人,乾隆五十五年(1790)进士,官宁国府教授。程枚,字时齐,海州监生。陈治,字桐屿,海宁监生。荆汝为,字玉樵,丹徒贡生。他们都不是什么达官贵人。尤其是凌廷堪,他是声律专家,著有《燕乐考原》等书。他当分纂时,也还是一个监生;后来虽中进士,仅仅做了一个府学教授,并非热心仕宦的人。所以他们倒不一定有心摧残文化,大都是在无意之中做了清帝的帮凶。

第九章　这一时期的主要作家作品

洪昇《长生殿》(见北大《中国文学史》第四册第六章)

孔尚任《桃花扇》(见同上第七章)

万树《风流棒》(见同上第五章)

蒋士铨《冬青树》(见同上)

黄燮清《帝女花》

无名氏《雷峰塔》(见同上)

附录

《游园》(汤显祖《牡丹亭》)

《余韵》(孔尚任《桃花扇》)

游园　　　　(汤显祖《牡丹亭》)

〔旦上唱〕〔绕地游〕梦回莺转,乱煞年光遍,人立小庭深院。〔贴上接〕炷尽沉烟,抛残绣线,恁今春关情似去年。

　　〔白〕小姐。〔乌夜啼〕〔旦〕晓来望断梅关,宿妆残。〔贴〕小姐,你侧着宜春髻子,恰凭栏。〔旦〕剪不断,理还乱,闷无端。〔贴〕已吩咐催花莺燕,借春看。〔旦〕春香,可曾吩咐花郎,扫除花径么?〔贴〕已吩咐过了。〔旦〕取镜台衣服过来。〔贴〕晓得。〔取镜台衣服上〕云髻罢梳还对镜，罗衣欲换更添香。小姐，镜台衣服在此。〔旦〕放下。〔贴〕是。〔旦〕好天气也！〔唱〕

〔步步娇〕袅晴丝吹来闲庭院，摇漾春如线。停半晌，整花钿，没揣菱花，偷人半面，迤逗的彩云偏。〔贴白〕，小姐请行一步。〔旦行介〕我步香闺怎便把全身现？〔贴白〕小姐，〔唱〕〔醉扶归〕你道翠生生出落的裙衫儿茜，艳晶晶花簪八宝填。〔旦白〕春香，〔唱〕可知我一生儿爱好是天然？〔合〕恰三春好处无人见，不提防沉鱼落雁鸟惊喧，则怕的羞花闭月花愁颤。

〔贴白〕来此已是花园门首，请小姐进去。〔旦〕进得园来，你看：画廊金粉半零星，〔贴〕这是金鱼池。〔旦〕池馆苍苔一片青。〔贴〕踏草怕泥新绣袜，惜花疼煞小金铃。〔旦〕春香。〔贴〕小姐。〔旦〕不到园林，怎知春色如许？〔贴〕便是。〔同唱〕

〔皂罗袍〕原来姹紫嫣红开遍，似这般都付与断井颓垣。良辰美景奈何天，赏心乐事谁家院！朝飞暮卷，云霞翠轩。雨丝风片，烟波画船。锦屏人忒看的这韶光贱！

〔贴白〕小姐，杜鹃花开的好盛吓！〔旦唱〕

〔好姐姐〕遍青山啼红了杜鹃，〔贴白〕这是荼蘼架。〔旦唱〕那荼蘼外烟丝醉软。〔贴白〕是花都开，牡丹还早呢。〔旦唱〕那牡丹虽好，他春归怎占的先？〔贴〕小姐，你看那莺燕叫得好听吓。〔旦唱〕闲凝眄，听生生燕语明如翦，听呖呖莺声溜的圆。

〔贴白〕小姐，这园子委实观之不足也。〔旦〕提他怎么？〔贴〕留些余兴，明日再来耍子罢。〔旦〕有理。〔唱〕

〔尾声〕观之不足由他遣，便赏遍了十二亭台是惘然。到不如兴尽回家闲过遣。〔同下〕

论明清南曲谱的流派

明清两代,编撰南曲谱的甚多,然失传者不少。如:瞿佑《余清曲谱》,见明郎瑛《七修类稿》卷三十三;姚弘谊《乐府统宗》,见明盛枫《嘉禾征献录》卷五;《杨升庵(慎)谱》、《谭儒卿谱》,俱见清吕士雄等《新编南词定律》引;沈谦《南曲谱》,见《东江别集》卷首《墓志铭》;冯梦龙《墨憨斋词谱》,见《太霞新奏》引;吴尚质《九宫谱》、陈继儒《清明谱》,俱见清曹寅《楝亭书目》;徐君见《南曲谱》,见清张潮《虞初新志》卷四余怀《寄畅园闻歌记》;汪宗沂《金元十五调南北曲谱》,见《皖志列传稿》卷五;无名氏《词曲谱》,见清顾麟士《顾鹤逸藏书目》;都未见传本。仅就流传的明清南曲谱来看,大致可分为两个不同的流派:一派能够实事求是,穷源竟委,折衷至当;一派不脱明代文人习气,往往粗枝大叶,凭空武断。前者可把明钮少雅《汇纂元谱南曲九宫正始》(简称《九宫正始》)为代表,后者可把明沈璟《增定查补南九宫十三调曲谱》(简称《南九宫谱》)为代表。曲子是古典戏剧中主要形式之一,它的发展变化可以从曲谱中看到,惟编撰曲谱者思想不同,方法各异,互有短长。本文所论述,拟以钮少雅、沈璟两谱为主,与两谱有关诸谱,分隶于两谱之下,并兼及两谱流派以外诸谱,供戏剧爱好的同志参考。错误之处,在所难免,还希不吝赐教!

一、南曲谱的渊源

南曲谱的编撰不始于明,为了明白起见,在未入正文之前,略述一下明以前南曲谱的情况,俾知渊源所自。南宋有《乐府混成集》一百五册,见清钱大昕《补元史艺文志》。案:宋周密《齐东野语》卷十云:

> 《混成集》,修内司所刊本,巨帙百余,古今歌词之谱,靡不备具。只大曲一类,凡数百解,他可知矣。然有谱无词者居半。《霓裳》一曲,共三十六段。尝闻紫霞翁(杨缵)云:"幼日随其祖郡王(宁宗后兄会稽郡王杨次山)曲宴禁中,太后令内人歌之,凡用三十人,每番十人,奏音极高妙。"……又言:"太皇最知音,极喜歌。木笪人者,以歌《杏花天木笪》,遂补教坊都管。"……盖二曲皆今人所罕知云。

明王骥德《曲律·杂论》第三十九下云:

> 予在都门日,一友人携文渊阁所藏刻本《乐府大全》——又名《乐府浑成》一本见示,盖宋元时词谱。(原注云:"即宋词,非曲谱。")止林钟商(下文附《林钟商目》,注云:"隋呼歇指调。")一调中,所载词至二百余阕,皆生平所未见。以乐律推之,其书尚多,当得数十本。所列凡目,亦世所不传;所画谱,绝与今乐家不同;有《卜算子》、《浪淘沙》、《鹊桥仙》、《摸鱼儿》、《西江月》等,皆长调,又与诗余不同。

看了《曲律》的记载,可见此书在明末犹未完全散失;惟其中有些看法是错误的,必须加以说明。据《齐东野语》所记,则此书明是南宋的刻本。《宋史·乐志》云:"燕乐七商,皆生于太族。"案:七商一均,为琵琶的第二弦,其第一声既为太族商,则第五声为南吕商,宋沈括《补笔谈》、《宋史·律历志》等书都说南吕商俗名歇指调。及至南宋,七商一均改生黄钟,则第五声为林钟商,而俗名不改,故宋张炎《词源》云:"林钟商,俗名歇指调。"这里说,林钟商隋呼歇指调,正与南宋的乐律合,也可证其为南宋之书。虽则"隋呼"二字是错误的。这种俗名实始于唐,见唐段安节《乐府杂录》。大概王骥德既未见《齐东野语》,又不知燕乐乐调的变化,以为它是宋元时的词谱,其误一。我们晓得宋元戏文是继承北宋古剧而来。王国维《宋元戏曲考》,统计南曲五百四十三调,出于古曲者凡二百六十调。这个统计虽不甚精确,尚有待于补充订正,然已足以看出两者之间关系的密切了。又如最早的南曲谱,称引子为"慢词",称过曲为"近词",还直接袭用宋词的名称(详下文);再看戏文中的曲调,句格与宋词相同的很多,而且还能找出联套宋词如曲破、传踏等等的痕迹。盖由词到曲,其变以渐,原无明显的界限。南渡之际,戏文已流传到杭州。《齐东野语》既说"古今歌词之谱靡不备具",很可能有戏文的曲调收入其中。退一步说,就使当时戏文仅还流行于民间,不为统治者所注意,未加采录;然戏文袭用古曲如此之多,当然不能说两者一无关系。盖王骥德对词曲史的知识很贫乏,不但不知《卜算子》等词,宋人本有令,有慢;又如《曲律·论曲源》第一云:

> 入宋而词始大振,……然单词只韵,歌止一阕,又不尽其变。而金章宗(1190—1208)时,渐更为北词,……入元而益漫衍。……其声近噍以杀,南人不习也。迫季世入我明,又变而为南曲。

既不知宋词可以联套,更不知南曲产生在北曲之前,误以为元明间才有南曲;尤其可笑者,认为南曲是从北曲中变化出来的。模糊了词与南曲的继承关系,自然要把它们严加区别,而说"即宋词、非曲谱"了。其误二。由此看来,《乐府混成集》当为南宋人所编撰;其中纵然不收南曲戏文,与戏文的关系也很密切。这是南曲谱的先导，故王国维《曲录·曲谱部》首加著录，是很对的。

其次附带谈谈《骷髅格》。此书时代作者都不可考，然清钮格《磨尘鉴传奇》、胤禄《九宫大成南北词宫谱序》，都提到此书，似乎在乾隆（1736—1795）间还没有失传。现在我们所能看到的，仅《九宫正始》所征引，凡谱式三十二条，曲辞四条，考证曲牌名或句格者三十八条。其中考证曲牌名诸条，往往远托汉唐，杜撰书名，虚构事实，最为荒谬无稽，盖出浅学者的伪造。钮少雅精于曲律，疏于史实，故贸然信之，加以引用。然也不能因此把它全部否定。试看它的谱式，往往为后世所不传；所画的谱也与后世不同；情况正与《曲律》所记《乐府混成》合。钮少雅《九宫正始自序》说它："果多有式无文者，或式文俱备者，什之二三也。"也正与《齐东野语》所云"然有谱无词者居半"合。盖就是有心作伪，也不能全无依据，颇疑它是承袭《乐府混成集》而来。否则的话，精律如钮少雅，倘尽属向壁虚造，也必谬误百出，岂能使他深信不疑？我别有《骷髅格考》，这里不预备作详细的叙述。

其次谈谈《十三调谱》和《九宫谱》。此两书有元天历（1328—1330）间刻本，见冯旭《九宫正始序》；钮少雅《自序》也云："适遇元人《九宫》《十三调》词谱一集，依宫按调，规律严明。"《十三调谱》所收宫调凡十五：黄钟、正宫、大石、仙吕、中吕、南吕、商调、越调、双调、羽调、道宫、般涉、小石、商黄、高平。商黄调，乃取商调和黄钟两宫调之曲，联合成一曲或一套。高平调虽出于隋唐燕乐，然在《十三调谱》中，与各宫调皆可出入，本质已起变化；本调下无独具之曲，已失去它的独立性。不数此二调，故称"十三调"。《九宫谱》所收宫调凡十：黄钟，正宫，大石，仙吕，中吕，南吕，商调，越调，双调，仙吕入双调。仙吕入双调虽见《宋史·乐志》，然在南曲中，一向隶属于双调。不数此调，故称"九宫"。

《十三调谱》和《九宫谱》虽同为天历间刻本,然实际《十三调谱》应远在《九宫谱》之前。第一,《十三调谱》尚无引子、过曲之名,称引子为"慢词",称过曲为"近词",直用宋词的名称,可见它接近宋词。第二,南曲宫调出于隋唐燕乐的二十八调,但随时在精简淘汰,到了北宋,仅存十七调(详下文)。这里"十三"与"九",又减少四调。这四调的被淘汰,当然非一朝一夕的事,是需要一个相当长的时间的。《九宫谱》既为元朝的曲谱,则《十三调谱》自应出南宋人手无疑。而《曲律·论宫调》第四云:

> 自十七宫调而外,又变为十三调。十三调者,盖尽去宫声不用,其中所列仙吕、黄钟、正宫、中吕、南吕、道宫,但可呼之为"调",而不可呼之为"宫"。然惟南曲有之,变之最晚。

照《曲律》的说法,十三调既尽去宫声不用,则九宫自当尽去调声不用,南曲应有二十二宫调了。然隋唐燕乐二十八调,自北宋乾兴(1022)以来,即把七角一均(大石角、高大石角、双角、小石角、歇指角、林钟角、越角),及三高调(七宫中的高宫、七商中的高大石、七羽中的高般涉),废置不用;又缺去七羽中的正平一调;仅存六宫十一调(见《宋史·乐志》),即上文所说的十七调,哪里会有二十二宫调呢?况且燕乐二十八调,不用黍律,以琵琶为标准。七宫一均,即琵琶的第一弦,止有七宫,哪里会有九宫呢?燕乐二十一调中,更无正宫调、道宫调之名;虽有南吕调,然实为高平调的异名(见《补笔谈》、《宋史·乐志》),今《十三调谱》既有《南吕》,又有高平,岂非变成重复了么?宫调二字,严格说来是有区别的。十二律与宫声相乘叫做"宫",与商、角、羽等相乘叫做"调"。然自唐以来往往二字混用,如《乐府杂录》云:

去声①宫七调：第一运正宫调，第二运高宫调，第三运中吕官，第四运道调官，第五运南吕官，第六运仙吕官，第七运黄钟官。

这里不但称七宫为"七调"；而且为了调名整齐，都凑成三字，故在正宫、高宫下都加上一个"调"字，叠用"宫调"二字。所以《十三调谱》应该兼宫而言，《九宫谱》应该兼调而言；是不同时代的两部曲谱，不是一"宫"一"调"的分类曲谱；而且《十三调谱》应远在《九宫谱》之前；《曲律》的话是完全错误的。

最后谈谈《十三调谱》与《九宫谱》的两个目录。明蒋孝《九宫谱自序》云：

> 适陈氏、白氏出其所藏《九宫》、《十三调》二谱，余遂辑南人所度曲数十家，其调与谱合，及乐府所载南小令者，汇成一书，以备词林之阙。（见明沈自晋《南词新谱》卷首转载）

《曲律·论调名》第三引《蒋氏旧谱序》也云：

> 《九宫》、《十三调》二谱，得之陈氏、白氏，仅有其目而无其辞。蒋为辑古戏及散曲，合数十家，每调各谱一曲。

这两个目录，疑心与天历两谱同出一源，可能是明以前的钞本。现在虽见不到天历谱，《九宫正始》即在天历谱的基础上增订而成，从这里还可以窥测天历谱的一斑。《十三调谱目录》见《曲律·论调名》第三转载，题作《十三调南曲音节谱》；《九宫谱目录》见蒋孝《旧编南九宫谱》。试把《九宫正始》的《九宫》、《十三调》两部分目录，与这两个目录对照一下，出入不大。一个较大的差异，就是宫调次序排列不同，列对照表如下：

---

① 《乐府杂录》以平、上、去、入凑合羽、角、宫、商，故这里称"去声宫"，实在是没有道理的。

次序＼书名＼宫调	黄钟宫	正宫	大石调	仙吕宫	中吕宫	南吕宫	商调	越调	双调	羽调	道宫	般涉调	小石调	商黄调	高平调	仙吕入双调
正始十三调	1	2	3	4	5	6	7	8	9	10	11	12	13	14	15	
十三调目	3	6	7	1	8	11	4	13	15	2	10	9	14	5	12	
正始九宫	1	2	3	4	5	6	7	8	9							10
九宫目	5	2	8	1	3	4	7	6	9							10

其实这种排列次序,都与燕乐不合①。《十三调》、《九宫》两目,尤其凌乱,盖虽与"天历"谱同出一源,展转传钞改窜,致有此现象。这种次序先后,关系虽不大,然后来曲谱受其影响,对宫调的排列,不是始《黄钟》,就是始《仙吕》,不外上述的两种方式。

二、九宫正始与九宫十三摄南曲谱

《汇纂元谱南曲九宫正始》,明徐于室、钮少雅编撰;戏曲文献流通会据清初钞本影印本。于室,名迎庆,字庆卿,于室当是其号②。松江华亭人。大学士徐阶孙元普之子,中书舍人。天启五年(1625),得天历《九宫》、《十三调》二谱,始招钮少雅共辑曲谱。崇祯九年(1636)春,历时十二年,凡七易稿,犹未成书而于室卒。临终,以未成之业托钮少雅(据钮少雅《九宫正始·自序》、《康熙

---

① 照燕乐的次序,应是:正宫、中吕宫、道宫、南吕宫、仙吕宫、黄钟宫、大石调、双调、小石调、商调、越调、般涉调、高平调、羽调。

② 钮少雅《九宫正始·自序》云:"徐公者,字子室,讳庆卿。"庆卿似乎是名非字。不过我们看《光绪华亭县志》卷十四《人物·徐阶传》,他还有个曾孙叫有庆,正和迎庆相合,或许后来改名庆卿也未可知。于室,《九宫正始》卷首署名及诸人序文俱作子室,盖形近而误。《北词广正谱》卷首署名,及《康熙松江府志》俱作于室;吴伟业《北词广正谱序》则作於室。案:汉焦延寿《易林》卷十《解》之《暌》云:"载庆南行,离我室居。"盖取迎庆于室之义,是以作"于"为是。

松江府志》卷五十《艺文》、《光绪华亭县志》卷二十《艺文》）。少
雅，当是其字，而名无考，号苟溪老人；苏州长洲人①。万历十六年
（1588）左右，至昆山，学曲于张新。张新，也是魏良辅的一派，当
时称为南马头曲②。数旬之后，因事回里。张新介绍他的得意弟
子长洲吴苟溪给少雅，少雅从学三年而吴苟溪卒。又与前辈曲家
任小泉、张怀仙晨夕研磨，曲艺日益进步，渐渐登良辅之堂。于是
出而问世，先后在武陵、黄海、荆溪、魏塘教曲二十年；回里之后，
又在郑、郭、徐三家教曲九年；而少雅已年近六十了。乃闭门谢
客，为终老计。不意又遇徐于室之招，共订曲谱。于室卒后，由少
雅独任其事，至崇祯十五年（1642），始得脱稿。然未尽惬心，又细
加修改，直至隆武元年（清顺治三年、1646），才成定稿。计前后共
经二十二年，易稿九次，其时少雅已八十八岁了③。徐、钮合编《九
宫正始》外，尚有北曲谱一种。此稿大概因为少雅年老，无暇兼
顾，交给戏剧家李玉改订，就是现在流传的《北词广正谱》。至于
少雅个人所作审音辨律之书颇多，惜所传者仅《格正牡丹亭》一种
而已。（据钮少雅《九宫正始自序》、李玉《北词广正谱》、胡介址

---

① 《九宫正始》卷首署云："云间徐子室辑，茂苑钮少雅订。"《北词广正谱》署云："华
亭徐于室原稿，茂苑钮少雅乐句，吴门李玄玉更定，长洲朱素臣同阅。"于室名迎
庆，玄玉名玉，素臣名𬀩，诸人都用字，决无少雅独独用名之理，故知少雅也是字。
茂苑即长洲，《文选》卷五左思《吴都赋》云："佩长洲之茂苑。"故以茂苑代长洲。

② 钮少雅《九宫正始·自序》云："则有张氏五云先生，字铭盘，万历丁丑（五年、
1577）进士。"明张大复（不是作曲谱的张大复）《梅花草堂笔谈》卷十二"昆腔"条
云："而取声必宗伯龙氏（梁辰鱼），谓之昆腔。张进士新勿善也，乃取（魏）良辅校
本，出青于蓝，……往来唱和，号南马头曲。其实裒律于梁，而自以其意稍为均节。
昆腔之用，勿能易也。"这里的张新，即是张五云：同为万历间昆山人；同为进士；且
《礼记·大学》云："汤之《盘铭》曰：'苟日新，日日新，又日新。'"名新，故字铭盘；
五云当是其号。

③ 案：冯旭《九宫正始序》作于顺治辛丑（十八年、明永历十五年、1661），云少雅其时
年九十二岁；姚思《序》作于顺治丙申（十三年、明永历十年、1656），云少雅其时
八十八；都与钮少雅《自序》不合。今以《自序》为准。

《格正牡丹亭题辞》)

《九宫正始》费了二十二年时间,易稿九次,可见其郑重将事,与草草成书者不同。第一,取材宏富,选释精审。上文已经说过,《九宫正始》是以天历二谱为基础的;此外更有《骷髅格》、《乐府群珠》、《传心要诀》、《遏云奇选》、《凝云奇选》等类,都是当时不经见的书;其他剧本更不必说了。谱中所列举,一调往往有多至七八体、十余体者。盖不广征博引,不能尽曲调之变,使人知其一而不知其二。本书不仅能博,而且能精。其卷首《臆论》"精选"条云:

> 兹选俱集大(天)历、至正间诸名人所著传奇数套(套数),原文古调,以为章程,故宁质毋文。间有不足,则取明初者一二以补之。至如近代名剧名曲,虽极脍炙,不能合律者,未敢滥收。

这样做是合理的,倒不是厚古薄今。一般说来,宋元剧本都出书会才人之手,他们接近艺人,深通格律,故所作无不合律之曲。到了明朝,书会解体,士大夫参加写作的日多,他们对于格律,往往一知半解,所作遂多逾越规矩。非以宋元之曲为标准,就不能揭发明曲的谬误。

第二,详考时代,严分正变。一般曲谱,对于作品时代往往不甚注意:有误宋元戏文为明人散曲的,有误明人传奇为宋元戏文的。作品的时代混淆,就不能分别哪一体是初起的正格,哪一体是后起的变格。只是机械的罗列着又一体,又一体,使人眼花缭乱,无所适从。本书不但征引作品详注时代,罗列格调正变分明;而且还能照顾到实用。如册一《黄钟》《画眉序》共举五格:首曲引宋元戏文《赵氏孤儿》首句三字体,次曲引宋元戏文《西厢记》首句五字体,然在元朝首句五字者实为常用之格,明人始习用三字者,不再知有五字一格,这里为了照顾明人的习惯,故首列《赵氏孤儿》体，而《西厢记》体次之；三、四两格都引明散套首句六字者，而两格的六字句法又有不同，三格为六字三三句，四格为平常六字句；五格引元散套，首句仍五字，而次句变为八字两截句法，此又承第四格而来，四格的次句也是如此。本书一调数格者，都是这样安排得秩序井然，也并不硬性规定依照年代的先后。

第三，实事求是，不妄窜改。本书写作态度极为严肃忠实，凡原本中有误夺之处，悉为拈出；然无证据，从不随意增补。如：

册三《仙吕》《傍妆台》"见著你□□□"，注云："遗三字，不敢妄补。"

册四《中吕》《鹘打兔》"梅□绽"，注云："'梅'字下脱一平声字。"

册五《南吕》《琐窗寒》"□多劳顿"，注云："'多'字上脱一字，疑是'许'字，未敢妄补。"

又，《红衫儿》"正值凄凉□时运"，注云："'时'字上原脱一字，俟续（补）。"

至于对前人曲谱的任情妄改，一一加以纠正。为避免烦琐，不再举例。

本书当然也不能没有缺点。上文已经说过，钮少雅学识不高，疏于史实，遂迷信《曲律》的话，以为《十三调谱》中是没有宫的，《九宫谱》中是没有调的，所以把两谱严加区别，没有把它们并合起来，这是一个缺点。相信《骷髅格》荒谬无稽的曲牌名考证，贸然引用，这是又一个缺点。他所见的天历《十三调谱》所征引，应该都是宋人的作品，但是因为他不知宋朝已有戏文，在谱中都一律注上"元传奇"；而且并未说明哪是天历谱原有，哪是他所增补；遂使后人难以辨别孰宋？孰元？照现在研究戏剧史者看来，也是一桩损失。虽然，有较高学术修养的士大夫，他们的言论尚且粗枝大叶，谬误百出。钮少雅以一个曲师，审音辨律，不但能纠正前人之误，而且能发前人所未发，精义叠见，为士大夫所不逮，实属难能可贵，又何必对他过分吹求呢？

《寒山堂新定九宫十三摄南曲谱》，清张大复编撰。大复，一云名彝宣，字星期，也作星其、心期，号寒山子；苏州吴县人。寄居阊门外寒山寺，好填词，不治生产，也颇知释典。与钮少雅、李玉、冯梦龙等，都有往来。所作除曲谱外，尚有《如是观》、《天下乐》、《醉菩提》等传奇二十八种，《万寿大庆承应杂剧》六种。（据宝敦楼本《传奇汇考标目》、《寒山堂曲谱》卷首《谱选古今传奇散曲集总目》、清高奕《新传奇品》、黄文旸《曲海总目提要》卷二十一）

现在所知道的张大复曲谱，凡有三种，都是钞本，而且都残缺不全：

> 《词格备考》　存一册　浙江省图书馆藏本
> 《寒山曲谱》　存四册　北京大学图书馆藏本
> 《寒山堂新定九宫十三摄南曲谱》　一种存六册　原为李盛铎木斋旧藏、今下落未详一种存三册　傅惜华碧蕖馆藏本

第一种不称"曲谱"而称"备考"；内容也很简略，似是沈璟《南九宫谱》的节本；也许当时他还没有修谱的意图，录此不过供自己作曲时的参考。这仅是曲谱的前奏。第二种《寒山曲谱》，规模比第一种大，开始接触到宋元南曲的原始资料。（第一种里虽间有戏文，是从前人谱中转引的。）其第三册南吕《寄生子》下注云：

> 《寄生子》，旧谱有其名而无其文，近从子犹冯先生遗书所得。味其词，恐非元人手笔，识者辨之。予偶游云间，寓寄僧舍，偶得散曲一册，皆蠹损不全。内有一套题是《司马相如传》，有《香遍满》、《误佳期》等曲。曲内有《俊孩儿》一词，句法古朴。

案：徐于室修谱的资料，不知何时有部分遗失，大都为冯梦龙所得

（详下节《墨憨斋词谱》条）。这里"冯先生遗书"，当然也有些徐于室的资料在内；至于云间，正是徐于室的家乡，僧寺散曲自然也是他家散失之书无疑。但是另一方面却又受了沈璟一派曲谱（沈璟《南九宫谱》、沈自晋《南词新谱》）的影响，征引了许多近代人的作品：如李玉的《永团圆》，冯梦龙的《新灌园》，范文若的《梦花酣》，吴炳的《绿牡丹》之类的戏曲；王伯良（王骥德），鞠通生（沈自晋），沈子勺（沈瓒），杨景夏（杨弘）之类的散曲；有些简直就是从《南词新谱》上转录过来的。不但如此，他也学习了沈璟、沈自晋的习气，把自己的作品列入谱中：如《如是观》、《獭镜缘》、《海潮音》、《井中天》等戏曲，及署名张彝宣、寒山子等的散曲。后来见解有了进步，向钮少雅看齐，觉得这样做法不对，便自己把它否定了。所以这还是曲谱的初稿。第三种《九宫十三摄南曲谱》大概是认识钮少雅，见到《九宫正始》之后才改编的，所以受钮氏的影响很深。他的态度转变得和钮少雅完全一致，曲谱卷首《凡例》第二条云：

> 此谱不以旧谱为据，一一力求元词；万不获已，始用一二明人传奇之较早者实之。若时贤笔墨，虽绘采俪藻，不敢取也。

和上文所引《九宫正始·臆论》"精选"条，简直完全相同。他不但思想方面受到钮氏的影响，资料方面也获得钮氏的帮助，如曲谱卷首《谱选古今传奇散曲集总目》所载；

> 《唐伯亭》下注云："此本从里丈钮少雅处假来，前明内府官钞也。"
>
> 《席雪餐毡忠节苏武传》下注云："与前《牧羊记》不同，今多混为一。此亦钮丈所假。"
>
> 《开封府风流合三十》下注云："此亦钮丈钞本。"

此外如《张资传》、《子母冤家》，借自李玉；《王仙客无双传》，得自

冯梦龙;《裴少俊墙头马上目成记》出自李开先。计《总目》所列
凡七十种之多,资料不可谓不丰富。然从功力方面看来,这部曲
谱重新改编,事属草创,远不及《九宫正始》的严密细致。谱名不
称"十三调"而称"十三摄",这也是好奇之过。案:所谓"摄",并
非宫调。《九宫正始》据天历《十三调谱》转录其"六摄"云:

> 赚犯、摊破、二犯、三犯、四犯、五犯、六犯、七犯、赚、道
> 和、傍拍,右已上十一则,系六摄,每调皆有因。

钮少雅解释云:

> 沈(璟)谱曰:"六摄皆有因,吾所不知。"余臆解云:"六
> 摄者,疑二犯至七犯,共六项也;云'有因'者,如中吕·赚犯
> 因《太平令》,如正宫·摊破因《雁过声》,如仙吕·道和因
> 《排歌》,如中吕·傍拍因《荼蘼香》也。不知是否?

这种古法久已失传,尚律如沈璟,精律如钮少雅,犹被难倒。我们
固不应穿凿附会,强不知为知。况此"六摄",《九宫正始》列于《十
三调谱》卷首,《十三调南曲音节谱目录》则每宫调之首都有之,
"摄"字不等于宫调甚明。故应该称"十三调",不应称"十三摄"。

三、南九宫谱及其支裔

《增定查补南九宫十三调曲谱》,明沈璟编撰;明文治堂刻本,
明程明善《啸余谱》本,北京大学石印本(即据《啸余谱》本)。沈
璟,字伯英。一字聃和,号宁庵、词隐生;苏州吴江人。万历二年
(1574)进士,授兵部主事;官至光禄寺丞。十七年(1589),辞官回
里。三十八年(1610)卒,年五十八。所作除曲谱外,戏曲有《属玉
堂传奇》十七种,流传的仅《红蕖》、《埋剑》、《双鱼》、《义侠》、《桃
符》、《坠钗》、《博笑》七种;散曲有《情痴寱语》、《词隐新词》、《曲
海冰青》;此外尚有《遵制正吴编》、《唱曲当知》、《属玉堂稿》等。

（据《乾隆吴江县志》、《曲律·杂论》第三十九下）

沈璟自从辞官回里，家居二十余年，专心词曲。眼看当时作曲者往往不守格律，提出了严守格律的主张；又见一般文人喜欢堆砌典故，雕琢辞句，又提出了崇尚本色的主张；可说是对症下药，基本上是完全正确的。在沈璟倡导之下，有不少人附和他，隐然成为一个流派，就是所谓吴江派。崇尚本色与本文无关，可以不谈，只谈谈他的严守格律。在贯彻这个主张的时候，却做得不够好：第一，过分重视格律。他曾这样说过：

> 宁协律而词不工，读之不成句，而讴之始叶，是曲中之工巧。（吕天成《曲品》卷上引）

甚至严守格律到不顾作品的内容，"读之不成句"也不妨，这样哪里会有好作品呢？所以汤显祖批评他说：

> 如必按字摸声，即有窒滞迸拽之苦，恐不能成句矣。（《玉茗堂全集·尺牍》卷四《答吕姜山》）

其次，他的编撰曲谱，目的原在示人以作曲的准绳。当时果然有不少人恭维他，吴江派内的人不必说，如徐复祚也云：

> 至其所著《南曲全谱》、《唱曲当知》，订世人沿袭之非，铲俗师扭捏之腔；令作曲者知所向往，皎然词林指南车也。（《三家村老委谈》）

但这是皮相之谈，所以汤显祖又说：

> 且所引腔证，不云"未知出何调"、"犯何调"，则云"又一体"、"又一体"。彼所引曲未满十，然已如是，复何能纵观而定其字句音韵耶？（《尺牍》卷三《答孙俟居》）

汤氏的话都能切中其病。他的曲谱既是缺点很多，作为作曲的准绳，自然不正确的地方也很多。

　　沈璟之谱，是以蒋孝《旧编南九宫谱》为基础的。蒋孝，字惟忠，常州武进人，嘉靖二十三年（一五四四）进士。自得陈、白二氏所藏的《九宫》、《十三调》二谱目录，为取古戏及散曲，仅将《九宫谱》每调各谱一曲（有么篇的全书仅九调），而《十三调谱》依然有目无辞（见《曲律》、《蒋氏旧谱序》）。他的写作态度是很草率的，也不问原始资料的是否可靠，也不问曲调的是正格还是变格，胡乱找到一支曲子就算。而且错误不少，如卷一引宋元戏文《西厢记·河传序》，不但曲牌误题作《聚八仙》，而且把一曲误分为两曲；卷二引失名元戏文《三字令过十二桥（娇）》，误连下曲《四边静》统作一曲。沈璟增改蒋谱，另一方面，取《十三调谱目录》中有曲可查者，一并补入。沈氏的改订，动辄称古本如何如何，其实他所依据者和蒋氏一样，也都是坊本，除了仅有的一部成化（1465—1487）间刻本《百二十家戏曲全锦》之外。所以徐于室叹息说：

　　　　我明三百年，无限文人才士，惜无一人得创先人之藩奥者。且蒋沈二公，亦多从坊本创成曲谱，致尔后学无所考订。（钮少雅《九宫正始·自序》）

蒋沈眼不见宋元的戏曲资料，所以蒋孝仅谱《九宫》，还懂得知难而退；沈璟兼谱《十三调》，就有些不自量力。盖时代愈古，资料愈少。《十三调》乃宋人的曲谱，沈璟所掌握的资料当然不够运用。所以他谱的曲调，不完不备，还差得很远。如《黄钟》、《道宫》全缺，《羽调》、《小石》缺慢词，《般涉》缺近词，其他宫调也仅少至一、二调，多不过四、五调而已。

　　沈璟又染上了一般明代文人粗枝大叶的习气，研究问题不能细致深入，所以他的考订工作也很粗糙。有许多地方承袭了蒋谱的错误，没有加以改正；甚至有些地方蒋谱原来不错，反而把它改错了。如卷十四引"《拜月亭·降黄龙》："做夫妻，相呼厮唤，怎生恁消。"案：恁消，蒋谱卷五、《九宫正始》册一黄钟引俱作"任消"。任即是消，谓任受、消受，同义叠用。元人习用"消任"，这里为了协韵，故作"任消"，与跷蹊作蹊跷同例。大概沈璟不解"任消"之义，为坊本《拜月亭》所误，改作"恁消"，不知其义反而难通。总之，蒋沈掌握资料既不够全面，又草率从事，《九宫正始》出，纠正他们的错误一百余条。约略言之，不外三端：一，奉坊本俗钞为秘笈，以讹传讹，不知辨正；二，不尊重客观资料，粗心大意，任意删改；三，不穷源竟委，但逞胸臆，凭空武断。这些在拙作《谈吴江派》一文（见《中华文史论丛》第三辑）中已经提到过，不再赘述。

　　当然，沈璟谱也不是一无可取，有些地方也确曾下过一番功夫的。如上述蒋谱引《西厢记·河传序》的错误，沈璟已完全把它纠正。又如蒋谱卷五引《拜月亭·刮地风》，沈谱卷十四袭用了这支曲子，并案云：

　　　　奈《旧谱》将"甚"字改作"恁"字，又将"干戈"以后另打一圈，则又似别分一曲矣。殊不知不甚争，犹言"争不多"，即如今人言"差不多"，有何难解而改之哉？

并把蒋谱误分二支加以纠正。又如：

　　　　此调今皆用于《催拍》后，而不知用于《三字令》后，尤妙！（卷四《一撮棹》下注）
　　　　第一句若第一、第二字用平声，则第四字亦可用上声；若第二字欲用仄声，则第四字切不可仄也。（卷十四《赏宫花》下注）

此等见解，也都是正确的。然总的看来，瑜不掩瑕，不妨可以分别对待它。

　　《墨憨斋词谱》明冯梦龙编撰
　　《广辑词隐先生南九宫十三调词谱》（简称《南词新谱》）
　明沈自晋编撰　清初不殊堂刻本　北京大学影印本

　　《九宫谱》明吴江沈璟辑　　嘉定吴尚质补（据《楝亭书目》原注）

　　《九宫谱定》明查继佐、高□□编撰　　清初金阊绿荫堂刻本

　　《钦定曲谱》清王奕清等编撰　　殿本　　扫叶山房影印本

以上五种都是沈璟《南九宫谱》的支裔。第三种吴尚质谱，《楝亭书目》说它有二十六卷、八册之多，资料想必相当丰富，未见传本，姑弗论。冯梦龙谱也已失傅，有拙辑一种，见《中华文史论丛》第二辑。

　　冯梦龙和沈自晋，同是吴江派中人物，他们的修谱同以沈璟谱为基础；然而因为两人的见解不同，所掌握的资料不同，两人的态度正相反，成果也正相反。冯氏是爱好民间文学的人，自然同意沈璟的本色主张，他曾批评范文若的作品说：

　　人言香令（范文若字）词佳，我不耐看。传奇曲只明白条畅，说却事情出便觳，何必雕镂如是。（《南词新谱》卷首《凡例续纪》）

而沈自晋是喜欢雕章琢句的，不同意冯氏的看法，说道：

　　此亦从肤浅言之，要非定论。愚谓以临川（汤显祖）之才，而时越于幅，且勿论。乃如范，如王（王骥德），以巧笔出新裁，纵横百变，而无逾先词隐之三尺。固当多取芳模，为词坛鼓吹。（同上）

冯氏在修谱时，获得了部分徐于室所藏的古戏和他的论曲稿件；而沈自晋却收罗了沈氏一门——伯叔、兄弟、子侄、甚至侄孙，以及亲戚、朋友等四五十人的作品。故冯氏能实事求是，探讨曲调的源委正变，纠正了沈璟谱的若干错误；而沈自晋却在选择合乎他雕琢胃口的巧笔新裁，他是用编写曲选的方法来修谱，目的是为了标榜他的一门风雅。冯氏死后，遗嘱把《墨憨斋谱稿》和修谱

资料送交沈自晋,他看到徐于室的论曲稿件,说:

> 来籍中,得华亭徐君所录古曲若干,辨论颇析。予虽不甚解徐君论古意义,然亦间取其合格而可备用者,入谱以资今云。(《南词新谱·凡例续纪注》)

可见他还没有懂得修谱必须穷源竟委,以尽曲调的变衍,故云"不甚解徐君论古意义"。所以沈自晋谱,除了引用徐于室、冯梦龙二家之说外,简直毫无创见,不但不能纠正沈璟谱的错误,而且有些地方愈改愈错。如沈璟谱卷四引宋戏文《张协》醉太平,把它误分为两支,注云:"此别是一调,当以小醉太平目之。"不知《张协》乃是戏文早期的作品,曲调之古没有更古于此了。不说是醉太平的祖调,而以"小"目之,岂非本末倒置?然沈璟不过有此说,曲牌名未改。到了沈自晋,却悍然把它改为小醉太平了。尤其可笑者,下面又新收了一支他从弟自继的太平小醉,就是醉太平犯小醉太平。现在已知小醉太平为醉太平的祖调,岂非变成醉太平犯醉太平了?一误再误,何异在说梦话。

《墨憨斋谱》仅修订至《仙吕入双调·惜奴娇》为止,尚有最后一小部分没有完成,沈自晋采录了一小部分之后,不再付刻,仅此稿本,可以断言。康熙五十九年(1720),胤禛作《南词定律序》,虽曾提到此书,然《南词定律》中凡四见,都是转引他书的话①,可见并没有见到原书,大概其时早已散失了。冯梦龙谱能够不同于沈自晋,获得较好的成果,主要是徐于室稿件对他的影响。从拙编的

---

① 《南词定律》卷二《雁过声》下注云:"此曲,张(大复)谱以"昨宵际晚时"(《杀狗记》)为《雁过声》正体,注云:"墨憨先生题为《雁过声》,予录之而疑焉……。"又卷四《蛮江令》下注云:"此曲,谭(儒卿)谱注云:'冯(梦龙)以此曲与《月儿高》同,删之。'"又《雁儿》下注云:"此曲,谭谱注:'……冯云:曲中有雁儿,即名《雁儿》可也。甚妙!'"又卷六《好孩儿》下注云:"谭谱与前曲(《好花儿》)有注云:'此曲原名《好孩儿》,冯以为误,改今名。'"

辑本看来,约有三分之一与《九宫正始》相同。而且当时徐、钮二人因为失去了这批资料,在《九宫正始》中,册十《般涉·耍孩儿》下,《小石·莲花赚》下,都注着"缺"字,有目无辞。而沈自晋谱反得据冯谱、徐稿补入此两曲曲辞。所以冯氏《墨憨斋谱》,虽属沈璟谱的支裔,实际已超越沈璟谱,而接近《九宫正始》一派了。

《九宫谱定》,刻本原署东山钓史、鸳湖逸者合编。我们晓得东山钓史即查继佐;鸳湖逸者,据清沈起《查东山年谱》附刻刘振麟、周骧《东山外纪》云:"与同社禾中高公,有《订正九宫谱》行世。"鸳湖、禾中都是嘉兴,二者正合,其为高公无疑,惜名不可考。此谱即据沈璟谱加以删节,所收曲调无出沈璟谱外者,盖目的在求实用,较冷僻的格调一概不收。其实无论用以读曲,作曲,都远远不够的。曲辞出处,往往笼统注上"传奇"二字,且常有误注处。然宫调不首仙吕而首黄钟,又显然与沈璟谱不同,或许是受了《九宫正始》一派的影响。

惟此书也有两个优点,不应抹杀,必须特别提出来谈一谈:第一,《九宫》和《十三调》的合并。照现在流传的明清南曲谱看来——残本、辑本除外,能够懂得《九宫》和《十三调》不是"宫"、"调"对立的两种曲谱,而把它们并合在一起,本书是第一部。第二,卷首总论的特色。本书卷首总论,不但把引子、过曲、尾声、换头、犯调、务头等等,作扼要的说明;而且还讲到曲牌的节奏、声情,联套的方法,赚曲的运用等等;为从来曲谱所无。一般曲谱,所讲的不过句法、四声、用韵而已。如论曲牌声情云:

> 凡声情既以宫分,而一宫又有悲欢、文武、缓急、闲闹各异其致。如燕饮、陈诉、道路、军马、酸凄、调笑,往往有专曲,约略分注第一过曲之下。然通彻曲义,亦可弗以为拘也。

语虽不多,颇切实用。

《钦定曲谱》乃是官书,康熙五十四年(1715),王奕清等奉清帝玄烨的命令编撰的。兼收南北曲，凡北曲四卷，南曲八卷，附南曲"失宫犯调"一卷。其实全根据《啸余谱》，北曲部分即明朱权的《太和正音谱》，南曲部分即沈璟的《南九宫谱》。本书不过略加删节，只好说是钞录，不能说是编撰。这南北两谱，错误都很多，明朝程明善合刻《啸余谱》时，李玉的《北词广正谱》、钮少雅的《九宫正始》等都没有成书，犹还可说。王奕清等生在李、钮之后，不应因陋就简，仍沿袭《啸余谱》之误。也可见官书的不可靠了。

末了再谈谈一部与沈璟谱系统有关系的曲谱，就是《南九宫谱大全》。原署："吴江鞠通生沈自晋重定，燕越种花翁胡介祉增补。"稿本，存六册。此书在抗日战争时，毁于敌人空袭轰炸，现在略述它的概况如下：

　　第一册　正宫犯调不全
　　第二册　中吕引子全、过曲全、道宫引子全　过曲全、犯调全
　　第三册　中吕犯调全
　　第四册　般涉引子全、过曲全、犯调全　《商调》犯调不全
　　第五、六册　南吕犯调全

卷端有"珊瑚阁珍藏印"，知是纳兰性德故物。案：康熙五十九年（1720），杨绪《新编南词定律序》云：

　　忆三十载前，薄游山左。时随园胡公为廉使，听谳之暇，征歌选音。遂博采诸家旧谱，斟酌考订，泱岁而成书，曰《随园曲谱》，藏为秘笈。绪时留连衙署，忝与校阅，因得乞其全稿而归。

则胡介祉的谱名《随园曲谱》，与本书名称不同；就使当它是一书，然纳兰性德卒于康熙二十四年（1685），其时《随园曲谱》恐怕还未

着手修订，又怎能经他收藏呢？或者《南九宫谱大全》是胡介祉的初稿，以沈自晋谱为基础，所不同者，把正曲和犯调分别排列，把沈氏一门及亲戚、朋友的不知名作品大量剔除；而《随园曲谱》则是后来重订之稿，未见原书，情况不详。

四、南词定律与九宫大成

这两种曲谱，都是在上述两派之外的。它们时代较迟，前人的许多曲谱，可以广征博引，择善而从，照理能够做到尽善尽美，后来居上。然案诸实际，还是瑕瑜互见，不够理想。大概因为是官书的缘故。

《新编南词定律》，清吕士雄、杨绪、刘璜、唐尚信合编；内府刻本。卷首有康熙五十九年恕园主人序，恕园主人就是后来的雍正帝胤禛，可见他们四人虽不做官，却是贵族阶级的门客，是帮闲文人；他们的修谱，也必出于胤禛的授意，无异于钦定的官书；自然缺乏实事求是的精神。本书的优点，不但采取了《九宫谱定》的主张，把《九宫》、《十三调》合而为一；而且把《仙吕入双调》取消，所有曲牌分隶于《仙吕》、《双调》之下。然而缺点不少，对于作品出处，随意乱注。如卷三的《蓬莱仙》，卷八的《木兰花》、《俊孩儿》，卷十的《三台令》，都引宋元戏文《司马相如》之曲，都误注《绿绮》。又如卷二引宋元戏文《王仙客·双鸂鶒》，卷六引宋元戏文《子母冤家·四园春》，都误注"散曲"，而卷五引宋元戏文《王祥·沙塞子》二支，一支注"散曲"，一支注"古曲"。盖他们都不知道宋元已有戏文，仅知明人有传奇而已，对于戏文弄不清楚，姑且不要说它。然卷八的《奈子宜春》、《太师垂绣带》，卷九的《醉侥侥》、《金风曲》，卷十的《猫儿出队》，引的都是沈璟的《十孝记》，应该不会弄错了，而都误注作《卧冰》——即《王祥》。可见他们写作态度的不严肃。这是其一。以讹传讹，安于现状。如卷四引《拜月亭·大斋郎》，注云：

> 此曲第五句"要无违碍"，明系话白。若去此四字，恰好与正体同。但行之已久，不便即为改削，姑仍其旧。

不知此是增句变格，"要无违碍"倘系话白误作曲文，如何会用韵呢？论断完全错误。这且不论。既断定它是话白误作曲文，便应改正；不能因它行之已久，因循不改。又如卷十引《浣纱记·金井水红花》，注云：

> 此曲诸谱及作家皆为《金井水红花》，然实全无取意。即《梧蓼金罗》之名，虽为切当，然行之已久，不必返古，莫若从俗为便。

这里说"诸谱及作家皆为《金井水红花》"，即不符事实。此调《九宫正始》册八据元谱原题叫《金罗红叶儿》，并注云："又名《金井梧桐花皂罗》①，俗作《金井水红花》。"蒋孝谱作《金水梧桐花皂罗》；沈璟谱卷十七始改名《梧蓼金罗》，而《沈自晋谱》、《钦定曲谱》从之；诸谱何尝皆作《金井水红花》？姑不论《梧蓼金罗》之名是否"切当"，此名出于沈璟，而《金井水红花》一名在沈璟之前，下文却云"不必返古"，时代先后也相倒置。总之，研究学问在辨别是非，是则虽属新创也必遵从，非则虽"行之已久"也必改正。不应以讹传讹，骫骳从俗。这是其二。深闭固拒，不能接受新说。如《九宫正始》册八《犯衮》下注云：

> 时谱（沈璟谱）曰："细查旧曲，凡《风入松》或一曲、或二曲，其后必带此二段，今人谓之《急三枪》，未知是否？不敢遽定其名也……"若然，时谱亦在疑信之间也。但今歌者无不实

---

① 案：井当作"水"，这里当涉下句"金井"而误。此曲集《江儿水》、《梧叶儿》、《水红花》、《淘金令》、《皂罗袍》而成，故钮氏云："此调俗名《金井水红花》，'井'字无谓。"既在批评俗名"井"字无谓，决不至自己再犯此误；且蒋孝谱作"水"，可作旁证。

谓为《急三枪》。……后幸得勘元谱，始知此调名曰犯衮。……
况此类不止于犯衮，犹有犯朝、犯欢、犯声等调，皆必间用于
《风入松》套内。比如一朝（犯）衮、一犯朝，即此《蔡伯喈》是
也；或用一《犯衮》、一《犯欢》，元传奇《林招得》是也；或用一
犯衮、一犯声，元传奇《苏小卿》是也；或又二曲皆用犯衮，元
传奇《瓦窑记》是也。

《九宫正始》证据确凿，考订详明，而本书卷四征引了这段话，无凭
无据的说钮少雅：“好奇好怪，而堕于异端。”情愿相信沈璟也不敢
肯定的无稽之谈的《急三枪》。又如本书卷八引《杀狗记·竹马
儿》两支，注云：“此曲已被少雅任意改削增删，……故依坊本收
录。”不知《九宫正始》是根据元谱转录的，比较接近《杀狗记》的
真面目；明代的《杀狗记》屡次经人修改，现在知道的就有五人之
多：徐时敏（见《曲海总目提要》卷五引徐氏《五福记自序》），吕天
成（见《曲品》卷下“能品二”《杀狗》下注），吴中情奴，沈兴白，龙
犹子——即冯梦龙（俱见《九宫十三摄谱·谱选古今传奇散曲集
总目·杨德贤女杀狗劝夫记》下注）；自然已经失去它的本来面
目。《南词定律》不知凭什么理由，不要真的而反要假的，违反了
科学求真的精神。这是其三。总之，思想保守，成见太深，而又粗
枝大叶，致有此病。

《新定九宫大成南北词宫谱》（简称《九宫大成》），清周祥钰、
邹金生编辑，徐兴华、王文禄分纂，徐应龙、朱廷镠参定；内府刻
本，古书流通处影印本。乾隆六年（1741），弘历帝命群臣编《律吕
正义》，以庄亲王胤禄总其事，九年（1744）书成；仍在胤禄的主持
下，续编此书，至十一年（1746）完成，前后仅花三年时间。这也是
一部官书，兼收南北曲，凡八十一卷之多，自来曲谱从没有收罗得
如此丰富的，这是本书唯一的优点。可议之处也很多，如卷首凡
例云：

　　　　今选《月令承应》、《法宫雅奏》(尚有《劝善金科》、《九
　　　九大庆》)作程式,旧谱体式不合者删之。新曲所无,仍用
　　　旧曲。

曲调的排列应自古到今,方能穷源竟委,现在却把当时张照等
所编的供奉内廷之曲为惟一的标准,目的不过在恭维统治者,
失去了修谱的本意。盖他们本来看不起民间的作品的,故凡
例又云:

　　　　谱中所收《杀狗记》、《卧冰记》,文句鄙俚;《拜月亭》差
　　　胜,而用韵亦复夹杂。……不得已而收之。

这是其一。凡例又云:

　　　　旧谱一牌名重用者,皆曰"前腔"。夫腔不由句法相同,
　　　即使平仄同,其阴阳断不能同,何云"前腔"乎?《九宫大成》
　　　称为"又一体"者是。其首句有多字少字处,旧名"前腔换
　　　头",今总称为"又一体"。

固然字的阴阳不同,则腔调也起变化。然变化只限于开头几个
腔,后面的主腔是不变的。如明高濂《玉簪记》第十六出《弦里传
情》(今名《琴挑》),开头四支《懒画眉》第一句的末二字,其腔调
如下:

　　这里上面四字:"华"(音"花")、
"飞"都是阴平,故都用"上";"重"、
"溶"都是阳平,故都用"四上";而主
腔"尺上四合"是不变的。下面四
字:"浓"、"重"、"琼"、"溶"都是阳
平,故都用"合四";而主腔"上尺上
四"是不变的("琼"字下省去主腔是

第一支	第二支	第三支	第四支
華	重	飛	溶
上尺上四合	四上尺上四合	上尺上四合	四上尺上四合

濃合 四 上 尺 上 ㄴ

重合 四 上 尺 上 ㄴ

瓊合 四 上 尺 上 ㄴ

溶合 四 上 尺 上 四

例外①）。虽则每字不是都有主腔；甚至起调有赠板，而次曲无赠板，节奏缓急不同；然而究竟同一曲牌，声情总是很接近的，怎么不应称“前腔”或“前腔换头”呢？况曲源于词，词一般都分上下两片，而曲把两片分成两支。上下两片起句不同，则曲以上片为始调，下片为前腔换头，运用时仍应始调在前，换头在后。现在统称为“又一体”，则不再有始调、换头的区别，岂非换头可以用在始调前了么？这是其二。《九宫大成》又好标新立异，把宫调名称大加更换；且又南北间列，互相对照；现在列表如下：

南曲	仙吕宫	中吕宫	大石调	越调	正宫	小石调	高大石调	南吕宫	商调	双调	黄钟宫	羽调	
北曲	仙吕调	中吕调	大石角	越角	高宫	小石角	高大石角	南吕调	商角	双角	黄钟宫	平调	仙吕入双角

---

① 此字的主腔，在习惯上间有省去的。如清袁于令《西楼记·楼会·懒画眉》第一支“康”字阴平，故谱为四、ㄴ△上×尺上·四。ㄴ—ㄴ；第二支“茫”字阳平，故谱为合、四·△ㄴ上×尺上·四。ㄴ—ㄴ。可是后世把“茫”字也唱作合、四·，和“瓊”字同。《琴挑》的省去主腔，还可说下句“乍听还疑别院风”下有琴声“上尺工尺尺上四”及“妙”字占一板，故把主腔省去，腾出两板来移在下面用。《懒画眉》连赠板凡二十六板，今《琴挑》仅二十五板，在原则上讲是不可以的；但因某种情况变化之下，也不妨稍有出入。而《楼会》的无端省去，就有些说不过去了。

我们晓得南北曲宫调同出燕乐二十八调，原来并无不同。这里把北曲仙吕、中吕、南吕都改为调，而且删去道宫，六宫只剩二宫；而且仙吕、中吕、南吕（又名高平调）三调都是羽声，怎能与南曲仙吕、中吕、南吕三宫声相对照？上文第一节已经说过，七角、三高调自北宋以来早已废止不用，哪里会在清朝重新出现大石角、越角、小石角、高大石角、商角（即林钟角）、双角和高宫、高大石调呢？这里的平调即是正平调，在北宋时也早已失传；而且这些宫调，除黄钟宫外，南北高低不同，也不能相对照的。至于《仙吕入双角》，专收南仙吕、北双角的南北合套，本身并无隶属的曲牌，不成其为宫调，尤属杜撰。这是其三。总之，既乏实事求是之精神，而又好标新立异，弊病之多，不下于《南词定律》。

末了附带谈谈《新定十二律昆腔谱》。此书为清初王正祥编撰；康熙停云馆刻本，暖红室《汇刻传奇附刊》本。此书特点，尽废宫调不用，而以黄钟、大吕等十二律为纲，所有曲调分隶于十二律之下，似乎改革得很彻底。然而今笛止七调，实际吹不出十二调的，不如用今笛七调，统辖所有曲调，岂非更彻底，更切于实用？何必缘饰古律呢？本书优点，对曲牌的搭配方法，言之颇详。把每一律的曲牌分为三类：

　　　　本律联套曲体原注云："以下等曲，止可联套内用，断无单用之处。"

　　　　本律兼用曲体原注云："以下等曲，亦可入联套内用，亦可单用。"

　　　　本律单词曲体原注云："以下等曲，止可单用，不可入联套。"

所谓"联套"，是指某一曲牌只能和其他曲牌联合成套；所谓"单用"，是指某一曲牌只能把它叠用若干支，成为一套，不能和其他曲牌联合成套；所谓"兼用"，则上述两种方法都可以用。在单用一类之后，更附有不入套数的粗曲，专供净丑所用。这为其他曲谱所无。清初人所作尚有一部《曲谱大成》，手头无此书，只好存而不论。

总的看来，钮少雅以一个曲师，而能孜孜不倦，精益求精，获得此优良的成绩。只有贫寒之士，寄宿僧舍，靠编剧为生的张大复，才能接受钮氏的主张；也只有爱好民间文学的冯梦龙，才能受到徐于室的影响，以改进他们的曲谱。冯梦龙虽做过知县，但不久便辞职，对做官并不感兴趣，他的思想还是接近市民阶层的。不象沈自晋，虽不做官，但出身于官僚地主家庭，满脑子封建思想，见到冯谱、徐稿，他毫不动摇，只晓得标榜沈氏的一门风雅。所以官僚阶级、帮闲文人，他们的编写曲谱，目的无非是在装点门面，附庸风雅；或恭维主子，求乞恩赐。只有市民阶层，才是真正的研究者。戏剧本起于民间，也只有人民能负担起研究提高的责任。

一九六三年十二月十九日南京

（原载《南京大学学报》"人文科学"第 8 卷第 2 期，1964 年 6 月）

南曲谱研究

　　明沈璟的《南曲谱》，有明文治堂刻本；"南曲谱"三字乃是简称，其完全的名称叫做《南九宫十三调曲谱》。

　　现在先说他的来源：考明朝南曲的谱，最早有陈氏白氏二家的①《南九宫谱》和《十三调南吕音节谱》，不过这两种都是有其目而无其辞。到了明朝中叶，蒋孝根据古戏和散曲，把他每调各谱一曲。后来沈璟又增补了十分之二三的新调，遂成功现在的《南曲谱》。明王德骥《曲律》一载《蒋氏旧谱序》云：

　　　　《九宫》《十三调》二谱，得之陈氏白氏，仅有其目而无其辞，蒋为辑古戏及散曲，合数十家，每调各谱一曲。迨词隐，又增补新调之未收者，并署平仄音律，以广其传，益称大备。蒋，毘陵人，名孝，登嘉靖甲辰进士，盖好古博雅士也。其书世多不传，恐久而遂泯其人，略志所自。

而王氏又云：

　　　　南词旧有蒋氏《九宫》《十三调》二谱，《九宫谱》有词，《十三调》无词。词隐于《九宫谱》参补新调，又并署平仄，考定讹谬，重刻以传。却削去《十三调》一谱，间取有曲可查者，附入《九宫谱》后。

------

① 《南宫谱》和《十三调吕音节谱》，徐渭附《南词叙录》后，董康氏刊入《诵芬室读曲丛刊》。

照他所说,可见蒋氏的"每调各谱一曲"是只谱《九宫谱》,没有谱《十三调谱》。我们要知道蒋氏为什么不谱《十三调谱》,须先要知道①宋元的南曲和明人的南曲所习用的曲调是不同的。今从名称格律各方面推考起来,《十三调谱》远在《九宫谱》之前。因为《九宫谱》的内容已经和明传奇的名称格律大致相同,而《十三调谱》则和明人迥异。我们知道南曲,除明人的传奇外,只有宋元的戏文;《十三调谱》已不合于明传奇,自然是宋元南戏的谱了。我们再看《十三调谱》称引子为"慢词",称过曲为"近词"犹因袭宋人词的名称。王氏谓沈璟从《十三调谱》中间取有曲可查者,附入《九宫谱》后,今《南曲谱》中所附之曲,其所举诸例差不多都是宋元人的词和曲。据此,可见《十三调谱》的古了,说不定是元朝的东西呢;在明朝既不适用,所以蒋氏没有替他谱曲,只把他的原目附在《九宫谱》之后。现在再把《南曲谱》,和陈、白、蒋诸谱的关系,列图如下:

| 陈氏或白氏《南九宫谱》 | → | 蒋孝《南九宫谱》 | → | 沈璟《南九宫十三调曲谱》 | → | 陈氏或白氏《十三调南吕音节谱》 |

其次讲到《南曲谱》的内容:现在先说《南曲谱》内容和陈、白、蒋诸谱的差异,举例于下:

陈氏或白氏《十三调南吕音节谱》	陈氏或白氏《南九宫谱》	蒋孝《南九宫谱》	沈璟《南九宫十三调曲谱》
《仙吕》②	《仙吕》	《仙吕》	《仙吕》
	引子十五章	引子同上	引子六十六章
	过曲三十六章	过曲四十四章	过曲六十六章

① 关于宋元南戏的种种,请参观拙作《宋元南戏考》,载燕京大学《燕京学报》。

② 《十三调谱》每宫调之下均有"赚犯""摊破""二犯""三犯""四犯""五犯""六犯""七犯""赚""道和""傍拍"等六摄十一则,其法久已失传,和后来诸谱无甚关系,故略去。

（续表）

陈氏或白氏《十三调南昌音节谱》	陈氏或白氏《南九宫谱》	蒋孝《南九宫谱》	沈璟《南九宫十三调曲谱》
	附净曲三章		
	别本附入十章		
慢词十四章			慢词五章
近词廿二章			近词五章
《羽调》			
慢词六章			
近词廿四章			近词八章（附尾声一章）
			尾声决论
《正宫调》（原第六）	《正宫》	《正宫》	《正宫》
	引子八章	引子十章	引子十章
	别本附入二章		
	过曲二十九章	过曲三十五章	过曲五十章
	别本附入八章		
慢词七章			慢词二章
近词廿六章			近词二章
			尾声总论

上面的表：《仙侣》引子十五章，《九宫谱》和蒋谱同；过曲，蒋谱并入《九宫谱》的"净曲"和"别本附入"，又删去五章，得四十四章；沈谱于引子增一章，过曲删二章，增补二十四章，共引子十六章，过曲六十六章。《羽调》在《十三调谱》本独立自成一调的，《九宫谱》和蒋谱都不收，沈谱取近词八章作为《仙吕》的附庸，所以《仙吕》的《尾声总论》放在《羽调》近词之后。《正宫》引子，蒋谱并入《九宫谱》的"别本附入"，得十章；过曲，蒋谱将《九宫谱》的"别本附入"删去二章而并入过曲，得三十五章；沈谱于过曲又增补十五章，共引子十章，过曲五十章。这是各家曲谱的一种沿革，也就足以表示各谱内容的异同。

现在再说蒋、沈二氏所征引的戏曲。《蒋氏旧谱序》谓蒋为辑古戏及散曲云云,所谓"古戏",就是指宋元的南戏,今考《南曲谱》所征引,除宋元明人的词以及散曲外,共有七十九本戏剧,其中宋元南戏差不多占二分之一,明传奇以及无考之曲各占四分之一,分列如下,略次年代,并附考证。

《王焕》一本

> 宋黄可道撰。见元刘一清《钱唐遗事》。案,《永乐大典目录》①戏字韵所收南戏有《风流王焕贺怜怜》,大概就是此种。

《分镜记》一本

> 宋无名氏撰。见元周德清《中原音韵》。案,《大典目》及明徐渭《南词叙录》宋元旧篇均有《乐昌公主破境重圆》,大概就是此种。

《王魁》一本

> 宋无名氏撰。见明叶子奇《草木子》。案,《叙录》题作"王魁负桂英"。

《拜月亭》一本

> 元施惠撰。

《琵琶记》一本

> 元高明撰。

《杀狗记》一本

---

① 《大典目录》见《连筠簃丛书》,其戏字韵所收皆南戏,有《小孙屠》、《张协状元》、《宦门子弟错立身》三种现存可证。元人北杂剧则皆在剧字韵。

元徐畖撰。

《白兔记》一本

元无名氏撰。案,《叙录》作"刘知远白兔记"。已上四种均存。

《卧冰记》一本

案,《大典目》作"王祥行孝",《叙录》作"王祥卧冰"。

《孟月梅》一本

案,《大典目》作"孟月梅写恨锦香亭",《叙录》作"孟月梅锦香亭"。《南曲谱》征引,亦有题"锦香亭"的。

《陈巡检》一本

案,《大典目》作"陈巡检妻遇白猿精",《叙录》作"陈巡检梅岭失妻"。《南曲谱》亦有题"梅岭记"的。

《东墙记》一本

案,《大典目》、《叙录》都作"董秀英花月东墙记"。

《南西厢》一本

案,《大典目》作"崔莺莺西厢记",《叙录》作"莺莺西厢记"。沈氏于所征引之曲下注云,"古曲,非李日华作"。

《唐伯亭》一本

案,《大典目》作"唐伯亭因祸致福",《叙录》作"唐伯亭八不知音"。沈氏注云,"旧曲,非今《犀合记》"。

《张叶》①一本

---

① 案,"叶",即古文"协"字。

案,《大典目》作"张协状元",此种今存。

《孟姜女》一本

案,《大典目》、《叙录》都作"孟姜女送寒衣"。

《玩江楼》一本

案,《大典目》作"柳耆卿花酒玩江楼",《叙录》作"柳耆卿花柳玩江楼"。

《陈叔文》一本

案,《大典目》作"负心陈叔文",《叙录》作"陈叔万三负心"。考无名氏集戏文名①"书生负生心"散套云,"书生负心,叔文玩月,谋害兰英"。亦作"叔文",可见《叙录》作"叔万"误。

《太平钱》一本

案,《大典目》作"朱文鬼赠太平钱",《叙录》作"朱文太平钱"。

《鬼做媒》一本

案,《大典目》作"薛云卿鬼作媒",《叙录》作"薛云卿鬼做媒"。

《郑孔目》一本

案,《大典目》作"郑孔目风雪酷寒亭"。

《张资》一本

案,《大典目》作"张资鸳鸯灯",《叙录》"资"作"孜",盖

---

① "书生负心"套曲,现在仅存四支,见《南曲谱》卷四引。

误。《南曲谱》亦有题作"鸳鸯灯"的。

《诈妮子》一本

　　案,《大典目》作"莺燕争春诈妮子调风月",《叙录》作"诈妮子莺燕争春"。

《李宝》一本

　　案,《大典目》作"金鼠银猫李贤"。考"书生负心"散套云,"陈留李宝,银猫智伏金天神",亦作"李宝",《大典目》作"李贤",盖误。

《刘文龙》一本

　　案,《叙录》作"刘文龙菱花镜"。

《陈光蕊》一本

　　案,《叙录》作"陈光蕊江流和尚"。《南曲谱》亦有题作"江流记"的。

《寻亲记》一本

　　案,《叙录》作"教子寻亲"。《南曲谱》亦有题作"周孝子","教子记"的。以今考之,即明毛晋《六十种曲》的《寻亲记》。

《宝妆亭》一本

《冤家债主》一本

《墙头马上》一本

　　案,《叙录》作"裴少俊墙头马上"。

《司马相如》一本

　　案,《叙录》作"司马相如题桥记"。沈氏注云,"旧传奇,非今《琴心记》。

《进梅谏》一本

案,《叙录》作"赵普进梅谏"。

《刘盼盼》一本

《寻母记》一本

案,《叙录》作"王孝子寻母"。

《刘孝女》一本

案,《叙录》作"刘孝女金钗记"。

《生死夫妻》一本

《林招得》一本

案,《叙录》作"林招得三负心"。

《韩寿》一本

案,"书生负心"散套云,"贾充宅偷香韩寿"。沈氏注云,"传奇,非今《青琐记》也。"

《盗红绡》一本

案,"书生负心"散套云,"宁王府磨勘通神"。

《李勉》一本

案,"书生负心"散套云,"李勉把妻鞭死"。

以上三十二本均宋元无名氏撰。存者仅《张协状元》和《寻亲记》二种。幸有《大典目》《南词叙录》"书生负心"散套,还能确定其为宋元人作品。

《荆钗记》一本

明宁宪王权撰。

《伍伦全备》一本

明邱濬撰。

《金印记》一本

明苏复之撰。

《双忠记》一本

明姚茂良撰

《千金记》一本

《还带记》一本

以上二种均明沈采撰。

《宝剑记》一本

明李开先撰。

《浣纱记》一本

明梁辰鱼撰。

《章台柳》一本

明张四维撰。

《绣襦记》一本

明薛近兖撰。

《玉合记》一本

明梅鼎祚撰。

《明珠记》一本

明陆采撰。

《窃符记》一本

明张凤翼撰。

《风教编》一本

明顾大典撰。

《八义记》一本

明徐叔回撰。

《题红记》一本

明祝长生撰。

《十孝记》一本

《凿井记》一本

《红蕖记》一本

以上三种明沈璟撰。

《高文举》一本

《贾云华》一本

案,《叙录》作"贾云华还魂记"。《南曲谱》亦有题作"还魂记"的。

《新荆钗》一本

案,《叙录》有《王十朋荆钗记》,题李景云编,不知即是此种否?

《新合镜》一本

案,明吕天成《曲品》的《合镜记》大概就是此种。

　　以上四种明无名氏撰。

此外尚有《黄孝子》,《风月亭》,《一夜闹》,《吕星哥》,《风流合三十》,《彩楼记》,《锦香囊》,《牧羊记》,《燕子楼》,《同庚会》,《琼花女》,《韩三筝》,《锦机亭》,《崔护觅水记》,《复落娟》,《琵琶怨》等十六种,有些在别书上从来没有见过的;有些别书上虽间或提及,然仍推求不出他的产生的时代;我想其间一大半说不定也是宋元的作品。现在南戏的传世者,很少很少,我们从《南曲谱》中还可以约略看见一些罢了。

　　　　　　　　　　　　（原载《岭南学报》第一卷第四期）

曲谱考评

乐府混成集　　　　南九宫十三调曲谱　　　九宫正始

南九宫谱大全　　　十三调南曲音节谱　　　北曲谱

清明谱　　　　　　曲谱大成　　　　　　　南九宫谱

墨憨斋词谱　　　　南曲谱　　　　　　　　南词定律

南北九宫谱　　　　南词新谱　　　　　　　北词广正谱

九宫大成南北词宫谱　　　　　　　　　　　太和正音谱

九宫谱　　　　　　谭儒卿谱　　　　　　　十二律昆腔谱

骷髅格　　　　　　九宫谱定　　　　　　　寒山子南曲谱

北曲谱　　　　　　杨升庵谱　　　　　　　六宫谱

北词新谱　　　　　词曲谱　　　　　　　　旧编南九宫谱

北词谱　　　　　　钦定曲谱　　　　　　　南北词简谱

右南北曲谱都凡三十二种，清傅维鳞《明书》卷七十七《经籍志·艺谱》，著录曲谱一种，不敢必其为曲调之谱，故未列入。碧湖避地，瞬息四年，僻处山陬，无书可读，兹篇所述，半凭记忆，语焉难详，舛讹庸免；正非补阙，有俟将来。海内高明，幸垂教焉。三十一年三月一日，阴历元宵，始属稿于碧湖沈氏水竹居。五月，敌寇南侵；七月，碧湖沦陷，窜身荒谷者两月，中辍一载。翌年六月三十日，写讫于南田刘氏华城小筑。

乐府混成集一百五册

宋修内司编。清钱大昕《补元史艺文志》著录。宋周密《齐东野语》云：

　　《混成集》，修内司所刊本，巨帙百馀，古今歌词之谱靡不备具，只大曲一类凡数百解，他可知矣。然有谱无词者居半，《霓裳》一曲共三十六段，尝闻紫霞翁云："幼日，随其祖郡王曲宴禁中，太后令内人歌之，凡用三十人，每番十人，奏音极高妙。"翁一日自品象管作数声，真有驻云落木之意，要非人间曲也。

明王骥德《曲律》卷四云：

　　予在都门日，一友人携文渊阁所藏刻本《乐府大全》，又名《乐府混成》，一本见示，盖宋元时词谱，（原注云："即宋词，非曲谱。"）止林钟商一调中所载词，至二百馀阕，皆生平所未见。以乐律推之，其书尚多，当得数十本。所列凡目，亦世所不传。所书谱绝与今乐家不同。有〔卜算子〕〔浪淘沙〕〔鹊桥仙〕〔摸鱼儿〕〔西江月〕等，皆长调，又与诗馀不同。有〔娇木笪〕，则元人曲所谓〔乔木查〕，盖沿其名而误其字者也……。

今列其目并谱于后，以存典刑一斑：

林钟商目	隋呼歇指调	
哨声	品（有大品小品）	歌曲子
唱歌	中腔	踏歌
引	三台	倾杯乐
慢曲子	促拍	令
序	破子	急曲子
木笪	丁声长行	大曲
曲破		
哨声谱		

小品谱

正秋气凄凉鸣幽砌向枕畔偏恼愁心昼夜苦吟

又

戴花殢酒酒泛金尊花枝满帽笑歌醉拍手戴花殢酒

清钱熙祚《曲律跋》云：

> 《乐府浑成》中有字谱，核与《白石道人歌曲》、张叔夏《词源》所列，大同小异……。按〔卜算子〕等四词，宋人本有令有慢，柳耆卿《乐章集》，〔卜算子〕〔浪淘沙〕〔鹊桥仙〕三长调下，皆注歇指调，正与《浑成》所云"林钟商隋呼歇指调"者相合。伯良娴于曲而未考于词，故以为异耳。《齐东野语》又言，太皇最知音，极喜歌，"木笪人"者，以歌〔杏花天木笪〕，遂补教坊都管。亦可与此相证。

《齐东野语》既云"古今歌词之谱靡不备具"，则南曲当预其列；且词与戏文，一脉相延，其变以渐，固无明显之限也，又安能必其为词谱而非曲谱哉。王骥德不知宋有戏文，故有"非曲谱"之注，徒见其浅陋耳。此曲谱之滥觞，王静安先生《曲录》"曲谱部"首加著录，今从之。

十三调南曲音节谱　南九宫谱

元无名氏撰。《九宫正始》冯旭《序》云：

> 爰将大元天历间《九宫》《十三调》谱，与明初曲《乐府群珠》一集，与翁朝夕参稽。

钮少雅《自序》云：

> 适遇元人《九宫》《十三调》词谱一集,依宫按调,规律严明。

可见二谱为元文宗时刻本,辞目俱全。而《南词新谱》卷首载蒋孝《九宫谱自序》云:

> 适陈氏、白氏出其所藏《九宫》《十三调》二谱,余遂辑南人所度曲数十家,其调与谱合,及乐府所载南小令者,汇成一书,以备词林之阙。

《曲律》卷一无名氏《蒋氏旧谱序》亦云:

> 《九宫》《十三调》二谱,得之陈氏、白氏,仅有其目而无其辞,蒋为辑古戏及散曲,合数十家,每调各谱一曲。

明徐渭《南词叙录》后,附《九宫》《十三调》二目,王骥德即据以录入《曲律》者,其《九宫》一目悉与蒋谱合。盖二谱当有两本:钮氏所据有辞者,一本也;陈、白所传,徐、王所录,蒋氏所谱无辞者,又一本也。

《十三调谱》所收宫调凡十有五:黄钟、正宫、大石、仙吕、中吕、南吕、南调、越调、双调、羽调、道宫、般涉、小石、商黄、高平,是也①。商黄者,乃黄钟与商调合成一曲或一套,无独具之曲;高平则与各宫诸调皆可出入;不数此二者,故云十三调也。《九宫谱》所收宫调凡十:黄钟、正宫、大石、仙吕、中吕、南吕、商调、越调、双调、仙吕入双调,是也②。仙吕入双调一名见《宋史·乐志》,虽非杜撰,然以今考之,仙吕双调声音迥别,何由可合,清人曲谱均驳斥之,将其废去,盖列其名而不入数,故云九宫也。案:凡以宫声

---

① 此据《九宫正始》有辞本。无辞本次序与此异,为:仙吕、羽调、黄钟、商调、商黄、正宫、大石、中吕、般涉、道宫、南吕、高平、越调、小石、双调。
② 此亦据有辞本。无辞本为:仙吕、黄钟、商调、正宫、大石、中吕、南吕、越调、双调、仙吕入双调。

乘律谓之宫，以商角羽乘律谓之调。黄钟、正宫、仙吕、中吕、南
吕、道宫，宫也；大石、商调、越调、双调、羽调、般涉、小石、高平，调
也。后世宫调互称，不复分别，所谓十三调，非无宫焉；九宫，非无
调焉：偶异其辞而已。

　　二谱虽同为元文宗时刻本，考其撰作年代，《十三调》谱应远
在《九宫谱》前。宫调愈至后代，亡佚愈多，今《十三调谱》犹存十
五宫调，《九宫谱》仅存十宫调。一也。《十三调谱》尚无引子、过
曲之名，称引子曰"慢词"，过曲曰"近词"，与宋词同。二也。曲
牌归宫，与宋曲合，如元陈元靓《事林广记》载宋人"圆社市语"一
套①，用中吕宫之〔紫苏丸〕〔缕缕金〕〔好孩儿〕〔大夫娘〕〔越恁
好〕〔鹘打兔〕诸曲，除〔好孩儿〕〔越恁好〕《十三调谱》未收外，馀
均相合；《九宫谱》即不收〔大夫娘〕，又以〔紫苏丸〕入仙吕，与明
人《曲谱》同。三也。《十三调谱》有所谓"六摄"者，明人已不能
解，《九宫正始》云：

　　赚犯　　摊破　　二犯　　三犯　　四犯　　五犯
　　六犯　　七犯　　赚　　道和　　傍拍
　　　右已上十一则系六摄，每调皆有因。

　　沈谱曰："六摄皆有因，吾所不知。"余臆解云："六摄者，
　　疑二犯至七犯，共六项也；云有因者，如中吕赚犯因〔太平
　　令〕，如正宫摊破因〔雁过声〕，如仙吕道和因〔排歌〕，如中吕
　　傍拍因〔荼蘼香〕也；不知是否。"

尚律如沈璟，精律如钮少雅，犹被难倒，他可知矣。四也。总之，
《十三调谱》近宋，《九宫谱》近明，决非一时一手所为。蒋孝谱
曲，仅及《九宫》，不及《十三调》，正以近宋者难为，近明者易为，
知难而退，亦藏拙之一法，不特为近宋不切用，近明切用而已。

––––––––––

①　此套赚词，原不著作者姓氏，王静安先生《宋元戏曲史》定为出南宋人手，是也。

《曲律》卷二云：

> 十三调者，盖尽去宫声不用，其中所列仙吕、黄钟、正宫、中吕、南吕、道宫，但可呼之为调，而不可呼之为宫，然惟南曲有之，变之最晚。

试问谓十三调尽去宫声不用，则谓九宫尽去调声不用可乎！南北曲宫调，出于唐燕乐之二十八调，宋元以来，南曲仅存前举之六宫八调，更安所得九宫十三调乎？且"圆社市语"明标中吕宫，不曰中吕调，若谓指九宫之中吕而言，其奈九宫中吕无〔紫苏丸〕乎！可见二谱称调者，兼宫而言；称宫者，兼调而言。明乎宫调之未尝变，则"变之最晚"，不攻自破。而《十三调谱》之远在《九宫谱》前，可断言矣。

南北九宫谱十卷

元无名氏撰。见《补元史艺文志》。

太和正音谱二卷

明朱权撰。有宁府刻本，见明晁瑮《宝文堂书目》①，钱唐丁氏善本书室所藏之影钞洪武本，盖从此出；万历间，张孟奇刻本，更名《北雅》；程明善《啸馀谱》本；清季涵芬楼秘笈本；坊间石印，与《中原音韵》合订本。北曲谱之传世者，以此为最早矣。前乎此者，《补元史艺文志》著录之《南北九宫谱》，未见原书，姑勿论；元周德清《中原音韵》有十二宫调，三百三十五章乐府之目；陶宗仪《辍耕录》有八宫调，二百三十章曲牌之名；而《中原音韵》更有定

---

① 《宝文堂书目》卷中号"乐府"，两收此谱：一云"《太和正音谱》六本"；一云"《太和正音》宁府刻"。后者偶夺"谱"字，实即一书也。惟此六本者，与宁府所刻，不知同一版本否？

格四十首,曲谱之形已具体而微;此书盖亦有所因袭也。

此书首列曲家姓氏二百三人,最为凌杂,如刘逋斋即刘时中,曾褐夫即曾瑞卿,吴克斋即吴仁卿,王敬甫即王爱山,皆两列之;前八十二人,及明十六人,各系评语,尤为不经①。谱中亦往往正衬紊乱,或误二调为一调,或取僻格而舍常格②。草率从事,盖可知矣。

骷髅格

明无名氏撰。《九宫正始》钮少雅《自序》云:

> 但向来有仙吕宫之〔渡江云〕,南吕宫之〔寄生子〕,又,中吕宫之〔满庭芳〕,自来无所考订……。适一日,余访友东乡……,遥见竹扉下侍一老翁……,问及姓字,仅言王姓……,复又携手登堂……,余即信手于架上检书一帙……,见簿面上有"皇帝万岁万万岁"七字……,彼曰:"此书乃汉武帝及唐玄宗之曲谱也。凡今之词调,多从上古之乐府来源,然今此书,致多有式无文者。上古名曰《骷髅格》,至汉易为《蛤蟆贯》,后唐玄宗鄙其不雅,易作《歌楼格》,又曰《词舆》,又曰《词林说统》。今之歌讴腔板,始于滑稽摩拟十二红鸟飞鸣举动之态,流传至今者也。"……启之,果多有式无文者,或

---

① 世界书局出版吴瞿安先生之《元曲ABC》,论之颇详,可参阅也。
② 如正宫〔甘草子〕薛昂夫小令,第四句"万柳稀重阳暇",本五字句,"万柳"二字应衬一字,误作三字句,三字韵;黄钟〔昼夜乐〕赵显宏小令,"停骖。停骖看山市晴岚。"误作"停骖。停骖。"指为叠句;此正衬句读之误也。黄钟〔塞雁儿〕,双调〔小阳关〕,误题〔小将军〕,又误收〔锦上花么篇〕一词充数;此调名引词之误也。南吕〔乌夜啼〕,不收马致远《汉宫秋》格,而用马之《陈抟高卧》格;黄钟〔女冠子么篇〕,不收马致远散套格,而用王伯成《天宝遗事》格;此皆舍常格而取僻格也。《北词广正谱》纠其失误,无虑百条。

式文俱备者,什之二三也。但幸此〔渡江云〕及〔寄生子〕〔满庭芳〕〔渔父第一〕等调,文式俱备,不胜之喜,随即录此告归。

案:"骷髅""蛤蟆"皆于义无取,"歌楼"则又戾家把戏①耳,曷足贵哉。明杨慎《俗言》云:

> 皮日休诗:"襄阳作髹器,中有库露真②。"玲珑空虚,故曰库露。今谚呼书格曰库露格,是也。

"库露"一辞其来甚古,库露格之名亦必起于杨氏之前,"骷髅""蛤蟆""歌楼",盖为"库露"之误耳。曲谱而曰"库露格"者,亦犹南宋戏文之称"鹘伶声嗽"③。自矜腔调之玲珑空虚也。

此谱远托汉唐,实出明代浅学者之伪造。钮少雅精于曲律而疏于史实,故贸然信之。今考《九宫正始》所征引,凡谱式三十二条,曲辞四条,考证牌名或句格者三十八条。谱式曲辞均与通行之宋元词曲不类,然作伪者亦不能无所因袭,此等体式与《曲律》所记《乐府混成》极相似,或原出于彼也;《九宫正始》征引,凡谱式则曰"唐式",考证则曰"唐谱"云云,独曲辞四条皆注《词林说统》,钮《序》虽云:"又曰《词舆》,又曰《词林说统》。"颇疑《词林说统》实有其书④,亦作伪者所取资焉;倘若尽属向壁虚造,无所凭借,必谬误百出,精律如钮少雅,岂能令其深信不疑哉。考证牌名诸条,最为荒谬,往往杜撰书名,虚构事实,冀人之信其为汉唐旧籍,不知适足以形其鄙陋,亦未免心劳日拙矣。如祝英台事,固彰

---

① 《太和正音谱》引赵孟頫语:"良人所扮,谓之行家生活;倡优所扮,谓之戾家把戏。"
② "中有库露真",案:明刻本《皮子文薮》卷十"消虚器"篇,"中"作"安",是也。杨氏盖误记也。
③ 鹘伶声嗽,见《南词叙录》。鹘伶乃伶俐之意。声嗽即腔调之谓,宋元市语也。
④ 《九宫大成》爱月居士序云:"自《歌楼》有格,图其谱而不有其辞;《乐髓》有经,详其纲而未悉其目。"爱月居士果否曾见《骷髅格》原书,虽未足遽信,然余颇疑其为有谱无辞者。而《词林说统》为另一书。

彰在人耳目者，明徐树丕《识小录》谓《金楼子》曾载之，惟今本《金楼子》无此文①，故置勿论，自唐以下，若宋张津《乾道四明图经》引《十道四蕃志》，若张读《宣室志》，均与民间流传之故事大致相合，并无异说，而《骷髅格》乃故造怪诞之辞，且远托商代，云：

> 唐谱置有《台城志》曰："英台者，古之英豪歃血会盟之所，在汉都之北，旷野之中，麓处有巨石如台……。自纣敕建台殿为墅，命吏守之。一日，有一娇娃夜宿歧道，值吏醉归，见而逐之，妇告曰：'俺祝氏也，奉上帝命，收英台木为用。'吏怒，击之而归，未抵于台，火焚林木，台殿已成灰烬。馀火犹未熄，氏即带索投入火中，烟迷火炽，即见四翼赤乌乘妇腾南，望之遂之不见矣。吏骇然酒醒，以事闻之于上，纣王不信，即斩之。洪巨卿奏曰：'祝氏者，应是火神也……。吏之言不信则已，而乃杀之，毋乃不可乎！'上怒，即以洪付之廷尉。三日后，纣至廷腋，有火光神；视朝，亦见火光照殿；惊问侍臣，皆言不见。纣王睫眼视之，美妇之形见矣，娇丽无比，惨戚异常。于是王心有悔，悯吏之死，而释洪之罪。如洪之言，为之设醮。毕，坛外突有赤发鬼子，长尺馀，手执符……，符上有字曰：'祝氏台毋秽。'上闻之，爰命诸司重揣祠而祝之，名其曰：'祝氏宗台'，遂命百官作《英台序》以纪其事云。此见商纣焚林纪异。"

不特"廷尉""设醮"殷商无此事，"娇娃""俺祝氏也"殷商无此言，而属辞俚鄙，不知所云，作伪者之不学无术，盖可知已。明人惯事作伪，此等伎俩，犹其拙劣者也。其他诸条大率类是，他日更当为文详论之。

---

① 今本《金楼子》辑自《永乐大典》，非完书。关于祝英台事，广东中山大学出版之拙编《祝英台故事集》，可参阅。

杨升庵谱

明杨慎撰。见《南词定律》引。

旧编南九宫谱十卷

明蒋孝撰。《曲律·蒋氏旧谱序》云：

《九宫》《十三调》二谱，得之陈氏、白氏，仅有其目而无其辞，蒋为辑古戏及散曲，合数十家，每调各谱一曲。迨词隐，又增补新调之未收者，并署平仄音律，以广其传，益称大备。蒋，毗陵人，名孝，登嘉靖甲辰进士，盖好古博雅士也。其书世多不传，恐久而遂泯其人，略志所自。

案：沈谱成于万历中，《曲律》成于万历末，作此序者已见沈谱，而《曲律》载之，则作于万历中叶以后无疑。时蒋谱已"世多不传"，可见其流传之不广矣。今传世者，为万历刻本，前有海虞何氏皇萼子序，题作《太和正音南九宫词总序》，云据蒋盈甫手录本刊刻。盈甫，或孝之子侄行也。此书如鲁殿灵光，群推海内孤本，然当时刻本，实不止此一种；《南词新谱》卷首犹存嘉靖己酉蒋孝自序一篇，此书殆刻于嘉靖，沈璟据以增补者，此一本也；无名氏序所谓"蒋氏旧谱"者，此又一本也；并蒋盈甫钞本及传世者计之，已有四种不同之本矣。

南九宫十三调曲谱二十二卷

明沈璟撰。《南词新谱凡例》"稽作手"条下注云：

即原谱初刻，止称词隐。至龙氏翻板而先吏部之名

　　始著。

初刻、龙刻皆不可见,今传世者,有明文治堂本,前有李维桢序;《啸馀谱》本;国立北京大学据《啸馀谱》石印本。《南词新谱》卷首犹存吴郡李鸿《南词全谱原序》一篇,是沈自晋所据以改订者,在上述诸本外,又别有一本矣。

　　沈氏以蒋谱为底本,分别正衬,添署四声,增补新调;并取《十三调谱》中有曲可查者,一并附入。此谱一出,词坛摄然向风,如徐复祚《曲论》云:

　　　　订世人沿袭之非,铲俗师扭捏之腔,令作曲者知所向往,皎然词林指南车也。

冯梦龙《曲律序》云:

　　　　余早岁曾以双雄戏笔售知于词隐先生。先生丹头秘诀,倾怀指授……。所修《南九宫谱》,一意津梁后学。

《曲律》卷四云:

　　　　松陵词隐沈宁庵先生,讳璟,其于曲学法律甚精,泛澜极博,斤斤返古,力障狂澜,中兴之功,良不可没。

《九宫正始》征引,蒋沈谱外,有所谓时谱者,细案之,即沈谱也①。谱而曰时,可想象其流行之广,以视蒋谱,不啻霄壤,盖亦有幸不幸也。虽然,沈谱疵颣甚多,病在不求善本,每据坊本以立论,故其意则是,其言则非。《九宫正始》出,始能尽纠其失。

　　《曲律》卷四云:

　　　　吴江尝谓宁协律而词不工,读之不成句而讴之始协,是

---

① 　如《九宫正始》黄钟〔降黄龙〕下注,"时谱曰古人词曲"云云;又,正宫〔倾杯序〕下注,"时谱曰今时尚散曲"云云;皆与沈璟谱注合。是其明证。

为曲中之工巧①。曾为临川改易《还魂》字句之不协者，吕吏部玉绳以致临川。临川不怿，复书吏部曰："彼恶知曲意哉！余意所至，不妨拗折天下人嗓子。"

《还魂》固有不合律处，然观乎《南柯》《邯郸》诸记，则并非全不知律者。汤显祖博览元人戏剧，或颇鄙沈氏之陋，又不屑与之斤斤较量，故为此傲睨之言欤。

北曲谱四册

明范文若撰。明刻本，原书未见。

墨憨斋词谱　南词新谱二十六卷

《墨憨斋词谱》，明冯梦龙撰。《南词新谱》卷二十三，仙吕入双调〔惜奴娇〕眉端注云：

> 墨憨稿止此，以下未竟。

又，卷首《凡例续记》云：

> 冯子犹先生令嗣赞明，出其先人易箦时手书致嘱，将所辑《墨憨词谱》未定之稿，及他词若干，畀我卒业……。虽遗编失次，而典型具存，其所发明者多矣。先是，甲申冬杪，子犹……即谆谆以修谱促予……。不意鼙鼓动地，逃窜经年……，迨至山头，友人为余言，冯先生已骑箕尾去……。而故人以临死未竟之业相授……于是即予所裒辑，印合于墨憨，凡论列未备者，时从其说。且捐己见而裁注之，必另注冯

---

① "曲中之工巧"，原作"中之之巧"，据吕天成《曲品》引改正。

　　稿云何,非予见所及也。

甲申,明亡之年也。翌年,冯氏死于兵。促沈氏修谱而又自为之,
其属稿时期亦必在前此数年间。此谱既未完成,沈氏采录之馀,
自当不再付刊,仅此稿本,极易散佚,《南词定律》曾举其名,不知
果得见此原稿否。

　　《南词新谱》,沈自晋撰。有清初沈氏不殊堂家刻本;国立北
京大学影印本。

　　冯、沈二人俱据沈璟谱修订,而见解又自不同。《南词新谱凡
例续记》云:

　　　　大抵冯则详于古而忽于今,予则备于今而略于古。考古
　　者,谓不如是,则法不备,无以尽其旨而析其疑;从今者,谓不
　　如是,则调不传,无以通其变而广其教;二人意不相若,实相
　　济以有成也。虽然,先词隐传流此书以来……文士不知音
　　律,漫以词理朴塞为恨者有之。乃今复如冯以拙调相错,论
　　驳太苛,令作者歌者益觉对之惘然。绝不拣取新词一二,点
　　缀其间,为词林生色,吾恐此书即付梨枣,不几乎爱者束之高
　　阁,否则置之覆瓿也。

夫知本乃能通于变,学古所以行于今[①],略古而能通变广教,非所
闻也。藉新词而悦人,实曲学以阿世,非谱本意,丧失殆尽矣。虽
然,沈氏之略古备今,固别有其因焉。《凡例续记》自注云:

　　　　来籍中,得华亭徐君所录古曲若干,辨论颇析。予虽不
　　甚解徐君论古意义,然亦间取其合格而可备用者,入谱以资
　　今云。

不能解徐君之论,可见沈氏才情,拙于考据。略古,所以藏拙也。

---

① 　唐陆贽语,见《翰苑集》“策问博通坟典达于教化科”。

《凡例续记》又云：

> 知云间荀鸭多佳词，访其两公子于金阊施舍，以倾盖交，得出其尊人遗稿相示……。乃悉简诸稿，得曲样新奇者，誊及百馀阕，珍重而归。君善谓予："顷不见《勘皮靴》及《生死夫妻》末出卷场诗乎？云：'曲学年来久已荒，新推袁沈擅词场。'又云：'幸有钟期沈袁在，何须摔碎伯牙琴。'以知音似此推许，而兄不早继词隐芳规，续成一代之乐府，复因循岁月何。"

今新谱新入之词，以范文若之作为最夥，盖所以报其推许之情。而沈氏一门，收罗尤广，除己作及沈璟所作外，若瓒、若珂，璟弟也；若静专，璟女也；若绣裳，璟孙也；若自征、若自继，璟侄也；若永隆，自晋子也；若永启、若永瑞、若永乔、若蕙端，自晋侄也；若世楙、若辛楙，自晋侄孙也；若雄，若君谟，同宗也；一门风雅，令人有鸡犬升天之感焉。备今，所以标榜也。

《凡例续记》云：

> 阅来稿，自《荆》《刘》《拜》《杀》，迄元剧古曲若干，无不旁引而曲证。及所收新传奇，止其手笔《万事足》，并袁作《真珠衫》，李作《永团圆》几曲而已。

盖冯氏既得徐庆卿考订之古曲，受其影响，故独能详古。今考新谱所引冯稿，凡一百六十四条，与《九宫正始》合者，且三之一；而〔沙塞子〕下云："华亭徐君所传。"〔莺集御林春〕下云："徐于室所订。"益为明显，可知决非偶合矣①。沈氏既不甚解徐君之论，冯稿大抵出于徐君，沈氏亦未必能尽解也，则冯稿精义为其埋没者多矣。

---

① 《墨憨斋词谱》，余有辑本，曾载上海曲学丛刊社《戏曲月辑》第二期。

九宫谱二十六卷

明吴尚质撰,见清曹寅《楝亭书目》。原注云:

> 明吴江沈璟辑,嘉定吴尚质补。二十六卷,八册。

九宫谱定　六宫谱

明查继佐撰。《九宫谱定》有清初刻本,首题东山钓史、鸳湖逸者同辑,刘振麟、周骧《东山外纪》云:

> 与同社禾中高公,有《订正九宫谱》行世。

东山钓史,查氏别号;鸳湖逸者,则嘉兴高某也。此书全据沈谱,稍加删节,无所发明,吴启丰《东山先生七秩乞言启》云:

> 《九宫谱定》之修,放诸繁声而原于正始。

不免溢美已。惟卷首总论,有论曲牌之节奏性质者,一特色也。《曲律》卷四云:

> 南九宫……作谱……恨不曾请于先生,将各宫调曲分细中紧三等,类置卷中,似更有次第。

今此书可补沈璟之阙,释王氏之憾矣,惜所言犹未能详尽耳。《六宫谱》未见传本。《东山外纪》云:

> 北调道宫声最浊,失坠,陆君扬自作数阕为先生歌之,先生曰:"吾当以入《六宫谱》。"嗣路闻邻舟歌者,曰:"此缓调似之,莫道诸声不在世也。"

案:六宫者,黄钟、正宫、仙吕、南吕、中吕、道宫也。夫作谱而仅取六宫,屏诸调不录,固无此理。其中如道宫,存曲甚少,仅《董解元西厢》弱强词中数支耳,故《九宫大成》还将其戏并于他宫调,岂有反加采辑,而双调越调等存曲甚多,反遭屏弃也。且《外纪》即云道宫失坠,谱中或未及收也,安得更有六宫乎?金元人习用之宫调凡九[1],"六"字盖为九字之误。

北词谱　汇纂元谱南曲九宫正始十册

明徐庆卿、钮少雅撰。《北词谱》未见传本。清吴伟业《北词广正谱序》云:

> 采元人各种传奇散套,及明初诸名人所著中之北词,依宫按调,汇为全书;复取华亭徐於室所辑,参而订之。

今《广正谱》卷端犹题"徐于室原稿","钮少雅乐句"也。徐、钮相遇在天启五年,而徐之卒在崇祯九年,见钮氏《九宫正始自序》,则此书之成,当在天崇间也。吴序未言原书书名卷数,自经李玉更定后,原书遂被淘汰,散佚不复可考矣。

《九宫正始》有清初精写本;北平戏曲文献流通会影印本。徐庆卿病蒋、沈诸家多据坊本创成曲谱,乖谬甚多,贻误后学,久蓄修谱之意,于是遍访遗书,得《九宫》《十三调》谱及明初《词选》《乐府群珠》等,遂与钮少雅朝夕参订,历十二年,凡七易稿而徐卒,临死,以未竟之业属少雅,至清世祖顺治八年,又二易稿,始克写定,此谱实大半出钮氏手。俱详钮氏《自序》。

此书以元人《九宫》《十三调》二谱为主,更上溯唐宋人词,下采传唱之曲,傍及金元北调,收罗之广,考订之精,得未曾有。如黄钟引子〔瑞云浓〕下云:

---

[1]　试以明臧懋循《元曲选》加以统计,各宫调套数之数如下:仙吕一百,双调八十九,中吕五十九,正宫五十六,南吕四十四,越调二十三,商调十九,黄钟七,大石三。

此调，案蒋、沈二谱收元李景云《西厢记》之"春容渐老"一调，与此同体……。第五六句曰："为一点春愁，萦恼怀抱。"据此，"为一点春愁"五字似断，"萦恼怀抱"四字似连。然今蒋、沈二谱亦承之，几没却二字之句法也。但此二句之句节果易混淆，不若《宣和遗事》之确。今再备此调一二格，证此二字之句法。比如明初散套"清和院宇"此二句曰："为一段风情羁驻。难御。"又，明初散套"关山梦绝"此二句云："把好事番成吴越，薄劣。"今只据此二格，可知上句七字，下句二字，不能混也。

又如南吕过曲〔七犯玲珑〕下云：

沈谱曰："此调旧谱所无，自希哲创之也。但〔梧叶儿〕三句全不似，又且商调与仙吕相出入，亦非体也。"据斯言，词隐先生但知旧谱无有此调，而不知目中注得商调正应与仙吕出入者也。况〔梧叶儿〕一调，元明词共有五六体，今词隐先生于谱中止收得改本《荆钗记》之一格，且非古本原文，致不识今本曲所犯，乃元传奇《刘智远》之〔梧叶儿〕，曰："得鱼后怎忘筌。异日风云会，管教来报贤。"此句法音律，无不合者耳。

此不过随举二例耳。不特尚律之沈璟瞠乎莫逮，即后来以繁富著称之《九宫大成》，亦无此考据也。盖徐氏既藉丰履厚，力足以广搜秘籍；钮氏又毕生治曲，学有专精；历二十四年，凡九易稿，卒成此不朽之巨著，不但空前，抑亦绝后已。以视沈自晋之流，不三五年，辄成一谱，草率从事者，相去宁可以道里计耶。

钮氏《自序》言，徐庆卿，字子室；华亭人；宰相阶之曾孙也。案："子室"，《南词新谱》引及《北词广正谱》卷端题名俱作"於室"，吴伟业《广正谱序》作"於室"。汉焦延寿《易林》解之睽云："载庆南行，离我室居。"又，益之明夷云："入我嘉国，见吾庆室。"取"庆于室"之义，故名庆，字于室也，"子"字盖形近而误。钮氏，长洲人;少雅为其字①,而名竟不传,仅知其晚号苕溪老人耳②。《自序》述其生平颇详。云少时曾从张铭盘学曲,张铭盘者,即勿善梁辰鱼之昆腔,而别创南马头曲之张新也③;继复学于张之弟子,长洲吴某;阅三年,吴卒,复识任小泉、张怀仙,二人亦皆魏良辅之派也。厥后以教曲为事,应武陵黄海、荆溪魏塘之招,前后二十载;倦游归来,在本里郑、郭、徐三家者,又九载;与徐庆卿相遇时,年已六十有二矣。徐、钮二人履涉不显,故略志梗概。余别有《九宫正始跋》④,言之较详,可参观也。

清明谱一卷

明陈继儒撰,见《楝亭书目》。

南曲谱

明徐君见撰。君见,吴人。见清余怀《曼翁文集》。

一笠庵北词广正谱四册

明李玉撰。有清初刻本,刘氏暖红室刻本,国立北京大学影印清初本。此书以徐、钮之《北词谱》为据,重加增订,故曰"广

---

① 《九宫正始》卷首题:"徐于室原稿,钮少雅乐句。"又,《北词广正谱》卷首题:"徐于室原稿,钮少雅乐句,李玄玉更定,朱素臣同阅。"案:徐名庆卿,李名玉,朱名㿟,三人俱以字,钮无独用名之理。故知少雅为字,而名不传。

② 钮氏《自序》,后题"苕溪老人识"。

③ 见明张元长《笔谈》。《自序》仅言张铭盘,《笔谈》仅言张进士新,案:《礼·大学》:"汤之盘铭曰:'苟日新,日日新,又日新。'"名新,故字铭盘,决为一人无疑。

④ 稿存文史杂志社,容续刊。

正"也。吴伟业《序》，谓甲申以后，李氏绝意仕进，专事著述；而吴之卒，在清圣祖康熙十年；则此书之成，当在明亡以后，康熙十年以前。

李氏固深于曲学者，此书不但收罗甚广，曲调视《太和正音谱》几增一倍；论断亦甚精审；惟恐不尽出李氏手耳。如论〔点绛唇〕之南北相同，与《九宫正始》合。《九宫正始》黄钟引子〔点绛唇〕下云：

> 按；此南北〔点绛唇〕之句韵平仄，皆无所异，所争者，宫调也，南属黄钟宫，北属仙吕宫。

则明是徐、钮之说也。

谭儒卿谱

明谭儒卿撰。见《南九宫谱大全》《南词定律》引。

寒山子南曲谱　北词新谱

明张大复撰。《寒山子南曲谱》，《南九宫谱大全》《南词定律》引，皆仅曰张星期谱，兹从《九宫大成》。《北词新谱》，则仅见《九宫大成》曾一引之而已。《九宫大成》卷三十九小石角〔骂玉郎〕下云：

> 前〔渔灯儿〕起，至〔骂玉郎〕数体，与李日华《南西厢·听琴》出同，本系南词，因后有〔骂玉郎〕二阕，前人唱作北腔，由来久矣。但北调宫谱皆未之收。据《寒山子南曲谱》云："《九宫》《十三调》并无是曲，必系北调。"故此将数体皆收入《北词新谱》。若谓其南北混杂，仙吕调则有〔聚八仙〕，高大石则有〔雁过声〕〔番马舞西风〕，平调则有〔五拗子〕，皆南北

并录，两不相碍也。

钦定曲谱十四卷

清王奕清等奉敕撰。有康熙刻本，坊间石印本。此书北曲部据《太和正音谱》，南曲部据沈璟谱，稍加删节，毫无发明。

南九宫谱大全六册

清胡介祉撰。稿本。卷尾有"珊瑚阁珍藏印"，乃纳兰性德故物；今藏吴县吴氏奢摩他室①。《南词定律序》之所谓"随园曲谱"者，盖即此书也。今残存六册：

第一册，正宫犯调，不全。

第二册，中吕引子，全；过曲，全。道宫引子，全；过曲，全；犯调，全。

第三册，中吕犯调，全。

第四册，般涉引子，全；过曲，全；犯调，全。商调犯调，不全。

第五、六册，南吕犯调，全。

仅中吕、道宫、般涉完全无关；正宫、商调、南吕、只存犯调，除南吕外，又皆不全；以宫调推之，此书至少当有二十册也。第三册中吕犯调，应在二册道宫前；第四册商调犯调，前尚有引子过曲，亦不应紧接般涉后；次叙凌乱，盖由书贾之随意分合，有以致之。每宫调之首，题曰：

---

①　廿三年夏，有北平之行，道出吴县，谒吴师于奢摩他室，得读是书。尽半日之力，录一概要，旋为孙子书兄假去，不复能详其内容矣。

南九宫谱大全
　　吴江　鞠通生　沈自晋　重定
　　燕越　种花翁　胡介祉　增补

胡氏初属稿时，或以沈谱为根据，故标题云云；及屡经增删，面目渐异；以今观之，与沈氏原谱已大相径庭。胡氏深于曲学，固非沈谱所能囿，惜乎未获全璧也。

　　编者案：此谱为明珠相国珊瑚阁藏本。民国十七年，卢前在上海购得，藏诸饮虹簃。瞿安先生借去。二十五年始还卢氏，今已毁。

曲谱大成

　　清无名氏撰。闻有传本，未见。《九宫大成》征引，北曲部四十三条，南曲部三十三条，共凡七十六条，亦足窥其一斑矣。《九宫大成》卷四十九南吕〔绣带儿〕下云：

　　　　《玉簪记》词媾阁，原刻本脱尾二句，后人补全，已与〔绣带儿〕正格同体矣。但《曲谱大成》仍录脱二句之格，题曰〔素带儿〕，列入正宫，另录《随园谱》同格古词一阕引证。

《曲谱大成》既引证《随园谱》，则成书在《随园谱》之后。盖出康雍间人手也。

南词定律十三卷

　　清吕士雄、杨绪、刘璜、唐尚信合撰。内府本，前有清圣祖康熙五十九年，恕园主人序。此谱盖成于康熙末也。清人曲谱，如《大全》《大成》等，或残或佚，内容不能尽知。此谱将十三调诸曲裁并入九宫，仙吕入双调诸曲分配仙吕双调下，诚为卓见。虽或有所依据，然以传世者论，不得不归功此谱矣。至于考订之精，差可伯仲《正始》,特稍逊其详耳。

九宫大成南北词宫谱八十一卷

清周祥钰、邹金生编辑,徐兴华、王文禄分纂,徐应龙、朱廷镠参定。有内府本,坊间影印本。清高宗乾隆七年,胤禄奉奉命辑《律吕正义》,因于十一年成此谱。曲谱之用,在正其宫调,厘其句读,析其四声,定其板拍,此谱更附工尺焉,故不曰“曲谱”,而曰“宫谱”。

此谱南词取资于《南词定律》,北词颇采《广正谱》之说,卷帙之富,收罗之广,前此所无。先师吴瞿安先生《景印九宫大成序》云:

> 抑余更有取者,董解元弦索《西厢》,明嘉隆中已绝响矣;又臧晋叔《元曲》百种,见诸歌场者,今且无十一矣。独此书详录董词,细订旁谱;而臧选全曲,多至数十馀套;关雎之乱,洋洋盈耳,吾不禁叹观止焉……。往昔吾乡叶怀庭先生作《纳书楹曲谱》,四声清浊之异宜,分析至当,识者谓宋以后一人,实皆依据此书也。今谱中一词,辄列五六体,阴阳刚柔之理一一可辨,引而申之,触类而通之,则作词制谱之方,于是乎咸在。

虽然,可议之处亦不少也。如以前腔及前腔换头统改称“又一体”①,即其一端。前腔或换头,或不换头,古本曰“么篇”②,或简

---

① 又一体之称,后来曲家罕有从之者,仅周、邹等自编内廷供奉之曲,若《鼎峙春秋》等用之耳。

② 《北词广正谱》黄钟〔出队子么篇〕下注云:“当名换头。凡字句词者,名么篇。换头十有七八,么篇十无一二。此首句自异。”然宋金元戏文杂剧从未见用“换头”者,此说不知何本。

称"么"，南戏北剧同也。宋金方言，么有后半之义，如院本之后半曰"院么"，见元陶宗仪《辍耕录》。吾乡演戏，数出之后，中经休息，少刻再演，名曰"么台戏"，犹有古意存焉。明人不识"么"字，《南词叙录》乃谓是"空"字之省文，故除北曲犹沿用"么篇"之名外，南曲遂改称"前腔"或"前腔换头"矣。蒋谱取材旧曲，犹称"么篇"，大为后人讶怪，以为误用北曲之名辞。不知曲出于词，词本有前后两段，金人诸宫调犹两段全填，宋戏文亦有全填者，元明以后，始仅填一段。然不用么篇可也，不可舍前段而仅用么篇也。今统名曰"又一体"，似可任意取用，不将使人误舍前段而用么篇者哉？且也，一曲有数体者，某为某之么篇，句格各异，不容混淆，故《九宫正始》于有数体之曲，必曰"某曲"，"换头"；"第二格"，"换头第二格"；"第三格"，"换头第三格"云云。今统名曰"又一体"，不复能区别，将使人用甲体之曲，而按乙体之换头矣。此谱博大则有之，以言精审，似犹未也。

新定十二律昆腔谱十六卷

清王正祥撰。清刻本。尽废九宫十三调之名，一以古十二律分领诸曲，可谓胆大妄作矣。别有《十二律京腔谱》，亦然。

北曲谱二册

无名氏撰。见《栋亭书目》。

词曲谱八本

无名氏撰。见清顾麟士《顾鹤逸藏书目》"国朝精印本"。原注云："套板精印。"

南北词简谱十卷

吴瞿安先生撰。先生病诸家曲谱之繁缛，鲜简明扼要之叙述，令学者望洋兴叹，无所适从。曩在北平，即有辑《南词简谱》《北词简谱》之意，北京大学之《曲律学》讲义首发其端，后至南京，继续纂辑，二十年冬，曾寓书告余云：

> 今年暑期内，将《南北词简谱》十卷完全写好，并一一点校，交神州国光社印行。大约明岁夏秋之交，亦可问世。

自先生捐馆滇南，此稿不知尚在人间否？犹忆当属稿时，不揣谫薄，曾为游夏之赞焉。

编者案：吴梅先生之《南北词简谱》，民国二十八年卢前先生曾在四川白沙为之石印；书共四册，前有霜厓先生年谱。又文通书局有铅印本，即据石印本重印，尚未出版。

（原载《文史杂志》第十一、十二期合刊）

沿 革 图 附①

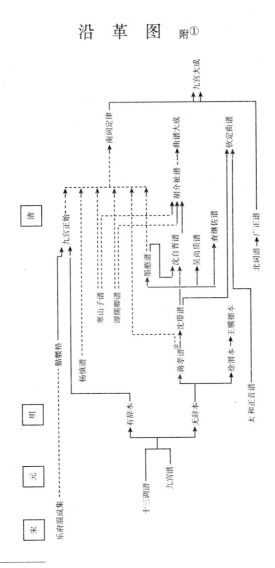

---

① 图例:不明源流者,从略;线有虚实,关系有浅深也。

② 蒋孝仅谱九宫,未谱十三调。

曲牌上的"二郎神"

汪汲《词名集解》卷二

《大郎神》

《辍耕录》,乐府有《二郎神》,乃传写之误。按,唐《乐府杂录》曰"离别难"。武后朝有士陷冤狱,籍其家,妻配入掖庭,善吹箫栗,乃撰此曲,名"大郎神",盖取良人第行也。后易其名曰"悲切子",又曰"怨回鹘"。(案唐段安节《乐府杂录·离别难》:天后朝一士人陷冤狱,其妻配入掖庭,善吹箫栗,撰此曲以寄哀情。始名"大郎神",盖取良人行第也。畏人知,遂易名"悲切子",终号"怨回鹘"。

《二郎神》

《辍耕录》,此乐府传写之误,实《大郎神》。一作《二郎神慢》,《九宫大成》入南词商调正曲。又入北词商角只曲。汤恢和徐幹臣一百五字体,又名"十二郎"。(和去声)

卷五

《悲切子》,又名"大郎神"。

卷二

《怨回鹘》,注见《大郎神》。《十二郎》,见《二郎神》。

肇祖前作了《二郎神考》一文,出版后,承叶德均先生告以《玉匣配》中载的二郎真君诞日为六月廿六日。今又承南扬先生见示以《曲牌上的"二郎神"考》,特先发表于此,并志谢忱。

肇祖附记。

(原载《民俗》第八十六、八十七、八十八、八十九期合刊)

《南曲谱》一词两见之理由

颉刚先生：

尊见极是。惟《孟姜女鼓词》既推定为近作（亦决非《听稗》一类鼓词所蜕化，当别为一派），言归正传，则此鼓词起于宝卷之后之结论当可无甚大误。

《南曲谱》一词两见，顷又得一例。《黄孝子传奇》仙吕近词与南吕近词同引〔薄媚赚〕"高义惟仁……"一词是也。总观《南曲谱》，一词两见，只有此与前《孟姜女传奇》之〔乌夜啼〕二曲耳。又此两见于仙吕、南吕二宫，与前两见于南吕宫、大石调，宫调虽异，然此三者，以笛色论，同属小工调或尺调，故可通借。此亦一词两见之一理由也。

钱肇基上

六月五日

（原载《孟姜女故事研究集》）

跋《汇纂元谱南曲九宫正始》

右《汇纂元谱南曲九宫正始》十册，徐子室辑，钮少雅订；清初精钞本。此书向少流传，诸家目录亦未收，仅吕士雄《南词定律》曾征引之。尝闻日本某氏藏有一部，或传写归国，辄视同拱璧，吝不示人。今乃获此佳本于北平书肆，戏曲文献流通会且加以景印，俾三百年不传之秘籍，得人手一编，诚快事也。

徐子室名庆卿，松江华亭人，大学士阶之曾孙也[1]。《北词广正谱》吴伟业《序》，"子室"作"於室"，卷端则题"于室"。案：汉焦延寿《易林》卷十解之睽云：

> 驾福乘喜，东至嘉国。载庆南行，离我室居。

又，卷十一益之明夷云：

> 当风奋翼，与鸟飞北。入我嘉国，见吾庆室。

名为庆卿，似宜作"于室"为是，盖取"庆于室"之义。作"子室"者，"子""于"形近而误也。此书考订之功，泰半出钮氏之手，徐氏不过助其收辑材料而已。

钮氏事迹不见记载，今就本书诸序文勾稽之，犹可得其什五。少雅盖为字，本书卷端题：

> 徐子室辑，钮少雅订。

---

[1] 详本书钮氏《自序》。

又,《北词广正谱》卷首题云:

> 华亭徐于室原稿;茂苑钮少雅乐句;吴门李玄玉更定;长
> 洲朱素臣同阅。

案:于室名庆卿,玄玉名玉,素臣名㿟,诸人俱以字,钮氏无独称名
之理,则少雅之为字明矣,而名竟无考。本书冯旭《序》云:"桐泾,
少雅钮翁"。吴亮中《序》云:"吴门钮翁少雅"。姚思《序》云:"我
姑苏钮少雅氏。"而《自序》又自称芍溪老人,盖苏之长洲人,正与
《广正谱》之题茂苑合。《六臣注文选》卷五,左思《吴都赋》:

> 造姑苏之高台,临四远而特建。带朝名之浚池,佩长洲
> 之茂苑。

是长洲之所以别名茂苑也。至桐泾芍溪,当是长洲地名,惜手头
无《长洲志》,未得覆案焉。《自序》作于清世祖顺治八年辛卯云:
"余其年八十有八矣。"由此上溯,当生于明世宗嘉靖四十三年甲
子。而冯旭《序》作于顺治十八年辛丑,云:"今天授遐龄九十有二
矣。"姚思《序》作于顺治十三年丙申,云:"少雅今年八十有八。"
并误,当以《自序》为正。卒年无考。倘冯旭作《序》时果犹健在
者,应九十八岁矣。

《自序》述其学曲之经历云:

> 予少抱巴人之好,长逢《白雪》之传。弱冠时,闻娄东有
> 魏良辅者,厌鄙海盐、四平等腔,而自制新声,腔用水磨,拍捱
> 冷板,每度一字,几尽一刻,飞鸟为之俳徊,壮士闻之悲泣,雅
> 称当代。余特往之,何期良辅已故矣。计余之生,与彼相去
> 已久。访闻衣拂之授,则有张氏五云先生,字铭盘,万历丁丑
> 进士,北京都水司郎中,加赠奉政大夫,然今闲居林下,余即
> 具刺奉谒。幸即下榻数旬,且又情投意惬。不意适有河梁恨
> 促,幸而临别,以余同里芍溪吴公相荐,芍溪者,乃先生得意

上首也。余归，即具刺谒之，幸亦无拒。余仍以五云之礼事之，彼亦以五云之道教我，彼此相得，先后三年。何意彩云易散，芍溪蓦逝矣，悲哉！越岁余，不意幸复识小泉任翁，怀仙张老，然此二公，亦皆良辅之派也，赖其晨夕研磨，继以岁月，但虽不能入魏君之室，而亦循循乎登魏君之堂。

魏良辅之创新腔也，率以为在嘉隆间，如明沈宠绥《度曲须知》卷上云：

> 嘉隆间，有豫章魏良辅君，流寓娄东、鹿城之间，生而审音，愤南曲之讹陋也，尽洗乖声，别开堂奥。

然祝允明《猥谈》云：

> 数十年来，南戏盛行，更为无端，妄名馀姚腔、海盐腔、弋阳腔、昆山腔之类，变易喉舌，趁逐抑扬，杜撰百端，真胡说也。

祝氏卒于嘉靖五年，昆山腔之起当早于此。魏良辅盖为弘治嘉靖间人，与钮少雅殆不相及，故有"计余之生与彼相去已久"之语。《自序》又云：

> 余本薄劣鄙夫，何承荐绅先生相爱，时有醉月之邀，不绝登山之约，筐筐载道，奉命奔驰。致遇武陵、黄海、荆溪、魏塘之招，共延及二十载。至是长卿游倦，马齿加衰，思欲掩息穷庐，何其本里又值郑、郭、徐三宅相爱，又延及九年。此时年将耳顺矣。

由此推之，与任翁、张老研磨时，当在三十岁左右；昆山访魏，当在二十五岁左右，明神宗万历十四五年也。是时，不特魏良辅已死，恐梁辰鱼亦已前卒。梁氏生卒年代无考，检《江东白苧》之纪年，始嘉靖三十二年癸丑，迄万历三年己亥，行辈视魏良辅稍晚。清徐又陵《蜗亭杂订》云：

> 梁伯龙风流自赏，为一时词家所宗，歌儿舞女，不见伯龙，自以为不祥也。其教人度曲，设大案，西向坐，序列左右，递传叠和。

以其声名之盛，施教之广，使伯龙而在，钮氏决不舍此就彼，而《自序》中遂无一语道及也。明张元长《笔谈》云：

> 魏良辅号尚泉，居太仓南关，能谐声律。若张小泉、季敬坡、戴梅川之类，争归事之。梁伯龙起而效之，又与郑思笠精研音理，唐小虞、郑梅泉五七辈杂转之，谓之昆腔。张进士新勿善也，乃取良辅校本，出青于蓝，偕赵瞻云雷敷民，与其叔小泉翁，踏月邮亭，往来倡和，号"南马头曲"。其实禀律于梁，而自以其意稍为韵节，昆腔之用不能易也。

张进士新即所谓五云先生也，《礼·大学》："汤之盘铭曰：'苟日新，日日新，又日新。'"故字曰铭盘。其叔小泉，曾师事魏良辅，行辈当与梁辰鱼等，张新固晚于魏、梁可知，故钮氏犹得与之相遇，则所学实"南马头曲"，非魏、梁正宗也。吴公既为张新上首，仍属一派。而任翁张老，不可考矣。

二氏搜罗材料，用力颇勤。《自序》云：

> 但向来有《仙吕宫》之《渡江云》，《南吕宫》之《寄生子》，又，《中吕宫》之《满庭芳》，自来无所考订，且蒋、沈二谱皆然，致诸先师亦皆久砾于心。岂意近日天赐其然，今敢试备其源于下。适一日，余访友东乡，返棹中途，蓦值狂风骤雨，舟人亦为惊怖，忙即舣舟依岸。遥见竹扉下侍一老翁，古貌皤鬚，似乎故识，俟近，即遣仆相邀，余即应命奉揖，即邀至一室，明窗净几，洁然可爱。问及姓氏，仅言王姓，不言其字。茶毕，复邀至内，余再三却之，彼即携手偕行，不数步即有朱阑曲径，媚柳乔松，池鱼戏水，林鸟相鸣，似乎一洞天也。复又携手登堂，见多古玩奇书，触目可爱，呼童复茗毕，余即信

手于架上检书一帙，外有锦袱包函，□之见簿面上有"皇帝万岁万万岁"七字，余即束手不敢启之，扣恳其源，彼曰："此书乃汉武帝及唐玄宗之曲谱也。凡今之词调，多从上古之乐府来源。然今此书，致多有式无文者。上古名曰《骷髅格》，至汉易为《蛤蟆贯》，后唐玄宗鄙其不雅，易作《歌楼格》，又曰《词舆》，又曰《词林说统》。今之歌讴腔板，始于滑稽摩拟十二红鸟飞鸣举动之态，流传至今者也。"余为将信将疑，坚恳求其展视，幸即启之，果多有式无文者，或式文俱备者，什之二三也。但幸此《渡江云》及《寄生子》《满庭芳》《渔父第一》等调，文式俱备，不胜之喜，随即录此告归，似乎贫人获宝也。

冯旭《序》云：

> 复得一玄宗手制律谱，有律无词，名为《歌楼格》，非臆创也。汉孝武时，有鸟降庭，身被五彩，戛然长鸣，其音中律，惟滑稽识之，曰："此西池鸟也，名十二红。"遂为之摹声谐韵焉。唐师其意，因定为《十二红词》，以月令相比，故此书悉准其传。厥后渔阳之变，几至焚遗，幸有黄番绰存之，其苗裔赠焉。

久砾于心，一旦豁然，其快可知，不觉过甚其辞，遂如传奇小说，疑其诞妄。然钮氏诚朴人，其实事求是之精神，本书中在在见之，非夸斗者比也。《骷髅格》固实有其书，盖出明人浅学者之妄造，钮氏精于曲律，疏于考古，遂信不疑。至冯《序》神话，即据其书，"其苗裔赠焉"云云，与《自序》不合，盖讹王为黄，即以黄番绰实之，钮氏所遇之王翁，一变而为黎园子弟之苗裔矣。明人之孟浪，大率如是，不足怪焉。

"骷髅""蛤蟆"皆无所取义；"歌楼"则又赵孟頫所谓戾家把

戏也，①何足贵哉。明杨慎《俗言》云：

> 皮日休诗："襄阳作髹器，中有库露真。"玲珑空虚，故曰
> "库露"，今谚呼书格曰"库露格"，是也。

"骷髅""歌楼"，疑皆库露之音误也。今考本书所引，其考释曲
名，皆杜撰故实，浅陋可笑，《十二红》一曲即可概见，姑置弗论。
清胤禄《九宫大成南北词宫谱序》云：

> 自《歌楼》有格，图其谱而不有其辞；《乐髓》有经，详其
> 纲而未悉其目。

似此书本无曲辞也。《自序》虽云"又曰《词林说统》"，而所征引，
于曲辞则注《词林说统》，于格式则仅注"唐式"，厘然不紊，《歌楼
格》与《词林说统》，或非一书。所谓唐式者，校以唐宋以来通行之
词曲，往往不类，倘谓尽出作伪者之虚造，是又不然。宋周密《齐
东野语》云：

> 《乐府混成集》，修内司所刊本，巨轶百余，古今歌词之
> 谱，靡不备具。只大曲一类，凡数百解，他可知矣。然有谱无
> 词者居半。

明王骥德《曲律》云：

> 予在都门日，一友人携文渊阁所藏刻本《乐府大全》，又
> 名《乐府混成》一本见示，盖宋元时词谱，止《林钟商》一调，
> 中所载词二百余阕，皆生平所未见。以乐律推之，其书尚多，
> 当得数十本。所列凡目，亦世所不传。所画谱绝与今乐家不
> 同。《卜算子》《浪淘沙》《鹊桥仙》《摸鱼儿》《西江月》等皆
> 长调，又与诗余同。有《娇木笪》则元人曲所谓《乔木查》，盖
> 沿其名而误其字者也。

---

① 　见明宁献王权《太和正音谱》卷首。

所记情形正与《歌楼格》之谱式合。作伪者或取材于《混成集》，而附以浅陋之曲名考释，远托汉唐，遂使其书身价益形低落云。自序又云：

> 但余恋久，欲以从来疑信之词，汇成一集，以俟参考，因虑无所博教①，故屡欲止之，不意半载后，适有云间子室徐公相招。徐公者，字子室，讳庆卿，乃嘉靖朝宰辅文贞公之曾孙也，风流蕴藉，酷好音律，尝曰："我明三百年，无限文人才，惜无一人得创先人之藩奥者。且蒋、沈二公，亦多从坊本创成曲谱，致尔后学无所考订。"于是遍访海内遗书，适遇元人《九宫》《十三调词谱》一集，依宫按调，规律严明，得意之极，时不释手。时值天启乙丑岁也。又越载余，岂意复得明初选词一部，名曰《乐府群珠》，亦皆按调依宫，多与元谱相似。意欲辑爲一部，犹恐一人所见有限，欲而复止。

冯旭《序》云：

> 云间子室徐君慕翁而招之。徐君者，风流潇洒，有志词坛，爰将大元天历间《九宫十三调谱》，与明初曲《乐府群珠》一集，与翁夕朝参稽。

案：《曲律》载《蒋氏旧谱序》云：

> 《九宫》《十三调》二谱，得之陈氏、白氏，仅其目而无其辞。蒋为辑古戏及散曲，合数十家，每调各谱一曲。迨词隐又增补新调之未收者，并署平仄音律，以广其传，益称大备。蒋毘陵人，名孝，登嘉靖甲辰进士，盖好古博雅士也。

所记与《自序》不合。盖《九宫》《十三调》二谱，应有有辞无辞两本，其原委当如下图：

---

① 博，当是"博"字之误。

《九宫谱十三调谱》
- 天历有辞本——《九宫正始》
- 陈、白二氏无辞本
  - 徐渭本(附《南词叙录》后)——王骥德,本(见《曲律》)。
  - 蒋孝《旧编南九宫谱》(谱词无《十三调》)——沈璟《南九宫十三调谱》。

本书所引元人戏文至夥,往往不见著录,或有疑其伪托者,不知其根据元谱也。至《乐府群珠》,今仍有传本,盖继元胡存善之《类聚名贤乐府群玉》而作,惟《群玉》仅选北词,《群珠》兼采南北,为稍异耳。二氏所撰之《北词谱》,亦颇征引之。

此外根据者,尚有《传心要诀》《遏云奇选》《凝云奇选》等书。《传心要诀》,他处未见,本书凡五引之,云是永乐朝书,亦名《传心妙诀》,乃散曲选本也。《遏云》《凝云》亦见明沈自晋《南词新谱》引,名曰《遏云》《凝云》集并注云:“旧散曲。”盖徐氏之材料曾假诸冯梦龙。时冯方拟撰《墨憨斋词谱》也,未成而卒,遗稿归沈氏,乃得辗转相征引。《南词新谱凡例续纪》云:

> 冯子犹先生令嗣赟明,出其先人易箦时手书致嘱,将所辑《墨憨词谱》未定之稿,及他词若干,畀我卒业。先是甲申冬抄,子犹即谆以修谱促予,不意鼙鼓动地,逃窜经年,迨至山头,冯先生已骑箕尾去。于是即予所哀辑,印合于墨憨,凡论列未备者,时从其说。

又云:

> 阅来稿,自《荆》《刘》《拜》《杀》迄元剧古曲若干,无不旁引而曲证;乃所收新传奇,止其手笔《万事足》,并袁作《真珠衫》,李作《永团圆》几曲而已。余无论诸家种种新裁,即玉茗

博山传奇，方诸乐府，竟一词未及，岂独沉酣千古，而未遑寄兴于今耶？抑何轻置名流也？

其下原注云：

> 来籍中，得华亭徐君所录古曲若干，辨论颇析。予虽不甚解徐君论古意义，然亦间取其合格而可备用者，入谱以资今云。

甲申，明亡之年也，冯氏促沈氏修谱，而又自为之，其属稿亦必在此数年间。《南词新谱》卷十四黄钟《永团圆》注；

> 冯云："历查《凝云群珠》旧套，凡黄钟《永团圆》皆用此格。"

案：徐之得《乐府群珠》，在明熹宗天启七年，其卒也，在思宗崇祯九年，冯氏已得见《群珠》，则材料之借与，必在天启七年之后，崇祯九年之前，此数年间也。冯、沈二氏俱服膺沈璟者①，故所撰之谱发明甚少，仅就沈原谱稍加补缀而已。而二人见解又自不同，冯则详古忽今，沈则备今略古②，冯氏受徐之影响，不可谓不巨矣。冯氏归还材料时，或稍有遗失，今本书《般涉调耍孩儿》下，《小石调》《莲花赚》下，俱注"缺"字，而《南词新谱》反得据冯稿增补，此其证也。兹备录于后，亦足补本书之阙焉：

《耍孩儿》冯补　旧曲

> 齐和采莲腔。声韵响。见游鱼戏跃翠萍吹浪。执钩款款波心漾。钓得鲜鱼起，逞娇痴，殢人穿，挂斜阳。

《莲花赚》从徐稿存旧　《王子高》旧传奇

---

① 沈自晋渊源家学，弗可置论。冯氏之服膺沈璟，可于其所作王骥德《曲律序》见之："余早岁曾以《双雄》戏笔售知于词隐先生，先生丹头秘诀，倾怀指授云云。"

② 沈氏于徐君论古之意义竟不甚了解，亦足见其浅陋，故只能备今略古，逊冯氏多矣。所以备今者，且更存标榜之心焉。新谱中增人者，以范文若之曲为最多，盖范戏《勘皮靴》及《生死夫妻》末出卷场诗，有"新推袁沈擅词场"、"幸有钟期袁沈在"云云，以沈为知音，故沈亦极力表彰之。

不负佳期。果然是三日来至。感娘行情深意密似胶漆。告郎知。有缘千里能相见，无缘咫尺隔千里。莫学王魁。扯破家书负恩义。娘行听启①。

至于编纂之经过，《自序》云：

日共搜罗剔抉，刮垢摩光。且复以汉、唐古谱之源，从其体而增入，辑成一部，计历十二炎霜，易稿七遍，而犹未惬。不意至丙子上巳，昊天不悯，子室遂溘焉朝露，不亦痛耶！当易箦时，以是书泣付余，余亦大恸领之，敢不夙夜皇皇，终其所托。但此时亦七旬外矣，耳目半昏，悲愤犹然不减垂髫之苦攻，历至壬年菊月，始得脱稿，虽然，但心未犹惬。一日，适值天雨，复启味之，然其间瑕玷，果无全妥，惭羞无地，且恨负徐公之托也，宁死必欲再启，岂意世变人荒，不亦痛哉！苦捱至干戈稍息，时大清顺治己丑七夕后，方复坚心苦志，寝食俱忘，每事不复介意，历至辛卯清和，始得辞笔。计前后共历二十四年②，易稿九次，方始成之，余其年八十有八矣。

冯旭《序》云：

与翁朝夕参稽，俾今词悉协于古调。十余年，业未竣，而徐君逝矣。易箦时，以此书嘱翁，翁以故友之托，勿敢忘，又历寒暑者三而告厥成。

姚思《序》云：

按雠商略，殚厥苦心，历十余年，凡九易稿，然后宫无舛节，调有归宗，一准金元之旧焉。谱成，子室氏急谋梓行，弗

---

① 《耍孩儿》，见《新谱》卷十；《莲花赚》，见《新谱》卷二十一。
② 案：徐氏卒时，已七易稿，历十二年，崇祯九年徐卒，至顺治八年修订完成，其间又历十五年，前后应二十七年，此云二十四，盖误。

克遂意,赍恨而殁。易箦时,含泪嘱少雅,少雅亦含泪领之。顾此梨枣,须费中人五家之产,少雅之不能胜,无待言之矣。用是中怀迫切,又十余年,且不暇以追复古音为务,而惟恐负此良友临诀之言,为大可惧者,今得努力刊成,不惟慰子室氏未成之志于地下,而自此操觚者,与夫按板者,一旦同还正始,其不谓之骚坛之元勋也钦?

案:本书未闻有刻本,且《自序》明言徐氏亡时犹未脱稿,《姚序》云云不足信也。

徐、钮合撰尚有《北词谱》一种,李玉增删之,名《北词广正谱》,原名殆为《北词正谱》与?有原刊本,刘氏暖红室刻本,北京大学景原本。钮氏又有《按对大元九宫谱格正全本还魂记词调》,胡介祉校刊本,藏上海周氏,一二八之役,毁于兵火,今仅存暖红室翻刻本矣。

呜呼!钮氏一曲师耳,生陵夷之世,当垂暮之年,独能抗心希古,竟委穷原,成此不朽之巨著。奉律如沈璟,犹瞠乎莫逮,余子碌碌,更无论矣。今虽曲籍日出,颇足补其弗及,后来居上,时势使然。钮氏真天下之好也,才士也夫!

三十、九、廿一。碧湖

附年表

明世宗嘉靖二十三年甲辰

　　蒋孝中进士(《曲律蒋氏旧谱序》)。

二十八年己酉倭寇浙东

　　蒋孝自序其谱(文载《南词新谱》)。

三十四年乙卯

　　沈璟生(《曲律》、《苏州志》)。

四十三年甲子

钮少雅生。

神宗万历二年甲戌

沈璟中进士(《曲律》,《苏州志》)。

五年丁丑

张新中进士。

十一年癸未

徐阶卒,年八十一(《历代名人生卒年表》)。

十六年戊子

钮氏二十五岁,至昆山,魏、梁前卒,学曲于张新,数旬归里,就吴苃溪学。

沈自晋生(《南词新谱》,《鞠通生小传》)。

十九年辛卯

吴苃溪卒。

二十一年癸巳

钮识任小泉、张怀仙。

二十二年甲午

钮此后往来武陵、黄海、荆溪、魏塘二十年。

何氏皇蔡子作《蒋氏旧谱序》刻行,时沈璟《谱》亦已脱稿。

四十二年甲寅

钮返里,又客郑、郭、徐三家者九年。

熹宗天启二年壬戌　白莲教作乱山东

钮五十九岁,杜门谢客。

五年乙丑

钮获见《歌楼格》。徐庆卿得天历《九宫十三调谱》,招钮共辑谱。

七年丁卯

徐得《乐府群珠》,借与冯梦龙稿件当不出此后数年间。

思宗崇祯九年丙子

春,徐卒。谱七易稿。

十五年壬午

钮七十九岁,秋,谱脱稿。

十七年甲申

春,流寇破北京,明亡。冬,清兵入京。

冯梦龙促沈自晋修谱。其《墨憨斋谱》盖亦起草于此时。

清世祖顺治三年丙戌

清兵入福建,杀唐王,永历帝即位肇庆。

冯梦龙卒(《南词新谱·凡例续纪》)。

四年丁亥

沈氏《南词新谱》脱稿(本书《凡例续纪》)。

六年己丑

鲁王走舟山,江南干戈稍息。

秋,钮重订谱稿。

八年辛卯

清兵陷舟山,鲁王遁入海。

钮八十八岁。夏,修订完成。

九年壬辰

武塘吴亮中作谱序。

十二年乙未

沈自南作《新谱序》(见本书)。

十三年丙申　　永历帝奔云南。

姚思作谱序。

十八年辛丑

郑成功据台湾,吴三桂执永历帝。

松陵冯旭作谱序。

关于《南词引正》

在七月十九日的《文汇报》上，读到蒋星煜同志的《谈南词引正中的几个问题》，对拙作《南词引正校注》（见1981年7－8期合刊《戏剧报》）中引《泾林续记》，误把周寿谊当作朱元璋的臣子，加以纠正，不胜感谢！

现在别的不谈，有两个问题：一个是关于《骷髅格》的问题；一个是关于昆山腔清唱的问题；提出一些不同的看法，和蒋同志商榷。

第一个问题，蒋同志认为：一，《骷髅格》这一部古谱，只有徐于室、钮少雅见过，此外任何人都没有见过；二，魏良辅写《南词引正》，比徐、钮编订《九宫正始》早六十年至九十年，魏决不会直接或间接受《骷髅格》的影响，而有昆曲传自黄旛绰之说；三，《骷髅格》有人疑心是伪书，不可靠；四，昆曲传自黄旛绰，另有它的线索。

案：《骷髅格》这部书，虽则少见，但也不至于象蒋同志所说：除了徐、钮二人外，任何人都没有见过。据我所知，在明清之间，有一个叫桃渡学者的，编了一部传奇叫《磨尘鉴》，其中就有黄旛绰奉三教圣主之命，把《骷髅格》献给唐玄宗，并替玄宗训练梨园弟子，排演《磨尘鉴》；清康熙末，吕士雄等编《南词定律》，曾提到《骷髅格》；乾隆初，胤禄作《九宫大成南北词宫谱序》，也云："自《歌楼》有格①，图其谱而不有其辞。"吕士雄等或未必看见原书，

---

① 《歌楼格》，《骷髅格》的别名，见《九宫正始》钮少雅《自序》。

而桃渡学者在《磨尘鉴》中叙述《骷髅格》内容,非常详细,非亲自看见原书不可。倘假以时日,广为收罗,一定还有所得。可见蒋同志的第一个论断是不能成立的。《骷髅格》我们现在虽看不到原书,然《九宫正始》所征引,凡五十余条之多,从这里我们还可以窥见一个大概。其中解释曲牌名称的若干条,固然远托汉唐,信口胡诌,文理也很不通顺,显然是出于不学无术者之手。但是故事可以编造,曲调必须有所依据,是不能凭空杜撰的。钮少雅文化程度不高,历史知识平常,故贸然信此不经之谈;然在曲调方面,倘也和解释曲牌名称一样,信口胡诌,不知所云,钮少雅是曲律专家,岂能逃过他的目光,使他确信不疑? 所以《骷髅格》这部书,应该分别开来看,不应为了其中有些不经之谈,把它一笔抹杀,说它完全出于伪造。据我初步推测,《骷髅格》中的曲调,正和《齐东野语》、《方诸馆曲律》等书所记的《乐府混成集》的情况有些相似,也许是继承《混成集》而作。总之,它的时代是相当古的,可能出元人之手。蒋同志称它为“古谱”,是很正确的。现在既说明《骷髅格》古已存在,并非嘉、隆以后人的伪造,则天启间钮少雅可以见到,把它征引到《九宫正始》中去;难道嘉靖间魏良辅独不可以见到,把它引用到《南词引正》中去? 况且钮少雅治学态度,实事求是,是十分严谨的,从《九宫正始》中,随处可以看得出,决不会卖弄玄虚。照蒋同志的说法,简直不信有这部书,而是钮少雅在说谎,在托古改制,这是很难使人信服的。至于黄旛绰传昆曲之说,本是无稽之谈。我们晓得,唐人唱的是诗,北宋人唱的是词,南宋、金、元才有曲,而昆曲是在海盐腔的基础上发展起的,黄旛绰怎能懂得昆曲呢? 原可置之弗论。因为《南词引正》已经提到它,不能不说一说它的来源。而蒋同志却偏要证实其说,说:“后来昆山腔兴起,在表演艺术和声腔曲调上继承了这一些比较萌芽状态的东西而加以发展、提高,也是必然的。”似乎说昆山腔直接从这种“萌芽状态的东西”发展起来的,把由诗而词,而南北曲的发展过程一笔抹杀，这显然是不妥当的。况且《中吴纪闻》"绰墩"之说，元人已加否定，偏不肯信从，而举高启诗为证，不知诗人不是考据家，不过随兴吟咏，不能据为典要的。甚至说绰墩即千墩，即据蒋同志自己说的：一在县西二十里，一在县南三十里，不知怎样联系得起来？姑不论这些，绰墩之说就是当它可信，它的影响，也不过使"村人善滑稽、及能作三反语"而已，和《南词引正》说昆山腔为黄旛绰所传，毫无关系。所以此说自应以出于《骷髅格》，较近情理。

第二个问题，蒋同志认为：一，《猥谈》、《南词叙录》都是馀姚、海盐、弋阳、昆山并列，决不会馀姚等三腔都是戏曲声腔，惟独昆腔不是，而是清唱；二，《南词引正》中虽有清唱一条，而是泛指一切戏曲，倘昆山腔是清唱，则其它三腔岂不也变成清唱了吗？三，清唱是对彩排而言，即使《南词引正》的清唱专指昆腔，亦可以肯定昆腔此时早已用于戏曲。结论是：顾坚、魏良辅改进的都是戏曲声腔。

案：《南词引正》中所讲，是清唱而非"戏曲声腔"，证据很多，固不仅蒋同志所举的"清唱"云云一条。如："学〔集贤宾〕只唱〔集贤宾〕"一条，试问倘准备上演能这样学习吗？"双叠字"一条引〔字字锦〕，"将伯嗻"一条引《碧秋乐府》，都是散曲，是不能上演。这里无须多举，只提出一点：后人把《南词引正》附刊在卷首的，如：《吴歈萃雅》、《词林逸响》、《吴骚合编》等书，都是专供清唱用的选本，就可以意味着《南词引正》是清唱，而不是供演戏用的。

蒋同志把清唱声腔和戏曲声腔，机械的分割固定下来，才有上述的不正确的看法。声腔是在发展的，正如他自己所举的洋琴和吕戏，就是一个很好的例子。——他不承认洋琴是清唱，显然是不对的。其实这种例子很多，如：苏滩之与苏剧，秧歌之与秧歌戏，花灯之与花灯戏等等都是。不过昆腔情况稍有不同：戏文在昆腔之前，早已用海盐腔在演唱，到昆腔起来之后，日渐兴盛，海盐腔日渐衰落，经过一段相当时间，新腔遂代替了旧腔。当新腔既发生，而没有代替旧腔之前，新腔自然停留在清唱阶段，则正和未有吕戏之前，洋琴停留在清唱阶段一样，这是很明显的事实。《猥谈》、《南词叙录》虽诸腔并举，然各腔的发生、发展，具体情况不同，我们不应忽略这一点，而脱离实际，作演绎的推断。

　　试再从全面加以考察：自古以来，对于曲子，一直分清唱和演唱两条路线。盖士大夫阶级既要唱曲，而又看不起职业演员，所以他们只有清唱，以示和演员有所区别。正如赵孟頫所说：

　　　　良家子弟所扮杂剧，谓之"行家生活"；倡优所扮者，谓之"戾家把戏"。良人贵其耻，故扮者寡，今少矣。①

赵孟頫是贵族，自然看不起"娼优"（职业演员），以演戏为可耻，正足以代表一般士大夫的见解。他们只创作散曲，只是清唱；有时虽唱戏曲，也不带说白。《录鬼簿》中与才人对立，专做散曲的名公，就是这类人。明代一大批曲选，其中有散曲，有不带白的戏曲的，如：《盛世新声》、《词林摘艳》、《雍熙乐府》等类，正是供这类人清唱所用的本子，顾坚这个人，虽未必做过官，然一定是接近士大夫阶级的文人。他的朋友都是诗人②——倪瓒也间做散曲③；他自己有诗集，也有散曲集；自然够得上名公的条件，自然具有一般名公的见解，自然只有清唱，而决不会是"戏曲声腔"。

<hr>

①　见《太和正音谱》卷首。
②　《历朝诗集小传》甲前集都有他们的传。
③　见《录鬼簿续编》。

读《古剧说汇》

一、掌　　记

　　掌记，疑即今之手折之类，冯女士以"袖珍"释"掌"，窃谓不如以"手"释"掌"之直截也。女士又谓："我们推想它或者像今日街头巷尾书摊上卖的小型剧本，如《四郎探母》、《活捉王魁》之流。"敝意以为不然。小经纪所卖者，当是空白手折，商人可购以记帐，伶人可购以记曲。倘市上既有曲子钞本可买，则选购甚易，伶人何必再佣人传钞乎？

二、则　　剧

　　冯女士谓"则剧"殆是"杂剧"，非也。则者，作也。《京本通俗小说·西山一窟鬼》云："那人亦不则声，亦不则气。"又，《癸辛杂识》云："天台徐子渊赋〔一剪梅〕讥某长官云：'道学从来不则声。行也东铭。坐也西铭。'"故"则剧孩儿"，即作戏孩儿，盖指小儿队言也。

　　又，《张协状元》之"则剧买些归家里"，当别有一义，似应作"作速"解。"长是乐春台则剧"，则仍属前义。惟"乐"字似应作动词，"春台"非专名，我乡春季村落演剧，犹有"春台戏"之名。

读《孤本元明杂剧》眉端记

　　廿七年夏，也是园所藏《元明杂剧》现于吴县，凡六十四册，二百四十二本，由教育部斥资九千元，收归国有，此书可云得所矣。三十年秋，商务印书馆付诸排印。越二年，余从王季思兄假得印本，书来，并附函，属有所得，即识眉端。余乃忘其媸陋，竟如所请。兹撮录若干条，以为通俗文学补白。三十五年十月三十日，南扬记。

提要

　　十五贬黄州："第二折〔端正好〕〔滚绣球〕二曲，沈谱采之。"　案：沈氏无撰北曲谱者，此云"沈谱采之"，误。四九独乐园："卷端题濮阳桑季子绍良著，其字里俱无可征。"　案：桑绍良，明人，声韵学家，著《文韵考衷》。惜手头无此书，否则，或可考得其字里也。

裴度还带

　　"令官媒挑丝鞭，挂影神，捧小女于楼中抛绣球，招状元为婿。"　案：彩楼招亲，起源甚古，敦煌写本《佛本行集经》云："大王闻太子□□，遂遣国门高缚彩楼，召其合国人民，有在室女者，尽令与彩□□齐集，当令太子自拣婚对。"惟此为男招女，亦尚无绣球丝鞭。至宋无名氏《张协状元》戏文,始成现在形式。此外《倩女离魂》,《曲江池》,《梧桐叶》,《连环记》,《金钱记》诸杂剧亦有之。而挂影神,则仅见于此剧。

五侯宴

"义儿家将逞挡搜。" 案:挡搜,宋金元戏剧中习见之辞。《八义记》〔后庭花〕:"那两个都应是公与侯。这一个儿挡搜。"高文秀《襄阳会》:"张飞云:'豹头环眼逞挡搜。'"李文蔚《圯桥进履》:"申阳云:'右队拥挡搜甲士。'"盖威严勇猛之意。

庄周梦

"生扮庄子上。"案:金元杂剧脚色无生,此云"生扮庄子",误。下《剪发待宾》云"生扮陶侃",亦误。此或出后人妄改〔醉中天〕曲。案:此王鼎词也。《辍耕录》云:"中统初,燕市有一胡蝶,其大异常,王赋〔醉中天〕小令云云。"亦见《朝野新声太平乐府》。辞句各有出入。

神仙会

案:此剧楔子分成两截,第一三两套又插入南曲,元人面目,已渐变矣。

赛娇容

《采茶歌》十二月十二首 案:此后世小曲,《十二月花名》之滥觞也。

又案:米凯《黄鹤楼》有〔禾词〕及〔豆叶黄〕小曲;《下西洋》有〔山歌〕。末句下有"阿唅唅"和声;《群仙朝圣》有〔农歌〕,每句下皆有"和和和"和声;此皆治歌谣者之重要材料也。

临潼斗宝

〔日字谜〕二首："东海鱼,无头尾。又无脊骨是何意。""出兔口,入鸡肠。画时圆,写时方。"　案:宋彭乘《续墨客挥犀》云:"王荆公作四句谜云:'画时圆,写时方。冬时短,夏时长。'以示吉甫。吉甫亦作四句谜解之云:'东海有一鱼,无头亦无尾。除去脊梁骨,便是这个谜。'"亦见周密《齐东野语》,明田汝成《西湖游览志余》,惟均不著作者姓名。

东篱赏菊

"有的则是沿身的衣服。"　案:沿身者,身外无长物之意,吾乡犹有此语。

破风诗

无形无影诗　案:此诗亦见《京本通俗小说·西山一窟鬼》。

紫泥宣

"陈景思领驼垛……上。"　案:垛有堆积之义。下文云:"小番做抢夺驼垛科。"又云:"俺抢了这些行李。"则驼垛即行李,堆载驼背,故曰驼垛。

午时牌

手将　案:曹彬《下江南》有首将石玉,手,盖首之假字。

破天阵

"那女人头戴着花,乃是景也。"　案:簪花必对镜,是以镜谐景也。

女贞观

此高濂《玉簪记》之前身也。〔西江月〕"松舍青灯"一词,"偷诗"出且袭用之。

闹铜壶

"朱仝上云:'曾在郓城县为捷机。'"　案:捷机,院本脚色之一。朱仝为伶人,《水浒演义》所无。

渔樵闲话

"正似那皮灯球不辨个明和暗。"　案:吾乡犹有"黑漆皮灯笼"之谚。

浙江的戏剧

（一）戏文的发源地——永嘉

中国戏剧的起源，有人说是受印度剧的影响，可是拿不出很好的证据。现在我们确实可以相信的，戏文是发源于永嘉。明祝允明《猥谈》云：

> 南戏始于宣和之后，南渡之际，谓之"温州杂剧"。予见旧牒，其时有赵闳夫榜禁，颇述名目，如《赵贞女》《蔡二郎》等，亦不其多。

徐渭《南词叙录》云：

> 南戏始于宋光宗朝，永嘉人所作《赵贞女》《王魁》二种实首之。或云宣和间已滥觞，其盛行则自南渡，号曰"永嘉杂剧"，又曰"鹘伶声嗽"。其曲则宋人词而益以里巷歌谣，不叶宫调，故士夫罕有留意者。

案此种戏剧的名称很多较早书籍，如元钟嗣成《录鬼簿》、周德清《中原音韵》等，皆称之曰"戏文"，此大概是正式名目；称南戏，则别于北剧而言；永嘉杂剧，温州杂剧，则就地方而言；鹘伶声嗽，则宋朝市语，犹言伶俐腔调之意；有时亦称传奇。惟祝、徐两家之说，时代稍异宣和间至光宗朝，前后相距有七八十年，究竟那个话对呢？其实，无论那种文体总是渐渐衍化而成，决不会突然产生的。试想以"宋人词而益以里巷歌谣",渐渐变成这种繁复的戏文,一定经过相当的酝酿期间,毫无疑义的。《赵贞女》的内容既不可考,而《王魁》却还有几支曲文流传,散见于明沈璟《南九宫十三调曲谱》、清吕士雄《南词定律》、周祥钰《九宫大成南北词宫谱》等书,看来已是出于文人之手,决非最初民间的作品。《王魁》既是出于宋光宗朝,我们上溯至宣和间,这七八十年当他是酝酿时期,也不算长久。所以"宣和间既滥觞"这话也可以信的。

(二)宋元戏剧的中心区域——临安

戏文虽发源于永嘉,而盛行却在南宋的行在临安。
如《中原音韵》云:

> 沈约之韵,乃闽浙之音,南宋都杭,吴兴与切邻,故其戏文如《乐昌分镜》等类,唱念呼吸,皆如约韵。

元刘一清《钱塘遗事》云:

> 至戊辰己巳间,《王焕戏文》盛行于都下。

这都是戏文盛行临安的证据,盖靖康之难,仓卒南渡,内廷供奉的乐曲散佚殆尽,戏文即乘机而起。

宋亡之后,北方杂剧流入南徼,然而当时戏文并未因此衰落,《录鬼簿》云:

> 沈和,字和甫,杭州人。以南北调合腔,自和甫始。
>
> 萧德祥,杭州人。凡古文俱隐括为南曲,街市盛行;又有南曲戏文等。

元黄雪蓑《青楼集》云:

> 龙楼景,丹墀秀,皆金门高之女也,专工南戏。

　　可见元代南戏与北剧是并行不背的。不但此也。元初作剧者均北人，中叶以后，则悉为杭州人，其中虽有北籍的，然亦皆久居浙江了。《元刊古今杂剧三十种》，其中标明刊刻地点者十二种，大都的仅四种，而杭州的有八种，可见北剧南来之后，并其根本地也渐由大都移到杭州来了。

　　自宋以来伶人之供奉内庭，承值官府，出演勾阑的盛况，试一看宋周密的《武林旧事》、吴自牧的《梦粱录》等书，便可明白；而且当时还有专编戏剧的书会；清客玩票的社会；真可说是空前绝后的了。（我别有《宋金元戏剧搬演考》，兹不赘。）

（三）海盐腔

　　明陆容《菽园杂记》云：

> 嘉兴之海盐，绍兴之馀姚，宁波之慈铭，台州之黄岩，温州之永嘉，皆有习为倡优者，名曰戏文子弟。

夫方域既广，腔调自不能尽同，而沈宠绥《度曲须知》云：

> 腔则有海盐、义乌、弋阳、青阳、四平、乐平、太平之殊派。

则腔调之可考者，在浙江仅海盐义乌二种而已。义乌源流不详；而海盐则李日华《紫桃轩杂缀》云：

> 张镃字功甫，循王之孙，豪侈而有清尚。尝来吾郡海盐，作园亭自恣；令歌儿衍曲，务为新声，所谓海盐腔也。

樊维城《盐邑志林》元姚桐寿《乐郊私语》云：

> 州少年多善歌乐府，其传皆出于澉川杨氏。当康惠公梓存时，节侠风流，善音律，与武林阿里海涯之子云石交，云石翩翩公子，无论所制乐府散套骏逸为当行之冠，即歌声高引，可彻云汉，而康惠独得其传；其后长公国材，次公少中，复与

鲜于去矜交好，去矜亦乐府擅场；以故杨氏家僮千指，无有不善南北歌调者。由是州人往往得其家法，以能歌名于浙右云。

张氏倡之于前，杨氏继之于后，宜其独步一时了。明嘉隆间，豫章魏良辅之昆山腔出，而海盐腔始衰。

（四）主要的作家

南宋戏文，大都为书会所编，作者姓氏均不可考。《钱唐遗事》谓《王焕戏文》为太学黄可道作，虽可必其为浙人，然究不知其何县。现在就断自元朝为始，历举浙江的重要戏剧作家姓名于后，而系以籍贯。（其流寓浙江者，一并列入。）本来将各人的作品备列于下，因为篇幅不敷容纳，只得暂从割爱了。

（甲）元朝

金仁杰（杭州）	范　康（杭州）	曾　瑞（大兴）
沈　和（杭州）	鲍天祐（杭州）	汪勉之（庆元）
陈以仁（杭州）	乔　吉（太原）	周文质（建德）
秦简夫（里贯不详）	萧德祥（杭州）	陆登善（杭州）
王　晔（杭州）	王仲元（杭州）	杨　梓（海盐）
罗　本（武林）	施　惠（杭州）	范居中（杭州）
黄天泽（杭州）	沈　拱（杭州）	邽　经（仁和）
高　明（平阳）	徐　甽（淳安）	

元代作品，《琵琶》《幽闺》之脍炙人口，不必说了。作北剧者，如金、曾、鲍、乔、王诸家，亦皆一时之彦。吴先生梅云：“浙中词学，夙称彬彬，人文蔚起，他方莫逮焉。”

（乙）明朝

汤　式（宁波）	杨景言（钱唐）	王　济（乌镇）

姚茂良（武康）　　徐　渭（山阴）　　陈与郊（海宁）
叶宪祖（馀姚）　　孟称舜（会稽）　　卓人月（仁和）
陈汝元（会稽）　　李日华（嘉兴）　　卜世臣（秀水）
单　本（会稽）　　屠　隆（鄞县）　　戴子晋（永嘉）
车任远（上虞）　　沈　鲸（平湖）　　徐士俊（仁和）
秦鸣雷（天台）　　谢　谠（上虞）　　张太和（钱塘）
钱直之（钱塘）　　章大伦（钱塘）　　金无垢（鄞县）
高　濂（钱塘）　　程文修（仁和）　　吴世美（乌程）
史　槃（会稽）　　祝长生（海盐）　　汪　锳（钱塘）
胡文焕（钱塘）　　吕天成（馀姚）　　王骥德（馀姚）
陆江楼（杭州）　　王　恒（杭州）　　张从怀（海宁）
杨　斑（钱塘）　　黄维楫（天台）　　朱　期（上虞）
杨子炯（馀姚）　　赵於礼（上虞）　　邹逢时（馀姚）
谢天祐（杭州）　　吾邱瑞（杭州）　　金怀玉（会稽）
王　翃（嘉兴）　　沈孚中（钱塘）　　姚子翼（秀水）
许炎南（海盐）　　庾　庚（杭州）　　来集之（萧山）
张　楚（杭州）

（丙）清朝

查继佐（海宁）　　李　渔（兰溪）　　高　弈（会稽）
毛奇龄（萧山）　　查慎行（海宁）　　石子斐（绍兴）
沈树人（湖州）　　沈名荪（仁和）　　陆次云（钱塘）
姚子懿（嘉兴）　　谢宗锡（绍兴）　　顾元标（绍兴）
沈　沐（仁和）　　李荫桂（山阴）　　周　起（萧山）
洪　昇（钱塘）　　孙　斑（奉化）　　吴　城（钱塘）
厉　鹗（钱塘）　　钱维乔（嘉兴）　　夏　纶（钱塘）
裘蔗村（慈溪）　　黄宪清（海盐）　　梁孟昭（钱塘）

明、清两朝，吴人撰述之富，大有凌驾浙人之势。然清朝一代足为代表者,非洪昇莫属。南洪北孔,名震一时,倘就格律而论,则洪远出孔上。至若李渔之排场生动,亦为他人所不及的。

（五）姚、王两先生研究的成绩

我国戏剧虽有千把年的历史,然向来只当玩好看,仅有片段的材料,没有系统的记载,故不能成为一种学问。自姚、王两先生出,始有条理可言。

姚先生,讳燮,字梅伯,更字复庄,镇海人。有《今乐府辞》五百卷,未刊,闻藏镇海小港李氏;《今乐考证》五册,北京大学以原稿印行,此书仿马氏《经籍考》例,作者分代排列,次为曲目,末采诸家评论,兼及作者世系行状,原书未分卷第,亦无序跋目录,盖系初稿,犹未写定。

王先生,讳国维,字静安,号观堂,海宁人。为近代国学大师,关于戏剧的著述,有《曲录》六卷,《戏曲考原》一卷,《宋大曲考》一卷,《优语录》二卷,《古剧脚色考》一卷,《曲调源流表》一卷,《宋元戏曲史》。

近来治戏剧之学者日众,其成绩或竟有突过前人的。然而假使没有姚、王两先生开辟这条路,引导着我们前进,就没有现在的这样进步了。

浙江戏曲考

永嘉——戏文的发源地

讲到中国戏剧的起源,如郑振铎君的《插图本中国文学史》,力主是受印度梵剧的影响,然所举各证,理由都不充分。这个问题,将来有机会再谈,现在姑且不论。根据目前所能见到的材料而论,我们可以知道,戏文的起源,实在永嘉。明叶子奇《草木子》云:“俳优戏文,始于《王魁》,永嘉人作之。”祝允明《猥谈》云:“南戏出于宣和之后,南渡之际,谓之‘温州杂剧’。予见旧牒,其时赵闳夫榜禁,颇述名目,如《赵贞女》《蔡二郎》等,亦不甚多。”徐渭《南词叙录》云:“南戏始于宋光宗朝,永嘉人所作《赵贞女》《王魁》二种实首之,故刘后村有‘死后是非谁管得,满村听唱蔡中郎’之句。(案:此实系陆游诗,徐氏误记。)或云宣和间已滥觞,其盛行则自南渡。号曰‘永嘉杂剧’,又曰‘鹘伶声嗽’。其曲则宋人词而益以里巷歌谣,不叶宫调,故士夫罕有留意者。”考戏文的名称很多,除上所举者外,又有称南曲戏文的,见元钟嗣成《录鬼簿》;又有称传奇的,见《永乐大曲戏文三种》。大概“戏文”是正式名称,至今浙江一带仍沿用着这个名称;“南曲戏文”,是别于当时北曲杂剧而言;“南戏”,是南曲戏文的简称;“永嘉杂剧”,“温州杂剧”,均就地方而言,犹之现在的“四明戏”,“嵊县戏”;“鹘伶声嗽”,是宋人市语,“鹘伶”乃伶俐之意,如王德信《西厢记杂剧》

云："鹘伶渌老不寻常。"声嗽即腔调之谓,如《事林广记》圆社市语云："呵喝啰声嗽道臁厮。"盖即伶俐腔调之意;至于"传奇""杂剧",本宋金元戏剧的总名,明清以来,其涵义始渐变。

闲话丢开,言归正传。上面三书所记,戏文起源的时代虽参差不同;而戏文起源的地点,则众口一辞,都说在永嘉,所以永嘉为戏文的发源地,当可确信了。现在附带说一说戏文起源的时代问题。一说在宣和间,一说在光宗朝,中间相距有七八十年,究竟那个的话对呢? 我们知道,文学的新方式都是出于民间,久而久之,文人学士受了民间文学的影响,采用这种新体裁来做他们的文艺作品。这是文学史上一个逃不了的公式。(详胡适之先生《词选序》)所以一种文学的方式,总是渐渐衍化而成,决不是一个人毫无依傍,可以凭空创造得出的。戏文,最初当然是永嘉一带民间的戏剧。《赵贞女》的内容虽不可知,而《王魁》却还有十余支曲文流传,散见于明沈璟《南九宫十三调谱》,钮少雅《九宫正始》,清吕士雄等《南词定律》,以及周祥钰等《九宫大成南北词宫谱》,看来已是出于文人之手,决非最初民间的作品。在《王魁》以前,怎样会以"宋人词而益以里巷歌谣",渐渐变成这种繁复的文学方式,其间一定经过相当的酝酿时期,毫无疑义的。《王魁》既是光宗朝的作品,我们上溯至宣和间,这七八十年当他是酝酿时期,也不算长久。所以"宣和间已滥觞",盛行于南渡之后——宋光宗朝,两说并不冲突,都可信的。

临安——南戏北剧的中心

胡先生《词选序》又说,文人的参加,能使这种新体裁进步。但文人把他学到手之后,劣等文人便来模仿,结果弄得貌合神离,于是这种文学方式便渐渐走上了末路,文学的新生命又须另向民间去找了。我们知道,曲之前身是词;词至北宋,有鼓子词、有传踏、有大曲、有曲破、有法曲、有鼓吹曲、有诸宫调,可说发达到极点。然而词的疆域开拓已尽,弊病渐生,又须另换新方式了。(在南宋虽则作词的人仍很多,然那时的作品渐渐离音乐而独立,什九已变成抒情的诗,不是合乐的曲了。)加以靖康之难,仓卒南渡,内廷供奉的乐曲散佚殆尽,所以宋张炎《词源》云:"迄于崇宁,立大晟府,命周美成诸人讨论古音,审定古调。沦落之后,少得存者。"这处处给戏文以发展的机会。大概在南渡之际,戏文已流传到行在临安,经了文人的参加,贵族的提倡,于是戏文大盛。从此之后,临安遂成了戏文的中心区域。盖国都所在,人才众,经济富,娱乐之需要殷切,故戏文虽起源永嘉,而盛行则在临安。正如清代之秦腔徽调,盛行于北京,同一道理,元周德清《中原音韵》云:"至戊辰己巳间,《王焕戏文》盛行于都下。"这都是戏文盛行临安的证据。

高宗南渡,一切宫闱典礼,岁时游赏,往往规抚汴京,试把宋孟元老《东京梦华录》与周密《武林旧事》,吴自牧《梦粱录》,西湘老人《繁胜录》等,加以对照,便可明白。故伶人的供奉内廷,承应官府,出演勾阑,大致同北宋之制,惟所演的则由大曲杂戏而渐变为戏文了。

供奉内廷的,有教坊与钧容直的杂剧色;惟在南宋,教坊与钧容直时置时罢,或即拨临安府衙前乐人供应,或但呼市人使之。承应官府的,有衙前乐;衙前乐,原亦属诸教坊。俱详周、吴诸书,及李心传《建炎以来朝野杂记》,《宋史·乐志》等。内廷所演,不过小杂剧,如《武林旧事》所记,天申圣节排当乐次云:

> (初坐,第四盏,吴师贤以下上,进小杂剧。)杂剧,吴师贤以下做君圣臣贤爨,断送万岁声。
>
> (第五盏。)杂剧,周朝清以下做三京下书,断送绕池游。
>
> (再坐,第四盏。)杂剧,何晏喜已下做杨饭,断送四时欢。
>
> (第六盏。)杂剧,时和已下做四偌少年游,断送贺时丰。

此理宗朝事,当时戏文流行已久,一则宫闱典礼,比较保守,二则杂艺太多,(前后献酒凡四十三盏,每盏必有杂艺一二种。)所以只做小杂剧。

承应官府,情形不大可考。《戏文三种·错立身》云:"(虔末白)真个是相公唤不是?(净)终不成我胡说!(旦)去又不得,不去又不得。(末)孩儿与老都管先去,我收拾砌末恰来。(净)不要砌末,只要小唱。"可见"唤官身"不一定串演,有时只是清唱。

至于以戏剧为营生的,有两种:一种在勾阑内搬演的,又有专演杂剧与专演杂扮之分;一种是不入勾阑,只在要闹宽阔之处做场者,谓之"打野呵",流品较低。俱见周、吴二书。勾阑俱在瓦子内,《武林旧事》云:"如北瓦羊棚楼等,谓之游棚,外又有勾阑甚多。北瓦内勾阑十三座最盛。"可见临安戏剧之盛了。

此外,临安还有几个与戏剧有关的团体:一是书会;一是票房。书会,是编撰脚本的才人的团体。《戏文三种·张协状元》〔满庭芳〕云:"教坊格范,绯绿可同声……。状元张叶传,前回曾演,汝辈搬成。这番书会要夺魁名。占断东瓯盛事,诸宫调唱出来因。"又〔烛影摇红〕云:"九山书会,近日翻腾,别是风味。"案:九山,为永嘉地名;绯绿,为临安票房。以九山为名,以绯绿自比,大概是临安一个永嘉人所组织的书会。《戏文三种》,就内容考之,以《张协》为最早,当在南宋中叶以前,所以这个书会是南宋中叶以前的书会;《错立身》次之,当在南宋末,卷首题"古杭才人新编";《小孙屠》又次之,当出元人手,卷首题"古杭书会编撰"。(《录鬼簿》,萧德祥下著录《小孙屠》一本,又云著有南戏文;贾仲明补词云:"武林书会展雄才。"萧氏既撰戏文,又属书会中人,此戏盖即出其手。)临安书会的掌故,可知者仅此而已。《武林旧事》云:"二月八日,为桐川张王生辰,灵山行宫朝拜极盛,百戏竞集。如绯绿社,杂剧;齐云社,蹴球……。若三月三日,殿司真武会;三月二十八日是东狱生辰;社会之盛,大率类此。此种戏剧团体,既非教坊，又非勾阑，究竟是什么呢？不用疑惑，一定是清客串的剧体——票房了。九山书会是很自负的，何以独独要引他来自况呢？我们知道，现在伶人称票友为外行，自居内行，而古代恰恰相反。明朱权《太和正音谱》引赵孟頫的话，谓良人所扮谓之行家生活，倡优所扮谓之戾家把戏。可见古代票友技术，大率比伶人高明。

　　北杂剧之中心，本在大都，可是宋亡之后，渐渐流入南方。试看金元间作杂剧者皆北人，中叶以后则悉为杭州人，虽有北籍的，然亦皆久居浙江了。再看《元刊古今杂剧三十种》，标明编刊地点者十二种，杭州占其八，大都仅占其四。这都是很好的证据。

　　所以，临安在宋为戏文中心，在元且兼为杂剧中心了。（在元朝，戏文杂剧二者并盛，无甚上下。《南词叙录》谓戏文在元曾中衰，至元末复盛；《草木子》谓元朝戏文盛行，至元末而绝；二说相反，而不合实际则一。）

海盐腔　馀姚腔　义乌腔

　　明陆容《菽园杂记》云："嘉兴之海盐，绍兴之馀姚，宁波之慈溪，台州之黄岩，温州之永嘉，皆有习为倡优者，名曰戏文子弟。"夫方域既广，腔调自难尽同。《南词叙录》云："今唱家称弋阳腔，则出于江西，两京、湖南、闽、广用之；称馀姚腔者，出于会稽，常、润、池、太、杨、徐用之；称海盐腔者，嘉、湖、温、台用之。"沈宠绥《度曲须知》云："腔则有海盐、义乌、弋阳、青阳、四平、乐平、太平之殊派。"是腔调之在浙江省，有海盐、馀姚、义乌三种。馀姚腔且北被江苏，流衍大江南北。三种腔调，除海盐腔外，共余二者，源流都不可考。关于海盐腔，李日华《紫桃轩杂缀》云："张镃，字功甫，循王之孙，豪侈而有清尚。尝来吾郡海盐，作园亭自恣，令歌儿衍曲，务为新声，所谓海盐腔也。"又，樊维城《盐邑志林》元姚桐寿《乐郊私语》云："州少年多善歌乐府，其传皆出于澉川杨氏。当康惠公梓存时，节侠风流，善音律，与武林阿里海涯之子云石文。云石翩翩公子，无论所制乐府散套，骏逸为当行之冠，即歌声高引，可彻云汉。而康惠独得其传。其后长公国材，次公少中，复与鲜于去矜交好。去矜亦乐府擅场。以故杨氏家僮千指，无有不善南北歌调者。由是州人往往得其家法，以能歌名于浙右云。"张氏倡之于前，杨氏继之于后，海盐腔之盛，都是二氏之功呢。明正嘉间，魏长辅之昆山腔出，而诸腔始渐衰。至于唱曲的咬字行腔情形，也间有可考的，如《中原音韵》云："入声以平声次第调之，互有可调之音。且以开口'陌'以'唐'内'盲'，至'德'以'登'五韵；闭口'缉'以'侵'，至'乏'以'凡'九韵；逐一字调平上去入，必须极力念之，悉如今之搬演南宋戏文唱念声腔。"（案："唐"应作"庚"。"唐"之入声为"铎"，不是"陌"；且"盲"字在"庚"韵，不在"唐"韵。此作"唐"者，盖"唐""庚"形近而误。又从"陌"至"德"共六韵，此云"五韵"，亦误。）可见咬字是很着实的。魏长辅《曲律》云："曲须要唱出各样曲名理趣，宋元人自有体式。如〔玉芙蓉〕〔玉交枝〕〔玉山供〕〔不是路〕要驰骤，〔针线箱〕〔黄莺儿〕〔江头金桂〕要规矩，〔二郎神〕〔集贤宾〕〔月云高〕〔念奴娇序〕要抑扬，〔扑灯蛾〕〔红绣鞋〕〔麻婆子〕虽疾而无腔，然而板眼自在，妙在下得匀净。"盖曲牌节奏有缓急，性质有精细；有宜于悲情的，有宜于欢乐的；须将各种理趣唱出方佳。此两条乃唱曲的基本条件，海盐、馀姚、义乌三派亦不能外此，所以附带及之。

作家　作品

戏文既起源于永嘉，临安又曾为戏文杂剧之中心，故戏剧作家之众与作品之多，当以浙江首屈一指。先师吴瞿安先生尝云："浙中词学，凤称彬彬，人文蔚起，他方莫逮焉。"惟南宋戏文均为书会才人所编，作者姓氏都不可考。《钱塘遗事》谓《王焕戏文》为太学黄可道作,虽可必其为浙人,然究不知其为何县。我们可以武断地说,宋元戏文什之七八出浙江人手,当无大误。现在把元明清三朝作家,分杂剧传奇(包括戏文)两类,各列一统计表如下。(凡专作散曲之家,不计;确知其占籍浙江者,一并列入。地名以今县市为准,如仁和、钱塘、武林统作杭州,山阴、会稽统作绍兴;庆元则作象山,湖州则作吴兴;馀仿此。表中中文字示作家数,阿拉伯字示作品数。)

一　杂剧

地别	元	明	清	地别	元	明	清
杭州	十七 63	五 26	一 1	象山	一 1	一 2	
海宁		一 3	一 1	绍兴		五 14	
嘉兴		一 1		馀姚		一 9	
海盐	一 3			上虞		一 1	
吴兴		二 3		萧山		一 6	
武康		一 3		建德	一 4		
慈鸡			一 4	合计	二十 71	十九 68	三 6

二　传奇

地别	元	明	清	地别	元	明	清
杭州	一 1	十四 22	八 20	馀姚		五 23	
海宁		二 2	二 2	上虞		四 6	
嘉兴		四 11	二 2	萧山			二 3
海盐		二 3	一 7	天台		二 2	
平湖		一 4		兰溪			一 16
吴兴		二 2	一 1	淳安	一 1		
鄞县		二 4		永嘉		一 2	
奉化			一 1	瑞安	一 1		
绍兴		六 29	六 21	合计	三 3	四十五 110	二十四 73

三朝合计凡七十二人,传奇一百八十六本。

这两个表，因限于时间与材料，仅以曲录为主，而以天一阁明钞本正续《录鬼簿》，明王骥德《曲律》参校之，实在粗疏得很。倘广为收罗，（如《今乐考证》所著录，颇多出《曲录》外的；以及当代流传之本，《曲录》所未及的。）所得当不止此。

浙江元代杂剧作家，比元初王、关、马、白诸人，似觉稍逊，然如金仁杰、范康、曾瑞、鲍天祐、钱天祐、萧德祥、王晔、杨梓、乔吉、王仲元、罗本诸人，亦皆一时之彦。明清作者，往往偭越规矩，渐离元人面目，可置而不论。

自来论元戏文者，必曰"荆刘拜杀"，《荆钗》《白兔》作者无考，《拜月》为杭州施惠作，《杀狗》为淳安徐畖作，都是浙江人；而瑞安高明之《琵琶》，脍炙人口，明太祖至誉为珍羞百味（见明姚福《青溪暇笔》），更不必说了。明初作风，仍旧沿袭元代。自昆腔起，腔调既自越而吴，故中叶以后，吴人撰著之富，大有凌驾浙人之势。然足为清朝一朝代表者，当推钱塘洪昇之《长生》。当时虽南洪北孔（指曲阜孔尚任）并称，《长生殿》与《桃花扇》文章固无甚高下，倘就格律而论，则洪作远出孔上。则曲坛盟主，仍属浙人。同时兰溪李渔诸作，排场生动，亦为诸家所不及的。清中叶以后，秦腔徽调，渐次流行，昆山腔渐衰，作传奇者亦往往不解曲律，舛误百出，而海盐黄燮清独能出色当行，为清代曲家之后殿。

曲　　学

戏曲之学，开端于明。以注释言，如明徐渭、王骥德的《注西厢》五剧。徐注殊简略，姑勿论。王则颇沾沾自喜，以为不朽之大业，然而往往毫无根据，任意妄改，对于金元的风俗方言名物故实，未必真能了然于胸中。即其所著的《曲律》，亦殊浅陋不足观。以目录言，徐渭有《南词叙录》，吕天成有《曲品》，清高奕有《新传奇品》，虽收罗未备，不失为研究戏曲者的重要参考材料。

以《曲谱》言，清初海宁查继佐有《九宫谱定》，与嘉兴高某合撰（见刘振麟周骧《东山外纪》）。此谱仅据沈璟的《南九宫十三调谱》，稍加删节，没有什么发明，惟卷首论曲牌的节奏性质一篇总论，乃诸谱所无，是一特色。《东山外纪》又说，查氏尚有一种北曲谱，名《六宫谱》，未见。胡介祉虽占籍大兴，然其原籍本为山阴，有《南九宫谱大全》，仅存稿本六册，原藏纳兰性德珊瑚阁，现藏吴先生奢摩他室。此外有钱塘杨绪，则为编撰《南词定律》之一人。盖腔调自越变吴，曲谱撰作，当然不及吴中之多。

到了清朝末年，镇海姚燮始仿马氏《经籍考》例，作《今乐考证》，作者分代排列，次为曲目，末采诸家评论，兼及作者事迹。共五册，原书末分卷第，亦没有序跋目录，盖系初稿，犹未写定。此为以清儒治学之法始曲的开端戏。

中华民国初年，海宁王静安先生曲学之书，陆续出版，曲学至此始有条理可言。其所作有：《曲录》六卷、《戏曲考原》一卷、《宋大曲考》一卷、《优语录》二卷、《古剧脚色考》一卷、《曲调原流表》一卷，最后乃写成《宋元戏曲史》，前此诸作，都不过为作《戏曲史》的准备罢了。

近来戏剧秘籍日出，治戏剧之学者亦日多，考其成绩，有突过前人的，然倘没有姚、王二氏开辟这条路，引导我们前进，就没有现在的这样进步了。

（原载《浙江省通志馆馆刊》第二期）

谈本省戏剧文献

一　戏文

　　戏文发生于温州，所以又叫"温州杂剧"（明祝允明《猥谈》），又叫"永嘉杂剧"（明徐渭《南词叙录》）。

　　至于发生的年代，有两个说法：一说在宋徽宗宣和（1120—1125）之后，南渡（1128）之际，当时官方有个叫赵闳夫的，曾经出告示禁止演出（《猥谈》）；一说在宋光宗朝（1190—1194），永嘉人做的《赵贞女》、《王魁》，实为最早的戏文本子（《南词叙录》）。

　　这两说前后相差六十年左右，究竟哪个对呢？我们赞成前一说，有三点理由：第一，赵闳夫禁止演戏，我们可以肯定它是事实，这是表现了官方与民间的矛盾。赵闳夫是赵匡胤兄弟廷美的七世孙，和宋孝宗（1163—1189）同辈（《宋史·宗室世系表》），禁止演戏，自应在宋孝宗时。倘说光宗朝戏文才发生，孝宗时怎样能预先禁止呢？而且正因为它盛行才要禁止，光宗时倘戏文刚刚发生，尚未盛行，也无须禁止。第二，戏文起初当然唱的是温州腔，必须经过一个时期，才能发展成别种腔调。在孝宗、光宗时已经有海盐腔（详下第三节），倘说光宗朝戏文才发生，将如何解说这一事实。第三，《赵贞女》虽不可见，而《王魁》尚有十八支残曲流传（详拙作《宋元戏文辑佚》），看来已相当成熟，决非戏文的原始面目。所以我们认为戏文是起于南北宋之间，比较可信。

当然,戏文的发生,是有它的经济背景的。温州,是宋朝的通商口岸,商业发达,经济繁荣,娱乐的要求也相应提高,那时北宋简短的杂剧已不能满足市民的需要,于是有完美复杂的戏文产生。可是这里有个很难解答的问题,就是宋朝的通商口岸不只温州:象广州、泉州等地,犹可说经济虽繁荣,究竟离当时的戏剧中心汴梁——北宋的都城太远,影响不大,文化条件不够,所以不能产生戏文;但是本省的明州(鄞县)、杭州,也是通商口岸,为什么不能产生戏文? 独独温州能产生呢? 据我的推想——不一定正确,或者因为北宋末年,方腊起义,明州、杭州距战区较近,不象温州的太平无事,所以戏文独独产生于温州。

宋室南迁,杭州成为政治、经济、文化的中心。戏文流传到杭州,大受群众的欢迎,便在那里扎下了根,一直到元朝,仍旧流行不衰。

其间有一事值得提一提的,就是在南宋末年,有个太学生叫黄可道的,编了一本《王焕戏文》,大家排演,风行一时。有一个仓官的几位姨太太,看了这本戏,大家都丢了那个仓官,各自找对象去了——因为这本戏是以争取婚姻自由为主题的(元刘一清《钱塘遗事》)。从这里,不但使我们看到戏文感人之深,同时更可以理解赵闳夫所以要禁止的缘故了。

二　才人、书会和“票房”

宋元时编撰戏剧的叫做“才人”。如《永乐大典戏文三种》中的《宦门子弟错立身》,就明写着“古杭才人新编”。他们既非达官,又非师儒(《录鬼簿》才人之外,又有名公,正是指这些达官师儒而言),大抵是些风流跌宕,而不得志于时者。

他们组织的团体叫做“书会”。现在考起来,南宋时温州有个九山书会(见《戏文三种·张协状元》)。它编的的戏文想必不少,可惜现只知道两种:除《张协状元》之外;还有一种叫《董秀英花月东墙记》(见《寒山堂曲谱》)。在元朝,杭州有个古杭书会(见《戏文三种·小孙屠》)——它也许在南宋就有了。此外,在《宦门子弟错立身》里又提到有个"玉京书会"。这本戏文虽演的是金朝的故事,但从内容看来,是出于南宋末年杭州人之手,所以这个"玉京",也应该是指杭州。惟不知"玉京"二字,是泛指京城,还是书会的专有名词?

自从元朝统一中国之后,杭州依旧很繁荣,所以杂剧的中心本在大都,却渐渐的南迁杭州。那时杭州的书会,不但一方面仍在编撰戏文,一方面也在兼撰杂剧了。《录鬼簿》所载后期作家,大都是杭州书会中人。

在南宋,杭州还有个演杂剧(指宋杂剧,不是金元的北曲杂剧)的团体,叫做绯绿社(见《武林旧事》等书)。他们既非供奉内廷的教坊,又非出演勾栏的戏班,究竟是什么呢?实在就是和后世清客串的票房相类似。他们的技艺是很有名的。因为古代与后世不同,后世伶人自居内行,称票友为外行,而古代恰恰相反。古代以票友为内行,以伶人为外行(见《太和正音谱》引赵子昂语),可见那时票友技艺的高明了。而后世的票房,是应该奉它为鼻祖的。

三　海盐腔和馀姚腔

戏文初起,当然是用温州腔唱的,后来流传得广了,便发展成为各种不同的腔调。

大约在南宋光宗时,循王张浚的孙子张镃,从杭州迁居海盐,造了许多园亭,教了一班家乐。变换旧调,自创新声,即所谓海盐腔(见《紫桃轩杂缀》)到了元朝,海盐杨梓——也是个作曲家,和贯云石交好。云石不但善于作曲,而且善于唱曲,杨梓得他传授,也唱得很好。杨梓死后，他的两个儿子国材、少中，又和曲家鲜于去矜交好，继续研究，精益求精，亲自教给乐僮演唱。海盐人学到杨氏的唱法，都以善唱出了名(见《乐郊私语》)。

到了明朝，海盐腔流传于嘉、湖、温、台一带（见《南词叙录》)。正德间，魏良辅创昆山腔，也是根据海盐腔改的。可见吴中未有昆山腔之前，唱的也是海盐腔。嘉靖间，宜黄谭纶官于浙，携海盐子弟归教其乡人(见《玉茗堂集》)，则海盐腔又流传到江西了。

馀姚腔不知始于何时，只晓得明中叶以前，已流传到常、润、池、太、扬、徐一带。尤其池、太最为发达，后来发展成为青阳、四平、乐平、太平等腔(见《度曲须知》)；再变而为石牌腔、吹腔、徽调；再变而为现在的京戏。

此外更有义乌腔(见《度曲须知》)，它的起源和发展都未详。

四　刊刻、品评、著录和研究

宋元书会编了许多戏剧，可惜流传的很少，戏文有无刻本不可知，杂剧也仅有八种确知为元代杭州所刻(见《元刊古今杂剧三十种》)。当时戏班所用，则是一种手折，他们称为"掌记"，乃是写本，不是刻本(见《宦门子弟错立身》)。

到了明朝，私家刻戏剧的，以吴兴闵遇五与凌延喜为最有名。闵氏所刻，以《六幻西厢》著名。凌氏所刻，有《琵琶》、《拜月》等记，皆朱黑套印，插图尤极工致。更有臧懋循编刻《元曲选》，臧氏，也是吴兴人。书铺刻戏剧的，则有杭州的容与堂。

品评戏剧的：明朝有会稽吕天成的《曲品》，山阴祁彪佳的《远山堂明曲品》、《明剧品》；清初有山阴高奕的《新传奇品》。

著录戏剧的：明朝有山阴徐渭的《南词叙录》；清道光间，有镇海姚燮的《今乐考证》；辛亥革命前后，有海宁王国维的《曲录》。

　　其它有关戏剧的作品尚多,如明会稽王骥德的《曲律》,秀水沈德符的《顾曲杂言》,清兰溪李渔的《闲清偶寄》等等,不一一列举了。

　　讲到研究,乃是最近四五十年的事。戏剧虽则有很长的历史,不幸向来只被人当玩好看,没有系统的记载,不能成为一种学问。自从王国维的《宋元戏曲史》出版,始有条理可言,他是研究戏剧的奠基人。固然,半世纪来,王氏所见不到的新材料,陆续在发现,他的书应该补充、纠正的地方很多,但是他的创始之功是不可泯没的。

　　前人对戏剧各方面的创造多么伟大,留传给我们的遗产多么丰富。我们应该怎样的承受这份遗产,加以发扬光大,使得它在百花齐放的环境中,开出灿烂的花朵来呢。

昆剧是发展的时候了

自从打倒"四人帮",召开了五届人大,形势一片大好。五届人大第一次会议上的《政府工作报告》,号召我们要在双百方针的指导下,促进文化事业的发展。

或者有人要疑心,昆剧细致严密,已到顶点,怎样再发展呢?这种想法是不对的。我们简单的追溯一下它过去发展的历史,就能明白它是能够发展的。这里不仅指艺术方面发展,同时还指思想方面发展,就是能不能接受新事物,做到推陈出新。

昆剧的祖宗是宋元戏文,它是宋朝温州人所创造的。《南词叙录》说它"其曲则宋人词而益以里巷歌谣",是不错的。《永乐大典戏文三种》中的《张协状元》,是戏文初期的作品,其中还保存许多后世所没有的曲调,如〔台州歌〕、〔福州歌〕、〔水车歌〕之类,很明显是民间歌谣。

一个富于创造性的剧种,无时无刻不在要求吸收养料,充实自己,否则就会僵化而趋向没落。这是发展的内在因素。及至它流传到外地,与那里的语言风俗种种不同而发生矛盾,又促使它采用那里的方言,吸收那里的歌谣。这是发展的外来因素。当然外因必须通过内因而起作用,倘然这个剧种已经僵化,失去吸收的能力,虽有外因的刺激,也属徒然。只要看戏文和杂剧,当金元杂剧一起来之后,戏文能吸收北曲,如《永乐大曲戏文三种》中的《错立身》和《小孙屠》,都已有北曲套数,而杂剧不能吸收南曲,就是这个道理。不但如此,戏文吸收了北曲,更有所创造,创造了一种所谓南北合套。

宋元时戏文先后流传到海盐、馀姚、弋阳，分别融合了当地的方言曲调，成为海盐腔、馀姚腔、弋阳腔，即所谓戏文的三大声腔。其实当时戏文的流传还不止于此，已北至大都，南至闽广。如寒山堂《九宫十三摄南曲谱总目·金银猫李宝闲花记》下注云："大都邓聚德著。业卜，字先觉。尚有《三十六琐骨戏文》三十九出，隆福寺刻本。"可见元朝在大都已有自编自刻的戏文了。宋元以来戏文流传福建的一定很多，明徐谓编写《南词叙录》即在福建进行的，共著录"宋元旧篇"六十五本，"本朝"四十八本。明初编《永乐大典》，仅收宋元戏文三十三本，这里差不多多了一倍。

到了明朝，海盐腔已流传于两京（见《客座赘语》）、嘉、湖、温、台（见《南词叙录》）等处。它的传入苏州，时代较早，寒山堂《九宫十三摄南曲谱总目·王十朋荆钗记》下注云："吴门学究敬先书会柯丹邱著。"《山中白云词·满江红》赠韫玉传奇，注云："惟吴中子弟为第一。"至迟在南宋末叶早已有编戏的书会，演戏的子弟了。何以知道它是海盐腔呢？第一，海盐腔发生于南宋中叶，早于其他诸腔（见《紫桃轩杂缀》、《南湖诗余》），早具备向外传布的条件；第二，海盐、苏州相去不远，有江南运河连系其间，交通便利；第三，同属吴语区域，无方音的隔阂；第四，直至明朝，吴中子弟还在唱海盐腔（见《金瓶梅词话》）。大约在正德年间，魏良辅、过云适、张野塘等人，即在海盐腔的基础上加以改进，使比较平直的海盐腔，一变而为清柔宛折，流丽悠远（见《梅花草堂笔谈》、《度曲须知》、《虞初新志》、《琐闻录》）。可见昆山腔的创立，不是无中生有，而是有所凭袭；不是闭门造车，而是集思广益的。

其时馀姚腔也已流传到江苏的常、润、扬、徐，安徽的池（贵池），太（太平即今当涂）、徽（歙县）（见《南词叙录》、《汤显祖集》）一带。馀姚腔始终保持着戏文的长处，文词通俗易晓；而且似乎比海盐腔更富于创造性,大量吸收各地歌谣小曲,现在流传的《金貂》《十义》等十部馀姚腔剧本,其中有许多曲调,都为海盐、弋阳所无,也不见于曲谱。又有滚调,也为馀姚腔所独创。馀姚腔流行于安徽的,后来发展成为青阳腔。青阳为池州属县。从现在流传的一批青阳腔选本看来,自称为"徽池雅调"、"乐府清音"、或"南北官腔",它的清雅、官腔,当直接继承馀姚腔而来。也继承了馀姚腔的滚调,而又有所发展。滚调在馀姚腔中,不过是在一套曲子里偶然插入一支滚调;而在青阳腔中,则在每支曲子里,甚至不止一次地插入几句滚唱,并且还有滚白。所以在选本中有"滚调歌令"、"滚调乐府"之称;甚至有些昆山腔剧本,也可以如法炮制,故又称"昆池新调"、"时调青昆"。青阳腔当时流传非常广泛,故又称"天下时尚",倒并非虚语。

　　其时弋阳腔也已从江西流传到两京、湖南、闽、广、云、贵(见《南词叙录》、《南词引正》)。曲辞杂用乡语,更其通俗。声调高亢,锣鼓喧阗,适宜在田野间演出,尤为农民群众所欢迎。又有帮腔的特点,一唱众和,也与"喧"有关。弋阳腔更能把昆山腔剧本改调而歌(见《静志居诗话》),也能吸收青阳腔的滚调为己用。自从昆山腔、青阳腔起,海盐腔、馀姚腔遂衰。弋阳腔独不然,它虽也有局部分化,如南京的一部分分化为四平腔(见《客座赘语》),北京的一部分分化为京腔(见《新定十二律京腔谱》),而弋阳腔的名称一直流传到现在不变,当然在它的内容方面,比创始时也变化不少了。

　　其时福建也已有自编的戏文,如《重刊五色潮泉插科增入诗词北曲勾栏荔镜记》戏文,全用福建方言。再一变,大概就是现在的梨园、莆仙等戏了。

　　事物的发展是没有止境的,自宋以来,戏文这一剧种起了多少变化,造成了一个百花齐放的局面。所以昆山腔已发展到顶点的想法是不对的。当然昆山腔的严密细致确是事实,这是它的优点,无可否认的。正因为有此优点,应更好的为人民服务。文艺是人民自我教育的工具,是对敌斗争的武器。我们应怎样的推陈出新,古为今用,不断向前发展,去完成它的艰巨的任务呢?

按:此文是一九七八年在一次昆剧座谈会上的发言。

南戏、杂剧、传奇的区别

问：我们开始阅读学习古典戏曲作品，发现其中有"南戏""杂剧"和"传奇"的分别。但不知三者是因时代不同而名称不同，还是因剧本形式、音韵、曲调、角色设置都有所不同呢？

南昌读者　华白

答：南戏、杂剧和传奇，是我国古代戏曲史上三种各具特色的戏曲艺术形式。

南戏，北宋末年产生于浙江温州一带，是我国戏曲史上第一种较成熟的戏曲形式。南戏又有戏文、温州杂剧、永嘉杂剧、南曲戏文等名称。戏文是其本名，因它最早产生于温州一带，温州又称永嘉，故又有温州杂剧和永嘉杂剧之称。但温州杂剧和永嘉杂剧之称是戏文流传到外地以后才有的。外地人为了将这种来自温州的新的表演伎艺与当地原有的表演伎艺相区别，才称之为温州或永嘉杂剧。而南戏这一名称最晚，元灭南宋后，北曲杂剧随着元朝统治者政治和军事势力的南下，也南移到杭州一带，这时为了与北曲杂剧相区别，才将戏文称为南曲戏文，简称南戏。

南戏的剧本形式比北曲杂剧自由，每一场戏为一出，一本南戏长的可达五十多出，短的则为二三十出。如《永乐大典戏文三种》中，《张协状元》长达五十三出，《宦门子弟错立身》最短，只有十四出，《小孙屠》也只有二十一出。在第一出前有四句"题目"，概括介绍剧情大意，这是写在招子上，作广告用的，与正戏的演出无关。第一出照例是副末开场，即在正戏演出前，先由副末上场报告演唱宗旨和剧情大意，并同后台即将出场的脚色互相问答，以引出正戏。一般念诵两首词，但也有例外，如《张协状元》的开场，副末在念诵了两首词后，又说唱了一段诸宫调。

南戏所唱的曲调，全为南曲，到了后期，南戏受北曲杂剧的影响，才吸收了一些北曲曲调，出现了南北合套的形式，但仍以南曲为主。南戏的曲韵，因受南方土音的影响，有平上去入四声。

南戏的脚色主要有生、旦、净、末、丑、外、贴等七种，演唱的方式较为自由，各种上场的角色皆可唱，而且还可独唱、接唱、合唱。这种演唱方式比北曲杂剧由一人主唱的形式要合理得多，更利于表达复杂的故事内容和人物性格。

杂剧之名在不同时代有着不同的含义。杂剧一名，最早见于唐李德裕《李文饶文集》，谓唐大和三年（829），南诏攻掠成都，掳去五万多人，其中有"杂剧丈夫二人"。当时其意与汉代百戏、唐代戏弄等名称相同，泛指各种伎艺。到宋代，则称一种兼有歌舞、科白，且表演故事的短剧。到了元代，则专指十三世纪后半叶在我国北方河北真定、山西平阳等地产生的一种戏曲形式。

元代杂剧全用北曲曲调，故又称北曲杂剧。因它形成于北方，受北方语言的影响，故曲韵只有平、上、去三声，无入声韵。

元杂剧的剧本形式，通常为一本四折，每折戏用一套曲子。有时可加一至二个楔子，或放在第一折之前，用以交代人物和故事的前因，以引出正戏，相当于开场戏。或放在折与折之间，起承上启下的作用，相当于过场戏。楔子一般只用一两支曲子。元杂剧一本四折的结构好处是比较严谨和完整，但要在这固定的四折戏中表现一个完整的故事，确实限制了剧情的充分展开。因此，有的杂剧作家为了适应剧情的需要，突破了一本四折的限制，如刘唐卿的《降桑椹》、纪君祥的《赵氏孤儿》皆为五折，王实甫的《西厢记》合五本为一剧。不过这些只是一种例外。

元杂剧也有题目正名，但放在剧本的最后。

元杂剧的脚色与南戏大致相同,南戏中的生,元杂剧中则称正末。南戏凡上场脚色皆可唱,而杂剧一本戏只能由一个脚色唱,或正末,或正旦,由正末唱的则称末本,由正旦唱的则称旦本。

到了明代以后,杂剧的体制有了很大的变化,在结构上,打破了一本四折的限制,完全按剧情的需要来决定剧本的长短,长的可达十多折,短的则可一本一折。在演唱形式上,也打破了一人主唱的限制,与南戏一样,凡上场脚色皆可唱。所用的曲调也不一定全为北曲,也可用南北合套,如贾仲明的《升仙梦》、朱有燉的《神仙会》等剧;也可全用南曲,如王骥德的《离魂》、《救友》、《双环》等剧。因此,在明清时期,杂剧与传奇在曲调、脚色、演唱方式上已没有什么区别,只是在篇幅上,一为短篇,一为长篇。

传奇之名,起于唐代,但当时仅指短篇小说,因其情节奇特神异,故有此名。在宋元时期,因南戏、杂剧、诸宫调等所演唱的故事中,多取材于唐人传奇,故也有称南戏、杂剧、诸宫调等为传奇的。到了明代以后,则专指在南戏基础上发展起来的长篇戏曲。

传奇的体制是在南戏的基础上发展而成的,它保持了南戏原有的一些基本体制和格律,同时又有了新的发展和提高。这主要表现在以下几点上:一是剧本分“出”(齣)并加上出目。南戏虽有出数可分,但在剧本上没有明确地标明出数,而传奇都分出,而且每出都有出目。另外,由于有了出目,故南戏原有的题目就失去了作用,在传奇里,就把这四句题目搬到第一出的最后,成为副末开场以后所念的下场诗。二是南北曲合套的形式普遍运用,在后期的南戏作品中,虽已开始运用南北曲合套的形式,如《小孙屠》,但运用得还不多,而且形式不多。在传奇里,南北曲合套的形式不仅得到了普遍运用,而且合套的形式也多样化了,如有一南一北交替使用的,也有南北混用的,即在一套曲子里,一半用南曲,一半用北曲,或先南后北,或先北后南。三是曲律更为严格,在南戏中,有的曲调如〔福马郎〕、〔四边静〕,〔光光乍〕、〔吴小四〕

等既可用作净丑的冲场曲，也可用作联套曲，而且生旦也可以唱。但在传奇里，这些曲调只能用作净丑的冲场曲，不能联套，更不能由生旦唱。五是脚色体制有了较大的发展，分工愈细。如明王骥德《曲律·论部色》云："今之南戏（即传奇），则有正生、贴生（或小生）、正旦、贴旦、老旦、外末、净、丑（即中净）、小丑（即小净）。共十二人，或十一人，与古小异。"由宋元南戏的七个基本脚色，发展为十二个脚色，即当时所谓的"江湖十二脚色"（见李斗《扬州画舫录》）。

（原载《文史》1986年第8期，署"钱南扬　俞为民"）

黄世康秦孟姜碑文考

嘉庆丙寅刻本《唐代丛书》,褚遂良《鬼冢志》后附录二种:(一)《鲁秋胡妻疑冢志》;(二)黄世康《秦孟姜碑文》。《唐代丛书·例言》云:"旧本为桃源居士所纂,计一百四十四种。今复增辑……得一百六十四种。间有意绪可采者附益之。"故附录之文下及近代。《秦孟姜碑文》云:

> 重瞳南狩,湘君之号聿兴;八骏西征,盛嫔之徽弥焕。乃知离为火而熙物,道由人而弘世。故渐台齐女,送幽质于绿波;居庐楚姬,抗谬恩于白璧;并皆联景青编,延芳彤管。然硕兔朗矣,烛龙炳于九阴;玄鹄翔矣,云鹏息以六月。则夫体贞行健,畸气通灵,稽之秦世,曰有孟姜焉。

> 孟姜,许姓,关中范植妇也。昔者苍天雨粟,炎帝植其灵根;赤鸟衔珪,文叔敷其乔木。暨蔫于楚,以国为氏。晋、楚之际,代有名家;溱、洧之间,邑多著姓。姜濯珠彩于蕊宫,吸瑶华于香苑,天然规矩,俨若神明。譬彼八卦,少女定位于东方;观于四诗,夫人宣风乎南国。及于结褵以往,紫气绕车;解佩于归,黄光照幕。识者已揣诞应之渊崇,芬华之秘远者矣。

> 琴瑟方鼓,凤凰始飞,河水更名,衮衣变黑!秦始皇包六合为一家,筑长城为外屏,起自陇西,极于辽左,督众百万,遵海而东。高堂则母子伤离;中闺则女郎怨别。脱巾就道,莫

定反面之期;荷锸出门,惨于归泉之路。民生其间,良亦哀矣!

姜既割良人于燕尔,奉寡姑以色养。秋分霜月,啾蟋蟀而响石砧;春令柳园,啭苍庚而抽丝茧。缝衣寄远,固有悲端;候枕承安,冈回笑绪。既而世为阅水,倚闾之影奄然;哀以临桑,吞血之声何惨。门前罕奔吊之人,埕上只悲鸣之鹳。人生到此,天道如何!绕床登莫,伤行役之未归;负土成坟,悼幽沦之难返。镜鸾舞照,憔悴其形;琴蛟值阴,凄郁其气。于是度三从之义,衡千载之权,出秦岭而西,循漆川而北。逢人稽首,掩泪陈情;按剑破颜,闻风远觅。狼望之野雪,洰于黄台;马阑之陂泥,浑于黑水。未尝志沮而心惊,知其物凭而天鉴矣。

朔风憭慄,闻塞马之长嘶;白骨参差,见阴霾之特起。君子逝乎,悲不自胜;介夫有言,痛将安及。爰乃噬指枯骸,越三日夜,睫无停潸,喉不辍咽。尔时扶苏太子,蒙恬将军,拥武帐于卢龙,趣具装于涿鹿,倏闻其事,咸伤厥心;就而询之,以观其怨。姜乃言曰:"义于君臣,诚有使事之分;礼云夫妇,宁无哀伤之情!夫今不生诸塞前,妾何弗死于夫后!"语毕,遂呜咽而绝。有如杞妇,远追袭莒之魂;无负范郎,同游析水之野。于是太子等纷然破泪,遮以玄盖,表范为左军将军,姜为贞夫人,给鼓吹一部,赐以合葬。

是日也,飞沙凝石,遂变望夫之形;圆岛涌波,忽示佳城之势。石则离关八里许,岛出海涯可一里焉。有德动天,维迹骈众,遂议创庙于石,登楱于岛。时乃虎贲执绋,鲛人送榜,笳吹繁凄,薤歌摧怆。慷慨燕赵之士,表里山谷之人,莫不白马驰香,缟衣祭酒。浮丘环水,左夹碣石之宫;双梓盘枝,远对蓬莱之殿。始信笼泉幽室,未足称奇,石椁东都,方斯多让也。

降及汉魏,载饬碑金;肆我国家,复新栋彩。余小子飘落中车,咨嗟时代,叨承假梦,备悉行藏,揽莹封之葱郁,随潮汐以浮沉,觉云气之徘徊,似旌旗之出没,悚然惊异,乃为作铭。铭曰:朝鲜故国,孤竹旧经。殷有二士,秦有一姜。德惟天鉴,容恍月举。作相于范,应运于许。如彼智琼,飞辂北止。如彼杜兰,飚轮西起。既静而恭,终明且毅。不见藏书,偏知秘义。风箫始吹,桃笙未换。长城崛兴,九野流散。子出母伤,夫行妇叹。况守黄姑,未弄稚子。蓟尺风霜,蘋蘩涧水。事生以勤,送死则哀。榆杨既迈,萱露已埋。乃眷飞狐,载遇玄菟。掩泪绕城,吊影问渡。愿侣良人,同阪幽土。呜呼!其圆非规,其直非扶;经权克运,颠沛弗渝。坎壈生前,照耀身后。志感山灵,诚通波后。人间何世,海底几尘。浮茔非没,遗像犹新。陵虚万顷,清比湘沅;仪陵一碣,高并昆仑。旒纩代御,笾豆时存。日光下荡,云气上温。虬螭应驾,孔翠书幡。阴阳无极,今古兹坟!

莆中黄世康撰

作者事实,在《福建通志》(乾隆初郝玉麟撰)文苑门中有以下一则:

> 明,黄世康,字元幹,莆田人。辞华藻赡,工为六朝声偶之文。意气豪举。橐中金多与贫交共之。久客广陵,诗酒歌宴,有杜牧之风。所著有《客窗随录》《潮青曲》二集。

按,上文云云,虽未明言年代,然书中诸人皆以年代先后为次。列于黄氏前之林兆珂为万历甲戌进士,黄氏后之陈其志为万历癸未进士,故可知黄氏为万历间人。

此作虽托诸梦,似文人好事,然必有所本,未必皆向壁虚构也。或者生当明季,犹及见孟姜女传奇耳(此文谓范氏有寡母,与《孟姜女传奇·乌夜啼》云"到如今子母两离分……"正合。)

此文尤可注意者：

（一）孟姜女，许姓。

（二）"有如杞妇，远追袭莒之魂"——与杞梁妻事分裂为二。

昨日在商务书馆购《小说丛考》及《小说考证拾遗》。此书毫无条理可言，"考证"二字实在名不副实。其中虽有孟姜女材料，皆辗转录近人笔记，只是一种不完备之材料。然与黄氏《碑文》有足相印证者，录出如下（《小说考证》卷九，《孟姜女》第一百九十八）：

> 花朝生（仿佛是作《小说丛考》之钱静方）笔记引《郡国志》（引书惭愧遍翻书目未觅得）："陕西西安同官人孟姜，适范殖。仅三日，殖忽赴役长城。姜送寒衣至城下，殖已死，姜寻夫骨无辨，啮指血验得之"（原引止此）。

案：黄氏《孟姜碑文》"殖"作"植"。是杞梁，犯梁，范梁，范杞梁，万喜良之外尚有范殖、范植焉。

> 《菏香馆琐言》："明三原马理撰《孟姜女集》云：'楚地澧人范郎妻姜氏，行一，故曰孟姜。范郎赴长城之役，姜送寒衣，经侯马南浍河，水涨叵济，手拍南崖而哭，浍为之浅，有手迹数十云。'《高庙御集·姜女祠序》云：'山海关外数里，姜女祠在也。祠前土丘，为姜女坟，望夫石在其侧。俗传姜女为杞梁妻，始皇时因哭其夫而崩长城。今山西潞安，直隶古北口，并此处皆有姜女祠'。"

案：高庙序"望夫石"云云，正与黄氏《碑文》所言合。

颉刚案：从这篇文字上，可以见出以下诸点：

（一）碑文说"倚闾之影奄然"，又说"负土成坟"，可见孟姜是在姑亡之后葬事既毕而出去寻夫的。较之唱本宝卷中率性任情,弃翁姑父母不顾而独行者绝不相同。这又是经过儒家的伦理化了。

(二)碑文中最不可解的句子是"出秦岭而西,循漆川而北"。碑文中既明白说她寻夫所到的地方是山海关,山海关原在秦岭和漆川的东北,如何反向西北走去呢?《花幡记》说范郎是华州人,《郡国志》说孟姜是同官人,从华州到同官确是"出秦岭而西,循漆川而北"。或者孟姜寻夫的路径,也夹杂了范郎娶妇的路径在内吧?

(三)碑文中云:"是日也,飞沙走石,遂变望夫之形;圆岛涌波,忽示佳城之势。……遂议创庙于石,登椽于岛。"可见山海关的姜女庙与姜女坟都有神话的意味,如杭州的飞来峰一般。

(四)碑文中以杞梁妻与孟姜女分裂为二,与《情史》相同。

(五)碑文中谓孟姜姓许,与河南唱本及同官传说相同。大约这是北方一致的传说。至于这许姓从何而来,尚待考究。

(六)从《荷香馆琐言》上知道《孟姜女集》的作者的姓名与时代地域,其所载浍河桥手迹一事与朱书《游历记存》语足相证明,这是很可欣慰的事。

(原载《孟姜女故事研究集》第二册)

《南曲谱》及民众艺术中之孟姜女

颉刚按：自三月廿八日至四月廿日，承钱南扬先生连给我四封信，搜集的材料非常多，真是感激极了。今把这四封信编排一过，并为一通；除提出《孟姜碑文》的考证入论文阑外，统在此间发表。

颉刚先生大鉴：

肇基方着手作《南曲谱征引传奇考》，中有《孟姜女传奇》一种，故对于孟姜女故事颇留意。适见《歌谣周刊》有该故事专号之刊，谨将所有见者为先生告之。

孟姜女之戏曲共有三种：

（一）金院本打略拴搐类有《孟姜女》一本，见《辍耕录》。

（二）元郑廷玉有《孟姜女送寒衣》杂剧一本，见《录鬼簿》。

（三）无名氏《孟姜女传奇》，见《南曲谱》（即明沈璟之《南九宫谱》，亦即清康熙时王奕清所编《钦定曲谱》之南曲部）。

《南曲谱》中所引《正宫近词划锹令》一支，《大石慢词乌夜啼》一支（案，此支南吕慢词重见），今录之：

〔划锹令〕咱每本是簪缨裔，官差来此苦寒地。儒身挂荷衣，勉随队里。河堤运泥，筑城万里。大家努力，唱个划锹令儿。（案，此乃筑城者所唱，似是数人同唱者。"每"，犹"们"也。）

〔乌夜啼〕懊恨孤贫命！图一子晚景温存。可怜不遂平生愿，到如今母子两离分！（案，此当是范喜良之母所唱。）

〔乌夜啼〕两见于南吕、大石者，南吕、大石皆有此调也。本来"慢词"性质与"引子"相同，填词者皆可不据宫调，随意用之；惟作谱者不能不分门别类耳。此〔南吕乌夜啼〕与〔大石乌夜啼〕本是同腔，故所引之例皆为"懊恨"一词。不过在本书体例上观之，一词两见，实属例外耳。

王静安先生《曲录》于《南曲谱》所引"传奇"下注云："有与金人院本，元人杂剧名目相同者，然其下皆注'传奇'，又入'南曲'，知为明人传奇无疑矣。"此语未尽然。王先生大约未见明徐渭《南词序录》（此书董康所刻之《读曲丛刊》及《曲苑》中皆有。所录宋元旧曲凡六十五，明曲凡四十八。如《鬼元宵》、《刘锡沉香太子》、《贺怜怜烟花怨》等二三十种，皆《曲录》所无，此未见该书之证）。《南曲谱》所引曲文多极古，且除引子过曲外，近词、慢词所引大都皆宋人诗馀。《孟姜女传奇曲》凡三见，皆在近词、慢词中，恐为古曲，未必明人所作。又《南曲谱》书传奇名都简略，不如《南词序录》之详。如谱引有《陈光蕊传奇》、《刘文龙传奇》、《唐伯亨传奇》，而《序录》有《陈光蕊江流和尚》、《刘文龙菱花镜》、《唐伯亨八不知音》。《孟姜女传奇》恐亦同此。

"宝卷"，江、浙间唱者谓之"说因果"，有唱有白，以铙钹一片击而和之。江、浙一带——杭、嘉、湖、苏、松、太——小茶肆中犹时时见之。乡镇间尤多。盖宋人"说话"之遗风也。其唱本亦甚古。如《传奇汇考》卷三《双修记》下云："记其年则万历癸丑。"序文云："暇日取《刘香女宝卷》（其收集宝卷四十余种，中有此一种）被之声歌,名双修记……。"则刘香女传自明代明矣。又有一种"走江湖"（大半和尚装束）,手敲木鱼,口唱宝卷,沿门求乞;与"说因果"有一定时间、一定地点者不同。

《孟姜女宝卷》,疑亦为明代之书。虽尚无证据足以证明,然中有"员外","银子几两","姑苏"等辞,决非清中叶以后所作。

鼓词起于何时,不可考。《老残游记》第二章记白妞改革"梨花大鼓",将西皮、二簧等种种腔调装入大鼓书内。"京津大鼓"虽与"梨花大鼓"不同,然其腔调亦由各种腔调凑合而成。-是则有皮黄之后,大鼓始革新,乃入大成时期,盖在嘉、道以后矣。且乾隆末,天津颜自德（当时曲师）编订《霓裳续谱》,收罗繁富,而未见有大鼓词。可见大鼓起源总在清中叶以后。

《孟姜女鼓词》当是"大成时期"之作品。倘在"原始时期",不会有此洋洋数千言,且羼入北京方言亦当更多于此。是则起于皮黄之后可以明矣。

《孟姜女宝卷》与《孟姜女鼓词》时代既明,乃可讨论魏君之说。魏君在专号六通信中举十五例,以为（一）到（八）是由"杞"误"犯"以后之改变,（九）到（十二）是由"犯"变"范"以后之改变。其中鼓词为例（一）,宝卷为例（九）。今既证明宝卷在鼓词之前,则例（九）自应列在例（一）之上,其说自破矣。

又魏君以为"北方杞梁改姓范,南方改姓万",未免武断。观以下所举诸例,便见矛盾。如:——

　　例（五）,广西十二月歌作"范"。
　　例（六）,广东海丰山歌作"范"。
　　例（三）,例（八）,何植三先生诸暨人,俞樾德清人,而皆作"范"。

此皆南方人改杞梁姓"范"者。实则"万"、"范"二字,在唐宋韵书中虽有不同,至范善溱作《中州音韵》,同收入寒山去声中（皆阳去），无甚区别矣。且《中州音韵》参酌适中，南北皆宜（作曲者始以北曲依《中原音韵》，南曲依《洪武正韵》；自《中州音韻》出，南北曲皆宗之，此南北皆宜之证）。可知兹二字无论南北。声音皆相近似，正不必斤斤于分南"万"北"范"也。

所收集材料，不可以某处所得即认为某处之材料。试举两例：

> （一）《孟姜女宝卷》为江浙所出产，今得自广西，不可即认为广西之产物。
>
> （二）《孟姜女四季歌》采自北京，实由苏沪传来，非北京之产物。盖北京在清中叶时，盛行"西调杂曲"。近时所谓"靠山调"、"硼硼调"等，或者由杂曲演化而出，则是北京之产物也。（其传来原因，不外一、妓女，二、伶人〔白话剧〕，三、留声机片，四、侨京之苏沪人。）

北方"滦州影戏"中，或亦有孟姜女脚本。尚有《孟姜女弹词》一种，先生可于书肆访求之。

"二十四孝"之名，叶盛《水东日记》中已道及。明徐叔回《八义记》又有"二十五孝"之称。明末无名氏所作之《孝顺歌传奇》，清初无名氏之《传奇汇考》提其要旨云："以大舜、汉文帝为'帝孝'；曾参、闵损、仲由为'贤孝'；莱子、姜诗为'顺孝'；黄香、陆绩为'幼孝'；刻（石印本如此，当有误）子、孟宗、庾黔娄、黄庭坚为'病孝'；吴猛、王祥、郭巨、董永、朱寿昌为'苦孝'；江革、蔡顺、杨香为'难孝'；王裒、丁兰为'追孝'；唐氏为'女孝'。"案：并无目连、孟姜二人。

吾乡（浙江平湖）做"羊皮戏"（即北方"滦州影戏"，因戏中人皆剪羊皮为之，故名）者，亦有孟姜女送衣事。又男巫祭神所唱故事及石匠工作时所唱辞亦皆有此。容南旋后调查之。

唱春之《孟姜女十二月》，在七八年前最风行，妓院中尤甚。同时又有《孟姜女四季》产生《十一月》，今苏沪唱者日少。《四季》，其文与前所登者略有异同，今录于后。（加括弧者表衬字）

> 春季里来是清明，桃红柳绿草青青（"草青青"，或作"百草青"）。
>
> 别家坟上飘白纸，（吾）孟姜坟上冷清清。
>
> 夏季里来热难当，蚊虫飞来闹洋洋。
>
> 宁可叮奴千口血，（莫叮）奴家丈夫范喜良。
>
> 秋季里来雁门开，孤雁足浪（意为"上"）带书还。
>
> 闲人只说闲人（的）话，（那）有个人儿送衣来。
>
> 冬季里来雪花飞，孟姜（女）雪里送寒衣。
>
> 前面乌鸦来领路，出到长城好团聚。

推《四季》之产生原因，不过较《十二月》轻而易举，可以省却许多气力耳。又《十二月》唱春中"别家丈夫团圆聚"句，苏沪人唱多以"团圆聚"为"团团转"。"团团转"，苏州土语，有回绕之意；言一家相聚，团团回绕，形容其热闹也。

江浙间有一种骨牌游戏，谓之"孟姜女寻夫"。其法：

骨牌三十二张，由一人检出不同样者二张，使另一人在余牌内觅出其对。觅者乃将牌列成五行，每行六张，逐行取起以示人（己不得见牌面），而问有无检出之牌。有则对以"有"，无则对以"无"。如二张同在一行，则径对以"二张都在"。当时觅者便记住行数，再取第一行第一张，第二行第一张……第五行第一张为第一排；第一行第二张，第二行第二张……第五行第二张为第二排。同样排下，成六行，每行五张。再如前问之。即能得其所检出之二张牌。

（图一）

A 1	B 1	C 1	D 1	E 1
A 2	B 2	C 2	D 2	E 2
A 3	B 3	C 3	D 3	E 3
A 4	B 4	C 4	D 4	E 4
A 5	B 5	C 5	D 5	E 5
A 6	B 6	C 6	D 6	E 6

（图二）

A 1	A 2	A 3	A 4	A 5	A 6
B 1	B 2	B 3	B 4	B 5	B 6
C 1	C 2	C 3	C 4	C 5	C 6
D 1	D 2	D 3	D 4	D 5	D 6
E 1	E 2	E 3	E 4	E 5	E 6

今假定 B4 与 E3 二张为检出之牌,则第一次在第二行与第五行,第二次在第三行与第四行,归纳之,则三十张牌中不外 B3、B4 与 E3、E4 四张。而所寻之二张,非 B3、E4 即 B4、E3 可以明矣。不过此问题之中不中,在于幸不幸耳。倘使有一次二牌在同一行,则便无此难题矣。盖前者有四线相直交,得四交点;后者三线相直交,只得二交点也。

以上为游戏中之孟姜女,尚有星相家之孟姜女。

江浙一带,有所谓“摸数算命”者,以百十种零星小物件纳囊中,随人摸出二三种,以占命之吉凶。其中所谓“古人”者,削竹签,书名其上。其中女人有李三娘、祝英台、孟姜女等,皆普通社会所知者。

又有“鸟衔牌算命”者,操业者皆女子。有人算命,即令鸟衔出一牌以占休咎。牌上所画皆五彩故事,如“唐僧取经”、“蔡状元起造洛阳桥”等类,其中亦有“孟姜女送寒衣”。牌之大小形式仿佛北大证书,所画间有非故事者。

要之,社会上无处无孟姜女,可见流行之广矣!

续有所得,当再函陈。

钱肇基上

颉刚案:钱先生这封信中,材料的广博,论断的精确,用不到我赞扬。我非常的快乐,竟得到这一位注意民众文艺的朋友。

今将读后的感想写出几条于下,和钱先生及诸同志商榷:

(一)我们那里(苏州),"宣卷"与"说因果"不是一种人。宣卷是一人为主,三四人为辅;主者宣读卷文,辅者俟其念完一句时即和宣一声佛号。他们用的乐器是木鱼和小罄子。说因果是两人对唱,一人执绰板,一人执铜片(其状似与大鼓中之梨花片相近,但已记不真)相和而歌。宣卷现在尚多;但均改为"文明宣卷",受摊簧的同化了。说因果在全苏州城中只有玄妙观一处,所说的故事只有《珍珠塔》一种(讲方卿与陈翠娥的恋爱故事的)。所以二者在我们的目光中截然不同。

(二)宝卷的起源甚古。罗振玉印出的《敦煌零拾》中有"佛曲"三种,皆中唐以后写本,那末我们已经得到了唐代的宝卷了;说不定唐以前的还有呢。我们看《金瓶梅》,知道吴月娘是最喜听宣卷的,宣卷的人是尼姑。《孟姜女宝卷》的著作时代,我虽未敢断定,但总以为非近代作品(钱先生以"员外"、"银子"、"姑苏"为证,理由似稍薄弱,因为现在新编的戏中还有员外和银子,现在新开的"稻香村"还写"姑苏分设"的字样)。我很想从它的故事的方式上作一证明,但现在还没有这个力量。

(三)大鼓的起源不在清中叶以后。我们虽不能考出它的成立的时代,但它在明末已经通行,这是可以知道的。归庄的《万古愁曲》虽没有写明是大鼓调,但贾凫西的作品却已定名为《木皮子鼓词》了。康熙中孔尚任做的《桃花扇》,《听稗》一出中写柳敬亭说书,即唱鼓词五段。据眉批说,这五段鼓词也是贾凫西做的。可知大鼓词在明末清初时确已甚盛行,尤其是山东(孔与贾都是曲阜人)。

(四)"二十四孝"发生之时代,当在宋朝。因为末一个孝子黄庭坚是北宋人,而南宋画家刘松年即有《二十四孝图》(真迹在北京古物陈列所中)。

内中所序的事迹有许多与书不同,想来在传说上当有甚早之起源,不过到了宋代而始排定为二十四的数目而已。"刻子"疑是"郯子"之误。

(五)《孟姜女弹词》已由董作宾先生寄到,极快。《四季歌》亦于友人处听到留声片,知道这歌确是由留声片传到北京的,与钱先生的解释相合。

(原载《孟姜女故事研究集》第三册)

孟姜女鼓词与《听稗》鼓词

颉刚先生大鉴：

承惠周刊已收到，谢谢。孟姜女戏曲第三种无名氏《孟姜女传奇》下，脱去"疑即《南词叙录》宋元旧篇之《孟姜女送寒衣》"十数字。

先生按语甚佩服，惟（三）论大鼓一段，窃与先生所见有不同之处。孔云亭虽是山东人，然所作《桃花扇》是写南朝事情；其文字字典实，亦决不至以山东鼓词令泰州人唱也。况柳敬亭，案吴梅村所作传，未尝到过山东，故所唱鼓词决非与现在山东大鼓为同一之物。

又案：吴梅村《楚两生歌序》云："柳以谈，苏（昆生）以歌。"余怀《板桥杂记》云："张（燕筑）、沈（公宪）以歌曲，敬亭以谈词。"可见敬亭以善谈著名，并不善唱。《桃花扇·听稗》中所以有唱者，乃传奇体例然也。（在传奇中，丑角常有"乾打"，惟此称"鼓词"而不用曲牌，为稍异耳。盖欲使丑角表演一事，而《听稗》为传奇第一出，应是生旦之曲，不能使丑角喧宾夺主，尽情大唱，此所以不用曲牌也。然此洋洋千言，倘尽用道白，未免失之板滞，令听者昏昏思睡。今用鼓词出之，既无夺主之嫌，且破板滞之病。故疑当时未必真唱鼓词也。）

即使敬亭真能唱鼓词，亦必为通行长江一带者，而必非山东大鼓。（六七年前，尝至南京，夫子庙前有露天说书者，仿佛用鼓板相和，然当时并未留意，今已模糊矣。此或者与敬亭为一派。）

盖山东大鼓,用铜铁片而不用板,一也;凡大鼓说白不过一两句,而此说白甚长,二也。《老残游记》第二章云:"茶房说:'客人,你不知道,这说鼓书,本是山东乡下的土调,用一面鼓,两片梨花简,名叫"梨花大鼓"。'……"由此可见《桃花扇》之鼓词非山东之大鼓明矣。

至于贾凫西之《木皮子鼓词》,手头无《双梅景暗丛书》,无从参考。而《听稗》眉批谓五段鼓词亦出贾氏之手,由此得一旁证,可知贾氏鼓词必与《听稗》鼓词相类而非山东之大鼓矣。(鼓词仿佛加唱于宋人"评话",又如"宝卷"而除去佛名。比诸现在京津杂耍中之"单弦快书"较为近似。)质之先生,以为何如?

顷晤魏君建功,谓"范""万"二字声母不同,固也。然南"万"北"范"之说总觉勉强耳。

又周刊中所登之《孟姜女鼓词》,与今所唱之大鼓同,与《听稗》之鼓词异,亦可证其为近作也。百忙中匆匆草此,凌乱错舛,非所计矣。

钱肇基上

十四日晚

颉刚案:钱先生所说本刊登载的《孟姜女鼓词》是近作,为其与今所唱的大鼓同而与《听稗》的鼓词异,这个意思我极端赞同。但说《听稗》的鼓词不是山东鼓词,我不敢以为然。

中国戏剧中的时间空间的观念本来很薄弱,尤其是丑角,简直可以说没有。孔尚任作《桃花扇》,固然字字典实,但典实的只是朝章国故以及士大夫的故事;至于丑角的柳敬亭,不过取来穿插,原没有征信的意义在内。钱先生据吴伟业和余怀的话,知道"敬亭以善谈著名,并不善唱",而《桃花扇》中竟教他唱了,即是很明显的证据。孔尚任既能教不唱的柳敬亭唱,亦何难教泰州的柳敬亭唱出山东的鼓词来呢!

　　贾凫西的鼓词即使不与现在流行的山东大鼓相同,似乎也不能说它不是山东鼓词。凡是民众艺术,总是含有地方性的,所以江浙的文人多能做弹词,就因为弹词是江浙地方的民众艺术之故。鼓词既极盛于山东,而贾凫西又是山东人,似乎他决不会越地而做出通行长江一带的鼓词来。又凡民众艺术,因为没有刻板的经典,所以只要有一个天才出来,就可自创一格,改变风气。例如江苏弹词界的马如飞,北京大鼓界的刘宝全,以及京班戏剧界的谭鑫培、刘鸿声、汪笑侬、梅兰芳,都是如此。因为出了一个天才就可以自创一格,所以艺术的形式改变得很快,一种调子,一种仪法,都不会有很长久的寿命。贾凫西已经是二百数十年以前的人了,在这二百数十年之中,山东的鼓词已不知变了多少变,才成为现在的样子。可恨的是历来的士大夫对于民众艺术只会偷偷地赏玩,不敢去做正式的记述,弄得“文献无征”,使我们现在要考究它们的变迁的线索而不可得。但我们虽不能考出它们的线索,究不能因为它们的不同,就断定它们不出于一地。况且民众艺术总是隐潜的多,我们没有亲历山东全境,也不应断定山东的鼓词只有最知名的梨花大鼓一种,说不定贾凫西式的鼓词还有保存于穷乡僻邑的呢。

　　在这种种的理由之下,我以为《听稗》的鼓词虽是用板,虽是有很长的说白,但仍是山东的鼓词而非通行长江一带的鼓词。至于柳敬亭是否真是这般唱,我以为是不必问的。我如作柳敬亭的新传,当然不敢用《听稗》一出做史料。

　　魏先生“南万北范”之说,过于简捷,易有罅漏。若说,北方是都作“范”的,南方的一部分有因方音变化而作“万”的,这说讲得通了。

(原载《孟姜女故事研究集》第三册)

万喜良的石像

颉刚先生阁下：

曩嘱收集孟姜女材料，人事卒卒，有愿未偿。《周刊》改组，拟定购一分。……

《孟姜女》曲本，除前者外，《纳书楹曲谱》中有时剧一出，暇当连谱抄奉。

清季上海某处建筑，掘地得石棺，中有石人一，背镌"万喜良"三字。此殆厌胜之物耳。

钱肇基顿首

八月十二日

颉刚案：闻马衡先生言，民国五六年间，上海大世界曾陈列万喜良的石像，说是从古坟里掘出来的，不知道是不是即钱先生所说的一个？

目连戏与四明文戏中的孟姜女

颉刚先生鉴：

　　兹奉上《孟姜女》唱本二种,宁波蜒辞二种,对唱小调十五种,工尺谱一种。小调中有非宁波出品者,然已传入宁波,至少亦受一点宁波化矣。有土语不解者,可问马师幼渔也。

　　宁绍戏剧之盛,非他处可比。《周刊》第三期阁下案语,以为《孟姜女》与《目连》二剧接连而演,非也。《目连》乃戏之一种,非出名,前周师启明曾有《谈目连戏》一文,甚略,未尽其妙。顷弟方从事研究,明年夏更拟一至绍兴,盖绍兴乃"目连戏"之发祥地也。《目连》乃"高腔"。弟每疑"高腔"在"昆腔"之前,未识阁下以为何如?

　　宁波戏班有昆戏,有"目连戏",有"绍兴戏",弟已约订一"昆班"吹手,以度曲为名,著手调查。据说诸班俱无《孟姜女》剧,惟最下流一种"串客"所组织者(即上海大世界新世界专唱哥哥妹妹之"四明文戏")也许有之。惟在宁城此种久经官厅禁止,无从调查。

钱南扬顿首

　　颉刚案:旬日来,承章矛尘先生送我许多绍兴唱本,钱南扬先生送我许多宁波唱本,使我眼界一开,极快。在绍兴、宁波唱本中,凡是苏州有名的古迹和街道,均屡见不鲜,很可见那两地受苏州影响的深至。

　　"高腔"的声调与乐器俱极简单,颇有"先进野人"之风。钱先生疑他的发生在"昆腔"之前,我也同意。甚希望钱先生作一考证,更盼望钱先生因研究"目连戏"而得到"高腔"中的《孟姜女》剧本。

《四明文戏》,《化装滩簧》,《改良申曲》,《扬州小戏》,都是上海游艺场中最能代表各地方的民众艺术的东西。我很想收集这种材料,无如他们的剧目是报纸上不登载的;要自己去看,又没有这种机会。希望上海方面有志研究民俗的同志肯破费一点时间去观察这种东西,不要以为这种东西是下流人的娱乐而但嗤之以鼻。

启事(赠件志谢)

这一个月来,又承同志师友送给我许多研究的材料,使我感激得不知何以为报。除通信栏揭载之外,特宣布如下:

林玉堂先生:

《特别改良孟姜女哭倒万里长城歌》一册(民国三年厦门会文堂石印本,文与徐玉诺先生所赠郁文堂木刻本同)。

钱南扬先生:

梆子腔《孟姜女》剧本工尺谱一篇(《纳书楹曲谱》本,工尺经钱先生订正)。

《十二个月孟姜女》二册(即《歌曲》二所载,宁波凤英斋刻本,经钱先生校勘。又按,首页题《孟姜女过关》)。

《孟姜女五更》一册(宁波老凤英斋刻本,题"新出口唱湖北调")。

《孟姜女寻夫》一册(上海蒋春记书局石印本,即江浙最通行之唱本。从宁波购到)。

谷凤田先生:

《美孟姜歌》四首(通行山东济宁)。

王文彬先生:

《哀情小说孟姜女万里寻夫》一册(上海沈鹤记书局石印本,文与董彦堂先生所赠文益书局石印本同)。

章矛尘先生:

《新刻孟姜女四季花名》一册(民国壬戌孟秋绍兴思义堂刻本,即《歌曲》八所载;文与通行本颇有不同。)

《孟姜女叹四季》一册(石印本。《新出时调地集》之一,即《歌曲》五所载)。

徐调孚先生：

　　《新编孟姜女寻夫全本》一册（上海仁记书局石印本，即江浙最通行的唱本）。

胡文玉先生：

　　明杨仪《明良记》卷一杨遵条。

周启明先生：

　　明谢肇淛《五杂俎》卷五"杞梁妻"一条。

蒋仲川先生：

　　《哭长城》剧本一册（北京中华印刷局铅印本，即《戏考》第十六册所载）。

钟敬文先生：

　　《梁山伯祝英台节义全歌》二册（民国甲子冬海丰白娱轩铅印本。言山伯发幽州筑城工，英台万里寻夫，可为孟姜女故事的旁证。）

　　　　　　　　　　　　　　　　　十四，十一，三十，颉刚记。

越娘背灯

宋元以来，有几本演"越娘背灯"的戏剧，如：

(一)宋官本杂剧有《越娘道人欢》，见宋周密《武林旧事》卷十。案，《道人欢》，乃曲调之名，《宋史·乐志》教坊部《中吕调》有《道人欢》曲。盖本剧中仅《道人欢》一个调子，故称"越娘道人欢"。"越娘"，就是"越娘背灯"，只要看《崔护六么》，《裴少俊伊州》，《柳毅大圣乐》，《王魁三乡题》等名目，就可明白，"崔护渴浆"，"裴少俊墙头马上"，"柳毅传书"，"王魁负心"，此处皆仅标人名，不举事迹，正如"越娘背灯"的仅云"越娘"。

(二)宋元南戏有《凤皇坡越娘背灯》，见明沈璟《南九官十三调曲谱》卷四，《正官黄钟赚》引无名氏集六十二家戏文名散套。

(三)元尚仲贤有《凤皇坡越娘背灯》杂剧，见元钟嗣成《录鬼簿》卷上。

以上三种，久已失传。"背灯"，究竟是什么一回事呢？在各种谈戏曲的书籍上从来没有说起过。明顾曲散人的《太霞新奏》上，有沈璟的一套集杂剧名的散曲，中间有一句说道：

独背越娘灯。

我们在"越娘背灯"四字外，得到这么一句文法变换的句子，已经是意外的发见了。

去年偶然在杭州旧书铺里买到一册《且瓯歌》,始知所谓"背灯"者,原来是一种越人的习俗。《且瓯歌》是石方洛所著,方洛,字问壶,苏州人,曾作尉永嘉,余事未详。全书为歌凡三十二首,都是咏永嘉风俗的。那首《背灯歌》道:

> 背灯,背灯,落绷八字便生成,谓是母家当败夫家兴。届日婿委禽,堂前拒客宾,爷娘姑嫂走四邻,内外灭烛人无声。女独出闺夜潜行,屏尽华妆着布裙,擎盖不问雨与晴。离母家,税蓬门,然后珠冠玉带彩舆乘,传呼入宅为新人。合卺交欢逾十旬,诸姑伯姊始通音。别新郎,赋归宁,进门犹是冷如冰。女自入厨执爨薪,煮得①汤圆手自承。献爷娘,饲弟昆,乃复欢然喜相迎。吁嗟乎! 古来六礼重婚姻,背灯何事如私奔! 他年夫贵子荣花诰膺,分光还及母家亲。

原来女子的八字利夫家而不利于母家的,到出嫁的时候,"背灯",就是解禳的方法。那时家人走避,也不款待宾客,内外灭烛,人声寂然,新娘穿了布衣服,撑着伞,到另外一所草屋里去,然后装扮起来,坐了花轿到男家去。过了百日之后,始与家人通音讯,于是别夫归宁,初到家时,家人们仍旧不和新娘招呼的,须俟新娘亲手煮汤圆给家人们吃了,然后大家欢聚谈笑。

考②石氏在清德宗光绪初年赴永嘉,才作《且瓯歌》,上距宋元"越娘背灯"的戏剧的时候,已差不多五六百年了。不意五六百年前的"背灯"的习俗,仍旧流行于民间。

"背灯"的意义总算有着落了,然而不能认为满意。现在尚有

① 汤圆,石氏原注云,以水磨米成粉,谓之汤圆粉,有喜必用之,取团圆之义。

② 《且瓯歌》附录石氏诗若干首,《四十述怀》下注云:"时将需次浙江,即以留别同人。"《四十一岁自嘲》下注云:"时已次瓯,颇有归志。"是石氏在四十岁到永嘉的。诗之前有过篇序,中有庚寅九月为先生五十诞辰云云,庚寅石氏五十岁,则四十岁为光绪六年庚辰也。

几个疑问,希望读者指教。

(一)《越娘背灯》戏剧久已失传,无从知其内容,《且瓯歌》里所叙述的背灯情形,不知是否和宋元时候完全相同?除《且瓯歌》之外,比他年代早的书籍中,不知还有记载背灯事情的么?

(二)现在永嘉民间背灯的风俗,和石氏所叙述的完全相同么?

(三)这种风俗是否仅限于永嘉一地,还是别处也有的?

(四)南戏和杂剧的名目,在"越娘背灯"上都有"凤皇坡"三字,"凤皇坡",不必说是越中的地名了,然而究竟在何处呢?在永嘉么?

(原载《岭南学报》第一卷第二期)

明刻本童痴二弄《山歌》跋

　　右明刻本《山歌》十卷，明冯梦龙编。目录首行题"童痴二弄山歌"，案：《自叙》有"故录《挂枝词》而次及《山歌》"云云，则"童痴一弄"为挂枝词无疑，惜旧籍云亡，无从究诘矣。梦龙，吴人，其所采集自当以吴中山歌为多，然如卷七吃樱桃之"三十六个樱桃安东红篮里"，卷八弗困着之"连忙赶搭出去"，则明是浙东人口吻，固不限吴中一隅也。卷七笃痒注"此歌闻之松江傅四"，梦龙此书似皆得诸民间，然卷一捉奸第三首注云："此余友苏子忠新作。子忠笃士，乃作此异想，文人之心，何所不有。"则有非民间之作品矣；卷九破骔帽歌注云："游翰琐言尚有破毡袜歌，无味，故不录。"则兼采他人之著述矣。

　　山歌，盖竹枝柳枝之流也，故大都七言四句，惟或添衬字耳。最古者，如清周祥钰《九宫大成南北词宫谱》卷六十三引元南戏《苏武牧羊记》二曲云：

　　　　天上的娑婆什么人栽？九曲的黄河什么人开？什么人把住三关口？什么人和和北番的来？
　　　　天上的娑婆李太白栽。九曲的黄河老龙王开。杨六郎把住三关口，王昭君和和北番来。

　　原题作回回曲，实今之对山歌也。曩尝辑录明传奇中之山歌，所得颇多，其体式亦大致与此相同。此书所收，卷一至六为四句体；卷七至九为杂体，然除去宾白曲子，则大都仍四句体也；益可证前言之不谬矣。惟卷十《桐城时兴歌》，除末一首外，均为五句体，自当别有所本也。《江苏歌谣集》，江北一带犹多此体，往尝疑之，今乃知苏皖相邻，又同处大江以北，渊源有自，固非凭空杜撰者也。

此书不特示人以明代山歌之真面目而已，且可考见语言习俗焉。如：

"亏"叶"区"。（卷二推注）

"大"叶"惰"。（卷三老公小注）

"大"叶"驮"；"击"叶"记"。（又大细注）

"蕊"，俗音"女"。（卷四姑嫂注）

"滴"叶"帝"。（卷五筛油注）——以上方音

"逼疰疰"，吴语小貌。（卷三老公小注）

"个星"，吴语犹云"这种东西"也。（卷七借个星注）

吴俗相呼曰"会"。（卷八汤婆子竹夫人相骂注）

吴语再醮曰"左嫁人"。（卷九鞋子注）

吴语谓没正经曰"赵"。（又鱼船妇打生人相骂注）——以上方言

他若银子曰"放光"，曰"白脸"，光棍曰"光斯欣"，钱有"黄边"，纸有"包扎"，有"嘉靖薄光"，则市语也；"黄连抹子猪头""苦恼子"，"滩塌草庵""成弗得寺"，"月亮里提灯""空挂明"，则缩脚韵语也；此皆关于语言者也。如：

> 吃你好象煎退药渣拦路倒。（卷三冷）

可见药渣经人践踏能使疾病速撞之风，明代已然矣；

> 你搭自弗小心吃个白日愚偷子物事，你再去请子个天地，扎子个草人，楔子个黄豆，也来打个奴身，打得百践粉碎。（卷九镬子）

此风江浙间犹有行之者；其他民间琐碎生活可考者颇多；此

皆关于习俗者也。尤奇者,其单词双语,如呼"皆"为"侪",呼"将"为"捉",称纸曰"纸糊头",称斗蟋蟀之笼曰"尺",往往与吾乡语言相合,则吾乡自应属诸吴语区域也。

清人歌谣书籍之流传者,若《白雪遗音》,若《霓裳续谱》,均北地之曲;若《粤风》,则又南国之歌;吴语区域独无之。今此书不特专采吴歈,且出诸明人之手,自当远驾前举诸书而上之,诚治民俗学者之环宝矣。

二十三年九月,平湖钱南扬跋,时客杭州。

韩凭故事

《类说》卷二十三引《物类相感志·树化鸳鸯条》，云：

宋韩凭妻美，康王夺之，妻自杀。王埋之，经宿生树，支体相交。王欲伐之，化为鸳鸯飞去。

一

自古以来，曾经盛传一时而渐就湮晦的故事，不知多少；而且民间的史料，又为一般人所忽视，容易散佚，所以故事一经失传，后世往往无从稽考。这个《韩凭故事》，也可说就是其中的一个了。

记载《韩凭故事》最早的，要算晋朝的干宝，在他的《搜神记》卷十一云：

宋康王舍人韩凭，娶妻何氏美，康王夺之。凭怨，王囚之，论为城旦。妻密遗凭书，缪其辞曰："其雨淫淫，河大水深，日出当心。"既而王得其书，以示左右，左右莫解其意，臣苏贺对曰："其雨淫淫，言愁且思也；河大水深，不得往来也；日出当心，心有死志也。"俄而凭乃自杀。其妻乃阴腐其衣，王与之登台，妻遂自投台下，左右揽之，衣不中手而死。遗书于带曰："王利其生，妾利其死。愿以尸骨，赐凭合葬。"王怒，弗听，使里人埋之，冢相望也。王曰："尔夫妇相爱不已，若能使冢合，则吾弗阻也。"宿昔之间，便有大梓木生于二冢之端，旬日而大盈把,屈体相就,相交于下,枝错于上。又有鸳鸯雌雄各一,恒栖树上,晨夕不去,交颈悲鸣,音声感人。宋人哀之,遂号其木曰"相思树"。相思之名起于此也。南人谓此禽即韩凭夫妇之精魂。今睢阳有韩凭城,其歌谣至今犹存。

案明冯惟讷《古诗纪·古逸》第一,除"其雨淫淫"一歌外,尚有《乌鹊歌》二首:

> 南山有鸟,北山张罗。鸟自高飞,罗当奈何。
> 乌鹊双飞,不乐凤凰。妾是庶人,不乐宋王。

并注云:

> 见《彤管集》;一作《青陵台歌》,见《九域志》,止前一首。韩凭,战国时为宋康王舍人,妻何氏美,王欲之,捕舍人筑青陵台。何氏作《乌鹊歌》以见志,遂自缢死。

这个故事托始于战国,故事的发生当然不能先于战国。惟据干氏的语气看来,"今睢阳有韩凭城","其歌谣至今犹存"云云,似乎远在晋之前了。再看何氏遗凭之书,正与臧文"羊裘"庄姬"龙尾"之辞相类,恐怕也是秦汉文人的托古罢?这个故事到了晋朝,已经传播很广,南及岭南了。干氏说南人谓"此禽即韩凭夫妇之精魂",这个"南"是指岭南,我们只要看唐刘恂《岭表录异》的一段记载,就可以明白。《岭表录异》云:

> 韩朋鸟者,乃凫鸥之类,此鸟每双飞泛溪浦。水禽中鸿鹅鸳鸯鸡鹈,岭北皆有之,惟韩朋鸟未之见也。……

韩朋鸟既为岭北所无,则干氏所谓南人,自非岭南人不可了。这个故事发生在河南,要从河南传入两广,在交通阻塞的古代,自然需要相当的年代,所以前面推测故事发生在晋之前,大概是不会错的。

二

以上仅仅根据文人的记载，仍旧见不到故事的真面目，不意在敦煌石室中还保存着一篇《韩朋赋》①，一直流传到千年之后。考此种所谓"赋"，与汉魏文人所做的赋不同，大概是一种宋人话本之类的东西，至今滩簧中，仍有称某某赋的；就是昆曲中的大段独白，在伶人的习惯，有时也叫他为赋，所以这个"赋"字，就是用道白敷演一桩故事的意思。现在把《韩朋赋》节录于后②：

　　昔有贤士，姓韩，名朋，少小……失父，独养老母。……贤妻成功索女，始年十七，名曰贞夫，……形容窈窕，……明解经书。……韩朋出游，仕于宋国，期去三年，六秋不皈。朋母忆之心烦闷；其妻寄书于人，恐人多言；意欲寄书与鸟，鸟恒高飞；意欲寄书与风，风在空虚。书君有感，直到朋前。韩朋得书，解读其言。书曰："……久不相见，心中在思，百年相守，竟好一时。君不忆亲，老母心悲。妻独单弱，夜常孤栖，常怀大忧。……海水荡荡，无风自波，成人者少，破人者多。南山有鸟，北山张罗，鸟自高飞，罗当奈何。君但平安，妾亦无化。"……韩朋得书，意感心悲，不食三日，亦不觉饥。韩朋意欲还家，事无因缘；怀书不谨，遗失殿前。宋王得，甚爱其言，即召群臣，并及太吏："谁能取得韩朋妻者，赐金千金，封邑万户。"梁伯启言王曰："臣能取之。"……三日三夜，往到朋家。……朋母出看，心中惊怕，供问唤者："是谁使者？"使者答曰："……朋有秋书，来寄新妇。"阿婆回语新妇。……贞夫曰："新妇昨夜梦恶，……客从远来，终不可信。……阿婆报客，但道新妇病卧在床，不胜医药，代言谢客，劳苦远来。"使者对曰：

---

①　《韩朋赋》今藏法国巴黎国家图书馆，近刘复录归刊入《敦煌掇琐》。

②　赋中脱误及俗字悉仍其旧。

"妇闻夫书，何故不喜，必有他情，在于邻里。……"新妇闻客此言，……上言拜客。使者扶誉。贞夫上车，疾如风雨。……初至宋国，九千余里。……宋王见之，甚大欢喜，……即拜贞夫以为王后。……贞夫入官，憔悴不乐，病卧不起。……梁伯对曰："……唯须疾害身朋，以为困徒。"宋王遂取其言，路打韩朋二板齿，并着故破之衣，常使筑清凌之台。……贞夫咨宋王："既筑清凌台讫，乞愿暂往看下。"宋王许之。……往到台下，乃见韩朋割草饲马，见妾耻，把草遮面。……贞夫曰："宋王有衣，妾亦不着；王若吃食，妾亦不尝。妾念思君，如渴思浆。见君苦痛，割妾心肠。形容憔悴，决报宋王。何足着耻，避妾隐藏。"韩朋答曰："盖闻东流之水，西海之鱼，去贱就贵，于意如何？"贞夫闻语，低头却行，泪下如雨，即裂裙前三寸之帛，卓齿取血，且作台书；系着箭上，射与韩朋，朋得此，便即自死。贞夫曰："韩朋已死，何更再言，唯愿大王有恩，以礼葬之。……"宋王即遣人城东轹百文之旷，三公葬之。贞夫乞往观看，宋王许之。……往到墓所，贞夫下车，绕墓三匝，噪啼悲哭，声入云中。……遂即至室，苦酒侵衣，遂脆如鳝，左揽右揽，随手而无。百官忙怕，……即遣使者报宋王。王闻此语，甚大嗔怒，床头取剑，煞臣四五；飞轮来走，百官集聚。天下大雨，水流旷中，难可得取。梁百谏曰："只有万死，无有一生。"宋王即遣舍之。不见贞夫，唯得雨石，一青一白，宋王观之，青舍游道东，白石舍于道西。道东生于桂树，道西生于桐梧，枝枝相当，叶叶相笼。……宋王即遣诛伐之。……二札落水，变成双鸳鸯。……宋王得之，即磨芬其身。

《搜神记》所载不过二百余字，现在此赋几乎比他多了十倍，不必说其中增入的情节很多，就是和《搜神记》不同的地方也复不少，所以，我们不但能见到故事的真面目，而且还能找得此故事变演的痕迹。至于其中宋王令韩朋筑台，贞夫求宋王葬夫，以及墓成往观等事，似与孟姜女故事有关；而贞夫入墓化石，以及"天下大雨，水流旷中"等事，又与祝英台故事相类，究竟不知谁抄谁，现在且不去详细研究它。

三

此外还有一庄事情必须申说的，就是关于韩凭化蝶之事。我从前写《祝英台故事集叙论》的时候，因为手头没有《搜神记》，就从类书中转录了一段，不意竟上了个大当。这段里有几句说："妻阴腐其衣，与王登台，自投台下，左右揽之，着手化为蝴蝶"。所以我当时以为化蝶之事发生很早，梁祝化蝶之事，由此演化而来。现在知道《搜神记》原文这句"着手化为蝴蝶"是没有的；就是稍后的记载，如《岭表录异》，以及这篇《韩朋赋》——此赋大概也是唐代的东西——也都没有化蝶之事。可是从另一方面说，韩凭化蝶之事，虽起原不可考，而在唐朝已是确实的有了，我们只要看李商隐的《咏蝶诗》：

　　　　青陵台畔日光斜，万古贞魂倚暮霞。
　　　　莫许韩凭为蛱蝶，等闲飞上别枝花。

而梁祝的化蝶，一直到南宋薛季宣的《游祝陵善权洞诗》里才见。所以照目下的材料讲起来，则梁祝的化蝶，仍有采自《韩凭故事》的可能。后来不知怎样一来，《韩凭故事》渐就湮晦，而化蝶之事遂为梁祝所占有了。

（原载《民众教育季刊》第三卷第一号，1933年）

漫 谈 国 学

一二十年前,有许多老辈在喊着:"古学要沦亡了!""古书不久要无人读了!"于是有些人在那里抗拒那他们自己也莫名其妙的西洋学术,他们认为西洋学术的输入,是古学沦亡的原因;有些人在那里提倡孔教,提倡读经,他们以为这些就可以完全代表中国的古文化,甚至有些人以为古文古诗的保存,就是古学的保存,所以他们拼命的在那里反对语体文。

现在,这种情形似乎不大有了,可是又新起一种错误的见解,横在大多数青年人的脑中。他们见到中国工业之落后,国家之贫弱,以为只有科学可以救国,中国的古学不过是些破烂的古董,可以任他们毁灭,不值一顾。试看近年来,大学中学理科人数的激增,文科人数的日减,就可明白了。固然,我们并非反对科学,中国科学的不如人,自应努力赶上去,学理科的人日多,当然亦是好现象,惟对于国学一笔抹杀,这是不对的。

所谓国学,是国故学的简称,包括中国过去的一切文化历史而言,是含有独具的民族性,不能强以西洋文化来代替的。王光新先生在《中国音乐史自序》里说得好:

> 国人饱受物质主义影响,多以自然科学为现在中国唯一需要之品,而不知自然科学,只能于吾人理智方面有所裨益,只能于我国生产方面有所促进,而不能使我们民族精神为之团结。因民族精神一事,非片面的理智发达,或片面的物质

美满，所能相助者。必须基于民族感情之文学艺术，或基于情智各半之哲学思想，为之先导方可。尤其是先民文化遗产，最足引起民族自觉之心。

不过，这份遗产，有国粹，亦有国渣，我们承袭了这份遗产，须大大的加以整理，才有效用，否则只是一篇糊涂帐而已。这个整理的责任，学文科的当然无可推让，而学理科的也须负担。譬如要研究中国的音乐声韵等学，不能不懂物理学；要研究中国的药学，不能不懂化学，然则学理科的人，不但不应藐视国学，而且应该负起一部分整理国学的责任来。

胡适之先生《国学季刊宣言》云：

> 我们平心静气的观察这三百年的古学发达史，再观察眼前国内和国外的学者研究中国学术的现状，我们不但不抱悲观，并且还抱无穷的乐观。我们深信国学的将来，定能远胜国学的过去，过去的成绩虽然未可厚非，但将来的成绩一定还要更好无数倍。

诚然，我们凭借了清代国学大师已有的整理国学的成绩，再向前走，更加材料的增多，方法的进步，国家虽在桌兀不安中，而成绩已远胜前人了。

记得十一年春，有位抗父先生，做了一篇《最近二十年间中国旧学之进步》，载在《东方杂志》上。现在又二十年了，还没有人做过一篇概括的报告，不揣谫陋，姑且来试一下。不过手头无书，大半但凭记忆，挂漏在所不免。

抗父先生之文，分《古器物古书籍之发见》与《新研究之进步》两章。第一章又分四端：一，殷虚之甲骨文字；二，敦煌及西域诸城之汉晋木简；三，敦煌千佛洞之六朝唐人所书古籍；四，内阁大库之宋元刊本并明以后史料。第二章即承上章所言之发现述之，盖研究之事业，与古书古器之发现并行的。今先就此四端，在十一年以后之情形述之：

一　殷虚之甲骨文字　以前甲骨文之出土，仅靠那里的农人随意挖掘，故出土之情形不详。十七年十月，国立中央研究院历史语言研究所初次作有计划之发掘，至二十五年冬，先后凡发掘十四次，所得除甲骨外，尚有他种殷商古物。研究所于十八年十二月出版《安阳发掘报告》第一册，十九年十二月出第二册，二十年六月出第三册，二十二年六月出第四册，此四册《报告》，记载安阳发掘首七次之情形，及整理研究所得之结果。此后觉得田野工作不能限于殷虚，即使仅欲研究殷虚文化，亦不是单靠发掘殷虚所能解决的。所以比较法的应用十分重要，必须将国内各区域之文化互相比较，然后才知道中国全部文化，拿他与世界文化比较，才知道中国文化的地位。故发掘殷虚外，更进行发掘其他区域。除在二十三年出版了一册《城子崖》之外，此后记载发掘所得，改称《田野考古报告》，第一册出版于二十五年八月。有计划之发掘，研究范围之扩大，皆比前二十年进步。此外关于甲骨之著述，有郭沫若先生之甲骨文字研究。近二十年来，中国史学界发生疑古运动以后，举凡吾国上古史上神话传说之旧系统破坏无遗，而真实可信之上古史急待建设。欲建设此项真实之古史，必于真实之材料，甲骨文及彝器中求之。二十年来治此学者颇不乏人，然所用方法，大抵承袭清代汉学家之旧法，其能利用西洋之考古学民俗学社会学语言学之原理，以为新上古史之骨干者，郭君实其第一人。

二　汉晋木简　十六年，西北科学考查团团员贝格满（Bergmen）在新疆居延一带，发现汉代简牍万余片，比前斯坦因所得多至十倍，而七十余片之月言簿及古笔，尤足以考见汉代文化之一斑。

三　千佛洞之古籍　敦煌古籍，斯坦因取去的，藏伦敦英国博物院；伯希和取去的，藏巴黎法国国家图书馆；清末学部运回北京的一万件，藏北平图书馆。斯坦因有《千佛洞取经始末记》(On Ancient Central Asian Tracks 之十二至十四三章)，伯希和有《敦煌石室访书记》，已由王竹书、陆翔两先生译出，载《国立北平图书馆馆刊》九卷五号。最近三处的目录都已编成，在中国方面的，更有陈垣先生的《敦煌劫余录》。至于私人所藏，以李盛铎为最多，可惜二十四年卖到日本去了。刘复先生在巴黎时，就法国国家图书馆所藏，录出百余种，大都关于民间文学，社会情事，语言文字者，成《敦煌掇琐》三辑，十九年刻行。此外陆续从英法两处抄回者，及陆续影印行世者亦不少，不一一细述了。

四　内阁大库之档案　抗父先生于内阁大库之经过独未叙述，今补述之。内阁大库共分六库：

礼字库

乐字库

射字库

御字库　以上四库藏明档，盛京旧档，清档。

书字库　各省志书，赋役书，命书，谕批谕旨。

数字库　明文渊阁旧藏诸书，清乡试录，试卷等。

清宣统元年，大库屋坏，档案几遭焚毁，以罗振玉之言得免，所有档案移归学部。民国二年，历史博物馆成立，又归博物馆。博物馆将一部分稍加整理，置午门楼上，后借给国立北京大学。大部未整理的，搁置端门门洞中，后以馆中经费无着，将他装八千麻袋，约十五万斤，全数售于纸店，罗振玉知道，出钱赎回，稍加整理，成《史料丛刊初编》十册，后又售于李盛铎。十二年，始由历史语言研究所向李氏赎归，辗转数四，已损失二万余斤了。

档案为研究历史之直接史料。明清之际历史每形茫昧，内阁档案中必有不少珍贵之史料，足予此一时期以若干之光明者。研究所既得此物，因组织明清史料编刊会，着手整理，发刊《明清史料》,十九年九月,始刊三册,今不知出至第几册了。北京大学所得者,亦印有《顺治元年内外官署奏疏》等书。而故宫博物院文献馆亦藏有一部分档案,亦有《史料旬刊文献类编》等之刊行。此外大库原藏之明清舆图一百余种,则现藏北京图书馆。

其他金石古书之发现,较前二十年多,研究的论文则散见于各种国学杂志,不及一一叙述了。

在此二十年中国学研究影响最大的,倒不是根据此种新材料研究之所得,而是顾颉刚先生古史的整理。顾君最初研究孟姜女故事的转变,悟到中国的古史亦是层累地造成的,他的辨伪工作,比清初崔述《考信录》更进一步。十五年六月,《古史辨》第一册出版,迄二十三年止,已出至第七册了。此外如刘复先生之《汉语字声实验录》等,是最初应用物理学以研究语音的书;郭沫若先生之《金文丛考》,亦此时期重要著作之一。

总之,在此时期,大都皆拈一小题目作狭而深的研究,研究论文短篇者多,故发表短文之国学杂志因之风起云涌了。

抗父先生大概囿于传统之旧见,把小说戏曲屏诸国学之外,其实在前二十年中,这两门学术之研究,已见端倪,至最近二十年而大盛,兹略述之:

一　古籍之发现和刻印　　戏曲方面,如《永乐大典戏文三种》、《元刊杂剧三十种》之印行,我们才见到宋元戏文和金元杂剧之真面目;明蒋孝《旧编南九宫谱》,在明季已罕见,今亦已影印行世。而最近更有两桩重大之发见:一是明钮少雅《南曲九宫正始》之影印,此书为钮少雅、徐庆卿合撰,前后共历二十四年,易稿九次方成,南曲谱中最为善本,向少流传,二十五年据清初抄本影印于北平;一是脉望馆抄校本《古今杂剧》之发现,共二百四十二种之多,即就元人作品而论,已有二十九种为人间孤本,真是惊人的大发现,二十七年收归国有,想不致再流出国外了。小说方面,民国初年已有平话《京本通俗小说》、《五代史平话》等之刻行,十八年秋,北平古今小品书籍印行会影印明洪楩所刻之《清平山堂话本》,二十三年夏马廉先生复影印《雨窗欹枕集》,都是罕见的宋元明三朝的平话。

　　二　研究概况　戏曲小说向来是不登大雅之堂的,以前人只当玩好看,五六十年前,姚燮虽做过一部《今乐考证》,可惜没有完成。二年,王国维先生《宋元戏曲史》,十二年,周树人先生《中国小说史略》出版,戏曲小说始有条理可言。二十年,任讷先生《散曲丛刊》出版,这是散曲的一番大整理。二十二年,孙楷第先生《中国通俗小说书目》出版,小说才有根据图书馆学分类目录。

　　上文曾说国学杂志之风起云涌,兹就吾记忆所及,列举于下:

　　　　《国学季刊》　北京大学
　　　　《清华学报》　清华大学
　　　　《燕京学报》　燕京大学
　　　　《辅仁学志》　辅仁大学
　　　　《女师大学术季刊》　北平女子师范学院
　　　　《文哲季刊》　武汉大学
　　　　《史学专刊》　中山大学
　　　　《历史语言研究所集刊》　中央研究院
　　　　《中大季刊》　中央大学
　　　　《金陵学报》　金陵大学
　　　　《国立北平图书馆馆刊》　北平图书馆
　　　　《史学论发》　北大潜社
　　　　《史学年报》　燕京大学

有时还出专号,如《北平图书馆馆刊》出过《西夏文专号》《圆明园专号》等;《燕京学报》出过《中国明器》《唐代长安与西域文明》等十余种。历史语言研究所亦有专刊之刻行,如《西夏研究》、《繁文丛刊》等,凡一二十种。燕京大学设引得编纂处,专做"索引式的整理"，已出书籍凡二三十种。至于上举之各机关学校，对于珍本古籍之刊印，更多不胜举。此外还有国立北平研究院史学研究会亦出版过许多书籍，可是现在都记不起了。

最后，还有几个学术团体，须得向读者介绍一下：

一、民俗学会　中国民俗学运动，导源于七年北京大学之歌谣研究及风俗调查会。在十二年秋，发行《歌谣周刊》，至十四年夏结束，共出九十六期；秋，《北大研究所国学门月刊》出版，关于民俗之论著即在《月刊》中发表，后来随着《月刊》之停版而停止。十六年冬，中山大学语言历史研究所的民俗学会成立、发刊《民间文艺》，至十二期止，改为《民俗周刊》，至十九年夏结束，共出一百十期；更编刊《民俗专书》，三年间，共出《孟姜女故事研究》等二十余种。同时或稍后，厦门、福州、漳州、汕头、揭阳、重庆、杭州、吴兴、郑县等地，民俗学分会相继成立，亦能有刊物发行。十九年以后，颇有中衰之趋势，然杭州分会犹能勉力维持，除刊行《民间月刊》外，更编印《民俗学集录》一二两辑。二十五年四月，北大《歌谣》复刊；九月中山大学《民俗》复刊。同时觉得政府机关的存亡，往往随着主持人的转变。北大歌谣研究会已有二十年的历史，不幸中断了十年，而民俗学会的各地分会，却并不因干部的减亡而停止工作，可见人民团体比政府机关强的地方，所以随着北大《歌谣》之复刊，同时组织了一个风谣学会，这种人民团体，一方面作政府机关的监督者，一方面作政府机关之后盾，期共同维持这种事业于永久。

二、西北科学考查团　十九世纪以来，西洋考古学大盛，至其末叶，一部分因政治上之原因，考古学家之目光乃转而及于中亚一带，于是新疆一隅遂成为考古学上之宝藏。俄英法德瑞典日美接踵而来，中国古物之流出国外者，不可计数。近二三十年来，中国学者亦渐注意及此，除上述历史语言研究所在殷虚等处以科学方法发掘外，陕西省政府与北平研究院组织陕西考古学会，亦在西安及宝鸡斗鸡台等地从事发掘。十六年三月，北平中国学术团体协会与瑞典斯文赫定订合作办法，组织西北科学考察团，考查之事项，包括地质学、地磁学、气象学、天文学、人类考古学、民俗学等，中国方面，推徐炳昶先生为团长，袁后礼、黄文弼、丁道衡等诸先生为团员，于五月间出发。其成绩，如袁君之发现天山恐龙，丁君之发现茂名安旗大铁矿，皆足以震惊世人。在考古学方面，除上述在居延一带发现汉代简牍万余片外，黄君于十七年十九年曾两度往返吐鲁番、库车一带，即古高昌国地，发掘吐鲁番雅雨湖之古墓，得高昌专志一百二十四万，其他古物，有绢画，有龟兹、佉沙、畏兀儿、波斯、郎加宜等各种文字写本卷子。二十年，黄君回北平，编成高昌专集一书，为《考查团丛刊》之一，有《高昌》一书，包括短文四篇，附《新疆发现古物概要》一文。此外古物未见有论文发表。

三、中国营造学社　成立于十八年，本系私人组织，嗣以成绩甚佳，外人颇予注意，至二十二年，呈请教育部备案，遂扩大成为公共研究机关。由中华文化教育基金董事会每年补助经费一万五千元，推朱启钤先生为社长，借北平中山公园房屋一所为社址。分法式、文献二组。法式组设主任一人，助理一人，并有研究生四人，专事考查各代建筑。年来测绘辽金宋建筑二十余座，派员赴正定、大同、蓟县、宝坻、赵县等处工作，已陆续将结果发表。在正定所测绘者，有龙兴寺、天宁寺、广济寺、临济寺、阳和楼等；在大同所测绘者，有辽金时代之华严寺、善化寺等；而赵县著名赵州桥亦已测量完竣。将来工作，或将从事于陵寝之测量。文献组设主任一人，编纂二人，校理一人，并有书记四人，专事搜集整理各代历史上关于建筑学之记载。现正整理明清史料，一部整理图样，一部整理内务府档案云。

四、禹贡学会　为顾颉刚先生所领导组织，专研究古今地理沿革，及边疆问题者。于二十三年创办《禹贡半月刊》，期引起国人研究地理学之兴趣。其间曾出过专号六种：一，《利玛窦世界地图专号》，附《坤舆万国全图》；二，《西北研究专号》；三，《回教与回族专号》；四，《东北研究专号》；五，《后套水利调查专号》；六，《南洋研究专号》。此外更印行《边疆丛书》，已出《西域遗闻》一种；《游记丛书》，已出《黄山游记》等五种；《地图底本》，专为研究地理学者打草稿之用。学会于二十五年五月，正式成立，进入北平小红罗厂八号新会址；七月，得中英庚款委员会辅助边疆研究费一万五千元；同时又购入财政部之清光宣两朝档案；设有专任研究员及编辑员若干人，担任编纂及整理云。

中国之古书古物，奸商之贩卒及外人之发掘，任意取携，每年流出国外者，不可胜数。自国民政府成立，蔡元培先生长大学院，始组织古物保管委员会，及大学院制取消，即改隶教育部。十七年，设北平分会，不久，此会迁往北平，画团城为会址。从此古物有了保障，不致再偷运出口了。此虽非直接研究国学之机关，然于国学研究多少有些间接关系，故附记于此。

总之，国学研究自宜以北平为中心，二十六年七月，抗战军兴，北平沦陷，古物古籍之毁坏，国学工作之停顿，损失之大，无可言喻。梁启超先生云："不知己之所长，则无以增长光大之；不知己之所短，则无以采择补正之"（《中国古代学术思想变迁史》）。今抗战已入第四年，最后胜利为期不远，我们须去掉藐视国学的心理，把他整理出一个头绪来，一方面为我国文化前途，因革损益，有所取资；一方面以其所长昭示于世界，使知我泱泱大国灿烂的文化。

现在东西洋学者研究中国国学，成绩极佳，我们倘自己再不努力，因循下去，则不但科学不如人，要到外国去留学，国学亦将不如人，亦要去留学了。这岂不是大笑话，试想我们中国还成个国家吗？民族前途还有希望吗？青年们，努力吧！

二十九年八月三十一日碧湖

读《浮生六记》

其一:沈复画侣

沈复善画,本书中曾及之,近人盛鉴《清代画史增编·耕砚田斋笔记》亦云:

> 沈复,字三白,元和人。工花卉。殿撰赵文楷奉诏封中山王,复曾随往琉球,其名益著。

其画侣,本书所述,有鲁璋、杨昌绪、袁沛、王岩等。清蒋宝龄《墨林今话》云:

> 鲁璋,字近人,(案:本书作字春山。)号半舫,吴门人。书学郑谷口,间参板桥法。写意花卉,疏老有致;尤工枇杷,识者颇许之。隐于市廛,喜结纳,往来多名流。年五十余殁。两子先后为黄冠。

又云:

> 杨昌绪,字补凡,长洲人。善山水,兼长仕女花卉。为石林散人馆甥。尝入蜀,佐福郡王戎幕,至苗疆,饱览山川奇胜,画益工。旋游武林,客娜嬛仙馆,与诸文士习。自画凤皇山下读书图,因又号凤皇山樵。后侨寓扬州小秦淮。性喜挥霍,虽岁入千金,恒不敷所出。往来吴郡,未几殁。

又云：

> 元和袁少迂沛，清溪先生子，二峰从弟。早岁即以画名，入都，馆富阳相国弟，复得纵观宋元妙迹，神明矩矱，独守正中，其秀骨妍姿，与耕烟老人无意而合，盖腕中所自有，未尝规模临仿也。赋性恬淡，不求宠荣，留都二十五载，所识王公贵人，无他干谒。家居束禅寺偏，老屋十数楹，在树色钟声间。晚年归里，橐无余蓄；仍赖鬻画自给。居于书法亦深造，尤工径尺字。所蓄端砚多上品，椒堂少京兆为书"二十四砚山房"额。

案：清溪先生名钺，二峰名瑛，亦皆善画，可谓一门风雅矣。李斗《扬州画舫录》云：

> 王岩，字星澜，吴人。缪椿高弟。钩染花卉，笔极工致，墨色厚重。

由此可知四人者，皆画苑名流，又皆与沈复同里。当时往来鲁璋萧爽楼者，尚有夏淡安南薰揖山逢泰昆季，缪山音知白昆季（案：王岩师缪椿，《墨居画识》云："字丹林，号东白，吴人。写花卉翎毛，工山水。"山音知白，或椿之子侄有与？）蒋韵香，陆橘香，周小霞，郭小愚，华杏凡，张闲憨辈，恐不皆能画者矣。

苏州府县志当亦有记载，惜手头无书，不克一检。

三十七、十一、二十三。葛岭寓庐

其二：《中山记历》质疑

前引《耕砚田斋笔记》，谓赵文楷奉诏封中山王，复曾随往琉球。案《清史稿·属国传》卷一云：

> 乾隆五十九年，琉球王尚穆薨，世子尚哲先卒，世孙尚温

权署国事。嘉庆三年，世孙尚温遣使入贡兼请袭封。四年，命翰林院修撰赵文楷，编修李鼎元，充正副使，往封琉球国世孙尚温为王。

赵文楷，《清史稿》、《清史列传》等书俱无传，光绪《安徽通志》一百八十一"人物宦绩"云：

> 赵文楷，字逸书，太湖人，嘉庆丙辰（元年）状元，授修撰。己未（四年），琉球国请封，奉命充正使，持节东行。既复命，旋以艰归。服阕，补山西雁平兵备道，以劳卒于任。著有《楚游稿》、《独秀草堂古今文》。其出使有《槎上存稿》。

李鼎元，见《清史列传》七十二《文苑》，附兄《调元传》，云：

> 李鼎元，字墨庄，绵州人，乾隆四十三年进士，改庶吉士，授检讨，改授内阁中书。嘉庆四年，充册封琉球副使。官至兵部主事。有《师竹斋诗集》。

赵文楷《槎上存稿》未见，李鼎元有《使琉球记》，载述颇详。自五年二月二十八日由京启程，十一月初一日返国。其二月二十九日记云：

> 介山（赵文楷）从客三人，王君文浩，秦君元钧，缪君颂，余从客一人，杨君华才，俱于昨夜至。

及至福建，闰四月二十五日记云：

> 寄尘遣其徒李香崖来，苏州人，亦善画，将侍寄尘渡海。

除从客四人，僧寄尘，及其徒李香崖外，并无沈复。再考本书，嘉庆五年，复因连年无馆与程墨安设书画铺于家。由此观之，复往琉球，似不可能。然余却信复确曾随往也。何以言之？曰，出使琉球，挈带从客，极其自由，观僧寄尘，与其徒李香崖，皆得随时参与，是其明证。《清代书史增编》卷三十三引《耕砚田斋笔记》云：

> 缪颂，字石林，吴人。平远山水、升堂宋元。殿撰赵文楷奉命册封琉球，颂入幕，随往渡海。

颂既为吴人，又善画，或即是本书中缪山音知白昆季之一，复或由颂相约偕往，亦未可知。更须注意者，《耕砚田斋笔记》记复颂二人身份显有不同，于复仅云曾随往琉球，而于颂则云入幕随往渡海。则颂为正式幕宾，而复仅随往而已，与寄尘、李香崖同，因非幕宾，故《使琉球记》或不列入。吾人固不能因《使琉球记》无其名，即断其未往也。且尚有《槎上存稿》未见，其间或有关于复之记载，亦未可知。至于设书画铺，当为正月间事，固无妨其渡海也。

数年前，坊间有足本《浮生六记》出，《中山记历》大都抄袭《使琉球记》，其作伪一目可知。而去年十一月九日《中央日报》副刊"泱泱"，有江东山君论此篇伪作云：

> 中山或另有所指，或已散见于《浪游纪快》中。

根本不信复有往琉球事。惟所谓另有所指，究指何处？倘《中山记历》已散见于《浪游记快》中，则何必另立篇目，有目无词耶？且《浪游记快》中并无记中山之事。真不知何所见而云然。又云，赵、李均隶籍河北，亦误，不知一为安徽人，一四川人也。又云：

> 然就书论书，所述琉球风物，罗罗如数家珍，亦颇新颖可喜。

不知其抄袭《使琉球记》也。此种文字，大可不作。

中山狼传

中国寓言小说素不发达，先秦西汉百家杂说间杂寓言，不过寥寥数语，如此篇《中山狼传》之洋洋二千言，实属仅见。此文寓意深刻，文体丰茂，故近时选文者，常加采录。然作者为谁，尚成问题，不可以不辨。

明钱谦益《列朝诗集》：

> 正德初，逆瑾恨李献吉代韩尚书草疏，系诏狱，必欲杀之。献吉狱急，出片纸曰："对山救我！"秦人皆言瑾恨不能致德涵，德涵往，献吉可生也。德涵曰："吾何惜一官，不救李死。"乃往谒瑾。瑾大喜，盛称德涵真状元，为关中增光。德涵曰："海何足言。今关中有三才，古今稀少。"瑾惊问曰："何也？"德涵曰："老先生之功业，张尚书之政事，李郎中之文章。"瑾曰："李郎中，非李梦阳耶？应杀无赦！"德涵曰："应则应矣。杀之，关中少一才矣。"欢饮而罢，明日，瑾奏上赦李。瑾遂欲超拜吏部侍郎，德涵力辞之，乃寝。瑾败，坐落职为民。

因此公案，咸以《中山狼》传为马中锡刺李梦阳而作。如明何良俊《四友斋丛说》云：

> 李空同为韩道贯草疏，极为切直，刘瑾切齿，必欲置之于死，赖康浒西营救而脱。后浒西得罪，空同议论严刻，马中锡作《中山狼》以诋之。

李诩《戒庵漫笔》云：

> 《中山狼》传，马左都中锡撰，刺李空同悖德康对山脱刘瑾之害耳。

清梁维枢《玉剑尊闻》云：

> 李献吉下狱时，刘瑾欲杀之急，乃书片纸出谓"对山救我！"家人往告康，康即上马驰至瑾门白之，明日即赦出。其后献吉反嫉害对山，马中锡撰《中山狼传》以刺之。

王士禛《池北偶谈》云：

> 《中山狼传》，见马中锡《东田集》。东田，河间故城人，正德间右都御史。康德涵、李献吉，皆其门生也。按：《对山集》有《读中山狼传诗》曰："平生爱物未筹量，那记当年救此狼。"则此传为马刺空同作无疑。

朱彝尊《静志居诗话》，则其说稍异，云：

> 林俊，字待用，谥贞肃，有《见素西征集》。《中山狼》小说，乃东田马中锡所作，今载其集中，世传以訾献吉者，数其负德涵也。考之康、李未尝隙末；黄才伯有《读见素救空同奏疏诗》云："怜才不是云庄老，愁煞中山猎后狼。"然则当日所訾，乃负见素耳。

而俞樾《茶香室三钞》辨之云：

> 对山以救空同故，沦弃终身，空同不一援手，故世以为负友。若贞肃，则官至尚书，加太子太保，空同即有所负，亦薄乎云尔。黄才伯一诗，恐未足据也。

总之，此传出诸马中锡手，则众口一辞，似毫无疑义矣。其实不然。钮琇《觚賸》云：

　　《中山狼传》，为宋谢良所著，虽游戏之笔，当时必有所指，而不欲明言，托此记以抒愤耳。……夫对山之救献吉，原非望报于献吉也；献吉即有忮忌，何至若中山狼之甚乎！况其文体丰茂，非宋人不辨。马东田或有憾于献吉，书此相诮，遂以为撰自东田，《明文英华》仍之，盖亦瑾之害耳。刻者杂之唐宋稗官诸传之列，读者岂了其意之未深考矣。

此说是也，试申论之。

　　李梦阳负康海之恩，故康海假《中山狼》故事撰为杂剧以讥之，明沈德符《顾曲杂言》云："康对山之《中山狼》，则指李空同。"是也。

此犹在情理之中。康李隙末，何与马中锡？康既以杂剧为刺，马复以小说相讥，未免太多事矣。此不合情理，一也。

　　主此传出马手者，不过想当然耳，固无何等根据也。其惟一证据，则因此传《东田集》收之，遂断为马作。夫甲人之物误入乙人之集者，往往而有，清钱大昕《十驾斋养新录》云：

　　朱锡鬯《开化寺碑》，一刻于《竹垞文类》，再刻于《曝书亭集》，而陆清献《三鱼堂集》亦载此文。盖清献爱其文，抄置箧笥，其后门下士编次文集，误认为清献作。

即其例也。况《东田集》未见善本，仅清季定州王氏据传抄本刊入《畿辅丛书》，既无序跋，亦无编校者姓氏，此传又列在卷末杂著中，其可信之价值甚微。试以《古今说海》本校之，则《东田》本讹字类句指不胜屈，今略举数例于后：

　　《东田》本：简子垂手登车。
　　《说海》本：简子怒，唾手奋髯。

《东田》本句不可解，必脱误也。

　　《东田》本：树中轰轰，有声如人，谓先生曰："我杏也……。汝何德于狼，乃觊免乎！是，固当食汝。"

　　《说海》本：树中轰轰，有声如人，谓先生曰："是，当食汝。且我杏也……乃觊幸免乎！"

《东田》本以"我杏也"起，答非所问，远不若《说海》本之先下断语，然后以己为例，申说理由，方觉气势贯穿。

　　《东田》本：老悖茧栗，少年时筋力颇健。

　　《说海》本：我头角茧栗时，筋力颇健。

《东田》本亦不成句法。且此问牛一段，比《说海》本多百余字，语多重沓，与问杏一段多寡亦不相称。

　　《东田》本：丈人目先生使引匕刺狼，先生曰："不害狼乎？"

　　《说海》本：丈人目先生使引匕刺狼，先生犹豫未忍。

《东田》本"不害狼乎？"实属不通。即此数端，可见《东田》本之远不如《说海》本，而可信之程度益低矣。倘必欲因见于《东田集》而断为马中锡所作，然则此文又见《见素西征》集，亦可谓林俊作也。是此文虽见《东田集》，未可据为定论，二也。

《古今说海》收此文，正题"宋谢良"，与钮说合。编者陆楫，时代早于何良俊、李诩，其父深与康、李，均弘治间进士，为同辈，则楫与马、康、李世相及，倘此文果为马作，楫耳目较近，岂反不知，而属诸谢良也。三也。

谢良虽字里无考，楫编《古今说海》时必有所据也。独怪近世选文者，舍《说海》而取《东田》，非优劣之不分，亦所见之不广已。

二九，七，二十四。碧湖

九九消寒图

一、字组的例

这是某年的一张消寒图，从北平东安市场的书铺里买到的。

二、图组的例

(1)七星拱一图　　(2)左右合欢图　　(3)三星在户图

(4)四平八稳图　　(5)一门五福图　　(6)六合得正图

(7)奇财子禄图　　(8)八方朝贡图　　(9)九五至尊图

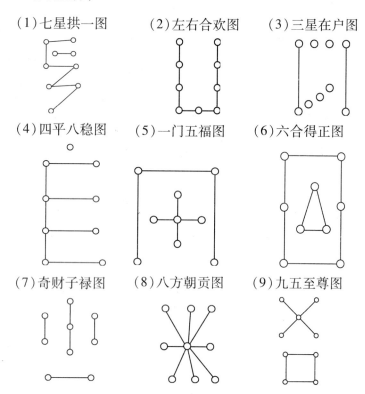

　　这叫做"九九消寒益气歌",是清朝宫廷中所用的,每图各有一歌,今从略。

　　　　　　　　　　　　（原载《民俗》第一二二期,1933 年 6 月）

天一阁①之现状

四明范氏②天一阁建于明嘉靖中,迄今四百年,可为海内藏书家之最久者矣。平时阁门封闭甚严,锁钥由六房分掌之。向例每年夏晒书一次,必六房齐集,乃得启门。是日倘欲参观,须有熟人之绍介,得范氏之许诺,否则不得其门而入也。余抵甬后之一月,范氏以他故开阁,遂得入览。

阁在城内月湖之西。正室五间,其西尚有一间,为设梯之所,墙圃周围,林木阴翳。阁之前后,略有池石。楼下为厅事,其上则藏书处也。

左图六室,系指楼上而言。编号者,均书厨也。厨颇阔大,均双开门,横隔为四;惟一至五则仅三格耳。兹将廿二厨情形,分述如下:

第一厨　不编字号。独红漆,描双金龙。

当厨之上,有扁一,题"宝书楼"三字,明隆庆五年郡守东粤王原相书。前更有一扁,题"天一阁书藏"五字,清道光廿年,阮元书,并附其弟亨跋语。

第二厨　"日"字号。

第三厨　"月"字号。

---

① 天一阁所刻有《二十种奇书》及《新序》《说苑》等,板片皆腐朽残阙。惟范邦甸《书目》板仅少二十余片,尚可补刊印行。钱学嘉《书目》板完全无阙。

② 石刻目详范钱二氏《书目》,阁中所藏仍完全无阙。

第四厨　"星"字号。

第五厨　"辰"字号。以上五号,专藏御赐《图书集成》者。

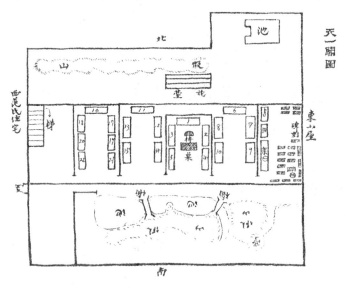

室中设椅案,椅朱漆,环两端镌以龙首。案陈御赐《平定回部得胜图》①《历代帝王名臣象》②,范文正公墨迹卷子。

第六厨　"温"字号。

第七厨　"良"字号。

第八厨　"恭"字号。

第九厨　"俭"字号。

第十厨　"让"字号。以上五号,所藏大半为各地方志。

第十一厨　"仁"字号。

第十二厨　"义"字号。

第十三厨　"礼"字号。

---

①　得胜图凡十六幅,尚有《平定两金川战图》已佚,细目俱详二氏《书目》。

②　图象卷子均从失窃追回者,恐已易伪品矣。

第十四厨　"智"字号。以上四厨,各类均有。

第十五厨　"信"字号,空。

第十六厨　"角"字号,空。

第十七厨　"亢"字号,空。

第十八厨　"氐"字号,空。

第十九厨　"房"字号,空。

第廿厨　　"心"字号,空。

第廿一厨　"尾"字号,空。

第廿二厨　"箕"字号,空。

右除《图书集成》五厨,空者八厨外,藏有书籍者,仅九厨耳。

范钦自得同郡丰氏万卷楼之书,始构天一阁以庋之。钦手编《四明范氏书目》二卷,见明焦竑《焦氏经籍志》,此天一阁有目之始。厥后稍稍增益,清初,钦玄孙左垣又重为编订。祁承㸁《澹生堂书目》有《范氏天一阁藏书目》二册四卷,疑即此也。二书今皆不传。嘉庆间,范邦甸重编《天一阁书目》十卷,末附《碑目》,阮元为之刊刻,即俗号文选楼本者是也。今其板犹庋阁中。其总目所列,除御赐书一种一万卷,御题书二种十五卷,御赐图二种廿八幅,进呈书六百九十六种,五千二百五十八卷外,计:

经部　二百二十六种,四千一百七十一卷。

史部　一千二百七十六种,一万九千五百六十二卷。

子部　一千十一种,三千二百四十八卷。

集部　八百八十种,一千五百四十五卷。

共三千三百九十三种,二万八千五百二十六卷。

红羊之役,阁书亡失甚多。光绪间,钱学嘉编《天一阁见存书目》六卷,薛福成刻之,板亦庋阁中。除卷首御赐书,御题书,卷末重编进呈书目、碑目等外,计:

经部　一百种,九百九十五卷。

　　　全四十六种,三百八十卷。内十种无卷数,一种旧缺。

　　　缺五十四种六百十五卷。内三种无卷数,

史部　八百四十二种,八千六十四卷。

　　　全五百八十四种,四千五百八十三卷。内一百二
　　　十五种无卷数。

　　　缺二百五十八种,三千四百八十一卷。内二十八
　　　种无卷数。

子部　四百八十一种,二千七百七十二卷。

　　　全三百三种,一千五百二十八卷。内三十八种无卷数。

　　　缺一百七十八种,一千二百四十四卷。内五十四
　　　种无卷数。

集部　七百五十三种,四千八百六十七卷。

　　　全四百六十种,三千一百三十一卷。内五十三种
　　　无卷数。

　　　缺二百九十三种,一千七百三十六卷。内六十一
　　　种无卷数。

总计二千一百七十六种,一万六千六百九十八卷。

　　　全一千三百九十三种,九千六百二十二卷。内二
　　　百二十六种无卷数。

　　　缺七百八十三种,七千七十六卷。内一百四十六
　　　种无卷数。

　　以视嘉庆时,散亡者且半,即幸而存者,残缺之书又将半焉。中华民国初年,一再失窃[1],三数年前,其族人曾一度检勘,经部存

---

[1]　天一阁既严扃不开,遂两遭失窃。第一次窃贼名薛继位,在阁有七日之久,善本书尽被掠去,闻售于沪上古书流通处陈某。后贼被捕,瘐死狱中,而书竟一去不返。此鄞县署有案可稽也。第二次则迄未破案。

五十五种,史部存四百十七种,子部存一百二十一种,集部存一百六十六种,共存七百五十九种,以视清季,则什又失六七矣。

范氏晒书①,不过履行故事而已。百数十年来,即不遭兵火,不遭盗窃,亦终饱鼠蠹之腹耳。故今日之天一阁,徒拥虚名一无可看。惟明板方志尚存二百九十四种,差强人意者,仅此一端。然范氏既不善保藏,又秘不示人,数十年之后,恐此差强人意者,亦将同归于尽也。

十九,十月,廿二。

(原载《国立北平图书馆馆刊》第五卷第一号)

———————

① 范氏之所谓晒书,不过略一开看,并非真移向日中暴晒也。而厨中无辟虫鼠之药,所以见存书籍,大半皆有鼠啮虫蛀之迹。

镇海姚梅伯著述考

传　略①

　　姚先生,讳燮,字梅伯②,镇海人也。生于清仁宗嘉庆十年(1805)。生周岁,未能言,而识字二百余,坐大父膝头,手指无谬者。有客过其父,先生方五岁,索佩囊不与而啼,客笑曰:"能作灯花诗,当与汝。"琅琅赋五言二韵,客大惊,解佩囊而去。先生以绝人之资,读书恒十行下,自经传子史,至传奇小说,以旁逮乎道藏空门者言,靡不览观。弱冠,补县学生。宣宗道光十四年,中浙江乡试榜举人。翌年三月入京,出其才交天下名士,士无不知镇海姚先生。游览阅历日益多,交益广;撰述益富,才益奇。十六年,下第南归,馆于苏州某氏。廿一年夏,妻吴氏卒。秋,英兵陷镇海,挈家避地鄞西百梁桥者一年。资用乏绝,尝冒雨徒步走慈溪,求助于同年冯五桥云濠,备尝艰苦。廿三年夏,大病几死,养疴鄞之报德观,忽大晓悟,取生平绮语十数种摧烧之;自号复庄;尝衣道服,为人忏悔。廿四年,再试春闱,仍不第。盖先生于戊戌庚

---

① 此文据蒋敦复所撰墓志铭,及徐时栋所撰《诗传》,间辅以《复庄诗问》《红犀馆诗课》。

② 先生别署甚夥,梅伯、复庄而外,有上湖生、大梅、疏影、词史,因所居有上湖草堂、大梅山馆、疏影楼也;又有野桥、二石、古梅山民等。

子,亦曾二度入京,至此已公车四上①矣。遂息影邱园,绝意进取。文宗咸丰十年,象山欧星北景辰倡红犀馆诗社,延先生为祭酒。不及一年,以寇难辍。穆宗同治三年(1864),先生卒,年六十。

著 述 考

《今乐府辞》　　卷

　　稿本未刊,今藏镇海小港李氏。此书汇集元明清三朝之戏曲,相传有五百卷,则视臧氏《元曲选》、毛氏《六十种曲》,卷帙之富,奚止倍蓰,惜无缘寓目,一详究竟耳。慈溪冯孟颛先生伏跗室藏有抄本《鲛绡记》《盘陀山临凡引》,及清素堂刊《锦香亭》,皆姚氏故物,《锦香亭》封面更有先生亲笔题字,恐即从《今乐府辞》中逸出者也。

《今乐考证》五册

　　稿本原藏宁波林氏大酉山房书铺,旋归马隅卿,廿四年,隅卿捐馆北平,不登大雅之堂藏书强半购归北京大学。此书亦遂入北大图书馆。即于是年,北大据原稿景印行世。此书仿马氏《经籍考》例,作者分代排列,次为曲目,末采诸家评论,兼及作者世系行状。原书未分卷第,亦无序跋目录,盖系初稿,犹未写定也。今撮录其内容如左:

　　　　今乐考证②——缘起　戏之始　杂剧院本传奇之称　元以词曲取士　部色　班南北曲　今曲流派　西曲　小曲山歌　陶真　连厢　出　宾白　科介诨　鬼门　开场打箱

---

①　蒋氏墓志铭赞"三荐未售",然考诸《诗问》,曾四度入京也。
②　案:每篇前均冠以"今乐考证"四字,盖预备填卷第者,共十三篇,应是十三卷。而蔡氏《骈文序》作十卷,不知何据。

今乐考证——缘起　乐府浑成谱目（即宗元词谱）　北虏
　　达达乐曲　工尺　砌末行头　傀儡　舞　说书　乐器
今乐考证——宋剧　官本杂剧段数　院本名目
今乐考证——著录一　元杂剧凡五十七家
今乐考证——著录二　元杂剧凡二十六家　无名氏二
　　百四十一种　元剧总论
今乐考证——著录三　明杂剧凡四十六家
今乐考证——著录四　国朝杂剧凡七十三家　无名氏
　　八种　附无名氏燕京花部剧目
今录考证——著录五　金元院本凡四家　无名氏六种
今录考证——著录六　明院本凡四十二家
今录考证——著录七　明院本凡四十五家　无名氏五
　　十五种
今录考证——著录八　国朝院本凡四十一家　顺康雍朝
今录考证——著录九　国朝院本凡五十六家　乾隆朝
今录考证——著录十　国朝院本凡九十九家　焦氏曲
　　考所载无名氏一百八十七种　笠阁评目无名氏四
　　十七种　补无名氏十八种

《退红衫传奇》八卷

《梅心雪传奇》八卷

　　右两种见《骈俪文榷》二编蔡鸿鉴序文。未刊。冯氏伏跗室藏
有先生手写传奇稿一册，仅三数出，亦无传奇名目，盖未竟之稿也。
《疏影楼词》：《画边琴趣》二卷，《吴泾宝唱》一卷，《剪灯夜语》一
卷，《石云吟雅》一卷，附孙家谷《种玉词》一卷。

　　清宣宗道光十三年，慈溪叶氏为之刻行，有冯登府、姚儒侠二
序，叶元墀等题词。

《疏影楼词续稿》一册

稿本未刊。藏大西山房。卷首有蒋敦复序文，书眉亦有蒋氏评语。案：蔡氏《骈文序》有《疏影楼词续抄》四卷，盖即此种也。

《玉笛楼词》二卷

《玉笛楼词学标准》八卷

《苦海航乐府》一卷

右三种见蔡氏《骈文序》。未刊。

《复庄诗问》三十四卷

道光二十六年，会稽孙氏为之刻行。此书为编年体，卷一至卷五为癸巳以前作，卷六卷七甲午，卷八卷九乙未，卷十卷十一丙申，卷十二卷十三丁酉，卷十四至十六戊戌，卷十七卷十八己亥，卷十九卷二十庚子，卷二十一至二十三辛丑，卷二十四卷二十五壬寅，卷二十六癸卯，卷二十七至二十九甲辰，卷三十至三十二乙巳，卷三十三卷三十四丙午，共诗三千四百八十八章，附八十一章。徐时栋《诗传》云："某伯自言有诗万余首，遴之至三千，可以视古无愧色。"（《烟雨楼集》）。卷首有孙廷璋序文，及诸家评语。

《红犀馆诗课》八集（附《丹山倡和诗》《海山小集分韵诗》）

案：此书经先生鉴定者，中拟作甚多，先生丙午以后诗既未见传本，赖此略存百一耳。

《西沪棹歌》一百首

抄本未刊。藏大西山房。案：蔡氏《骈文序》作八卷。

《瑶想集诗》一卷

《蚶城游览倡和诗》一卷

右二种见蔡氏《骈文序》。未刊。

《复庄骈俪文榷》八卷

清文宗咸丰四年象山王氏为之刻行。

《复庄骈俪文榷二编》八卷

咸丰十一年，亦王氏刻。前编文共一百十二首，二编一百二十五首，共二百三十七首。二编卷首有蔡鸿鉴同治十三年序文。

卷末附蒋敦复墓志铭,则重印时增入也。

《散体文酌》十二卷

《息游园杂纂》八卷

《课儿四子书琐义》一卷

《胡氏禹贡锥指勘补》十二卷

《夏小正求是》四卷

《汉书日札》四卷

《四明它山图经》十二卷

　　案:此书作于道光廿二年壬寅,《诗问》卷二十五,有傲居鄞江桥村绛山楼匝月撰《它山图经即事》三章,示主人朱立淇并徐兆蓉郑星怀两文学。

《蛟川耆旧诗系》三十二卷

《拇茧录》一卷

《洋烟述考》八卷

《狙史》八卷

　　右十一种见蔡氏《骈文序》。未刊。

《大藏多心经注》三卷

　　此书成于道光廿三年癸卯,《诗问》卷二十六,有《注大藏多心经三卷成简青湘道人》七律一章。

《玉枢经注》

　　此书成于道光二十五年乙巳,《诗问》卷三十一,有《注道藏玉枢经成系之以诗》。

《蛟川大某山民加评〈红楼梦〉》一百二十回坊间排印本

《题任渭长人物》十二帧

　　此画今藏蛟川周氏。徐氏《诗传》云:"客中金尽不得归,拉杂书数十纸投有力者,旦日视之,策马行矣。"盖先生亦善书画者。

(原载《浙江省通志馆馆刊》第二期)

北京大学教授剪影

离开学校生活差不多十年了，回想往事，已完全忘却。《青年界》编辑诸君要我就过去学校生活中最有兴趣的事情，写几句短文。苦思久久，略得数事，述之如下。惟不一定能算最有兴趣的事情。

一　卫生官话

南人初到北方，语言不通，时闹笑话，我初入北大，同班廿三人，却占了十七省，有时相聚谈论，方言杂出，既极奇离；而同乡相叙，也往往喜操四不象的京话，以致话靶更多。时南人某先生初来北大教卫生，京话也甚牵强，于是遂称此种四不象的京话为"卫生官话"。

二　阖班争看辜汤生

北大教授，刘申叔（师培）及辜汤生（鸿铭）两位先生，皆留辫发，而辜先生的服装尤古雅不合时，常穿枣红宁绸袍子，天青缎四方马褂，戴红结平顶瓜皮帽。不知者一定当他是教中文的老先生，那里晓得他精通七八国的文字，正在学校教英国诗，而外国同事都很尊重他，称他为"大先生"呢！一日，在我们教室门口缓步而过，我们都是初次看见他，觉得奇怪，便一哄而出。时某先生正要来上课，无法阻止，只念着"这有什么可看！""这有什么可看！"

三　"我只能写那么大"

夏穗卿（曾佑）先生，当代史学家也，曾来北大教中国民族史，慕名去听讲的有一百多人。夏先生在黑板上写的字恭恭正正，一笔不苟；可是只有洋钱那么大小。于是苦了一般近视眼，和虽不近视而坐在后边的同学。第一课过去了，大家只有心里干急。第二课再也忍不住了，推了个代表向夏先生请求道："请老师可否把字写大一些，因为坐在后面的看不明白。"夏老师很诚恳地把眼镜除下，然后用两手比着回答代表说："我只能写那么大。"

四　给胡适之先生开玩笑

刘叔雅（文典）先生《淮南子集解》既脱稿，请胡适之（适）先生做序，而且指明要用文言的。胡先生便依他的请求做了篇文言文的序。那时北大同学办的某种刊物上登了篇《淮南子集解序真伪考》。假定在三百年之后，有人研究这篇叙文的真伪，而结果却断定他是伪造的，惟一的证据是胡先生自某年起倡文学革命以来不再做文言文，现在这篇文言的序是在某年之后了，所以断定是别人伪造的。

五　读梵文会

北大同学曾经有一个读梵文的会，请德国雷兴先生做导师。其实，雷兴先生对于中文中语均有相当程度，可是他自己还不敢十分自信,所以讲授梵文,遇较重要的地方,仍须用外国语讲。于是问题发生了。因为会中的人,有学英文的,有学德文或法文意大利文的,诗论结果,为各方面的方便,讲了句英语,再讲句德语,再讲句法语,再讲句意大利语;黑板上写的时候也是如此。于是各得其所,均点头微笑。

廿三,十一,十七。

(原载《青年界》第七卷第一期)

鲁迅先生讲中国小说史

鲁迅先生的遗闻佚事，大家已经讲得很多了。他在北京大学讲中国小说史课程时，尚有一些琐事，似乎没有人提起过。现在记录下来，作为纪念他的献礼。

过去，北京大学有个习惯，打了上课钟，教师总得挨延这么十分钟，才到教室来；打了下课钟，同样的不立刻下课，等到将近上课时才走。

先生第一次来讲中国小说史，一听钟声，立刻赶到教室，而教室中"阒其无人"，先生大为诧异。

先生说："打钟要大家遵守，不遵守，何必打钟？而且一打下课钟，同学的心早已不在教室，再讲，也听不进去了。"

从此，凡是上先生的课，闻钟而上，闻钟而下，十分整肃，那时正值"五·四"之后，白话文学运动的高潮蓬勃展开，而先生又是领导这个运动的人。可是他讲授的中国小说史却是用文言写的，我们都问他缘故。先生说："没有'缘故'，就是想少写几个字。"

同时，使人想到胡适，"五·四"之后，立誓不写文言文，而又偷偷摸摸的用文言文替刘文典做《淮南鸿烈集解序》，这跟鲁迅先生比，不可同日而语。先生的态度何等光明磊落！

先生最恨人家来搅乱教室空气。北京大学上课点名，向由教务处的职员执行。虽不开口，只拿着学生名册，默默的按坐位号次打上一个记号。可是正在上课中间，忽然有人闯进教室，宁静的空气便给打破了。先生为此大为反对，所以后来凡是先生讲课,不再有教务处职员在教室内出现。

　　有一次有几个参观的人踏进教室,先生干脆停止讲授。等到那几个人自觉不好意思,退了出去,才继续上课。

　　先生说:"要听课,应该一开头就来,这样一转,能听到什么?这是损人不利已。"

　　　　　　　　　　　　　　(钱南扬口述,俞为民记)

北行日记

　　我的写日记，迄今已有十七年了，可是每遇假期家居时，则停止不记。《青年界》编辑诸君要我写些关于暑期生活回忆，这，在我的日记中，就找不到材料了。幸亏却有一回例外，就是前年暑假到北平去一趟，日记中是记的。现在把他钞录出来，匆匆不及删改，聊以塞责罢了。

　　我这次的往北平，实在因为他太使人留恋了；况且从前曾整整的住上了六年，除故乡外，没有比他住得更久的了；一别十年，时萦梦想，所以决定再往一游。同时拙作《宋元南戏百一录》，哈佛燕京学社将为付印，也可以趁此亲往校对一过。

廿三年七月三日　　晴

　　晨七时，乘汽船赴沪，同行者，内弟王士华。午抵沪，至新东方旅馆稍憩，旅行社购车票。是晚，余先赴苏，寓中央饭店。

十四日　　晴

　　双林巷谒吴瞿安师，读曲奢摩他室。师出精写残本《南九宫谱大全》六册相示。此书每卷之首有：

　　《南九宫谱大全》
　　　吴江　　鞠通生　　沈自晋　　重定
　　　燕越　　种花翁　　胡介祉　　增补

三行文字。书名之下，不注卷数，盖未定稿也。计存：

第一册　《正宫》犯调（不全）

第二册　《中吕》引子过曲（全）　《道宫》引子过曲犯调（全）

第三册　《中吕》犯调（全）（案：此册应在《道宫》之前，《中吕》过曲之后）

第四册　《般涉》引子过曲犯调（全）　《商调》犯调（不全）

第五六册　《南吕》犯调（全）

案：沈氏有《广辑词隐先生增定南九宫词谱》，清顺治刻本，胡氏有《随园曲谱》，见吕士雄《南词定律序》；此书或即所谓《随园谱》，乃增订沈谱而成者。书中颇引张心期、谭儒卿语，张、谭二谱久已失传，于此得窥一斑，快甚。卷首有"珊瑚阁珍藏印"六字朱文印，知是纳兰性德故物。晚，士华来寓。

十五日　晴

下午，再至吴师处。晚六时，上平沪通车　十一时，渡江。南京浦口间火车改用轮渡以来，余犹第一次经历也。

十六日　晴

车中闻人言，济南日来热至一百十余度，心生恐惧。幸车过韩庄，遇大雨稍凉。

十七日　晴

上午十时，抵平。车站访沈缉成兄，同往华美午餐。下午，余往无量大人胡同，访佘坤珊兄，适徐秩文兄自天津来会。晚，坤珊宴余等于欧美同学会。宿佘宅。士华则为缉成所留，寓车站站长室。

十八日　晴

上午十时，乘汽车至海甸蒋家胡同顾宅访颉刚兄，往绥远未归,仅遇其叔起潜先生。午膳后,仍返佘宅。

十九日　晴　晚微雨

上午至车站,与士华同往北平图书馆,访赵斐云兄,稍谈即出。游中南海北海。晚,真光看电影。

二十日　晴

北平图书馆读明蒋孝《旧编南九宫谱》。书为万历刻本,凡十卷,殆海内孤本,明代已罕见,南曲谱之最古者也。

本郑西谛君所藏,郑君已付影印,复将原本归图书馆。明王骥德《曲律》,《蒋氏旧谱序》云:

> 《九宫》《十三调》两谱,得之陈氏、白氏,仅有其目而无其词,蒋为辑古戏及散曲,合数十家,每调各谱一曲。蒋,毗陵人。名孝,(案:字惟忠。)登嘉靖甲戌进士。盖好古博雅士也。

案:蒋氏所辑,实仅《九宫》一谱,即此书也。《十三调谱》固仍有目无词,余尝拟为补辑,人事纷纭,不知何日得偿夙愿耳。

廿十一日　晴

图书馆读明张禄《盛世新声》,(不分卷,嘉靖刻本。)梯月主人《吴歈萃雅》(四卷,万历刻本。)许宇《词林逸响》(四卷,天启刻本。)周之标《珊珊集》,(四卷,崇祯刻本。)朱凤章《月露音》,(四卷,明刻。)冲和居士《怡春锦》。(六卷,明刻。)此六种皆元明戏曲之选本也。任此编选之役者,初非出自文学之士,而皆为书坊之主人,故如《吴歈萃雅》《词林逸响》二书,内容全同,惟编制稍异耳。此等改头换面以欺人之事,明季书贾固优为之。又如《怡春锦御集》引杂本《风云会》"访贤"一套,而下题《鲛绡记》,谬误可笑。晚,斐云宴余于至美斋,有马隅卿、孙子书二兄。

廿二日　晴

上午,图书馆读元刘斧《青琐高议》,(二十卷,万历刻本。)明赤心子《绣谷春容》。(十二卷,世德堂刻本。)下午,与士华华乐园听高庆奎小翠花《全本法门寺》。晚游中山公园,依然十年前景况也。

廿三日　晴

下午,斐云来寓,同至小甜水井马宅访隅卿。君富藏书,于戏曲小说尤多罕见之本,慨承出示。兹记其谜集数种如下:

《群珠集》二卷《玉荷隐语》二卷

　　清费源编撰。源,字星田,号茗南;里居未详。清光绪中,我乡李黌飏选辑《文虎大观》,曾征引之。乾隆费氏自刻本。

《春谜新集》二册

　　清魏湘洲选辑。湘洲,字鬶南。上元人。道光文英堂刻本。

《文虎》二卷

　　清风篁啸隐选。光绪北京聚珍堂刻本。

以上三种,皆余《谜史》所未详,或未收者;去秋钟静闻兄曾以光绪刻本《三十家灯谜大成》四册见惠;《谜史》重编,均应补入也。康熙文治堂刻本《又一夕话》卷四《雅谜》,与余所藏明刻本陈继儒编《新奇雅谜》,内容全同,此又书贾故弄伎俩也。《一夕话二刊》收黄周星《廋词》,是《昭代丛书》之外又多一版刻矣。而尤使余快意者,则《雨窗》《欹枕》两集也。两集亦为明洪楩清平山堂所刻平话;系天一阁故物;原不知何名,书根旧题如此。计存十二种。乃商诸隅卿,携归细读。寻魏天行兄亦至,并遇马幼渔师。值其太夫人病,不便久坐,遂与斐云同出,访子书于中海。子书宴余于公园长美轩。

廿四日　晨阴旋晴

上午,图书馆浏览明尊生馆、世德堂、富春堂、容与堂、文林阁、继志斋所刻南戏。下午,与士华游天桥,茶棚小憩,信步至香厂,十室九空,景况萧索;入城南游园故址,但见砖苔砌草,坏槛颓垣;十年前繁胜之区,荒凉至此,不禁有今昔之感焉。

廿五日　晴阴

上午,出城,赴顾宅。晚,与颉刚兄同访容希白、元胎昆季。元胎兄以所著《学海堂考》一册相赠。归顾宅宿。

廿六日　阴微雨

午膳后,颉刚导观燕大校园。今日起始校稿。

廿九日　晴

晨,入城。与士华至琉璃厂。晚吉祥园听杨小楼、郝寿臣《野猪林》。宿佘宅。

三十日　晴午后大雨

晨,至东斜街缉成寓,士华已先至,同游颐和园。傍晚,回顾宅。

八月五日　晴

晨,与起潜先生清华园车站送颉刚重游绥远。入城。下午隆福寺文奎堂购抄本明张云龙《广社》,既为捷足者得去,怅怅。此书殊罕见,《四库全书总目》子部存目类云:

> 云龙,字尔阳。华亭人。是书成于崇祯末年,乃因陶邦彦所作《灯谜》而广之。前载作谜诸格,取字义相似者,配合一句,暗射成语;后借诗韵平仄分注,以备采用。语多纯正,颇乏巧思。

案:明人有《正续谜社便览》,录谜家姓氏,书名,字母,门类,所宜不宜之格。见明郎瑛《七修类稿》。此书盖从而广之,故曰《广社》。或者,所谓陶氏《灯谜》者,即指《谜社便览》欤?傍晚回顾宅。

八日　晴

晨,入城。图书馆读张禄《词林摘艳》,(十卷,万历刻本。)其壬集所收,颇多南戏,惜不注出处,大半无从究诘矣。至佘宅。与坤珊兄同观护国寺庙会,北海仿膳饭馆午餐。下午,孔德西巷访斐云,承以康熙刻本明凌蒙初《南音三籁》四册相示。所选戏曲以天籁地籁人籁为等第,故名'三籁',亦罕见之书也,并得读李卓吾《山中一夕话》。褚人获《坚瓠集》并引咄咄夫《一夕话》及《山中一夕话》,往尝疑是一书,而咄咄夫即李氏托名也;今乃知其非是。数载疑团,一朝冰释,快甚! 晚回顾宅。

十三日　　晴

《百一录》校毕。

十四日　　晴

晨,辞别顾夫人、起潜先生,入城,回佘宅。下午,现代理发馆理发。袁志仁兄夫妇来　邀余及坤珊夫妇同作公园之游,晚膳长美轩。

十五日　　晴

晚,斐云、子书饯余于长美轩。余因更须赴同乡戚君之宴,稍坐即出,不能畅叙,甚怅!

十六日　　晴

晨,辞别坤珊夫妇,至车站,料理行装。与缉成、士华再往中海,游万善殿。下午二时半登车,坤珊、斐云、子书均来送行;并遇张君西堂。

十八日　　晴

上午抵沪;晚,到家。

廿五年四月重录于杭州

(原载《青年界》第十卷第一期)

杭州日记　　节录一月

　　二十年来，南北车驱，短衣尘沁，每至一地，所作日记辄冠以地名，以为识别。余所记者，大率视焦理堂撰《孟子正义日记》为尤简，登临山水，浏览典坟，间日记之颇详，然又不在手头，无以应景深兄之命，只得以此流水帐簿塞责矣。

廿六年二月

五日，晴。下午，动身来杭。与彤史书。

六日，阴。下午，东亚理发。再与彤史书。

七日，微雨。上午雨止，晚，联华看电影。接阿惇书。

八日，阴晴。下午，至省立图书馆，以王芷章《清代伶官传》读之；兼访张慕骞、夏朴山、陈豪楚诸君。晚，旗下购物。与颉刚兄书，并汇洋二十元。与张郁庭君书，并寄赠清李凤冈《隐语汇编初集》二卷。

九日，晴阴。下午，弘道看琬儿。接彤史书，答。

十日，阴晴。晚，携珂儿、琬儿膳冠生园。午夜，爆竹声四起，盖阴历除夕也。

十一日，阴雨。下午，明光看头本《西游记》。

十二日，雪。下午，北风起，渐有晴意；甚冷。

十三日，晴。下午，与李文政、瞿伯熊二君同往买花盆，店铺未开门。接彤史书，答。

十四日,晴阴。下午,与李君再往,仍未开门。

十五日,晴。下午,东亚理发;弘道看琬儿;与李、瞿二君再往,仍未开门,询诸邻右,言卖花盆者方自宜兴贩货归,尚在船上。沿河觅之,不得。晚,膳冠生园,联华看电影。

十六日,阴晴。下午,搭车回家。

廿四日,阴雨。下午,动身来杭。接张郁庭君书。与彤史书。

廿五日,晴阴。下午,旗下购物。傍晚,琢如兄来,同出,膳冠生园,联华看电影。接球儿书,答。与阿愖书。

廿六日,晴阴,晚雨。接燕京大学寄来《宋金元戏剧搬演考》单行本。

廿七日,阴雨。晚,明光看六本《西游记》。接阿愖书,答。

廿八日,阴,午后又雨。午,至陆蔼堂先生宅曲叙。余久不弹此调,仅与沪上某先生合唱《相约》一折,不俟曲终即行。是日京、苏、沪、禾来会者三四十人,度曲三十四折,闻至翌晨二时许始散云。

（原载《青年界》第十二卷第一期）

自　　传

　　我姓钱,名绍箕,字南扬,以字行。浙江省平湖县人,一八九九年十二月十七日生。父母早就故世,家中并无叔伯兄弟,仅两个姐姐,也先后出嫁,赖姨母将我抚育成人。

　　求学经过:初小高小都在家乡,中学在嘉兴浙江省立第二中学,大学在北京国立北京大学。一九一九年,当我在二中毕业那年,发生了五四运动,很快影响全国。我们二中学生也举行罢课游行,声援北京学生的正义斗争。当时领导这次运动的是北大,我便十分向往能上北大读书,故毕业之后,决定投考北大。后果被录取,即便进京报到。其时运动尚在进行,我也即投身其间,如参加反对逮捕陈独秀,反对奸贼曹、陆、章的示威游行。

　　二年预科很快过去,四年正科是选科制,我就先后选了许守白(之衡)先生的戏曲,及与戏曲有关的刘子庚(毓盘)先生的词史、钱玄同先生的声韵学、鲁迅先生的中国小说史等。

　　我怎么会研究戏曲呢?说来话长,当我在二中念书时,刚好刘子庚先生也在二中教书,他和吴瞿安(梅)先生是世交,常常提起吴先生的曲学如何精深、藏曲何等丰富。我心中十分羡慕,便开始产生研究戏曲之意。后来想想,研究戏曲,应该先要会唱,因此,我每逢年暑假回家,参加家乡的曲会,从事唱曲。及至北京,刘子庚先生又替我介绍了一位笛师,每星期唱两次,又介绍一位票友,教我串演,直至勉强可以登台。于是,我研究戏曲的兴趣更浓了。

　　我从许守白先生学习时,常常提出曲律上的一些问题向先生请教。蒙先生把他的一部大作《曲律易知》见赐。此书广博精深,以视明王骥德的《曲律》强不知为知,错误百出者,相去天壤。使我获益不浅,至今尤宝藏之。

　　刘子庚先生见我有志于戏曲,特修书给吴瞿安先生,请他把我列诸门墙。自从我离开刘先生之后,久无消息。后来我转托友人请吴先生写一对联,寄来展望,见称我仁弟,方知蒙吴先生不弃,已经收我这个学生了。于是我专诚赴苏州,在旅店中放下行李,便去拜谒吴先生。吴先生要我到他家里去住,见我不允,他又亲自来旅店,一定要我搬去。盛情难却,我只得从命了。此后每到苏州,即老实不客气地住在吴先生家。我的《宋元南戏百一录》就是在吴先生家看书收集的材料写成的。

　　一九二五年,北大毕业后,曾先后在浙江省立宁波四中、绍兴五中、湖州三中等校任语文教员,当然用不到戏曲;后来又任浙江大学助教、武汉大学讲师、杭州大学教授,觉得他们对戏曲也不重视。盖目戏曲为小道,乃时势使然。我却不管这些,继续研究下去,也颇有一些小小的收获。兹把我的戏曲及民俗学作品列举如下:

　　《谜史》:《民俗学会丛书》之一。一九二八年广州中山大学印行。

　　《宋元南戏百一录》:《燕京学报》专号之九。一九三四年哈佛燕京学社出版。

　　《元明清曲选》:一九三七年南京正中书局出版。

　　《梁祝戏剧辑存》:一九五六年上海古典文学出版社出版。

　　《宋元戏文辑佚》:一九五六年上海古典文学出版社出版。《百一录》所收戏文仅四十五本,自《九宫正始》发现,补辑成此书,共得戏文一百六十七本。

　　《汤显祖戏曲集》:一九六八年上海古籍出版社出版。

《永乐大典戏文三种校注》：一九七九年北京中华书局出版。

《汉上宧文存》：一九八〇年上海文艺出版社出版。

《元本琵琶记校注》：一九八〇年上海古籍出版社出版。

《戏文概论》：一九八一年上海古籍出版社出版。

我把研究的重点放在戏文上，因为这一剧种，是戏曲史上一个重要的环节，而明人不加注意，渐就散佚，故必须把它勾稽出来，供研究戏曲者参考。

我自一九五九年从杭州大学调来南京大学，时光迅速，转瞬二十余年。现任南京大学中文系教授，江苏省文联委员，中国民间文学协会江苏分会副主席，中国大百科全书戏曲卷分卷编委等职。

十年浩劫期间，我也身受其灾，有些文件和书籍被劫去，及"四人帮"粉碎以后，党中央落实知识分子政策，给我们创造了良好的工作条件，我的精神重新振奋起来，继续从事戏曲研究。目前，我虽年事已高，决心把有生之年，全部献给祖国。

（写于一九七九年）

钱南扬先生行年略考

俞为民

1899 年 12 月 17 日出生于浙江平湖县过家滨 23 号。

1907 年 2 月至 1912 年 1 月,在家读书,由姊夫教读。

1912 年 2 月至 1913 年 1 月,入平湖第四初小读书。

1913 年 2 月至 1915 年 7 月,入平湖县立高小读书。

1915 年 8 月至 1919 年 7 月,入嘉兴省立二中读书。

1919 年 8 月至 1925 年 7 月,入北京大学读书。

1925 年 8 月至 1926 年 7 月,宁波省立四中任国文教员。

1926 年 8 月至 1927 年 7 月,临海省立六中任国文教员。

1927 年 8 月至 1928 年 7 月,杭州省立一中任国文教员。

1928 年至 1929 年 7 月,浙江大学文理学院任助教。

1929 年 8 月至 1930 年 1 月,松江县中任国文教员。

1930 年 2 月至 1930 年 7 月,宁波县立女中任国文教员。

1930 年 8 月至 1931 年 7 月,应顾颉刚先生之邀,任武汉大学特约讲师,讲授《戏曲史》、《词学概论》。

1931 年 8 月至 1932 年 7 月,在家养病。

1932 年 8 月至 1933 年 1 月,绍兴县中任国文教员。

1933 年 2 月至 1939 年 1 月,省立杭高任国文教员。

1939 年 2 月至 7 月,抗战避难,自杭州经严州、金华、兰溪至上饶。

1939 年 8 月至 1945 年 1 月,在浙江丽水碧湖(后迁至文成)省立联高任国文教员。

1945年2月至1949年6月,浙江省通志馆任编纂。

1949年8月至1950年7月,平湖县中任国文教员。

1950年8月至1951年7月,吴兴县中任国文教员。

1951年8月至1953年7月,省立湖州师范学校任国文教员。

1954年秋至1955年初,由郑振铎介绍,至北京任人民文学出版社
　　第五组(古典文学)编辑。

1955年春至1956年夏,在上海女儿家中写稿。

1956年8月至1959年夏,浙江师范学院中文系教授。

1959年秋至1987年南京大学中文系教授。

1987年4月18日上午9时逝世于南京市上海路南秀村20号
　　寓所。